판소리 문학의 문화 적응과 확산

저자 약력

▌서유경

서울대학교 사범대학 국어교육과를 졸업하고, 동대학원에서 석·박사 학위를 취득하였으며, 현재 서울시립대학교 국어국문학과에 재직하고 있다.

주요 논문으로는 공감적 자기화를 통한 문학교육 연구(2002), 고전문학 교육 연구의 새로운 방향(2007), 〈숙향전〉의 정서 연구(2011), 〈심청전〉의 근대적 변용 연구(2015) 등 다수가 있고, 저서로는 고전소설교육탐구(2002), 인터넷 매체와 국어교육(2002) 등이 있다.

판소리 문학의 문화 적응과 확산

초 판 인 쇄	2016년 08월 17일
초 판 발 행	2016년 08월 25일
저 자	서 유 경
발 행 인	윤 석 현
발 행 처	도서출판 박문사
책 임 편 집	최인노
등 록 번 호	제2009-11호
우 편 주 소	서울시 도봉구 우이천로 353 성주빌딩 3층
대 표 전 화	02) 992 / 3253
전 송	02) 991 / 1285
홈 페 이 지	http://jnc.jncbms.co.kr
전 자 우 편	bakmunsa@hanmail.net

ⓒ 서유경, 2016. Printed in KOREA

ISBN 979-11-87425-09-0   93810   정가 26,000원

판소리 문학의
문화 적응과 확산

서유경 저

박문사

판소리 문학의 문화 적응과 확산

머리말

　판소리 문학이 그 발생에서부터 현재에 이르기까지 얼마나 다양한 모습으로 존재하면서 많은 이에게 즐겨 향유되었는지에 대해 공부를 하면 할수록 절감하게 된다. 이러한 즐거움을 더욱 깊이 느낄 수 있는 것만으로도 공부의 보람을 얻은 것이라는 생각이 든다. 애초의 시작은 〈심청전〉 읽기의 즐거움에 빠져 이런 이본, 저런 이본을 찾아 읽는 것이었다. 별로 대단할 것도 없는 공부이지만, 그렇게 시작한 것이 시간이 흘러 쌓이니 이렇게 책으로 만들어지게 되었다.

　책의 제목에서 작품의 범위를 '판소리 문학'이라 지칭한 것은 이 글에서 다루고 있는 작품들이 판소리로 향유되었을 뿐만 아니라 소설로 정착, 창작, 변용되어 독서물로도 향유되었기 때문이다. 〈심청전〉, 〈토끼전〉, 〈옹고집전〉 등의 다양한 이본들은 판소리 향유의 전통과 문화적 맥락을 보여주면서 동시에 독서물로도 어떻게 자리 잡았는지를 말해준다.

　또한 이러한 판소리 문학 작품들은 근대라는 시대적 격동기를 겪으면서 새로운 문화 양식으로 개작, 변용, 재창작되는 모습을 보이기도 한다. 판소리 문학 작품의 새로운 매체 변용 자료는 한편으로 새로운 이본 생성으로 볼 수 있다는 점에서 함께 다룰 수 있다고 보았다. 그래서 판소리 창본과 다양한 연행, 그리고 소설, 극, 만화 등 구술 양식에서부터 문자 양식, 매체 양식에 걸쳐 나타나는 자료들을 아우를 수 있는 용어로 '판소리 문학'이라는 용어가 적격이라고 판

단하게 되었다.

판소리 문학이 발생한 초기의 모습에서부터 근대 시기를 거치면서 변화되는 모습을 두루 살펴보면, 판소리 문학이 여러 시대를 거쳐 향유되면서 문화적 적응 과정을 겪은 것을 알 수 있다. 다른 한편으로 우리 판소리 문학이 보이는 향유 매체와 방식의 변화는 문학의 예술사적 전개와 문화사적 변천 그 자체라고 할 수 있다. 이러한 점에서 '문화 적응'이라는 용어를 사용해 보았다.

일반적으로 '문화 적응'은 어떤 주체가 다른 사회와 문화에 적응해 가는 현상에 사용하는 용어이다. 판소리 문학은 사람과 같은 주체는 아니지만 마치 살아있는 생명체, 유기체처럼 변화하는 문화에 적응해 온 모습을 보이고 있다. 그것은 시대에 따라 달라지는 수용자들의 의식과 취향, 기대에 부응하는 문화 양식의 특성을 반영하는 것이고, 수용자의 기대에 부응하는 새로운 이본과 양식의 생산 방식을 설명해 주는 증거이다.

이러한 관점에서 1부에는 전통적 판소리 혹은 판소리계 소설의 모습을 담고자 하였다. 〈심청가〉로 불리며, 〈심청전〉으로 읽히며 판소리 문학의 형성기에 〈심청전〉이 어떻게 존재하였는지를 탐구하기도 하고, 특정 대목을 중심으로 하여 이본 전개에 따라 어떤 변화를 보이는지, 그것의 의미가 무엇인지를 밝혀보기도 하였으며, 〈수궁가〉를 중심으로 그 원천 서사의 구조적 특성으로 대결 구조를 상정하여 이본별 양상을 정리해 보기도 하였다.

2부에서는 20세기를 즈음하여 판소리 문학이 보이는 변화의 모습을 다루고자 하였다. 20세기에 들어 활자본으로 개작된 〈심청전〉이본 중에서도 〈신정 심청전(몽금도전)〉을 중심으로 근대 시기 개작의 한 양상과 그 속에 담긴 의식을 살펴보고, 만문만화라는 근대 시기에 특수하게 발전된 양식으로 개작된 〈모던 심청전〉을 다루어 근대 시기에 이루어진 〈심청전〉의 매체 변용 양상을 다루어 보았다. 그리고 근대 시기에 더욱 발달하게 된 도시 문화가 판소리 문학으로 어떻게 침투되어 나타나는지를 살펴보기도 하고, 1900년대에 전폭적으로 다양하게 나타나는 〈심청전〉의 근대적 변용을 전반적으로 고찰해 보았다.

3부에서는 판소리 문학이 지닌 가치가 어떻게 확산될 수 있는지를 가늠하는 논의들을 묶어 보았다. 여러 세대를 걸치고 긴 세월 동안 시간의 흐름을 견디며 존재해 온 판소리 문학은 그 자체로 가치를 지니기도 하고 동시에 다른 영역에 의미 있는 시사점을 제공하기도 한다. 이러한 점에서 〈심청전〉의 한 요소인 기도가 어떤 효용을 지닐 수 있는지를 탐구하였고, 향유 문화적 측면에서 〈옹고집전〉의 이본이 지니는 차별성이 어떤 교육적 의미를 지니는지 논의해 보기도 하였으며, 현대에까지 이어지고 있는 판소리 문학의 변용과 자기화, 확산이 어떤 가치가 있는지를 문화적 문식성의 관점에서 다루어 보았다.

이러한 모든 논의들은 아직도 현재 진행 중인 공부의 맥락 속에 있다. 앞으로도 판소리 문학, 〈심청전〉, 〈춘향전〉, 〈토끼전〉 등등의 작품들은 여전한 고민 대상이자 공부의 범주 속에 자리 잡고 있을 것

이다. 이 책을 계기로 숨고르기를 하고, 앞으로의 공부 방향을 가늠할 수 있을 것 같다.

이렇게 책을 낼 수 있게 된 것이 나의 능력이 아님을 고백하고 싶다. 우선 공부할 수 있는 지혜와 건강, 사랑하는 마음을 주신 하늘의 아버지께 감사드린다. 그리고 늘 옆에서 끊임없는 기도와 넘치는 사랑으로 보살펴 주시는 아버지, 어머니, 그리고 사랑하는 동생들, 지원을 아끼지 않는 남편과 가족들에게 감사하는 마음과 함께 빚진 심정을 갖고 있다.

학자로서, 가르치는 이로서의 자세를 다독여 주시는 김종철 선생님께 항상 감사드린다. 또한 부족한 공부에 힘을 내고 열심을 다할 수 있게 해 주신 선후배님들이 있기에 행복하게 공부할 수 있는 것 같다.

아울러 이 책의 출판을 위해 힘써 주신 박문사 윤석현 사장님과 편집진 여러분들께 고마움을 전하고 싶다.

2016년 8월
서 유 경

차 례

머리말 / 5

제1부 판소리 문학의 존재 양상   13

제1장 〈심청전〉의 초기 이본 양상   15
  1. 서론   15
  2. 초기 〈심청전〉 추정을 위한 이본 비교   19
  3. 초기 〈심청전〉 이본 간 관계   33
  4. 결론   39

제2장 〈심청전〉 변이의 한 양상   43
  -공양미 삼백 석 시주 약속에 대한 심청의 반응을 중심으로-
  1. 서론   43
  2. 심청의 반응 유형   46
  3. 심청 반응 변이의 서사적 맥락과 방향   67
  4. 심청의 반응 유형에 나타난 향유의 지향성과 소통적 의미   73
  5. 결론   80

제3장 〈수궁가〉의 대결 구조   83
  1. 서론   83
  2. 〈수궁가〉의 대결 상황   86
  3. 이본별 대결 반복 양상   100
  4. 〈수궁가〉 대결 구조의 의미   106
  5. 결론   111

제2부 **판소리 문학의 문화 적응 방식**   115

제1장 〈몽금도전〉 : 20세기 초 〈심청전〉 개작   117
  1. 서론   117
  2. 〈몽금도전〉의 〈심청전〉 개작 양상   120
  3. 〈몽금도전〉에 나타난 개작 의식   137
  4. 결론   148

제2장 만문만화 〈모던 심청전〉   151
  1. 서론   151
  2. 만문만화 〈모던 심청전〉에 드러난 양식성   154
  3. 〈모던 심청전〉의 〈심청전〉 변용에 나타난 대중지향성   160
  4. 〈모던 심청전〉의 매체 변용이 지닌 의미   177
  5. 결론   179

제3장 판소리 문학과 도시 문화   181
  1. 서론   181
  2. 판소리 문학과 도시 문화의 관련성   183
  3. 만문만화와 만극 〈모던 심청전〉으로 본 도시 문화의 양상 190
  4. 근대 판소리 문학의 재생산에서 도시 문화 반영의 의미   201
  5. 결론   205

제4장 〈심청전〉의 근대적 변용   207
  1. 서론   207
  2. 〈심청전〉의 변용 양상   210
  3. 1900-1940년대 〈심청전〉 변용의 의미   226
  4. 결론   236

제3부 **판소리 문학의 가치와 효용**   237

제1장 〈심청전〉의 기도와 효용   239
     1. 서론   239
     2. 등장 인물별 기도의 양상과 서사적 상황   242
     3. 〈심청전〉에서 기도의 기능   259
     4. 기도의 문학교육적 효용   267
     5. 결론   276

제2장 향유 문화와 〈옹고집전〉   279
     1. 서론   279
     2. 〈옹고집전〉의 주요 단락 비교   283
     3. 향유 문화의 관점에서 본 〈옹고집전〉 이본 양상   290
     4. 〈옹고집전〉 향유의 문학교육적 의미   304
     5. 결론   308

제3장 판소리와 문화적 문식성   309
     -이청준의 〈남도사람〉 연작을 중심으로-
     1. 서론   309
     2. 〈남도사람〉 연작에 나타난 판소리 수용의 양상   313
     3. 판소리로 서사 짜기의 방식 : 공감적 자기화   324
     4. 판소리를 통한 문화적 문식성 교육의 가능성과 의의   333

참고문헌 / 337
찾아보기 / 351
초출일람 / 355

판소리 문학의 문화 적응과 확산

제1부

판소리 문학의
존재 양상

판소리 문학의 문화 적응과 확산

제1장

〈심청전〉의 초기 이본 양상

1. 서론

　그간 다양한 〈심청전〉의 이본이 소개되고, 다각적 연구가 이루어졌음에도 〈심청전〉[1]의 초기 모습이 어떠했는지에 대해서는 아직 분명하게 말할 수 없는 문제가 있다. 이는 〈심청전〉의 형성 과정이나 초기 이본에 대한 연구 성과가 있지만 선후 관계를 확정할 수 있을 정도는 아니기 때문으로 판단된다. 이러한 상황에서 초기 〈심청전〉에 대한 논의는 부담스러울 수밖에 없다. 그렇지만 이제까지의 초기 〈심청전〉

......

1　본고에서 〈심청가〉와 〈심청전〉은 창과 소설이라는 차이를 두지 않고 사용함을 밝혀 둔다. 창본 계열의 〈심청가〉이든 소설 〈심청전〉이든 기록된 자료로 다룬다는 점에서 변별하지 않고 사용하고자 한다.

관련 논의를 종합해 보고, 그러한 성과를 토대로 초기 〈심청전〉의 모습을 재구해 보는 시도는 할 수 있을 것이다. 이 연구는 기왕의 논의를 바탕으로 초기 〈심청전〉과 관련되는 특성들을 추출, 종합하고 초기 〈심청전〉의 모습을 추정해 보는 것을 목적으로 한다. 그래서 〈심청전〉 이본 연구사에서 다루어진 〈심청전〉의 전승과정 논의의 성과를 정리하고, 향후 〈심청전〉 연구의 단초를 마련해 보고자 한다.

초기 〈심청전〉에 대한 단서들은 〈심청전〉 이본에 대한 종합적 연구들에서 산견된다. 최운식은 〈심청전〉 이본을 목판본을 기준으로 하여 한남본 계열, 송동본 계열, 완판본 계열로 정리하고, 한남본 계열이 가장 선행하는 것으로 보았다.[2] 유영대는 경판 〈심청전〉 계열을 검토한 결과 경판 〈심청전〉은 창본의 영향을 받아 판소리적 지향과는 다른, 일관된 주제의식을 가지고 개작된 것이라 보았다. 그리고 송동본이 초기 〈심청가〉의 구조를 많이 갖고 있다고 보고 완판, 창본을 함께 비교하였다.[3] 필사본을 중심으로 〈심청전〉의 이본을 계열화한 김영수는 심봉사의 이름을 기준으로 하여 완판본 이전 계열을 1) 심맹인 계열, 2) 심팽규 계열, 3) 심운 계열, 4) 심학규 계열 등으로 분류하였다. 심맹인 계열과 심운 계열은 경판본과, 심팽규 계열과 심학규 계열은 창본 계통과 유사한 것으로 보았는데, 심맹인 계열은 19세기 이전부터 초기까지, 심팽규, 심운 계열은 19세기 중반, 심학규 계열은 19

......

2 최운식, 『심청전연구』, 집문당, 1982.

3 유영대, 『심청전 연구』, 문학아카데미, 1989. 경판 계열 중 한남본보다 대영B본이 앞선 것으로 보며, 한남본과 대영B본을 시간적 계기 관계가 아니라 동시대적 공존 양상으로 파악하였다.

세기 후반 이후 오늘날까지 전승된 것으로 추정하였다.[4]

　이들 연구에서 제시하고 있는 〈심청전〉의 초기 모습에 대한 단서에 주목할 필요가 있다. 최운식의 논의에서는 한남본에 없는 화소[5]와 한남본에만 있는 내용 요소[6]가 초기 〈심청전〉을 추정하는 단서가 된다.[7] 유영대[8]는 초기 〈심청가〉의 특징을 1) 후대에 성립된 것이 분명한 더늠은 들어있지 않은 것, 대표적으로 '장승상 부인 시비 따라가는' 더늠이 들어있지 않은 것, 2) 심봉사의 신분상승이 이루어지지 않은 것, 3)가난한 현실이 잘 나타나 있는 것으로 특히 심청이 동냥

……

4　김영수,『필사본 심청전 연구』, 민속원, 2001.

5　'기자치성, 곽씨 유언과 유물, 동네사람들이 장례, 장례 중에 상두군 발(가람본, 국도사B, 강전섭에만 있음), 중이 왕후 날 묘자리 잡아줌(가람본, 국도사B, 강전섭에만 있음), 심청이 성장, 동냥할 때 이웃 마을 부인의 각별한 보살핌을 받는다, 심봉사가 심청의 앞날에 대한 꿈을 꾼다, 장승상 부인이 백미 300석을 변상해 주겠다 한다, 심청이 장승상 부인에게 글(화상)을 남긴다, 심청이 항해 중 여러 곳을 경유한다, 심청이 항해 중 고인의 영혼을 만난다, 심청이 남긴 글(화상)로 그의 생사를 징험한다, 선관이 선인들에게 꽃 진상을 지시한다, 심봉사는 뺑덕어미와 함께 살다가 맹인연 소식을 듣고 상경한다, 뺑덕어미와 결합하여 가산을 탕진한다, 맹인연 소식을 듣고 뺑덕어미와 함께 상경한다, 뺑덕어미가 도주한다, 목욕하다가 의관과 행장을 잃고 관장에게서 얻는다, 목동 혹은 여러 맹인들을 만난다, 방아찧는 여인들을 만나 희롱한다, 안씨맹인과 결연한다, 부녀상봉의 꿈을 안씨맹인이 해몽해 준다, 심황후가 아버지를 그리워하여 기러기편에 보낼 편지를 쓴다, 황제가 심봉사를 부원군으로 치행하라는 분부를 내린다' 등이 여기에 해당한다.

6　여기에 해당하는 화소는 다음과 같다.
　- 화주승이 심봉사와 심청의 앞날을 예언한다.
　- 용궁에서 전생 이야기를 듣는다.
　- 용궁에서 전생 부모(죽은 모친)를 만난다. : 완판과 공유
　- 심황후가 황제의 失行을 간언한다.
　- 심씨가 금의환향하여 治山한다.

7　최운식, 위의 글, 106-110쪽.

8　유영대, 위의 글, 136-138쪽.

대목에서 박대 받는 정경이 잘 드러나 있는 것, 4)인당수 투신 대목
에서 심청이 죽음을 앞두고 인간적 갈등을 크게 보이고 있는 것 등
으로 들었다. 김영수는 심맹인 계열이 가장 이른 시기의 〈심청전〉으
로, 심학규 계열이 완판본에 근접하는 것으로 보았다.

　이러한 초기 〈심청전〉의 특성은 특정 대목이나 판본을 중심으로
이루어진 일련의 연구들[9]에서도 확인된다. 역으로 이들 초기 〈심청
전〉 결정 단서는 최근 창본이나 완판본 이후의 〈심청전〉에서는 볼 수
없는 것이다. 대표적으로 들 수 있는 것이 '장승상부인'대목이다. 일
찍이 유영대의 논의에서 '장승상 부인'대목이 후대 창본에 첨가되는
방식으로 전개되었다는 것이 거론되었고, 최근 김종철의 논의에서
'장승상 부인' 대목의 구성 요소가 5가지임이 정의되고 이본별로 이
요소들의 출입과 첨가 양상에 따른 후대적 변모, 그 사회적 반영의
의미가 규명되었다.

　이 연구에서는 이러한 기존 연구의 성과를 기반으로 하여 초기
〈심청전〉의 모습이 어떠한지 살펴보고, 이들 이본 간 관계를 분석해
보고자 한다. 이를 위해 우선 초기 〈심청전〉 관련 단서가 될 수 있는
화소들을 추출하고, 비교 분석하고자 하는 자료를 허흥식 소장본,
한남본, 김종철 18장본, 박순호 19장본, 조동필 12장본, 김광순 29장

......

9　이러한 연구로 유영대(「장승상부인 대목 첨가에 대하여」, 『판소리 연구』 5집,
　1994. 39~49쪽), 박일용(「〈심청전〉의 가사적 향유 양상과 그 판소리사적 의미」, 『판
　소리연구 제5집, 판소리학회, 1994. 51-100쪽 ; 「가사체 심청전 이본과 초기 판소리
　창본계 심청전의 관련 양상」, 『판소리연구』 7집, 1996. 47-76쪽), 김석배(「허흥식
　소장본 〈심청가〉의 특징」, 최동현, 유영대 편, 『심청전 연구』, 태학사, 1999.
　213~240쪽), 김종철(「심청가와 심청전의 '장승상부인 대목'의 첨가 양상과 그 역
　할」, 『고소설연구』 35집. 2013, 295-333쪽) 등의 논의를 들 수 있다.

본, 최재남 22장본 등으로 삼고자 한다. 이들은 주로 초기 〈심청전〉
의 특성을 갖고 있는 것으로 논의[10]된 자료에서 선별한 것이다.

2. 초기 〈심청전〉 추정을 위한 이본 비교

기존 연구를 바탕으로 초기 〈심청전〉의 모습을 추정할 수 있는 단
서가 되는 화소들을 다음과 같이 추출해 보았다. 이들 요소를 기준
으로 이본별 양상을 정리해 보고자 한다. 그리고 이들 요소의 출입
에서 초기 〈심청전〉의 모습을 추정해 볼 것이다.

(1) 시공간적 배경

(2) 심봉사 이름, 안맹시기

(3) 심봉사 부인 이름

(4) 기자치성과 심청 탄생(태몽, 남녀확인)

(5) 곽씨부인 죽음(유언과 유물)

(6) 동네사람들이 장례

(7) 장례 중에 상두군 발, 중이 왕후 날 묘자리 잡아줌

……

10 허홍식 소장본의 경우는 김석배 논의에서 초기 〈심청가〉 창본의 성격을 보이는 것
    으로, 박순호 19장본은 박일용에 의해 〈심청가〉의 판소리적 향유 이전의 모습을 보
    이는 것으로 논의된 바 있으며 김종철 18장본이나 최재남 낙장 22장본의 경우 초
    기 〈심청가〉 논의에서 주로 거론되는 자료라는 점에서 선택하였다. 그리고 조동필
    12장본은 한남본과 관련성이 있어 이른 시기의 문장체 소설 양상을 볼 수 있다는
    점에서, 김광순 29장본은 완판본으로 귀결되는 양상을 보여주는 자료의 하나로
    선택하였다.

(8) 심청이 성장, 동냥할 때 이웃 사람들의 반응

(9) 공양미 삼백석 마련 출처

(10) 심봉사가 심청의 앞날에 대한 꿈

(11) 장승상 부인의 백미 300석 변상 제의, 심청이 장승상 부인에게 글(화상)

(12) 심청이 항해 중 여러 곳을 경유, 영혼 만남

(13) 심청이 남긴 글(화상)로 생사 징험

(14) 선관이 선인들에게 꽃 진상 지시

(15) 뺑덕어미와 결합하여 가산을 탕진한다

(16) 맹인연 소식을 듣고 뺑덕어미와 함께 상경

(17) 뺑덕어미 도주

(18) 목욕하다가 의관과 행장을 잃고 관장에게서 얻음

(19) 목동 혹은 여러 맹인들을 만남

(20) 방아찧는 여인들을 만나 희롱

(21) 안씨맹인과 결연

(22) 부녀상봉의 꿈을 안씨맹인이 해몽

(23) 황제가 심봉사를 부원군 삼음

(1) 시공간적 배경

〈심청전〉의 시공간적 배경은, 송나라 유리국(김종철 18, 박순호 19, 최재남 22), 대명 남군땅(한남본), 당 남군땅(조동필 12), 송나라 황주 도화동(김광순 29) 등이다. 완판본의 배경이 '송나라 말년 황주

도화동'임을 고려할 때, 김광순 29장본이 완판본과 유사하다. 김종철 18장본, 박순호 19장본, 최재남 22장본이 송나라 유리국으로 유사하고, 나라의 차이는 있으나 남군땅이 제시되는 한남본과 조동필 12장본이 유사하다.

(2) 심봉사 이름, 안맹시기

심봉사의 이름은 심봉사(김종철 18), 심운(박순호 19), 심경(조동필 12), 심현(한남본), 심핑구(허홍식, 최재남 22), 심학구(김광순 29)로 나타나 다양함을 보인다. 심봉사 이름 변화만 본다면 김종철18장본처럼 이름이 아예 제시되지 않은 경우가 가장 오래된 것이라 할 수 있다. 허홍식 창본의 경우 1장이 낙장이어서 처음 부분에서는 심봉사의 이름을 알 수 없지만 몽은사 언급 부분에 심봉사의 이름이 나온다. 그리고 심봉사 이름과의 유사성으로 본다면 시공간적 배경과 마찬가지로 김광순 29장본이 완판본과 가장 가깝다. 흥미로운 것은 심봉사 가문이 대단하다고 표현한 이본은 한남본밖에 없다는 것이다.[11] 이 점에서 완판본의 '누세 잠영지족'인 심봉사의 신분과 한남본의 '명문거족'이 가장 비슷하다.

심봉사의 안맹시기를 보면, 태생적 봉사로 확정하고 있는 경우는 박순호 19장본밖에 없는데, 최재남 22장본은 '팔자 무상하여 앞'을

······
11 물론 허홍식 창본의 경우는 확인할 길이 없어 알 수는 없으나 허홍식 창본과 완판본과의 관련성을 고려하면 심봉사의 신분이 높게 설정되었을 가능성이 있다.

못본다 하였으므로 태생적 봉사로 추측할 수 있다. 허흥식 창본, 김 광순 29장본은 연령대가 '삼십', '이십 전'으로 서술되어 완판본의 '이십 안'과 비슷하다. 김종철 18장본과 조동필 12장에서는 살다가 눈이 먼 것으로, 한남본에서는 부인이 죽고 심청이 탄생한 후 가세 를 탕진하여 안질에 걸려 눈이 먼 것으로 나온다.

(3) 심봉사 부인 이름

심봉사 부인 이름은 '곽씨부인'으로 정착되고, 완판본 이후의 필 사본이나 창본에서는 곽씨부인이 품팔아 재산을 모으는 장면들이 나타난다. 그런데 심봉사의 이름이 나오지 않거나 심학규가 아닌 경 우 심봉사의 부인 이름 역시 다른 경우가 많다. 조동필 12장본은 부 인 이름이나 관련 내용이 아예 없고, 한남본과 김종철 18장본은 '정 씨'로, 허흥식 창본, 최재남 22장본, 김광순 29장본은 '곽씨부인'으로 나온다. 흥미로운 것은 박순호 19장본의 경우 '양씨부인'으로 나오 지만 재물 모으는 과정은 나와 있어, 상대적으로 박순호 19장본이 김광순 29장본 등보다는 시기적으로 앞선 것으로 추정할 수 있다.

(4) 기자치성과 심청 탄생(태몽, 남녀확인)

기자치성과 심청 탄생 부분은 곽씨부인 화소와 관련되기도 하고, 초기 〈심청전〉에서 사설이 확대되어 가는 양상과 관련된다는 점에서 중요하다. 한남본과 김종철18장본, 조동필 12본에서는 기자치성이

나 태몽이 아예 없거나 매우 간단한 서술로 끝나고 있다. 특히 김종철 18장본과 조동필 12장본에서는 심청이 이미 태어나 있는 상태이다. 그에 비해 허흥식 창본, 박순호 19장본, 김광순 29장본, 최재남 22장본에서는 기자치성과 태몽 요소가 모두 나타나 대비된다. 여기서 최재남 22장본의 특징적인 모습은 기자치성을 하는 주체가 곽씨부인이 아니라 심봉사라는 것이다.

남녀 확인은 허흥식 창본, 박순호 19장본, 김광순 29장본, 최재남 22장본에만 보인다. 그러면서도 확인방식은 조금씩 다르다. 최재남 22장본의 경우 남녀 확인의 주체가 곽씨부인이어서 독특하다. 이로 볼 때 남녀 확인 화소의 경우 초기 〈심청전〉이 완판본으로 귀결되는 양상을 보여준다 하겠다.

　　[아니리] 항녀나 아들인가 시르르 더듬리 졔 죠꼼믄 것칫 ᄒ녀시면 빗싀츔을 츌더니 잡은 숀니 나루비 지나가덧 ᄒ년 고나 아들인 줄 알어쩌이 쌀일시가 분명ᄒ니 　(허흥식 창본) 아덜닌가 쌀닌가 만쳐보니 쌀아기가 분명ᄒ다

(박순호 19장본)

　　국밥을 덥기ᄒ야 부인계 드른 후의 아달인지 자서이 분별코져 ᄒ야 호련 손을 고이 들려 어린ᄋ히 비구무부텀 시련 더더무면 불듀더니 당당두하이 어렴 우의 팔믜쳬로 손바닥이 밋근당 나련가니 심봉사 어리업셔 두 눈을 변면이면 낙담으로 물너 안자 묵묵히 안ᄌ다가 　　(김광순 29장본)

곽씨뷰인 정신 차라 삿틀 잠관 만저 보고 마음이 서윤희야
한숨ㅎ고 도라누으 탄식ㅎ고 이른 말리 니왕 싱기 주시거든
아달이나 싱기시면 후스을 믹기 만세유전 ㅎ올기실 실디업
난 어가난이 쌈시쎄서 허스로다　　　　　　(최재남 22장본)

곽씨부인 정신 차려 뭇난 말리 여보시요 봉사님 남녀간 무
어시요 심봉사 듸소ㅎ고 아기 삿쳘 만져보니 손이 나루빅 지
늬듯 문듯 지늬가니 아믹도 무근 조긔가 희죠긔 나아(4-뒤)
나부 곽씨부인 셜어ㅎ여 ㅎ는 말리 신공 드려 만득으로 나흔
자식 쌀이라 ㅎ오　　　　　　　　　　(완판 71장본)

위에서 보듯 완판본에서는 곽씨부인이 아들인지 딸인지를 궁금
해 하여 물어서 심봉사가 확인을 하는 것으로 되어 있는데, 최재남
22장본에서는 곽씨가 직접 확인을 하고, 나머지 자료들에서는 심봉
사가 확인을 한다. 여기서 최재남 22장본은 남녀 확인 후 서운함을
표현하는 것이 곽씨부인이라는 점에서, 허흥식창본은 손이 나룻배
지나가듯 한다는 표현에서 완판본과 유사함을 보인다.

(5) 곽씨부인 죽음(유언과 유물), (6) 동네사람들이 장례, (7) 장례 중
에 상두군 발, 중이 왕후 날 묘자리 잡아줌

이들 화소의 출현 유무만 보면, 곽씨 유언과 유물 부분은 김광순
29장본을 제외하고는 유언이나 한탄만 있거나 전혀 없다. 김광순 29

장본에는 곽씨 유언과 유물이 모두 나타나 상대적으로 풍부한 편이다. 장례 부분은 동네 사람들이 의논하여 장례를 치르도록 했다는 서술이 허흥식 창본, 박순호 19장본, 김광순 29장본, 최재남 22장본 등에 나타나고, 한남본, 김종철 18장본, 조동필 12장본에는 나타나지 않는다. 곽씨부인 유언 부분과 동네 사람들 장례 화소는 서로 긴밀한 관련이 있는지, 둘 다 있거나 둘 다 없는 양상을 보이고 있어 흥미롭다. 장례 중 상두군의 발이 붙는 화소는 허흥식 창본[12]을 제외하고는 나타나지 않는다. 그리고 중이 왕후 묘자리를 알아봐 주는 화소는 이들 자료에 모두 나타나지 않는다.

(8) 심청이 성장, 동냥할 때 이웃 사람들의 반응

이 부분은 심청이 성장할 때 심봉사가 젖동냥하는 화소와 심청이 심봉사와 함께 동냥할 때 혹은 심청이 혼자 동냥할 때 받아주는 이웃 사람들의 반응과 태도 부분으로 이원화해서 볼 수 있다. 심청 성장은 주로 심봉사가 홀로 심청을 양육하며 동네의 부인들에게 찾아가 심청에게 동냥젖을 먹이는 모습으로 나타난다. 심봉사의 젖동냥은 완판본[13]에도 들어가 있는데, 이러한 장면 혹은 요소가 나타나는

......

12 이에 대해서는 김석배에 의해 이미 논의되었다.

13 김영수(위의 글, 182-198)는 심청 양육 대목을 검토하면서, 심학규 계열의 필사본들에서 이 대목이 복잡해지면서 대폭 확장되고 있음을 지적하였다. 그리고 이 장면의 확대가 〈심청전〉 변모의 핵심에 위치하는 것으로 파악하였다. 이는 곽씨부인 죽음 후 심봉사의 귀가, 걱정, 탄식이 심청이 어루는 장면과 연결되면서 간결하게 서술되기도 하지만 탄식과 심청의 울음, 젖동냥이 반복되어 확장될 수도 있는 부

지의 여부로 관련성을 알 수 있을 것이다.

심봉사의 젖동냥은 허흥식 창본, 박순호 19장본, 김광순 29장본 등에서만 볼 수 있다. 이들 자료에서는 심봉사의 젖동냥 과정에서 특별한 박대는 나타나지 않는 반면, 완판본에서는 '또 엇던 녀인은 말ᄒ되 인자 막 우리 아기 먹여스니 졋시 업노라 ᄒ여 심쳥이 졋슬 만이 어더 먹인 후의 아히 빈가 불녹흔 직'으로 젖 주지 않는 여인을 언급하고 있다. 이는 심청이 동냥할 때의 박대 요소가 축약, 반영된 것이 아닌가 하는 추측도 하게 한다.

그리고 이 화소의 등장 여부와 확장성에 따라 〈심청전〉의 전개 과정을 추측해 볼 수도 있다. 젖동냥뿐만 아니라 심청 양육 전체로 본다면, 젖동냥 요소가 없는 한남본, 김종철 18장본, 조동필 12장본, 최재남 22장본은 매우 소략하게 제시되고, 박순호 19장본은 심봉사의 애통과 젖동냥이 있는 수준이며, 김광순 29장본, 허흥식창본에서는 심봉사 애통과 젖동냥, 자탄이 반복되는 방식으로 확장[14]되어 있다.

한편 심청이 동냥할 때 이웃사람들의 반응 부분은 심청과 심봉사의 동냥에 대한 시선이 해당 〈심청전〉 이본의 향유 시기와 관련된다는 점에서 중시된 측면이 있다.[15] 심청 동냥 박대 요소의 유무를 보면, 허흥식 창본과 박순호 19장본에서만 동냥하는 심청이 박대 받는 장면이 나온다. 그리고 공통적으로 이 장면 뒤에 마음 착한 사람이 출현해 선행을 돋보이게 한다. 동냥박대가 나오지 않는 자료들에서

......

분이기 때문이다.

14 김영수, 위의 글, 참조.

15 이에 대해서는 유영대, 박일용 등에 의해 논의된 바 있다.

는 아끼지 않고 준다든지(한남본), 누가 박대하겠느냐(김광순 29장
본)고 연민하는 내용이 서술된다.

박순호 19장본이나 허흥식창본에서 심청의 모습은 매우 비참하
게 그려져 있다. 그리고 그 모습이 구체적으로 자세히 서술되고 있
어, 이러한 장면이 있었던 저본을 바탕으로 하였음을 추측해 볼 수
있다. 그런데 이러한 동냥박대 장면이 과연 초기 〈심청전〉에 흔히 있
던 것인지를 확인할 필요가 있어 김영수가 심맹인 계열로 언급한 자
료들만 살펴보았다. 심맹인 계열에 속하는 자료는 고려대 낙장 27장
본, 김종철 19장본, 단국대 낙장 32장본, 단국대 낙장 19장본, 박순호
낙장 36장본, 박순호 낙장 50장본, 정명기 낙장62장본, 정문연 28장
본 등이다. 이 중에서 고려대 낙장 27장본, 단국대 낙장 32장본, 박순
호 낙장 36장본, 박순호 낙장 50장본, 정명기 낙장62장본[16] 등에는
동냥 박대가 나타나지 않는다. 반면 동냥 박대가 드러나는 자료는
다음의 단국대 낙장 19장본밖에 없다.

그 길노 닉달아서 이 집의 밥을 빌고 져 집의 가 밥을 빌고
쏘흔 집 들어가니 그 中의 몹신 여인 부듀쌍 막딕기로 오지
말나 닉더치니 可伶흔 져 심청이 은 쌍의 퍽셕 안즈 哀怨 痛哭
우는 말이 치지 마오 치지 마오 흔 슐 두 슐 밥을 빌어 ○○○○
딕졉ㅎ오 쳐령흔 울음 쇼릭 금치을 놉피 들어 옥을 치는〈4-앞〉
소릭로다 그 中의 칙흔 女人 우지 말아 우지 말아

......

16 김진영 외, 〈심청전〉 전집 5권에서는 낙장 60장본으로 되어 있다.

그런데 박순호 19장본이나 허홍식 창본, 단국대 낙장 19장본에 있는 동냥박대 장면의 서술이나 구체적인 박대 방식은 모두 다르게 나타나 동냥박대라는 내용은 동일하나 동일 계통으로 묶어서 보는 것에는 어려움이 있다.[17] 그래서 동냥박대 화소가 초기 〈심청전〉의 한 요소라고 할 수는 있으나, 동냥박대 화소의 유무가 초기본인지 아닌지를 결정할 수 있을 정도의 기준은 될 수 없으리라 판단되고, 자료별로 달리 나타나는 양상은 이들 자료들이 서로 다른 계열일 가능성을 높인다 할 수 있다. 완판본이나 창본의 양상으로 볼 때, 확실한 것은 초기 〈심청전〉의 일부에 나타나던 동냥박대 화소가 후대로 가면서 빠진 것이라는 정도이다.

(9) 공양미 삼백 석 마련 출처

심봉사가 약속한 공양미 삼백 석을 구하려고 심청이 인당수 행을 결정하지만, 심봉사의 마음을 생각한 심청은 공양미 삼백 석을 마련한 방법에 대해 사실대로 말하지 않는데, 이 부분이 자료별로 다르다. 한남본에서는 장자에게 몸을 판 것으로, 김종철 18장본, 박순호 19장본, 최재남 22장본에서는 장자집 부인이 특별히 사랑하여 양녀 혹은 수양딸을 삼아, 조동필 12장본에서는 장자댁 부인이 시양하여, 김광순 29장본에서는 김장자 마누라가 불쌍히 여겨 수양녀 삼은 것

‥‥‥

17 이에 대해 박일용은 심청의 동냥 박대 모습이 초기 창본으로 지칭된 자료들에 공통으로 나타나는 것은 아니라고 하면서, 연민적 정서를 강하게 드러내는 가사체적 향유 방식과 관련 있다고 보았다(박일용, 1994, 69쪽 각주).

으로 제시된다. 이들 자료에는 장자든 장자댁 부인이 거론되고, 양녀로 혹은 시양한 것이라 나온다. 반면 허흥식 창본에는 아예 이런 거짓 고백이 없고, 공양미 삼백 석을 몽은사에 바로 시주하고서 심봉사에게 하직인사를 하며 솔직하게 말하는 것[18]으로 나온다.

만약 장자나 장자댁 부인의 언급이 없는 것이 맨 처음 양상이고, 그 다음이 수양녀된 것이라 둘러대는 단계라고 본다면, 이들 자료 중에서 가장 초기 형태는 허흥식 창본이라 할 수 있다. 그리고 김종철 18장본, 박순호 19장본, 최재남 22장본에서 '별노 사랑하여'라는 서술이 공통적으로 나타나 유사한 단계를 거쳐 변모한 것이라 추측할 수 있다. 최재남 22장본의 경우에는 심청이 몸팔아 마련한 공양미 삼백석을 선인들이 실어가 시주하고, 표를 주고받으며, 화주승이 심청을 찾아간다.

(10) 심봉사가 심청의 앞날에 대한 꿈, (11) 장승상 부인의 백미 300석 변상 제의, 심청이 장승상 부인에게 글(화상)

이 화소들은 한남본 등의 문장체 계열의 자료에는 나타나지 않는 것으로 알려져 있다. 반면 완판본에는 모두 들어 있다. 여기서 다룬 자료들에서 소재 여부만 보면, 모두 나타나지 않는다. 대신 김광순

......

18 김종철은 이에 대해 장승상부인 대목이 후대에 첨가된 양상임을 인정한다면, 초기 〈심청가〉에는 이 대목이 없었다는 것을 전제로 하는 것이라 하였다. 그리고 여기서 살펴본 바와 같이 심청이 공양미 삼백석 마련의 출처를 수양녀되기로 하였다고 거짓말하는 내용은 장승상대목이 첨가되는 첫번째 단계로 보았다.

29장본의 경우 약간의 특이한 내용이 들어 있다. 그것은 심청이 떠나기 전에 심봉사의 화상을 그린다는 것이다. 이는 화상 그리는 내용이 이후의 다른 이본에서는 장승상 부인 관련 화소로 옮겨졌든지, 반대로 다른 이본에 있는 심청이 화상 그림 화소가 여기로 옮겨졌을 가능성을 보여주는 것으로 과도기적 양상이라 할 수 있을 것이다. 어쨌든 이들 화소는 초기 〈심청전〉에는 나타나지 않으므로 후기로의 변모를 확인할 수 있는 요소라 할 수 있다.

(12) 심청이 항해 중 여러 곳을 경유, 영혼 만남, (13) 심청이 남긴 글 (화상)로 생사 징험, (14) 선관이 선인들에게 꽃 진상 지시

이들 화소는 완판본 이후 〈심청전〉이 풍부해지고 확대된 이본에서 주로 확인된다. 그래서 그런지 여기서 다룬 자료에는 안 나타나든지, 있더라도 매우 소략한 형태로 나온다. 항해 중 여러 곳을 경유하는 화소는 이후의 〈심청가〉 창본에서 범피중류로 구현되는 대목과 관련 된다.

심청이 인당수 가는 길에 여러 곳을 경유하는 내용은 박순호 19장본과 김광순 29장본에만 나온다. 그리고 김종철 18장본에는 인당수 갈 때에는 없고 심청이 용궁에서 환세하는 부분에 나온다. 이로보아 초기 〈심청전〉에는 없었던 장면 중의 하나로 추정해 볼 수 있다. 심청이 인당수 가는 길에 여러 영혼들을 만나는 화소는 미래를 예시하는 서사적 기능을 갖기도 하고 심청을 위로하는 정서적 기능을 갖기도 한다. 그런데 이 화소 역시 이들 자료에서는 볼 수 없고, 김종철

18장본, 박순호 19장본, 김광순 29장본에서 심청이 환세하는 중 효행을 칭찬받는 등의 내용으로 들어있다. 김광순 29장본이 지닌 완판본과의 친연성을 고려하면, 환세 중 영혼 만남이 완판본 이후에 나타나는 인당수 가는 길의 영혼 만남 이전 형태라고 추측할 수 있다.

심청의 화상으로 생사를 가늠하는 화소는 이전에 살펴본 심청의 화상 그리는 화소와 관련 되므로, 이들 자료에는 없음을 확인할 수 있다. 한편 선관이 선인들에게 꽃진상을 지시하는 화소는 허흥식 창본에만 나타난다. 완판본 등에서 꽃 진상과 관련된 부분은 선인들의 의논 형태로 나타나는데, 이는 선관 지시가 변형된 하나의 방식이라고도 할 수 있겠다.

(15) 뺑덕어미와 결합하여 가산을 탕진한다, (16)맹인연 소식을 듣고 뺑덕어미와 함께 상경, (17) 뺑덕어미 도주

뺑덕어미 관련 화소들은 심청이 인당수로 간 후 심봉사의 삶을 형상화하는 내용과 관련된다. 뺑덕어미 화소는 한남본과 조동필12장본에서 볼 수 없는데, 이는 심청의 인당수행 이후 부분의 소략함과 연결된다. 허흥식창본, 김종철 18장본, 박순호 19장본에서는 뺑덕어미 관련 서술이 있기는 하나 완판본에 비해 소략한 편이다. 심봉사가 맹인 잔치 소식을 듣고 상경하는 요소는 뺑덕어미와의 결합이 있는 자료에서는 모두 나타나지만, 허흥식창본의 경우 뺑덕어미가 심봉사 상경 이전 샛봉사와 이미 도망간 이후여서 심봉사는 사또에게 노자를 얻어 상경한다. 김종철 18장본에서는 뺑덕어미와 쌀 오십 석을 다 먹고 나서, 박순호 19장본에서는 빅미 돈 빅양을 소진한 상태에서, 맹인잔치 소식을 듣는다. 뺑덕어미가 함께 도망가는 사람은 대체로 황봉사인데, 허흥식 창본에서는 샛봉사, 김광순 29장본에서는 황첨지로 나와 독특하다.

(18) 목욕하다가 의관과 행장을 잃고 관장에게서 얻음, (19) 목동 혹은 여러 맹인들을 만남, (20) 방아찧는 여인들을 만나 희롱

심봉사 목욕 화소는 허흥식 창본, 박순호 19장본, 김광순 29장본에 나타나고, 한남본, 조동필 12장본 등에서는 보이지 않으며 김종철 18장본에서는 '무인지경의셔 걸인 도적을 만닉 헌 의복 쏘 다 일코'라고 하여 목욕이 아니라 도적 때문에 의복을 잃은 것으로 다른 자료와 달리 서술되고 있다. 목동 만남은 이들 자료에는 아예 나타나지 않는다. 방아찧기 화소도 다른 자료에는 없고 김광순 29장본에만 나타난다. 이로 볼 때, 심봉사 상경 대목에서 목욕 화소 정도가 맨처음 생기고 이후 목동 만남이나 방아찧기가 추가된 것이라 할 수 있겠다.

(21) 안씨맹인과 결연, (22) 부녀상봉의 꿈을 안씨맹인이 해몽, (23) 황제가 심봉사를 부원군 삼음

마지막으로 안씨맹인 관련 화소들을 보면, 자료별로 다양하게 나타난다. 한남본과 조동필 12장본에서는 나타나지 않고, 허흥식창본

과 김종철 18장본, 박순호 19장본에는 맹봉사, 맹인처자, 처자맹인
으로 나타나고 안씨라고는 하지 않는다. 그러다가 허흥식창본과 박
순호 19장본에서는 심봉사와 심청의 상봉 이후 안씨 맹인을 취하는
것으로 보인다. 그리고 심봉사가 상경 길에 만난 맹인이 부녀 상봉의
꿈을 해몽하는 화소는 대체로 안맹인 화소와 동일하게 나타나는데
박순호 19장본에는 없다. 황제가 심봉사에게 부원군을 명하는 화소
는 허흥식창본에는 낙장되어 알 수 없고, 최재남 22장본에는 없지만,
김종철 18장본, 박순호 19장본, 김광순 29장본에 나오고, 한남본에
는 호국공, 조동필 12장본에서는 초국왕에 명하는 것으로 되어 있다.

3. 초기 〈심청전〉 이본 간 관계

이제까지 초기 〈심청전〉의 모습을 파악하기 위해 화소단위로 비
교해 보았다. 이들 이본은 김광순 29장본을 제외하고는 초기 〈심청
전〉 논의에서 거론된 바가 있다. 그래서인지 완판본 이후의 이본들
에서 볼 수 있는 각종 더늠의 삽입이나 장면 확대의 양상은 없는 편
이었다. 그렇지만 특정 화소는 확장이 시작된 듯도 하고, 어떤 화소
는 과도기적 양상을 보이기도 하였다. 여기서 다룬 자료들 간의 관
계를 짚어 보기 위해 전체 화소별 비교표를 다음과 같이 만들어 보
았다. 괄호번호는 화소를 지칭하는 것이고, 하나의 화소가 둘로 나
뉘어 있는 경우는 하위 세부 내용이 있을 때 별도로 살핀 결과를 표
시하기 위한 것이다.

	(1)	(2)	(3)	(4)	(5)	(6)	(7)	(8)	(9)	(10)
허흥식	-	심핑규 삼십	곽씨	치성 태몽	○	유언	○	-	○ ○	없음	-
박순호 19	송 유리국 오류촌	심운 천생맹인	양씨	치성 태몽	○	유언	-	-	○ ○	장자부인 양녀	-
최재남 22	송 유리국 행화촌	심핑구 팔자무상	곽씨	심봉사 치성 태몽	○	한탄	-	-	- -	장자부인 수양딸	-
김광순 29	송 황주 도화동	심학구 이십전	곽씨	치성 태몽	○	○	-	-	○ -	김장자 수양녀	-
김종철 18	송 유리국	심봉사 젊어 우연히	정씨	이미 성장	-	-	-	-	- -	장자집 부인 양녀	-
조동필 12	당 남군땅	심경 중간	-	이미 13세	-	-	-	-	- -	장자댁 부인 시양	-
한남본	대명 남군땅	심현 부인죽음후	정씨	신몽	-	-	-	-	- -	장자에게 몸파라	-

	(11)	(12)		(13)	(14)	(15)	(16)	(17)	(18)	(19)	(20)	(21)	(22)	(23)
허흥식	-	-	-	-	○	○	△	샛봉사	○	-	-	맹봉사	○	낙장
박순호 19	-	○	환세중	-	-	○	○	황봉사	○	-	-	처자맹인	-	○
최재남 22	-	-	-	-	-	낙장	-	-	-	-	-	-	-	-
김광순 29	-	○	환세중	-	-	○	○	황첨지	○	-	○	○	○	○
김종철 18	-	환세중	환세중	-	-	○	○	황봉사	△	-	-	맹인처자	○	○
조동필 12	-	-	-	-	-	-	-	-	-	-	-	-	-	초국왕
한남본	-	-	-	-	-	-	-	-	-	-	-	-	-	호국공

화소별 출입을 비교하면서 유사성을 보이는 이본들끼리 묶어서 보면 허홍식 창본, 박순호 19장본, 최재남 22장본, 김광순 29장본이 비슷하고, 김종철 18장본, 조동필 12장본, 한남본이 유사성을 보인다. 이는 기왕의 〈심청전〉 연구에서 판소리창본 계열과 문장체 혹은 경판계로 나눈 시각과 관련지어 볼 수 있다. 완판본으로 귀결되는 판소리창본 계열과 관련성을 지니는 것으로 판단되는 자료들로 좁혀서 살펴보면, 대체적으로 허홍식창본과 박순호 19장본이 좀더 밀착되어 있음을 알 수 있다. 곽씨부인의 죽음 부분에서 유언 요소나 심청이 동냥할 때 박대 받는 화소 등에서 이들 자료들이 공통점을 갖고 있기 때문이다.

한편 최재남 22장본은 기자치성 대목에서 심봉사가 치성을 드린다든지 곽씨 유언이 거의 한탄으로 이루어져 있다는 점에서 차별성을 지닌다. 이들 자료 이후 자료를 고려하면 최재남 22장본이 허홍식창본이나 박순호 19장본다 앞선 자료이기 때문이리라 조심스럽게 추정해 볼 수 있다. 그러나 만약 장승상 부인 관련 대목의 첨가 양상만을 기준으로 보면, 허홍식창본이 가장 앞선 것이라 할 수 있다. 시각을 달리하여, 심봉사의 이름이나 부인 이름, 영혼 만남, 뺑덕어미가 함께 도망가는 인물, 안씨 맹인 화소 등을 보면, 허홍식창본과 박순호 19장본은 동일 계열로 보기 어려운 개별성을 지닌다.

이를 종합해 보면, 만약 최재남 22장본이 판소리창본과 친연성을 가지는 이들 이본 중에서 가장 초기 〈심청전〉이라면 이후 허홍식 창본과 박순호 19장본으로 전개되고, 김광순 29장본을 거쳐 완판본으로 형성된 것으로 볼 수 있다. 그렇지 않다면 최재남 22장본, 허홍식창본, 박순호 19장본은 각기 다른 형태로 존재하다가 김광순 29장본을 거쳐 완판본으로 전개되었다 할 수 있다.

다음으로 문장체 계열과 관련지을 수 있는 이본들을 보면, 조동필 12장본과 한남본은 화소 유무로만 보면 거의 일치한다. 이에 비해 김종철 18장본은 공양미 삼백석의 출처나 항해 중 방문, 영혼만남, 안씨 맹인 관련 화소 등에서 차이를 보이고, 이 차이를 중심으로 보면 김종철 18장본은 오히려 박순호 19장본과 더욱 가까워 보인다. 이렇게 보면, 김종철 18장의 경우 판소리계열의 이본과 상호교섭이 있었을 것으로 추측할 수 있다. 만약 문장체계열의 소설향유와 판소리계열의 향유가 구분되어 있다가 상호작용의 결과 새로운 이본이 형성, 발전하는 방식으로 변모한 것이라면 김종철 18장본의 모습은 판소리계열의 영향을 받은 문장체 〈심청전〉이라 할 수 있을 것이다.

다른 한편으로 〈심청전〉의 가사적 향유 모습[19]을 보인다는 논의를 바탕으로 본다면 박순호 19장본과 김종철 18장본의 관련성은 이들 이본의 향유가 특정한 방식을 띠고 있었을 가능성을 제기한다. 다시 말해, 김종철 18장본이 전형적인 문장체계열의 소설이라 할 수 있는 조동필 12장본과는 다른 양상을 띠는 것은 그 향유 방식이 개인적 독서를 통해 읽히거나 판소리로 향유되던 방식과는 차이를 갖기 때문으로 볼 수 있는 것이다.

〈심청전〉을 구성하는 이야기 요소의 부재나 특정 화소의 원초적 형태를 고려하여 조심스럽게나마 선후관계를 따진다면 문장체계열이 앞설 것으로 보인다.[20] 이미 판소리와 소설의 선후 문제에 대한

.....

19 박일용, 위의 글.

논쟁이 충분히 있었고 이에 대한 결론은 명확하지 않은 상태이다. 그러나 초기 〈심청전〉의 모습을 간직하고 있는 이들 이본을 비교해 볼 때, 심봉사의 이름, 신분, 곽씨부인의 이름과 행동, 죽음, 심봉사 상경대목 등의 일반적 변화 과정에서 앞선 형태를 보이는 것이 문장 체계열인 조동필본이나 한남본인 것이다.

이는 앞에서는 살피지 않았지만 단순 명백하게 변화를 보이는 뱃사람들이 심봉사를 배려하여 얹어준 값을 고려해 볼 때에도 확인할 수 있다.

> 슴빅셕의 가졀ᄒ고 쌀 오십셕 돈 빅냥은 싸로 션물ᄒ넌 거시니 낭ᄌ 몸니 팔녀가면 다시 못 볼 부친니니 한쩍 위친ᄒ옵시고
> (허흥식 창본)

> 상괴 쏘 와 빅미 오십셕을 더 쥬어 왈 낭ᄌ의 위친듸효를 우리 등이 감동ᄒ여 오십셕을 더 듀ᄂ니 낭ᄌ 부친의 삼ᄉ년 량식을 ᄒ게 ᄒ라 ᄒ고
> (한남본)

> 심낭ᄌ 효셩은 셰상의는 읍ㄱㅣ얏다 뉘 안이 셔러할이 션인 등이 그 거동 보고 갑외예 빅미 오십셕을 더 쥬며 니른 말이 낭ᄌ 효셩이 지극한이 병든 부친 양식이나 하게 하쇼셔
> (김종철 18장본)

......
20 문장체계열 〈심청전〉의 선행설은 성현경 등에 의해 주장되었다.

심낭주 착흔 효셩 가련ᄒ고 차목ᄒ니 우리 태여 동슈 즁의
빅미 빅셕 돈 빅양을 심봉ᄉ 양식ᄒ기 별노 쥬고 도라가세
(박순호 19장본)

쏠 열셤을 쥬며 　　　　　　　　　　　(조동필 12장본)

상공덜이 모도 눈물지고 한난 마리 심봉사의 하난 거동 참
마 보지 못하기소 돈 빅 양 빅미 열 셤 부쥬좃로 드리온이 심
낭자 써난 후의 동늬의 붓치두고 으식 찬가 ᄒ옵소셔
(김광순 29장본)

동늬 일면 모든 즁의 늬 안이 실피 율이 션인들도 실혀ᄒ고
빅미 오십셕을 상급 쥬고 다시 이론 말이 늡주 정셩 지극하이
별급으로 쥬ᄂ이다 이 쌀 오십셕을 부쳔으 양식ᄒ고 소셩 낭
주 츠디 마옵쇼서 　　　　　　　　　　(최재남 22장본)

위에서 보면, 박순호 19장본은 백미 백석과 돈 백양, 최재남 22장
본과 김종철 18장본, 한남본은 쌀 오십석, 허흥식 창본은 쌀 오십 석
에 돈 백냥, 김광순 29장본은 돈 백냥과 백미 열 섬이고, 조동필 12장
본은 쌀 열섬이다. 이렇게 보면 가장 적은 값이 조동필 12장본으로
열 섬이고 박순호 19장본이 가장 많다. 참고로 완판본을 보면 쌀 이
백 석과 돈 삼백 냥으로 이들 이본에 비해 매우 큰 값이다. 만약 적은
값에서 큰 값을 변화한다는 전제를 가진다면 조동필 12장본이 가

장 앞서고, 박순호 19장본이 가장 최근 자료이다. 그런데 이렇게 볼 때 생기는 문제는 비교적 후대본으로 추정되는 김광순 29장본의 값이 적어 박순호 19장본이나 허흥식 창본보다 앞서는 것이 된다는 것이다.

이러한 값의 차이는 1) 해당 이본이 만들어지고 향유된 시기와 관련되거나, 2) 향유 집단의 경제적 수준의 반영일 가능성이 있다. 1)과 같이 추측하는 것은 문학 작품에 사용된 경제적 가치 단위가 시대와 관련성이 있을 수 있기 때문이다. 그러나 동시대를 상정한다면, 이 경제적 가치 단위가 집단에 따라 다를 수 있다. 선인들이 공양미 삼백 석에 더하여 주고 간 식량과 돈은 대개의 경우 삼 년 정도 심봉사가 생활을 영위하는 데 쓰이는 것으로 나온다. 동중의 사람들에게 부탁을 하는 것도 일종의 신탁으로 동네에 맡겨 두어 심봉사가 필요에 따라 받을 수 있게 하는 것이다. 만약 김광순 29장본의 문제를 향유집단의 문제로 보고 다른 자료를 시기의 차이로 보면 판소리계열 내에서는 최재남 22장본, 다음이 허흥식 창본, 박순호 19장본의 순서로 출현한 것이 된다. 이러한 논리를 문장체 계열에 적용하면 조동필 12장본이 김종철 18장본과 한남본에 앞서는 자료로 볼 수 있다.

4. 결론

이제 초기 〈심청전〉의 모습과 관련된 특징들을 정리하는 것으로 논의를 마무리하고자 한다. 이본별로 보았을 때 〈심청전〉의 초기 모습은 심봉사의 이름보다 오히려 부인 형상과 관련되는 것으로 분석된다. 계열별 유사성이나 〈심청전〉의 발전 단계를 가늠하는 데에 일차적으로 부인의 이름이 무엇인지, 그 죽음 장면이 어떤 요소로 구성되고 장면이 어느 정도로 확대되었는지에 따라 시기가 달라진다 할 수 있기 때문이다. 초기 〈심청전〉에는 곽씨 부인이 재산 관리를 부탁하는 내용이 없고, 장례의 구체적 절차가 나타나지 않는다.

그리고 심청이 공양미 삼백 석의 출처를 밝히는 부분의 존재 유무와 내용에 따라 〈심청전〉의 초기 모습을 알 수 있다. 다시 말해 허흥식 창본과 같이 출처 고백이 없는 경우가 가장 선행하는 양상이고, 그 다음 단계가 장자집 혹은 장자부인의 양녀인 것이다. 여기서 살펴본 자료들이 주로 초기 〈심청전〉의 모습을 지닌 것으로 논의된 것들이어서 대부분 이 범주에 들어간다. 그리고 장승상부인과 관련된 화소가 전혀 나타나지 않고, 심청의 화상을 그린다든지 하는 요소도 없다.

심청의 인당수행과 관련하여서는 초기 〈심청전〉에서 배타고 가면서 여러 곳을 경유하거나 고인들의 영혼을 만나는 장면들이 완판본 이후의 이본들과는 다르다. 아예 이 내용이 들어가 있지 않은 자료들이 있으며, 있다 하더라도 매우 소략한 편이며, 위치가 다른 것이다.

뺑덕어미 관련 화소는 뺑덕어미의 등장 여부, 행위의 상세화에 따라 시기를 가늠할 수 있는데, 초기 〈심청전〉에는 뺑덕어미가 나타나지 않든지 나타나더라도 그 행위 서술이 매우 소략한 편이다. 허흥식창본의 경우 독특하게 심봉사가 상경하기 이전에 이미 샛봉사와 도망한 것으로 설정되어 있다. 그리고 〈심청전〉 후대본에 비해 뺑덕어미의 악행이나 가산 탕진 서술이 거의 없는 편이다.

그리고 초기 〈심청전〉에는 심봉사의 상경 대목이 없거나 간략하다. 문장체계열의 경우에는 나타나지 않고, 나타나더라도 김종철18장본에서와 같이 간단히 나오고 목욕 화소도 없다. 목욕 중 옷을 잃어버린다거나 목동과 만난다든가 방아를 찧는 등의 행위는 〈심청전〉의 후대적 양상이라 할 수 있다. 안씨 맹인 화소 역시 뺑덕어미나 상경대목과 마찬가지로 초기 〈심청전〉에는 안정적으로 자리 잡고 있지 않은 단계로 보이다. 홀로된 심봉사가 결연한 여인이 안씨라는 것이 초기 〈심청전〉에는 심봉사와의 만남에는 드러나지 않고 심청과의 상봉 이후 언급된다. 안씨 맹인의 꿈풀이 화소도 후대본에서 확장된 양상으로 볼 수 있겠다.

이렇게 초기 〈심청전〉의 모습으로 정의된 특성들은 대부분 부재 요소와 관련된다. 즉 현행 창본이나 완판본 이후의 이본에는 있으나 초기 〈심청전〉에는 없는 요소들이 상당히 많은 것이다. 이런 점에서 부재 요소가 어떻게 자리 잡고, 변모하다 정착하는지를 살피는 것이 〈심청전〉 전개의 역사를 정리하는 것이 된다. 그리고 그 결과 초기 〈심청전〉의 모습을 간직하고 있는 이본들 중에서도 문장체계열의 특성을 가진 이본이 시기적으로 더욱 앞서 있다고 할 수 있을 것이다.

이 연구에서는 허흥식창본, 박순호19장본, 최재남22장본, 김광순29장본, 김종철18장본, 조동필12장본, 한남본 등의 자료를 집중적으로 살핀 한계가 있다. 그리고 〈심청전〉의 전체 내용을 모두 살피지는 못하고 초기 〈심청전〉 논의에 필요한 화소 단위로 국한하여 살펴보았다. 이러한 한계는 향후의 논의로 보완될 수 있기를 기대한다.

판소리 문학의 문화 적응과 확산

제2장

〈심청전〉 변이의 한 양상

- 공양미 삼백 석 시주 약속에 대한 심청의 반응을 중심으로 -

1. 서론

우리 고전소설, 그 중에서도 판소리와 판소리계 소설이 갖고 있는 현대적 의미 중 가장 큰 것은 지금까지도 계속적으로 향유되고 있다는 것[1]과 무수히 다양한 이본들의 존재를 통해 당대 향유의 특성, 그

......

1 이러한 향유의 지속성은 판소리뿐만 아니라 하나의 텍스트로서 계속적으로 생산, 수용되고 있는 현상으로 확인할 수 있다. 고전 문화의 하나로서 판소리와 판소리계 소설은 지속적으로 향유, 재생산되면서 다양한 향유층을 위한 작품으로 거듭나고 있는 것이다.

리고 향유층의 지향성을 알 수 있다는 것이다. 이러한 특성은 살아 있는 문화 유산으로서 판소리와 판소리계 소설을 바라볼 수 있는 시 작점인 동시에 현대의 문화 향유를 조망할 수 있는 근거가 된다는 점에서 의의가 있다. 특히 〈심청전〉과 같은 판소리 작품 계열은 재생 산의 과정에서도 근본 구조가 변하지 않으면서 동시에 미시적으로 는 당대 향유층의 지향성을 드러내고 있다는 점에서 주목할 만한 가 치가 있다.

지금까지 〈심청전〉은 판소리의 전승이라는 맥락[2]에서 거시적인 연구도 이루어져 왔지만, 한편으로는 미시적으로 어떤 요소가 어떻 게 변화하고 있는지에 대한 세부적 체계화와 의미 연구[3], 판소리 〈심 청전〉과 다른 양식으로의 변이[4]도 함께 이루어져 왔다. 이러한 연구 사적 맥락에서 보면, 앞으로는 미시적 변화가 당대 문화 향유와 어

......

2　최운식, 『심청전 연구』, 집문당, 1982.
　　유영대, 『심청전 연구』, 문학아카데미, 1989.
　　김석배·서종문·장석규, 「〈심청가〉 더늠의 통시적 연구」, 판소리학회, 『판소리연
　　　　구』 제9집, 1998.
　　정운채, 「〈심청가〉의 구조적 특성과 심청의 효성에 대한 문화론적 고찰」, 이상익
　　　　외, 『고전산문교육의 이론』, 집문당, 2000.
　　정출헌, 「〈심청전〉의 전승 양상과 작품세계에 대한 고찰」, 釜山大學校韓國民族文化
　　　　研究所, 『韓國民族文化』 22, 2003.
3　최래옥, 「심청전의 총체적 분석」, 漢陽大學校韓國學研究所, 『韓國學論集』 5, 1984.
　　김영수, 『필사본 심청전 연구』, 민속원, 2001.
　　졸고, 「공감적 자기화를 통한 문학교육 연구」, 서울대대학원 박사학위 논문, 2002.
　　＿＿＿, 「〈심청전〉 중 '곽씨부인 죽음 대목'의 변이 양상과 의미」, 『문학교육학』 제7
　　　　호, 한국문학교육학회, 2001.
　　＿＿＿, 「〈심청전〉 중 '심청 투신 대목' 변이의 수용적 의미 연구」, 『판소리연구』 제14
　　　　집, 판소리학회, 2002.
4　박일용, 「가사체 〈심청전〉 이본과 초기 판소리 창본계 〈심청전〉의 관련 양상」, 『판
　　소리연구』 제7집, 판소리학회, 1996.

떻게 관련되는가라는 거시적 논의가 함께 이루어져야 할 필요성이 제기된다. 이러한 필요성은 〈심청전〉의 세부적 변화가 하나의 서사로서의 〈심청전〉 향유와 어떤 관계를 갖고 있는가, 어떤 세부적 요소의 변화가 전체 〈심청전〉의 주제 형성이나 인물 형상화와 어떻게 관련되는가를 규명하는 것이기 때문이다.

이에 이 연구에서는 구체적인 변이 요소로서 〈심청전〉의 한 부분인 공양미 삼백 석 시주 약속에 대한 심청의 반응이 어떻게 변화하고 있는가를 짚어보고, 이러한 변이가 서사로서의 〈심청전〉 향유와 어떻게 관련되는지를 살펴보고자 한다.

사실 〈심청전〉 전체 서사에서의 비중으로 본다면, 심봉사의 공양미 삼백 석 약속과 이에 대한 심청의 반응 부분은 매우 미시적인 것으로서, 별로 중요하지 않은 요소로 간과할 수도 있는 부분이다. 그러나 전체 서사의 맥락으로 본다면, 이 부분은 심청의 인신공양이 이루어지는 데에 필연성을 부여하는 중요한 부분이다. 흥미로운 것은 공양미 삼백 석을 시주해야 하는 절망적인 상황에서 심청이 보이는 반응이 〈심청전〉 자료에 따라 달리 나타난다는 것이다. 그리고 이 부분의 구성과 심봉사, 심청의 행동이 〈심청전〉 전반에서의 인물 형상 변화나 주제 형성에 대한 중요한 암시를 한다는 것이다.

이러한 특성은 근본적으로 서사 내적 소통과 함께 〈심청전〉을 향유하는 향유자와의 서사적 소통을 드러내는 단서라고 할 수 있다. 연행으로서의 판소리이든, 서사로서의 판소리계 소설이든 우리 고전문학 향유가 보여주는 서사 향유의 모델은 수용자에 의해 끊임없이 공감, 조정, 재생산된다는 것이다. 동시대적으로 혹은 시대를 달리하면서 계속해서 이루어진 이본 형성은 문학 향유의 메커니즘을 보여주는 것으로, 공양미 삼백 석 시주 약속에 대한 심청의 반응이 달리 나타나는 양상은 〈심청전〉 수용자로서의 생산자가 어떻게 〈심청전〉을 서사적으로 향유했는지를 말해준다.

이는 〈심청전〉 그 중에서도 공양미 삼백 석 시주 약속에 대한 심청의 반응 부분의 변이를 서사물의 독서라는 소통적 관점에서 보는 것으로, 이렇게 보면 심청의 반응이 변화하는 모습이 단지 서사 속에서의 어느 한 요소 혹은 표지라는 차원에서 나아가 독자이자 새로운 이본 생산자로서의 향유자가 개입한 흔적이라 할 수 있다.

이러한 관점에서 우선 공양미 삼백 석 시주 약속을 들은 심청의 반응을 유형화하여 보고, 그러한 반응을 〈심청전〉이라는 서사의 맥락과 비추어 분석하여 봄으로써 이 부분의 변이가 문학 향유라는 소통 구조 속에서 어떻게 일어났는지를 살펴보고자 한다.

여기서 대상으로 하는 〈심청전〉 자료[5]는 필사본을 중심으로 하되, 필요에 따라 창본과 방각본을 함께 참조할 것이다.

2. 심청의 반응 유형

〈심청전〉에서 심봉사의 공양미 삼백 석 시주 약속 부분은 심청이

......
5 〈심청전〉 자료의 인용은 김진영 외, 『심청전 전집』 1-11권을 바탕으로 함을 밝혀 둔다.

나간 사이 기다리다 지친 심봉사가 밖에 나갔다가 물에 빠진 사건
과 심청이 선인들에게 몸을 팔게 되는 대목 사이에 있다. 이를 좀더
자세히 보기 위해 〈심청전〉의 전체의 핵심 서사 내용과 함께 살펴
보도록 하자. 〈심청전〉의 핵심 서사 내용은 다음과 같이 정리할 수
있다.[6]

    1. 심청의 출생

       (1) 심봉사 부부의 삶

       (2) 심청의 출생

       (3) 곽씨부인 죽음

    2. 심청의 봉양과 죽음

       (1) 심청의 양육과 봉양

       (2) 공양미 삼백석에 몸팔아 시주

       (3) 심청의 죽음

    3. 심청의 환세와 부녀상봉

       (1) 심청의 재생과 환세

       (2) 부녀상봉과 개안

       (3) 후일담

위의 핵심 서사 내용에서 심봉사의 공양미 시주 약속에 대해 심청
이 알게 되는 부분은 2의 (1) 심청의 양육과 봉양과 (2) 공양미 삼백

......

6 졸고, 앞의 글, 24쪽.

석에 몸 팔아 시주 사이에 있다. 〈심청전〉의 전체 서사 전개상 위치를 보면, 이 부분은 심청이 인당수에 빠져 죽어야 하는 필연성이 부여되는 지점이자 서사의 전개가 절정에 이르는 단계의 시작 지점이다. 이렇게 볼 때, 공양미 삼백 석 시주 약속은 〈심청전〉 전개에서 핵심적이라 할 만큼 중요하다.

심봉사가 공양미 삼백 석 시주 약속 후 하는 행동은 후회하며 자탄하는 것인데, 이 장면은 모든 계열의 이본에 빠지지 않고 나타난다.[7] 그리고 이를 들은 심청이 심봉사를 위로, 안심시키고 기도를 하는 장면으로 이어진다. 이때 심청의 기도도 자료에 따라 달리 나타나는 특성을 보이는데, 대부분의 자료에서 심청의 기도 이후 바로 선인들에게 매신을 하는 사건으로 연결된다.

심청의 반응이 서술되는 부분은 크게 심청의 표정이나 행동 서술, 심봉사에게 식사 권유, 심봉사의 식사, 심청의 걱정, 기도 등으로 이루어진다. 여기서 심청의 반응을 유형화하는 데 있어서 어디까지를 심청의 반응으로 볼 것인가를 정확히 해야 할 필요가 있다. 좁게는 심청의 즉각적인 행동 자체가 반응이 되겠지만, 좀더 포괄적으로 본다면 심청이 기도를 하게 되는 부분까지의 장면이나 심리 서술 전체가 심청의 반응이 될 수 있을 것이기 때문이다. 따라서 심청의 반응을 심봉사의 공양미 삼백 석 시주에 대한 탄식을 듣고 난 뒤부터 심청의 기도 직전까지로 설정하여 살펴보도록 하겠다.

......

7 김영수는 이 장면이 전 계열의 이본에 걸쳐서 빠지지 않고 나타남을 지적하고, 필사본 전체를 대상으로 할 때 다른 장면에 비해서 내용의 변개나 사설의 확장 여부가 가장 적은 부분이라 하였다(김영수, 앞의 글, 241-242쪽).

그렇다면, 이 부분에서 심청이 공양미 삼백 석 시주를 해야 하는 사실을 어떻게 수용하는지를 유형화하여 보도록 하자. 심청의 반응은 크게 세 가지 정도로 유형화할 수 있는데, 특징적인 것은 심청이 심봉사에게서 그 사실을 듣고 하는 말 중에 공통적으로 밥을 권하는 내용이 나타난다는 것이다. 그런데 그러한 식사 권유 후에 실제로 식사 장면이 나오는지의 여부는 이본에 따라 달리 나타나며, 이 요소의 출입은 심청의 반응 유형과 관련이 있는 것으로 보인다.

(1) 좌절

심청의 반응이 나타나는 첫 번째 유형은 심청의 좌절감이 서술되는 것이다. 심청의 좌절감은 천지가 아득할 정도로 망연하다거나 눈물을 흘리는 것으로 나타난다. 그러나 심청이 좌절감을 느끼는 부분은 비교적 간명하게 서술되며, 바로 식사 권유로 이어지는 특성을 보이고 있다.

> (가) **심청이 쏘흔 드로미 망연ᄒ여 쳔지 아득흔지라** 흔연히
> 고왈 아모커나 시장ᄒ업실 거시니 이 밥을 자시옵쇼셔
> 쳥ᄒ고 이날밤 목욕지계 ᄒ고   (조동필 12장본)

> (나) 심청이 이 말 듯고 **흘으넌 눈물을 검치 못하여 나안져 하**
> **넌 말이 아바임 염예 마오 하날이 잇ᄉ온이 ᄉ룸이 싱겨**
> **나고 오륜이 잇ᄉ온이 늬 아모리 여ᄌ로되 그만 일을 못**

할잇가 빈 곱푼딕 밥이〈4뒤〉나 어셔 잡슈시오 권하여 위
로한이 그 안이 효성인가 심청이 그날부텀 모욕직계하
고   (김종철 18장본)

(다) 심낭즈 그 말 듯고 **묵묵무언 안즈다가 눈물짓고 ㅎ난 마**
리 아분님 아분님는 걱정 근심 마르시고 진지나 즈부시
〈13 뒤〉요 아모리 여식인들 그맛 것 못ㅎ잇가 부딕 부딕
근심말고 진지 자부시오 심봉사 조화라고 밥상을 단겨
노코 이것 저것 맛보면셔 이그션 무어신야 그거션 무어
신야 뉘 집의셔 어더나 요구시 거도 구시도다 너 어맘 스
라슬 제 이 밥얼 짓거 되면 어려든니 이 밥을 먹거본니
그 밥마시 흡사ㅎ다 이거션 무어신야 그거션 찰밥이요
너 어맘 쳐음 만닉 삼일 후 직힝거니 찰밥을 먹기 되면
그 원니 좃타ㅎ여 만니 담아쥬난 거셜 빅가 불너 다 못
먹고 슈시로 싱각할 졔 그 밥 싱각 간졀던니 이졔야 먹거
본다 이거션 무어신요 그거션 골비썩이요 웃마르릭 김
동지닉 큰며느리 나를 보고 아분임 말삼ㅎ며 불상타 낭
누ㅎ고 이 썩얼 쥬더이다 올타 올타 너 어맘 스라슬 졔
남다르계 친ㅎ든니 그 이얼 싱각ㅎ고 남달리 ㅎ나부다
이거션 무어시야 그거션 찰북겸이요〈14 앞〉온야 그거셜
낭 가져다가 놉피 놉피 간슈ㅎ라 잉걸부릭 쑤어셜낭 시
장할 졔 먹기 되면 근기가 인난니라 이라져리 머근 후의
심낭자 거동 보소 **쳔스만염 싱각ㅎ니 공양미 삼빅셕을**

굿쳐할 길 업난지라 후원의 들어가서 도량을 슈쉭ᄒ고
모뤼 녹코 황토 피고 졍흔슈 드려다가 반의 졍이 맛쳐노
코 젼조단발 졍이 ᄒ고 두 무릅 졍이 꿀고 두 숀으로 합
장ᄒ여 ᄒ날임계 비난 마리　　　　　　（박순호 39장본）

(라) 심낭ᄌ 거 말 듯고 **묵묵히 안져둑 눈물노 이른 마리** 아반
임 졍신ᄎ려 진지ᄂ 잡슈시오 심봉사 됴아라고 **펴 하변
우슘 웃고** ᄂᆡ 쌀리 ᄂᆡ 쌀리지 밥상을 당기 놋코 이굿져굿
맛볼 젹계 이그선 무어신야 그거선 이밥이요 이그선 무
어신야 그거선 콩밥이요 구시기 그지 업ᄃ 너어 엄엄 사
라실 졔 밥을 하면 일러튼이 이 밥을 머그본이 협사함도
하ᄃ 이그선 무어신야 그거선 츌밥이요 너어 엄엄 쳐엄
만ᄂᆡ 삼일 후 지힝 가니 츌밥을 먹기드면 권원이 됴타하
고 만(12 뒤)니 ᄃ마 드리그늘 빅기 불ᄂ 못믁고서 뉴시
로 시장하면 그 밥 싱각 ᄀᆫ졀튼이 오날날 머거본이 옛이
리 싱각난ᄃ 이그선 무어신야 그거선 골미쯕이오 웃마
을 금장ᄌᆡ듹 컨 며ᄂᆞ리 아반임 말하면서 불상튼고 낙누
하면 이 쏙을 듀드이ᄃ 심봉사 그 말 듯고 평 하변 우슘
웃고 올튼 올타 거 마루뤼ᄀ 소시져계 오입하ᄂ라고 너
어모아 됴아하든이 그 이를 싱각하고 별다러 하ᄂ부ᄃ
그거선 무어신야 이그선 츌버금이요 온야 온야 놈피놈
피 언저 두어라 닝글불의 쑤어 먹기되면 근기ᄀ 인난이
라 거렁져렁 머근후의 심낭ᄌ 거동 보쇼 후원의 드러ᄀ

셔 도랑을 슈시하고 천졔단 무어놋코 황토을 졍이 폐고

(김광순 30장본)

위에서 보듯이 이 유형의 자료에서는 심청이 일차적으로 좌절감을 느끼고 걱정하는 것으로 나타난다. 혹은 심청이 조용히 눈물을 흘리는 것으로 제시되고 있다. 그런데 이후 심청의 행동에 있어서는 (가), (나)와 (다), (라)가 다른 양상을 보이고 있어서 주목된다.

다시 말해, (가)와 (나)는 심청의 좌절감을 서술한 뒤, 바로 심청이 기도에 들어가는 것으로 서술하고 있음에 반해, (다)와 (라)에서는 심청이 눈물을 흘리고 난 뒤, 심봉사에게 식사를 권하는 말이 나오고 그 뒤 심봉사의 식사 장면[8]을 장황하게 서술하고 있다. 이와 같은 차이가 생기게 된 이유에는 여러 가지가 있겠지만, 여기서 눈여겨보아야 할 것은 심봉사의 식사 장면이 필요에 넘치도록 장황하다는 것과 심봉사 식사 후에 심청이 기도를 드려야 한다는 결심을 하게 된다는 것이다.

그리고 심봉사의 식사 장면은 이 부분의 분위기에 맞지 않게 지극히 희극적이고도 골계적으로 형상화되고 있다. 물론 이러한 희극적 장면의 삽입에 대해서는 보다 계통적인 접근이 이루어져야 하겠지만, 심청이 좌절감을 느끼는 부분에 연이어 나오는 심봉사의 식사

---

8 김영수는 (다)와 (라)와 같이 얻어온 밥을 함께 먹는 장면이 오늘날의 창본에서는 발견할 수 없는 것으로 심학규 계열 내에서 어느 정도는 공통적 흐름을 보이는 것으로 파악한다. 그리고 이 부분을 심봉사가 경박스럽게 형상화되면서 다른 계열에서 보이는 성격의 일관성과는 배치되고 있음을 지적하고, 판소리 연행을 전제로 할 경우 심청의 효심을 부각하기 위해 심봉사의 성격에 일정한 일탈을 이루어내는 장면으로 해석할 수 있다고 보았다(김영수, 앞의 글, 245-247쪽).

장면이 탈맥락적이고 심봉사라는 인물의 형상에 어떤 변화를 부여
하는 것이라는 점은 확실하다 할 수 있을 것이다.

　(가)-(라) 자료를 좀더 자세히 살펴보자면, (가)에서는 심청이 천
지가 아득하고 망연자실할 정도로 좌절감을 느끼지만 흔연히 식사
권유를 하고, 목욕재계와 기도에 들어간다. (나)에서는 흐르는 눈물
을 어쩌지 못할 정도로 놀라고 절망감을 느끼지만, 곧바로 하늘을
의지할 수 있을 것이며, 사람이 있고 오륜이 있으니 여자라도 못할
것이 없다며 아버지를 위로한다. 여기서 독특한 것은 심청이 언급하
고 있는 '오륜' 항목과 심봉사에 대한 위로 후 이어지는 서술자의 '그
아니 효성인가'라는 칭찬이다. 이러한 효에 대한 언급은 심청이 전
혀 걱정을 하지 않는 유형에 주로 나타나는 것으로 보아, (나)의 경우
심청의 반응 유형 (3)과 관련성을 지니는 것으로 판단된다.

　(다)의 경우 심청의 반응이 눈물을 흘리지만, '묵묵히'하는 것으로
(가)와 (나)에 비해서 눈물을 흘리는 정도가 약화되어 있다. 그리고
(라)처럼 심봉사의 식사 장면이 나온다. 독특한 것은 (다)의 말미에
심청이 혼자 공양미 구할 방도에 대해 이런 저런 생각을 많이 하게
되고, 방법이 없다고 생각되자 기도를 하는 것으로 설정되어 있다는
것이다. 심청이 혼자 앉아 걱정을 하는 것은 뒤에 살펴볼 심청의 반
응 유형 (2)에 주로 나타나는 것인데, (다)에서는 심청이 걱정을 하는
정도는 아니지만, 혼자 생각을 하는 것으로 서술되고 있어, 유형 (2)
와의 관련성을 시사한다.

　(라)의 대체적인 특성은 (다)와 유사한데, (다)에 나타났던 심청이
생각하는 부분이 없는 것이 다르다. 그리고 심봉사의 식사 장면에

서 (라)가 (다)보다 심봉사의 행동과 말이 골계적이라는 것을 알 수 있다. (라)에는 (다)에는 나타나지 않는 심봉사의 '퍽'하는 웃음과 '내 딸이지' 하는 등이 나와 심봉사의 형상이 보다 경망스럽게 느껴진다.

(2) 혼자 걱정

이 유형의 경우, 심청이 심봉사의 앞에서는 위로하고 진정시키지만, 혼자 있게 되었을 때 걱정하고 기도하는 모습으로 나타난다. 그리고 심청이 기도하기 직전까지의 과정이 첫 번 째 유형에 비해서 비교적 확대되어 있다. 우선 다음 자료를 보자.

> (가) 청이 청파의 위로 왈 부친은 슬허 마르쇼셔 정성이 지극
> ᄒ면 감련이라 ᄒ오니 부친의 정성이 여ᄎᄒᄉ 시듀코
> 져 ᄒ시미 부쳐의 도으시미 이스리니 심녀를 허비치 마
> 르쇼셔 ᄒ고 즉시 셕반을 갓쵸와 권ᄒ딕 공이 먹지 아니
> ᄒ고 다만 기리 탄식ᄒ여 눈물이 이음ᄒ니 청이 민망히
> 녀겨 화헌 말ᄉᆷ으로 위로ᄒ여(3 뒤)갈오딕 쳔되 비록 놉
> ᄒ시ᄂ 숩피시미 쇼쇼ᄒ시니 부친 졍셩을 텬딕일월이
> 감동ᄒ실 거시미 과히 번뇌치 마르쇼셔 ᄒ고 빅단 위로
> ᄒᄂ **진실노 난쳐ᄒ지라 쳔ᄉ만탁 ᄒ다가** ᄎ야 삼경의
> 목욕ᄌ계ᄒ고 쓸히 나려 ᄌ리를 펴고 하늘을 우러러 비
> 러 갈오딕   (한남본)

(나) **아버님 걱정 마오 셰숭의 흔한 거시 모도 다 쓸이오니** 구
흥기 〈22 앞〉어렵스오며 셜마 변통 못하오리가 넘녀치
마옵시고 진지나 줍슈시오 되지 못한 말리로다【평즁단】
셰상의 쓸니 만타기로 뉘가 느을 쓸을 쥬며 쏘한 셩셰 가
난흐녀 죠셕니 날니한듸 어듸셔 날리라고 헛된 말을 네
흐녀야 화쥬즁 도러와 시쥬쓸 달나 흐면 이을 웃지 흐잔
말니야 나넌 스러 씰쩌 읍짜【안니리】 추라리 쥭넌니문
갓치 못흐도다 즈결코져 결짠흐니 심쳥니 듸경흐녀 아
버니 진졍하오 니 몹실 녀식이오나 부친 병은 봇 곳치오
나 쓸숨빅셕 못 구할가 츄호도 넘여치 마옵고 진지나 줍
슈시요 어든 밥 다시 더 부친공경 극진흐니 심봉스 듸희
흐녀 그 밥을 감식흐고 식곤 즁 누어 즐 졔 심쳥니 죠은
말노 부친을 위로흐나 **숨빅셕 날 곳 읍셔 쇽으로 걱졍**〈22
뒤〉타가 후원을 졍니 씰고 졍한 빅셕 펴 년 후의 모욕즈
겨 식 옷 입고 졍한슈 지러다가 단 우의 올닌 후의 북향
스빅 축원흐되【진냥죠】   (허흥식 소장 창본)

(가)와 (나)는 심청이 공양미 삼백 석 시주 약속을 듣고도 놀라거
나 슬퍼하지 않고, 비탄에 빠져 있는 아버지 심봉사를 오히려 위로
하고 안심시킨다. (가)에서는 정성이 지극하면 하늘을 감동시키고,
시주하려고 하는 것이니 부처가 도울 것이라 한다. (나)에서는 더 강
하게 시주 쌀 구할 걱정이 없음을 강조한다. 세상의 흔한 것이 모두
쌀이니 설마 그걸 변통하지 못하겠냐고 한다.

그리고 이어 식사 권유를 하는 부분이 나오는데, 앞의 유형과는 달리 여기서는 심봉사가 여전히 탄식하거나 더 깊이 걱정하며, 심지어 (나)에서는 심봉사가 시주 약속을 한 자신은 살 수가 없다며 자결을 결심했다고까지 한다. 이런 심청의 반응과 심봉사 행동은 앞의 유형과 매우 대조적이다.

또한 전체적인 전개가 심청의 반응 후, 심봉사와 심청의 대화적으로 계속된다는 것이다. 이 과정에서 심청의 간곡한 위로는 더욱 구체적으로 서술되며, 심봉사의 슬픔과 탄식 또한 구체화되어 나타난다. 이러한 심봉사와 심청의 대화적 전개와 심청의 반응은 다음 자료에서 더욱 특성 있게 부각된다.

> (다) **심청의 츌천효셩** 부친을 위로ㅎ되 아바임은 걱정근심 마읍시고 진지나 만니 줍슈소셔 아모리 구츠ㅎ나 쌀삼빅셕이야 어렵존소 기탄읍시 뒤답ㅎ니 심봉수 그계야 마음이 활발ㅎ야 숨을 흔(17 뒤)번 뉘쉬던니 **심청의 등을 어로만지며 칭춘ㅎ되 효즈로다 긔특ㅎ다 못할망졍 이비 걱졍 싱각ㅎ야 염여읍시 뒤답ㅎ니 봉친ㅎ난 그 효셩이 지극ㅎ고 쏘 일변 싱각ㅎ니 지셩이면 감쳔이라 네 졍셩이 이러ㅎ니 삼빅셕이 읍실손야 희희낙락 기쑨 마음** 밥상을 당겨노코 이것져것 맛슬본다 두 눈을 번득이며 두 손으로 더듬더듬 만지면셔 뭇난 말리 이것슨 무어신야 그거슨 콩밥 이밥 츌밥이요 이거슨 무어신야 그거슨 고초장 집장이요 이것슨 무어신야 슈슈밥 팟밥이요 허허 우시며 그 밥 구슌이

라 너의 모친 살아실 졔 늬의 승미 맛츄와셔 종종 어더쥬
던 거슬 싱각ㅎ니 네가 쏘 늬 식셩을 아난구나 이거슨 무
어신야 그거슨 골미쎡이요 그 쩍 조타 뉘 집의셔 으더난
야 심쳥이 딕답ㅎ되 건넌 마을⟨18 앞⟩황동지딕 맛며늘이
가 이 쎡을 쥬고 밥도 안니 쥬며 후덕ㅎ더이다 심봉사 그
말듯고 픳쎡 흔번 터지면셔 ㅎ난 말리 올치 올치 그런 곡
졀 잇난이라 그 마누라 각시젹의은근 오입ㅎ노라고 토슈
보션이며 쏨지 쥼치 졍표 쥴 졔 네의 모친 솜씨 조타 부탁
ㅎ며 종종지여 달나더니 그 인졍을 싱각ㅎ고 너을 보고
남 다르다 이거슨 무어신야 콩갈루 무친 인졀미요 그 쎡
싸루 두라 츨츨ㅎ고 심심ㅎ씨 구덕구덕 구든 거슬 화로불
의 구어늬면 물신물신 조흔이라 **그리져리 맛친 후의 심쳥
이 손 글룻슬 당겨 놋코 침ㅈ질을 할야ㅎ고 홀노 안ㅈ 싱
각흔즉 부친의 평싱포원이 골슈의 믹쳐여셔 기왕지스 젹
여시니 웃지 감이 원망ㅎ며 붓쳐을 속여 죄을 질가 그러
ㅎ나 동셔걸식 이 쳐지의 일홉일스 난판이라 종일** ⟨18 뒤⟩
**토록 싱각ㅎ되 빅계무칙 속졀읍다 간즁이 씬어진 듯 눈물
이 쎠러져셔 다홍치마 졈졈일셰 일셩 즁탄 싱각ㅎ되 지셩
이면 감쳔이라 ㅎ니 아모커나 오날붓텀 ㅎ날임게 졍셩이
나 드려볼가 ㅎ고**   (사재동 50장본A)

(라) 심쳥이 이 말을 듯고 **고흔 안식 조흔 말노 져으 부친 위로
할 졔** 아부님 아부님 걱정⟨9 뒤⟩ 말고 염예 마소 옛말의 ㅎ

여시되 ㄴ라의 진상도 업사오면 못한다 ㅎ온니 두고 안니
ㅎ거듸면 죄가 되련마은 업고 못ㅎ면 죄라 하리요 걱정 말
고 염예 마르시고 밥을 먹고 사라ㄴ면 일월성신 발가시니
본장일시 분명하오니다 심밍닌이 말을 듯고 네 마리 기특
하다 늬 쌀이야봉사 혀륙타고 난 거시엿지 그리 영명ㅎ고
무거불칙 악귀라도 네 말 드르면 감심하리 심청이 거동 보
소 부친을 위로하고 저 혼자 싱각ㅎ니 공힝미 삼빅석을 날
쓰 업서 적어쥬고 익정흔 우리 부친 오직하야 낭누할가 ㄱ
삼을 쾅쾅 쑤다리며 발을 동동 구루면서 불상ㅎ고 가련ㅎ
ㄷ 남무자식 되야ㄴ서 부모 원을 못풀고 세상(10 앞)의 사
라 무엇 하리 일윤 참예 어렵쏘다 옛날 효자 밍종니난 그
엇써한 사람으로 눈 우의 죽신을 빌고 왕상은 엇지하야 어
름 속의 잉어을 낙고 죽게 된 부모을 위로하야 공경하니
니 안니 자락한가 남의 집 츌쳔지효난 쏜밧기 어렵쏘다 하
며 공힝미 삼빅석을 엇지 ㅎ야 어더늬여 우리 부친의 눈을
쓰게하여 싱전의 보게 할고   (단국대 나손 29장본A)

위에서 보듯이, (다)와 (라)는 앞의 두 자료에 비해 서술이 확장되
어 있으면서, 심청과 심봉사의 대화가 보다 구체적으로 이루어진다.
그런데 (다)와 (라)는 서술되는 내용과 방식에 있어서 각각 독자성을
지니고 있다. (다)는 심청의 수식어로 '출천효성'을 붙이며, 심청과
심봉사에게는 절대절명의 존재론적 위험을 맞이하는 순간인데도
심청이 얼마나 효녀인지를 강조하는 서술에 집중하고 있다. 그것이

가장 잘 나타난 부분이 심청의 위로에 대해 심봉사가 하는 말이다. 심봉사는 심청의 말을 듣고 바로 안심하며, 심청에게 등을 어루만지며 효성이 깊다는 칭찬을 한다. 그리고 기쁜 마음으로 식사를 하는 것으로 되어 있다. 그리고 심청은 혼자 앉아 걱정을 하다 간장이 끊어지는 듯한 가슴 아픔을 느끼고 눈물을 흘린다. 심봉사의 식사 장면은 앞의 (1)유형과 유사하여, 관련성을 보이고 있다.

(라)는 (다)에 강조되어 있는 효성에 대한 언급이 나타나지 않고, 심봉사가 심청을 기특하다고 칭찬하는 것으로 설정되어 있다. 그리고 심봉사를 안심시키면서 무작정 걱정할 것 없다고 하는 것이 아니라, 옛말을 인용하며 차근차근 논리적으로 설명하며, 이 과정에서 없어서 못하는 시주는 죄가 아닐 것이라고 안심시키고 있다. 그런데 이어서 심청이 부친을 위로한 뒤 홀로 앉아 걱정을 할 때에는 '가슴을 쾅쾅 두드리면서 발을 동동 구르면서' 격렬한 몸짓을 보이는 독특성을 보이고 있다.

이 유형의 자료를 전체적으로 볼 때, 심청이 심봉사 앞에서는 위로를 하지만, 뒤로 혼자 걱정을 한다는 점에서 공통적인 특성을 지니고 있고, 이 점에서 동일 유형으로 분류하였다. 그런데 심청을 기준으로 하지 않고, 심봉사의 반응을 중심으로 하여 보면, 자료에 따라 심봉사의 말과 행동이 달리 나타나는 흥미로운 특성을 발견할 수 있다.

(3) 걱정하지 않고 위로함

이 유형은 심청이 어떤 걱정이나 두려움을 표현하지 않는 경우이다. 상당히 많은 자료들에서 이러한 유형을 볼 수 있는데, 이는 전반적으로 볼 때 완판본의 영향력과 관련이 있을 것으로 예상된다.

이렇게 심청이 걱정하지 않고 위로를 하는 유형은 크게 자신 있음만 말하는 경우와, 시주 못하는 것이 죄가 아님을 강조하는 경우와 고사를 동원하여 걱정할 것이 없음을 설명하는 경우로 나누어 볼 수 있다.

> (가) **아부님 걱정 마소** 빈 고푼딘 이 밥 줍소 목 마른딘 이 물 즈시오 **그만흔 거설 못할소야**　　　　　(조춘호 31장본)

> (나) 심쳔이 니 말을 듯고 아반임 ○○○딘 이 밥 엇셔 잡슈시오 아무리 시지 못할 여식인들 그 만 거실 못 구하릿가 병든 부친 위로하고 후원으로 드러갓셔 ○셕돌 드러셔 칠셩당을 놉피 못코 싄 자리 쓰러쌀고　(정문연 19장본)

위의 (가)와 (나)에서는 심청의 반응에 별다른 놀라움이나 두려움이 나타나지 않으면서 심봉사에게 식사 권유를 하는 것으로 제시되어 있다. 그리고 심청은 그만한 것을 못하겠냐고 심봉사를 안심시키고 기도할 준비를 한다. 이러한 양상은 앞서 살펴본 심청의 반응 유형과는 상당히 다른 것으로, 심청이 전혀 걱정을 하지 않고 오히려 자신 있는 모습을 보인다. 이러한 심청의 걱정 없는 태도는 다음의 자료에서 더욱 강화되어 나타난다.

(다) 심천이 이론 말리 아부임 걱정 마으시고 게시쇼서 잇고
안쥬오면 죄가 만타 ᄒ되 **업고 못 쥬요면 무〈9 앞〉삼 죄**
가 되오릿가 그럼 염여 마으시고 진지 어서 잡수시오 이
러타시 권ᄒ니 심봉스 ᄒ난 말니 무호딕쳔 원수라 다 닉
쌀 말을 드러시면 뉘 안니 탄복ᄒ리 이러타시 안자실 졔
(최재남 낙장 22장본)

(라) 심청이 위로ᄒ되 **승담의 일너시되 나라의 진승미도 업**
시면 못ᄒ나니 잇고잇고 아니ᄒ난 거슨 죠ㅣ가 된다 ᄒ
런이와 본듸 어셔 못ᄒ오면 죠ㅣ가 아니 되올이니 부친
님 염녜 ᄆ오 그런 싱각 마옵시고 식어가니 어셔 잡쇼 심
봉스 ᄒ난 마리 부거불측 악호라도 닉 쌀 말을 드러시면
무슴 근심 잇시리요 안니 먹고 어니 홀고 아못쪄ᄂ 먹어
보자 밥과 국을 다 머근 후의 심청니 싱각ᄒ되 남에 자식
되여ᄂ셔 부모 원을 못풀진딘 금슈마도 못ᄒ리라 오즉
히ᄒ니 되어 〈6앞〉 이다시 스러할가 (정문연 28장본)

위의 (다)와 (라)에서 볼 수 있듯이, 이들 자료에서는 심청이 걱정
없는 태도로 심봉사를 위로하면서, 자신들과 같이 없어서 못하는 것
은 죄가 아님을 강조하여 말하고 있다. 이러한 방식의 위로는 앞의
(2) 혼자서 걱정 유형 중 단국대 나손본 29장본A에서도 나타난 것으
로, 위의 (라)는 특히 뒷 부분에 심청이 생각이 나타나고 있어서 이들
두 자료 간에 관련성이 있을 것으로 추측된다. 그런데 이들 두 유형

간의 차별성을 중심으로 보면, 앞의 유형에서는 심청이 걱정을 하는 경향이 강하고, 여기 유형에서는 심청이 아버지의 마음에 대한 생각을 한다는 점에서 차이가 있다.

다음으로 심청이 걱정하지 않고 위로하는 유형은 심청이 전혀 당황하지 않는다든가, 오히려 기뻐하는 모습을 강조하고 있는 것인데, 여기서 주목할 만한 특성은 심청이 심봉사를 위로하는 말 속에 고사가 인용되고 있다는 것이다.

> (마) 심청이 **반기 듯고 부친을 위로ᄒ되** 아부지 걱정 마르시고 진지나 잡수시오 후회ᄒ면 진심이 못되오니다 아부지 어두온 눈을 써서 천지만물을 보량이면 공양미 삼빅 석을 아무조록 준비ᄒ여 몽운사로 올이리다 네 아무리 ᄒ들 빅척간두의 홀 슈가 잇슬손야 심청이 엿자오듸 왕상은 고빙ᄒ고 어름 궁기여 이어 엇고 곽거라 ᄒ난 사름은 부모 반찬ᄒ여 노으면 제 자식이 상머리여 먹는다고 산 처 무드려 홀 졔 금항을 어더다가 부모 봉양 ᄒ여쓰니 사친지효가 옛 사름만 못ᄒ나 지성이면 감쳔이라 ᄒ오니 공(21-앞)양미는 자연이 엇사오리다 집피 근심 마읍소셔 만단 위로ᄒ고   (완판 71장본)

> (바) 심청니 듯드니 **안식을 불변ᄒ고 흔연이 여쭈오듸** ᄋ부지 걱정 말고 진지나 잡수시요 옛말을 드르니 왕상의 착ᄒ 효성 어름 궁기여 이어을 어더 부모봉향 ᄒ여시니 글

어흔 출천지효〈20 앞〉본부들 질 업건마난 정성으로 다ᄒ
오면 천의들 무심ᄒ오리가   (가람본 46장본)

(사) 심청이 안식을 불평ᄒ고 흔연히 되답ᄒ되 아부지 〈29 뒤〉
그리말고 시장한되 진지나 자부시오 옛말을 분부ᄒ니
황사의 착한 효성 어름 쉽게 이여 잡아 밍사의 죽슌 어시
러 부모 봉양ᄒ엿시니 그러한 츌천지효을 쏜듯들 길 업
사오나 정을 다ᄒ오면 명천인들 무심ᄒ오릿가 이날부틈
모욕 제게 정히 ᄒ고 병든 붓친 잠든 후의 후원을 정히
씰고 졍ᄒ슈 써다놋코 비레ᄒ고 비난 말이
                                    (국립도서관 59장본)

위에서 보듯이, 심청의 표정이나 태도를 서술하는 부분에서 '반기
듯고'(마), '안식을 불변하고 흔연히'(바, 사)라는 서술이 들어가고,
이어 고사 중에서 효와 관련된 이야기들이 인용되고 있다. 좀더 자
세히 보면, (마)에서는 시주의 의미와 효과를 생각하면 걱정이 오히
려 문제될 것을 지적하면서, 걱정하지 말라고 하고, 공양미 삼백 석
을 무리 없이 준비할 것이라고 이야기 한다. (바)에서는 '걱정하지
말라'는 언급만 이루어지면서 고사가 나오고 있다. 그리고 (사)에서
는 걱정하지 말라는 언급이 없이, 고사와 함께 자신이 출천지효를
본받아 정성을 다할 것을 다짐하고 있다.
　이러한 심청의 반응 유형은 창본 자료에서도 주로 나타난다.

(아) 심쳥이 그 말 듯고 반겨 웃고 대답ᄒ되

> (심) 후회를 ᄒᆞᆸ시면 정셩이 못되오니 아부지 어두신 눈 졍녕 밝아 보량이면 습빅셕을 아모죠록 준비ᄒᆞ야 보오리다

> (봉) 네 아모리 ᄒᆞ자 흔들 안빈락도 우리 형셰 단 빅셕은 홀 슈 잇나

> (심) 아부지 그 말 마오 녯일을 싱각ᄒᆞ니

> 【즁모리】 왕샹은 고빙(王祥은 叩氷) ᄒᆞ야 어름 궁게 리어 잇고 밍죵은 읍죽(孟宗은 泣竹)ᄒᆞ야 눈 가온ᄃᆡ 죽슌 ᄂᆞ니 그런 일을 싱각ᄒᆞ면 츌텬대효 ᄉᆞ친지졀 녯사름만 못ᄒᆞ여도 지셩이면 감텬이라 아모 걱졍 마ᄋᆞᆸ소셔   (심졍순 창본)

(자) 심청이가 여짜오되 「아무쪼록 주선(周旋)하여 몽은사로 올리리다.」

> 「네 아무리 하려 한들 잡곡 한 되가 어디가 있겠느냐.」

> 【중몰이】 심청이가 여짜오되 「옛날 곽거(郭巨)라고 하는 효자, 찬수공양(饌需供養) 극진하여 삼 세된 어린 아이가 부모 반찬 먹는다고 산 자식을 묻으랼 제 파는 땅에서 금을 얻어 부모 봉양 하여 있고, 맹종(孟宗)이라 하는 효자는 엄동설한에 죽순 꺾어 부모 봉양을 하였으니 사친지효(事親之孝)가 옛사람만은 못하여도 아무쪼록 주선하여 몽은사로 올리리다.」

【아니리】 심봉사가 얼떨결에 공양미 삼백 석을 몽은사에 바친다 하여 놓고 주야로 걱정 근심으로 지낼 적에, 심청이 부친을 만단(萬端)으로 위로하고 그날부터 집안을 정(淨)히 치우고 　　　　　　　　　(김소희 창본)

(차) 심청이 이 말 듯고 뒤스의게 ᄌ셰 물어 …(중략)… 지물 얼마 디려씨면 정성이 될 테이요 우리 졀 큰 법당이 풍우의 퇴락ᄒ여 즁충을 ᄒ랴 ᄒ고 권션문을 들어메고 시쥬각듸 단니오니 빅미 삼빅셕만 시쥬를〈14 뒤〉ᄒ옵시면 법당 즁슈흔 연후의 붓쳬님젼 발원ᄒ야 눈을 쓰게 ᄒ오리다 심청이 듸답ᄒ되 빅미 슴빅셕의 부친 눈을 ᄭ일 테면 몸을 판들 못ᄒ릿ᄀ 권션치부ᄒ옵쇼셔 …(중략)… 심봉ᄉ 혼미즁의 이 말을 어더 듯고 아겨 늬 ᄡᆯ 허망ᄒ다 죠셕밥을 어더셔 노를식켜 비난 터의 빅미 슴빅셕이 어듸셔 나겻나냐 불가 오게 즁의 거진마리 큰 죠ㅣ로〈15 앞〉다 못헐 거슬 젹어 노코 못 어더 보늬면은 거진마리 될 터이니 젼싱죠ㅣ로 밍인 되야 이싱 죠ㅣ를 또 지의면 후싱의 밧난 앙화 쇼가 될지 긔가 될지 …(중략)… 눈 쓰기 늬ᄉ 실타 뒤스를 어셔 불너 너 쓴 씨를 쩨버려라 심청이 엿ᄯᅩ오되 왕승은 어름 쑹기 이어를 어더쑵고 밍종은 눈 가운듸 죽슌니 쇼ᄉ씨니 빅미 슴빅셕이 그리 듸단ᄒ오릿ᄀ 슈이 어더 보닐 테니 염예ᄒ〈15 뒤〉지 마옵쇼셔 심봉ᄉ가 연에 돌탄ᄒ여 아믜 못 될 일

이로다 나난 졍영 홋셰숭의 눈 먼 구렁이 되난니라

(신재효 창본)

여기서 인용한 창본 자료들에 나타나는 공통점은 심청이 걱정을 전혀 하지 않거나, 반겨 듣는 것으로 나타난다는 것이다. 대체적으로 (아)의 심정순 창본은 (마)의 완판본과 매우 유사하고, (자)의 김소희 창본은 앞의 (2) 유형에서 세상에서 흔한 것이 쌀이니 걱정 없다고 안심시키는 허흥식 창본과 유사성을 보이고 있는데, 독특한 것은 심청이 걱정을 하는 것이 아니라 심봉사가 걱정을 하고 있다는 것이다. 특히 (차)의 신재효 창본은 어느 유형의 심청 반응과도 다른 양상을 보이고 있는데, 이는 심청이 직접 나서서 시주 약속을 하고, 걱정은 오히려 심봉사가 하며 심청이를 달래는 방식으로 나타나기 때문이다. 심청의 이러한 모습은 심청이 의연히 심봉사를 위로하고 걱정하지 않는 모습이 극단적으로 강화[9]된 것이라 할 수 있다. 그리고 심봉사의 걱정이 나타난다는 점에서 김소희 창본과 신재효 창본은 유사성을 지닌다. 이렇게 볼 때, 현재 전하는 자료 중에서 판소리 창본과 가장 유사성을 지니는 유형은 대체로 심청의 걱정이 나타나지 않는 이 유형이라고 할 수 있겠다.

......

9 이런 측면에서 심청의 효성이 강조되기는 하였으나 결과적으로는 효의 실천을 위해 부친 봉양을 버려야하는 모순적 상황이 발생하였고, 그럼에도 불구하고 삼백석 시주를 별 이의없이 받아들이고 있는 양상을 불교에 대한 신앙심으로 해석하기도 하였다(정병헌, 「申在孝 판소리 辭說의 形成과 背景과 作品 世界」, 서울대학교 대학원 박사학위 논문, 1986, 101쪽).

3. 심청 반응 변이의 서사적 맥락과 방향

이제까지 심봉사의 공양미 삼백 석 시주 약속에 대해 심청이 우선적으로 어떻게 반응하는지를 중심으로 유형화하여 살펴보았다. 그런데 이는 어느 한 자료에서 그 부분이 어떻게 나타나는지를 중심으로 본 것으로, 이제는 이러한 유형적 변이가 〈심청전〉의 전반적인 이본 형성 과정과 어떻게 관련되는지, 심청의 반응을 서술하는 과정에서 형상화되고 있는 심봉사라는 인물에 대한 변화의 관점, 이러한 심청의 반응 서술이 변화하는 요인으로서의 〈심청전〉 향유의 문제를 함께 분석해 보아야 할 것이다.

우선 살펴보아야 할 것은 심청의 반응 유형 (1) - (3)이 서로 어떤 방향으로 변화하고 있는가 하는 것이다. 유형 (1) - (3)을 전체적으로 정리하여 보면, 심청의 좌절감이 나타나는 유형 (1)은 크게 1) 심청의 좌절감만 간단히 서술되는 경우(조동필 12장본, 김종철 18장본)와 2) 심봉사의 식사 장면이 탈맥락적으로 삽입되어 있는 경우(박순호 39장본, 김광순 30장본)- 두 가지로 나타난다.

심청이 혼자 걱정하는 유형 (2)는 심청의 슬픔이나 눈물, 심봉사와의 대화, 심청의 걱정 등으로 대체적으로 구성되는데(한남본, 허흥식 소장 창본, 사재동 50장본, 단국대 나손 29장본A), 이 중에서 사재동 50장본은 심봉사의 식사 장면이 포함되어 있다는 측면에서, 단국대 나손 29장본A는 심청의 걱정이 서술된 양상 측면에서 독특성을 지니고 있다.

그리고 심청이 걱정하지 않고 공양미를 마련할 수 있다고 심봉사

를 위로하는 유형 (3)은 1) 자신 있음만 서술하는 경우(조춘호 31장
본, 정문연 19장본), 2) 걱정할 것이 없는 근거로 시주를 못한다 하여
죄가 아님을 강조하는 경우(최재남 낙장 22장본, 정문연 28장본), 3)
걱정할 것 없음을 효와 관련된 고사를 인용하여 강조하는 경우(완판
71장본, 가람본 46장본, 국립도서관 59장본, 심정순 창본, 신재효 창
본) 등으로 이루어진다.

여기서 심청의 행동만으로 유형의 변화를 살펴본다면, 유형 (1)→
(2)→(3)으로의 전개가 타당할 것으로 보인다. 왜냐하면, 〈심청전〉의
전반적인 변화의 방향이 심청의 효를 중심으로 하여 주제적 일관성
을 지니는 방향이기 때문이다. 계속해서 이본이 만들어지고, 향유되
는 과정에서 새로운 삽화나 서술이 추가, 삭제되는데, 그러한 변화
의 흐름이 보다 정제되고 일관성을 지니는 방향으로 이루어진다고
할 수 있다.

이런 측면에서 보면, 심청이 효녀이기 위해서는 심봉사의 시주 약
속을 듣고서도 의연할 수 있어야 한다. 효녀로서의 형상이 확고할수
록, 이상적일수록 심청은 당황하거나 놀라지 않고, 아버지를 위로할
수 있어야 하는 것이다. 그래서 유형 (1)보다는 (2)가, (2)보다는 (3)
유형이 효녀로서의 심청 행동에 부합한다고 할 만할 것이다. 또한
앞서 창본 자료와의 비교에서도 보았듯이 유형 (3)이 가장 현행 창본
과 비슷하다는 점에서 이러한 유형 (1)에서 유형 (3)으로의 변화 가
능성이 높다.

한편으로 유형 (1)→(2)→(3)으로의 〈심청전〉 변화 전개의 가능성
을 필사본 〈심청전〉의 계열 분류 방식에 비추어 보아도 마찬가지의

결과를 얻을 수 있다. 김영수는 심봉사의 이름 변화에 따라 계열을 (A) 심맹인 계열, (B) 심팽규 계열, (C) 심운 계열, (D) 심학규 계열로 나누고 있다.[10] 여기서 심청의 반응 유형과 관련지어 보면, 유형 (1)의 조동필 12장본은 (C) 심운 계열, 김종철 18장본은 (A) 심맹인 계열이고, 나머지는 (D) 계열이다. 그리고 유형 (2)의 허흥식 소장 창본과 단국대 나손 29장본A는 (B)계열, 사재동 50장본A는 (D)계열, 유형(3) 중 자신있음만 말하는 경우인 조춘호 31장본과 정문연 19장본은 (B)계열, 죄없음을 강조하는 경우인 최재남 낙장 22장본은 (B)계열, 정문연 28장본은 (A)계열, 고사 인용하는 경우인 완판 71장본과 국립도서관 59장본은 (D)계열이다.

그렇다면 이러한 계열의 분류에 입각하여 심청의 반응 각 유형이 보이는 변화의 방향을 살펴보도록 하자. 앞서 정리하였듯이, 유형 (1)만 하더라도 두 가지 양상으로 나타나는데, 이러한 두 양상을 동일한 하나의 유형으로 묶으려고 할 것이 아니라, 이 두 가지 양상의 특성이 다른 유형에서 변형, 발전하는 것으로 본다면 유의미한 해석을 할 수 있다. 유형 (1)의 조동필 12장본과 김종철 18장본은 각각 (C)와 (A)계열로 관련성을 지니는 것으로 볼 수 있으며, 박순호 39장본과 김광순 30장본은 (D)계열로 보다 후기 자료라고 할 수 있을 것이다. 특히 박순호 39장본과 김광순 30장본은 심봉사의 식사 장면이 탈맥락적으로 포함되어 있다는 점에서 차이를 보이고 있다는 것을 감안하면, 유형 (1) 안에서 후기적 경향을 보이는 것이라 할 수 있을

.....

10 김영수, 앞의 글, 76-107쪽.

것이다.

유형 (2)는 대체로 (B)계열로서 과도기적 성향을 보이는 것으로 해석할 수 있다. 그런데 그 세부적 차이를 본다면, 사재동 50장본A가 문제인데, 이는 (D)계열이면서 심청이 혼자 걱정하는 부분이 서술이 확장되어 있는 특성을 갖고 있기 때문이다. 이런 측면에서 본다면 유형 (1)의 (D)계열 자료와 관련성이 있는 다른 흐름의 자료라고 볼 수 있을 것이며, 이외의 허흥식 소장 창본과 단국대 나손 29장본A가 같은 흐름을 갖는 것이라 할 수 있다.

유형 (3)은 세부적으로 변화의 흐름을 살펴본다면, 자신 있음만 말하는 경우와 죄가 아님을 강조하는 유형에서 고사를 인용하는 경우로 진행되었다고 할 수 있다. 계열적 성격도 앞의 두 경우가 (B)계열과 (A)계열이라면, 고사 인용의 경우가 (D)계열이라는 점에서 그런 변화의 흐름이 타당하다.

이렇게 유형 변화의 흐름을 정의할 때 특히 주목되는 양상이 심봉사와 관련된 변화 요소이다. 〈심청전〉 이본의 형성과 전파 과정을 전반적으로 볼 때, 계속적으로 새로운 자료로 만들어지면서 가장 많이 변화하고 있는 부분은 심봉사와 관련된 서술이라 할 수 있다.[11] 이러한 경향이 공양미 삼백 석 시주 약속에 대한 심청의 반응 변화에도 함께 나타나고 있음을 알 수 있다. 심청의 반응 유형 속에 드러나는 심봉사 관련 요소의 변화는 심봉사 식사 장면과 심청과의 대화가 들어 있는 부분에서 나타난다.

......

11 졸고, 앞의 글, 11쪽.

심봉사의 식사 장면이 들어가 있는 자료는 유형 (1)의 박순호 39 장본과 김광순 30장본, 유형 (2)의 사재동 50장본A이다. 유형별로 자료의 특성을 살피면서 보았듯이, 이들 자료는 심봉사의 식사 장면이 매우 돌출적이고도 골계적으로 포함하고 있다는 점에서는 동일하다. 그런데, 유형 (1)과 (2)의 자료는 어떤 맥락에서 식사 장면을 포함하고 있느냐의 측면에서 차이를 보인다. 즉 유형 (1)에서는 심봉사가 심청의 근심하지 말라는 말에 금방 밥상에 달려드는 것으로 나타나지만, 유형 (2)에서는 진심으로 심청을 칭찬하고 지극한 효성과 정성에 기쁜 마음을 가진 상태에서 밥상을 맞이하는 것으로 나타난다. 이런 차이는 동일한 식사 장면을 도입하는 데 있어서 서술의 맥락을 고려한 변개에서 비롯된 것으로 보인다.

그리고 심봉사와 심청의 대화가 들어가 있는 자료 유형은 유형 (2)와 유형 (3)의 일부 자료에서만 나타나는데, 심청의 반응 속에 새로이 들어간 심봉사의 말은 모두 심청의 효성과 정성을 칭찬하며 안심하는 내용이다. 심청의 정성이 하도 지극하여서 하늘도 감동할 것이라든지, 원수라도 감복할 것이라든지 하는 내용이 부분적으로 들어가 있다. 단 예외적인 것이 신재효본에서는 심봉사가 시주 약속을 어기게 되었을 때 자신이 당할 내세의 문제를 불교의 윤회 사상에 입각하여 걱정을 매우 구체적으로 서술하고 있다는 것이다.

이러한 심봉사 관련 요소의 삽입과 변화는 심봉사의 모습이 골계적이고 비탄하는 것에서 점잖고 위엄 있는 것으로 변화하고 있음을 보여준다. 심봉사의 모습 변화를 심청의 반응 변화와 함께 고려하여 본다면, 큰 변화의 방향이 심청의 효성을 강화하는 것임을 알 수 있다.

그리고 이와 함께 심청의 인물 형상에 있어서 강인함이 강화되는 방향임을 알 수 있다. 즉 유형 (1)에서 심봉사의 시주 약속에 쓰러질 듯한 좌절감과 눈물을 보이던 심청이 유형 (2)에서는 아버지 앞에서는 걱정 없음을 이야기하는 강인함을 보이고, 유형 (3)에 이르면 전혀 걱정 없다든지, 어디 가서 그 정도 못하겠느냐는 강함을 보인다.

한편으로 이러한 심청의 반응 유형 혹은 변화에 대해서 심청을 중심에 놓느냐, 심봉사를 중심에 놓느냐의 문제로 해석할 수도 있다. 분명한 것은 공양미 삼백 석 시주 약속 이후의 서사에서 심청을 중심으로 볼 것인가, 심봉사를 중심으로 볼 것인가의 문제는 그야말로 향유자들이 어디에 더 강하게 반응하고 어디를 더 즐기는가에 따라 달라진다는 것을 의미하고, 바로 이러한 향유의 측면에서 〈심청전〉, 좁게는 심청의 반응 유형 변화가 중요함을 지닌다고 할 수 있을 것이다.

서사적 향유의 측면에서 볼 수 있는 심청 반응 유형의 차이에 대한 단서로 뒤에 이어지는 심청의 기도에서 빈번히 나오는 '내 몸 살 사람 보내달라는' 말이다. 이러한 기도 내용은 〈심청전〉을 처음 읽는 독자에게는 생소하고 잘 납득이 안가는 것이다. 왜냐하면 심청이 공양미 삼백 석을 구하는 방도에 왜 다른 어떤 방법에 대한 시도도 없이 바로 자신의 몸을 팔게 해 달라는 기도를 하게 되는가 하는 의문이 해결되지 않기 때문이다. 물론 이러한 기도의 기원에 대해서는 별도로 깊이 보아야 할 것이지만, 심청의 반응이라는 부분과의 관련성만을 볼 때에는 이미 〈심청전〉을 아는 수용자이자 생산자가 필연적으로 너무나 당연히 심청의 매신으로 이야기를 연결짓고 있기 때문이라는 추측을 할 수 있다.

4. 심청의 반응 유형에 나타난 향유의 지향성과 소통적 의미

공양미 삼백 석에 대한 심청의 반응 유형의 특성과 차이를 당대의 여러 지향성을 지닌 향유층의 소망과 요구, 〈심청전〉에 대한 반응이 투영된 것이라는 공시적인 관점에서 보면, 심청의 반응 유형은 이러한 향유의 지향성이 드러난 표지로 해석할 수 있다. 그리고 〈심청전〉 향유라는 맥락에서 역사적으로 접근하면, 이러한 지향성은 시간의 흐름에 따라 〈심청전〉 향유의 초점이 어떻게 변화했는지를 말해 주는 것이다. 즉 앞서 살펴 본 심청의 반응 유형을 수평적으로 놓고 각각의 특질을 중심으로 본다면, 향유층의 정서적, 문화적 지향성이 〈심청전〉 이본 생산의 과정에서 소통된 결과가 〈심청전〉 자료의 변화일 것이다. 그리고 수직적으로 변화의 흐름을 짚어 본다면, 역사적으로 〈심청전〉 향유층의 지향성이 어떻게 변화했는지를 알 수 있을 것이다.

어떤 측면에서든 〈심청전〉의 향유와 소통이라는 측면에서 바라보면, 유형 (1), (2), (3) 사이에는 큰 차이가 있다. 유형 (1)의 흐름의 주조는 심청의 좌절감을 서술하는 데 있는데, 이러한 심청의 좌절감에 무게를 두기 위해서는 〈심청전〉의 향유 과정에서 '동일시'가 작용해야 한다. 다시 말해 심청에 대해 향유자가 '동일시'하는 심리 작용이 있어야만 심청이 느낄 좌절감에 초점을 맞추게 되는 것이다. 반면 유형 (3)의 경우, 심청이 느끼는 실제적 감정이나 심리보다는 아버지를 위하는 마음 즉 효성에 초점이 있는데, 이는 〈심청전〉 전체 서사와 관련된 '조망'과 이 부분에서의 상황과 이념적 주제로서의 효를 일관성 있게 만드는 논리를 필요로 하는 과정이다. 이렇게 보면, 유형 (2)는 유형 (1)과 (3)의 과도기적 양상이라 할 수 있을 것이다.

여기서는 이러한 심청의 반응 유형이 지닌 각각의 특질을 중심으로 하여 〈심청전〉 향유의 지향성에 어떠한 차이가 있고, 그 소통적 특성과 의미가 무엇인지 살펴보도록 하겠다.

(1) 인간으로서의 심청에 대한 동일시

유형 (1)에 나타난 심청 반응의 핵심은 심청이 느낀 좌절감의 표현이다. 물론 이 부분의 서술이 풍부하게 이루어지지는 않고 있지만, 조동필 12장본과 김종철 18장본에서 간결하지만 명료하게 심청이 얼마나 좌절감을 크게 느끼는지 서술하고 있다. 그리고 심봉사의 식사 장면이 나타나고 있는 박순호 39장본과 김광순 30장본에서는 탈맥락적으로 느껴지는 심봉사의 태도에서 심청의 좌절감과 상반되는 분위기의 형성으로 오히려 심청의 눈물이나 좌절감을 더욱 부각시키고 있다.

이러한 유형 (1)에서 나타나는 심청의 좌절감은 공양미 삼백 석 시주 약속을 듣고 얼마나 절망감을 느꼈을까 하는 인간적 관점의 표출이라 할 수 있다. 그리고 이런 반응이 어떻게 나타나게 되었는가를 심청과 수용자간의 소통 관계에서 바라보면, '동일시'에 의한 감정의 표출로 볼 수 있다. 이때 수용자와의 소통 대상이 되는 심청은

〈심청전〉의 향유자와 다른 능력을 가진 자나 신분이 다른 존재가 아
니라 동일한 인간이다. 동일한 인간으로서 심청의 상황을 인식하고
심청을 바라보고 있기 때문에, 공양미 삼백 석 시주 약속을 듣는 상
황은 철저히 현실의 한 국면이 되는 것이다. 그리고 그 현실은 먹을
잡곡도 없는 상태에서 쌀 삼백 석을 시주해야 하는 상황이며, 눈이
멀어 삶을 위한 경제 활동도 전혀 할 수 없는 아버지를 봉양해야 하
는 어린 가장이 느낄 막막한 것이다. 그래서 공양미 삼백 석을 구해
야 하는 상황에 처한 심청의 현실과 이어지는 심봉사의 식사 장면은
지극히 상반적이면서도 대조적이지만 동시에 현실의 질곡이 더 부
각된다.

인간으로서의 심청이 느낄 현실적 좌절감이 강조된 이 유형은 이
장면을 허구적 서사가 아닌 현실에서의 실제적 사건으로 받아들인
결과라 할 수 있으며, 이는 심청이 처한 상황과 수용자의 현실이 갖
는 유사성에서 비롯된다 할 수 있을 것이다. 그리고 그러한 유사성
을 기반으로 한 동일시는 별다른 여과 장치 없이 직접적이고 즉시적
으로 좌절감을 표현하는 양상에서 볼 수 있다.

(2) 부친과의 관계 중심의 내면화 과정

한편 유형 (2)의 핵심적 특성은 심청이 부친 앞에서 취하는 태도
와 혼자 있을 때의 걱정이 명료하게 구분되면서, 심청의 걱정이 더
욱 구체화되는 것이다. 이는 앞서 살펴본 유형(1)에서 직접적으로 표
출되던 심청의 좌절감이 유형 (2)에 이르러 좀더 내면화된 것이라 할

수 있다. 다시 말해 인간적으로 심청이 느꼈을 좌절감은 심봉사의 식사 후 혼자 생각하는 것으로 혹은 혼자 앉아 탄식하는 것으로 숨겨지는 것이다.

심청의 걱정이 어떻게 표현되고 있는가에 초점을 맞추어 보면, 유형 (1)과 유형 (2)는 같은 맥락에 있으며, 심청의 현실적 상황에 대한 구체적 언급이나 절망감의 크기라는 측면에서는 오히려 유형 (2)가 더욱 절실하다. 이러한 유형별 특성은 심청의 좌절감이 직접적으로 표출되는가 내면화되고 있는가의 차이에서 생기는 것이며, 내면화 과정이 나타난 유형 (2)에서 심청이 느끼는 인간적 갈등은 숨겨지면서도 깊이를 갖게 되는 것이다.

왜 이렇게 심청의 갈등이 내면화되었을까를 생각해 보면, 이는 인간으로서의 심청만이 아니라, 심청과 부친 심봉사의 관계, 즉 부녀지간을 중심에 두고 있기 때문이라 할 수 있다. 걱정도 크고, 현실적으로 느낄 좌절감도 크지만, 부친 앞이기 때문에 그러한 걱정을 드러내지 않도록 설정된 것이며, 그래서 심청이 혼자 겪어야 할 걱정과 좌절감은 더욱 처절하게 느껴진다. 앞서 살펴보았듯이, 단국대 나손 29장본A의 경우에는 아버지 앞에서는 고운 안색과 좋은 말로 위로하지만, 뒤돌아서는 심청 자신의 가슴을 꽝꽝 두드리며 발을 동동 구르는 지경에까지 이른다.

유형 (2)가 부친과의 관계를 중심으로 하고 있다는 것은 심청이 혼자 걱정하는 것을 서술하는 부분에서 언급되고 있는 부친의 속마음과 상황에 대한 심청의 이해와 배려에서 단적으로 볼 수 있다. 사재동 50장본A에서 심청이 간장이 끊어질 듯하여 눈물을 흘린다는 서술 전에 부친이 스스로 얼마나 골수에 사무치도록 눈 뜨기를 원했으면 시주 약속을 했겠냐고 생각한다든지, 단국대 나손 29장본A에서 날 데 없는 공양미 삼백 석을 시주한 아버지 심봉사는 얼마나 상심하여 눈물을 흘리겠냐고 하는 부분이 그것이다.

이렇게 유형 (2)는 심청과 부친 심봉사와의 관계에 중심을 둔 소통의 결과라 할 수 있으며, 이는 심청의 걱정과 좌절감이 보다 내면화 과정을 거치고 있는 양상이라 할 수 있다.

(3) 서사 맥락 중심의 이념적 사고

유형 (1)과 유형 (2)에 나타난 심청의 인간적 갈등은 유형 (3)에 이르면 전혀 나타나지 않는다. 봉사 아버지의 눈을 띄우기 위해서라면 아무것도 두려워 할 것이 없고 걱정할 것도 없다는 방식으로 서술이 이루어지는 것이다. 그래서 완판 71장본과 같이 심청은 심봉사의 시주 약속을 '반갑게' 듣거나 가람 46장본과 국립도서관 59장본처럼 안색 하나 바꾸지 않고 의연하게 심봉사를 위로하는 것만 서술된다. 이러한 차이는 심청의 반응에서 '심청의 효'라는 이념을 강화한 것으로 〈심청전〉의 이본 형성 과정에서 향유층의 지향성과 소통 과정이 이념적인 방향으로 작용한 것이라 할 수 있다.

심봉사의 형상 변화로 볼 때에도 이념적 지향성이 강화되는 방향으로 이루어짐을 알 수 있다. 유형 (1)에서의 심봉사 모습이 상황적으로 상반되는 골계적인 것이었다면, 유형 (2)에서는 심청의 위로와 안심시키는 말에도 불구하고, 자신의 잘못을 반성하고 심청을 걱정하는가 하면, 심청의 효심과 정성을 칭찬하며 심청과 이야기를 나누는 정황적인 것으로 나타난다. 유형 (3)에서는 이러한 심봉사의 형상이 더욱 굳건해지는 양상을 보인다.

그리고 심청의 반응 변화를 중심으로 볼 때, 심청이 좌절감을 느끼거나 눈물을 흘리는 것과 심청이 아버지 앞에서 당당히 그리고 자신 있게 걱정할 필요 없다고 말하는 것, 그리고 '흔연히' 아버지를 위로하거나 기뻐하는 모습을 보이는 것 사이에는 심봉사의 시주 약속이라는 엄청난 사건에 얼마나 대응할 능력이나 힘을 갖춘 것인가라는 인물의 강인함의 정도의 차이가 있다. 심청이 눈물을 흘리거나 걱정을 하는 것이 나약함이라면 의연하게 자신 있는 말로 아버지를 위로하는 것인 강인함의 표상이다.

이러한 심청의 형상이 강인함을 드러내는 방향으로 강화되는 것은 심청의 투신 대목에서도 잘 나타난다. 심청이 물에 빠지면서 두려워 여러 번 쓰러졌다 다시 일어나기도 하지만, 내면적 갈등이나 죽음에 대한 두려움 없이 투신하기도 하는 것이다. 이러한 투신 대목의 변화에서도 심청이 내면의 갈등으로 한 번만에 물에 들지 못하고 여러 번 투신을 시도하게 되는 〈심청전〉 자료들은 후대본보다는 과도기적 자료에서 많이 나타난다.

이렇게 심청을 강인한 인물로 변화시키게 되는 문학 향유의 기반은 조선 후기에 왕성해진 여성 인물의 영웅화와도 관련지을 수 있을 듯하다. 여성 인물이 보다 적극적이고 영웅적으로 나타나게 된 시기는 소설 향유가 활발해진 후의 일반적 경향이라고도 할 수 있는 것으로, 그만큼 문학을 향유하는 사람들의 요구와 지향성이 달라진 것이라 하겠다.

또 한편으로 공양미 삼백 석 시주 약속에 대한 자료별, 유형별 심청의 반응 변화는 심청의 효라는 주제를 향하여 일관성을 갖추는 방향으로 이루어지고 있다. 심청이 좌절감을 느끼거나 혼자 고민을 하는 것은 완벽한 효녀로서의 형상으로 적합하지 않다고 볼 수 있기 때문이다. 그래서 심청의 반응 유형 (3)에서 심청의 걱정이나 고민은 없어지고 심청의 효성에 대한 칭찬을 하는 서술들이 추가되고 있는 것이다.

심봉사와 관련된 삽화들이 자료에서 어떻게 출입하고 있는가를 보더라도 서사적 일관성을 갖추는 방향으로 변모하였다고 할 수 있다. 심봉사가 철없이 심청의 말을 듣고서는 바로 식사에 들어가는 것이 유형 (1)이라면, 유형 (2)에서는 심청을 칭찬하고 심청이 설득력 있게 위로한 뒤에야 식사를 하거나, 심지어 식사를 하지 않겠다고 거부하는 것으로 나타난다. 유형 (3)에서는 앞의 유형에서 보였던 심봉사의 말이나 행동이 서술되지 않고, 심청이 심봉사를 위로하고, 기도에 들어가는 것으로 되어 있다. 이러한 심봉사 관련 서술의 변화는 심봉사라는 인물이 심청의 효성에 어떻게 맥락에 맞게, 일관성 있게 반응해야 하는가를 기준으로 하여 이루어졌다고 할 수 있다.[12]

이렇게 볼 때, 공양미 삼백 석 시주 약속에 대한 심청의 반응 유형

......

12 서사적 일관성에 맞도록 새로운 〈심청전〉 자료의 생산이 이루어지는 것은 〈심청전〉의 대목별 변이나 특정 화소의 변이에서도 나타나는 것으로 '합리성의 강화'라는 측면에서 볼 수 있다. 이러한 측면에서 심청의 공양미 출처를 밝히는 부분이나 시간의 서술 양상을 중심으로 하여 변화의 방향을 설명하고 이를 '공감적 자기화'의 방식으로 보기도 하였다(졸고, 앞의 글, 52-58쪽).

(3)은 전반적으로 '효'를 중심으로 서사적 맥락의 일관성을 갖추면서 효에 입각한 이념적 사고가 강화되어 나타난 것이라 할 수 있으며, 이는 이본 생산 과정에 작용한 향유층의 지향성과 소통의 주요 지점이 달라진 것으로 볼 수 있다.

5. 결론

지금까지 〈심청전〉 중에서도 공양미 시주 약속에 대한 심청의 반응을 중심으로 유형화하여 살펴보고, 그러한 유형적 변화가 문학 향유라는 소통적 관점에서 어떠한 의미를 지니는지 짚어보았다. 현상적으로는 〈심청전〉이 새로운 자료로 다시 만들어지면서 다양하게 변화하고 있다는 단서 정도의 의미를 지니지만, 문학 향유라는 소통적 관점에서 보면 그만큼 다양한 향유층의 지향성이 작용하였다는 세계관적이고도 미학적인 의미를 지닌다. 심청의 반응 유형 세 가지는 문학 향유와 소통의 변화라는 역사적 의미도 있겠지만, 각각 나름대로의 방식으로 심청의 효성을 부각시키고자 한 〈심청전〉 향유의 결과의 다른 양상이라는 측면에서도 중요한 의미를 지니고 있다.

〈심청전〉 이본의 변화라는 거시적인 틀로 접근하기 위해서는 이러한 미시적 변화를 체계화하고 분석하는 과정이 필요할 것이다. 〈심청전〉의 구조적 특성 분석이라는 형식적인 틀에서든, 〈심청전〉의 역사적 전개라는 전승의 관점에서든 세밀하게 특정한 요소들이 어떻게 나타나고 확장되거나 삭제되어 가는지에 대한 분석을 바탕으로 전체〈심청전〉 향유의 양상과 방식을 규명할 수 있을 것이기 때문이다.

특히 이 연구에서 주목하고자 한 것은〈심청전〉의 새로운 생산 과정에서 변화를 보이는 특정한 표지가 결국은〈심청전〉의 수용자이자 생산자인 문학 향유자와〈심청전〉의 소통의 결과라는 것이다. 〈심청전〉의 다양하고 풍부한 이본 형성과 향유는 오늘날에도 문학 향유의 근본 구조와 원리가 무엇인지를 보여주는 귀중한 자료이다. 문학 향유의 궁극적 의미는 그것이 문학을 향유하는 그 사람에게 공감될 수 있음으로 해서, 문학 향유를 통해 감동을 느끼고 감정적으로든 세계관적으로든 변화할 수 있다는 데에 있을 것이다. 이러한 점에서 앞으로 더욱더 다양한 접근의 시도와 의미 부여가 있어야 할 것이다.

판소리 문학의 문화 적응과 확산

제3장

〈수궁가〉의 대결 구조

1. 서론

〈수궁가〉[1]는 판소리 작품 중에서도 우화를 기반으로 형성된 작품이면서 독특한 구조를 지녀, 그 다양한 의미에 대해 주제 차원에서 많은 논의가 이루어졌다. 특히 〈수궁가〉는 여느 작품에 비해 그 구조적 특성이 분명하고 결말이 다양하여 과연 그 주제적 지향성이 무엇인지에 대해 이본적 계통을 아우르는 일관적 결론을 내리지 못한 문제가 있었다. 그래서인지 〈수궁가〉에 대해서는 다양한 가치의 수용

......

1 이 글에서 〈토끼전〉이라 명하지 않고, 〈수궁가〉로 지칭하는 것은 살펴보고자 하는 판본의 범위를 창본으로 한정하기 위함이다.

체[2]라고 단언할 수 있을 정도로 작품의 의미에 대해 매우 다양한 논의가 이루어졌다.[3]

이러한 〈수궁가〉가 지닌 다양한 의미역은 〈수궁가〉가 근본적으로 우화라는 데에서 기인하지만, 이본에 따라 삽화의 구성이나 결말이 큰 변화를 보이기 때문이다. 이는 역으로 〈수궁가〉의 다변화한 이본 존재는 그만큼 다르면서도 다양한 수용자들을 충족시키기 위한 새로운 생산이 활발하게 이루어진 결과라고 해석할 수 있다. 이러한 맥락에서 이 연구에서는 〈수궁가〉의 구조적 특성에 주목하여 그 의미를 고구해 보고자 한다.

〈수궁가〉 혹은 〈토끼전〉과 관련하여 이루어진 연구에서 규명된 그 구조적 특성은 주로 수수께끼적 단위들의 연쇄[4], 반복이나 수궁과 육지, 위기와 극복의 반복과 대립의 구조[5], 언변 대결 구조[6], 혹은 골

......

2 김동건, 「토끼전 연구」, 경희대학교 대학원 박사학위 논문, 2쪽.

3 그래도 〈토끼전〉만을 대상으로 한 박사학위 논문이 제출되어(김동건, 위의 글 ; 최광석, 『토끼전의 지평과 변이』, 보고사, 2010 등) 그간 이루어진 〈토끼전〉 연구의 성과가 어느 정도 집대성되었다고 할 수 있다.

4 이러한 논의는 대표적으로 이헌홍, 「수궁가의 구조 연구(I)」, 『한국문학논총』 제5집, 한국문학회, 1982. 12, 71-94쪽 ; 이헌홍, 「수궁가의 구조연구(2) -수수께끼적 구조의 연쇄적 반복과 그 전승론적 의미-」, 『국어국문학지』 20, 문창어문학회, 1983, 35-48쪽 ; 이헌홍, 「수궁가의 수수께끼적 구조와 의미」, 『한국문학논총』 제29집, 한국문학회, 2001, 131-154쪽 등이다.

5 印權煥, 「토끼 傳群 결말부의 변화양상과 의미」, 『정신문화연구』 제14권 제3호(통권 44호), 한국학중앙연구원, 1991, 163-185쪽 ; 정병헌, 「수궁가의 구조와 언어적 성격」, 최동현, 김기형 엮음, 『수궁가 연구』, 민속원, 2001 ; 최광석, 위의 글.

6 정충권, 「〈토끼전〉 언변 대결의 양상과 의미」, 『판소리연구』 20, 판소리학회, 2005, 217-239쪽.

계나 웃음의 미적 구조[7] 등이다. 특히 토끼라는 인물을 중심으로 놓고 보면, 〈수궁가〉는 말 그대로 지략담[8]이라 할 수 있다는 것이 그간 연구의 공통된 결론이다. 토끼의 간을 두고 뺏으려는 주체와 지키려는 주체가 서로의 지혜 혹은 전략을 동원하여 대결을 펼치고 있는 것이다. 그리하여 결국에 어느 한 쪽이 승리를 얻고 다른 한 쪽이 패배하는가 하면, 패배한 쪽이 대체물을 얻어 완전한 좌절에는 이르지 않게도 한다. 중요한 것은 〈수궁가〉의 구조, 그중에서도 대결 구조를 어떻게 보는가에 따라 〈수궁가〉가 지니는 의미도 다를 수 있다는 것이다. 〈수궁가〉는 지략담의 지속적인 확장을 통한 수용자의 기대와 흥미에 부응한 결과물[9]일 수도 있고, 봉건 해체기를 겪는 주체들에 대한 비판적 혹은 연민의 시선일 수도 있으며, 부패한 정치를 날카롭게 풍자하고 서민의 지혜를 골계와 해학으로 풀어낸 것일 수도 있다.

이 연구에서는 〈수궁가〉의 이본별 양상이 수용자의 요구에 부응하여 만들어진 것으로 보는 관점을 견지하면서, 〈수궁가〉에 나타나는 대결 구조의 전개와 결말이 어떻게 이루어졌는지를 분석하는 과

......

7 김대행, 「수궁가의 구조적 특성」, 『국어교육』 27, 한국어교육학회, 1976, 155-172쪽.

8 인권환, 위의 글, 182쪽. 한편 김동건은 〈토끼전〉의 이본, 구성, 현실 인식 등 종합적 연구를 하면서 〈토끼전〉의 서사 확장 원리로 지략담을 들고, 위기 극복 지략담, 유혹 지략담, 쟁장 지략담 등으로 유형화하여 그 특징을 분석하기도 하였다(김동건, 위의 글, 165-210쪽).

9 〈수궁가〉에 대한 수용적 접근은 서은아(「〈수궁가〉에 나타난 토끼의 성격과 당대 수용자들의 심리적 특성」, 『국어교육』, 한국어교육학회, 1999, 487-505쪽 ; 「〈수궁가〉의 문학적 효용」, 『論文集』 7, 서울여자대학교 대학원, 1999, 483-498쪽)에 의한 토끼에 대한 동일시를 전제로 한 문학치료학적 논의를 들 수 있다.

정을 통해 그 의미를 탐색해 보고자 한다. 여타의 〈토끼전〉 이본 중에서도 특별히 판소리 창본인 〈수궁가〉를 대상으로 삼은 것은 판소리의 특성상 수용자의 기대나 요구를 받아들이는 것이 용이하여, 수용적 관점을 다루기에 좋다고 판단했기 때문이다. 왜 특정한 창자의 판소리 사설에는 어떤 이야기가 추가되고, 어떤 이야기는 삭제되었는지, 왜 동일한 서사적 상황을 다루는데 그 양상이나 결과가 다른지를 살펴볼 필요가 있다. 이러한 접근은 〈수궁가〉의 대결 구조가 지니는 의미를 문학 향유의 측면에서뿐만 아니라 당대 수용자가 〈수궁가〉를 통해 추구한 가치, 나아가 우리 문학 교육에서 가르칠 수 있는, 혹은 가르쳐야 할 가치를 도출할 수 있는 의의를 지니리라 기대한다. 대상으로 하는 주요 창본은 신재효 퇴별가, 이선유본, 정권진본, 심정순·곽창기본(이하 심정순본으로 표시)으로 하고, 논의하는 과정에서 필요에 따라 다른 이본을 참조하도록 하겠다.

2. 〈수궁가〉의 대결 상황

기존의 이본 연구 중 김동건[10]은 〈토끼전〉 78종을 대상으로 하여 서사 구성을 비교하고 계열을 나눈 바 있다. 여기서 〈수궁가〉 내에서 대결 상황이 어떻게 구조화되고 반복되고 있는지를 살펴보기 위해 그 연구에서 사용한 15개의 서사 단락을 활용하기로 한다. 그 단락

·····
10 위의 글

은 다음과 같다.

   1. 배경 설명, 2. 용왕 득병, 3. 명약 지시, 4. 어족 회의, 5. 별주부 전송, 6. 별주부 出陸, 7. 별주부, 짐승 만남, 8. 모족 회의, 9. 별주부, 호난 극복, 10. 별주부, 토끼 유혹, 11. 토끼, 수궁행, 12. 토끼, 수궁 위기 극복, 13. 토끼, 出陸, 14. 결말, 15. 작자의 평

이 15개의 단락은 〈토끼전〉 전체에서 세부 서사의 출입을 비교하기 위한 내용으로 이 15개의 세부 서사 하위 요소들까지 살피면 이본별 차이가 매우 크게 나타난다. 문제는 이 15개의 서사 단락 중 대결 상황이 나타난 단락이 무엇인가이다. 이는 어떤 화소를 대결로 보는가에 따라 〈수궁가〉의 이본별 구조나 의미가 달라질 것이기 때문이다. 여기서는 어떤 주체가 다른 주체가 맞서는 상황이라면 대결로 보고자 한다. 이렇게 보면, 15개 단락 중에서 다음 8개 단락 정도로 좁혀 볼 수 있다.

   4. 어족 회의, 5. 별주부 전송, 7. 별주부, 짐승 만남, 8. 모족 회의, 9. 별주부, 호난 극복, 10. 별주부, 토끼 유혹, 12. 토끼, 수궁위기 극복, 14. 결말

이 중에서 '5. 별주부 전송'의 경우, 서사적 상황이 대결은 아니지만, 노모 및 아내와 이별하는 장면에서 이들 인물이 별주부를 말리고 있기 때문에 포함하였다. 그리고 '7. 별주부, 짐승 만남' 단락은

여느 창본 계열에는 나타나지 않고 신재효본에만 나타나기에 참고를 위해 제시하였다. 그리고 '14. 결말' 단락의 경우, 토끼의 욕설과 별주부 목을 달아매는 부분, 그물 위기 극복, 독수리 위기 극복, 토끼 재생포 등 이본에 따라 달리 나타나는 부분들이 있어 이본별로 결말을 살필 때에는 이들 세부 요소를 기준으로 비교해 보아야 한다.

이들 대결 상황을 중심으로 하여 각 대결의 구조를 살펴보도록 하겠다. 먼저 어족 회의의 경우를 보면, 신재효본, 이선유본, 정권진본, 심정순본 모두에서 회의 소집의 목적은 용왕의 병을 고칠 토끼 간을 구하러 갈 사람을 정하는 것이다.

용왕이 싱각ᄒ되 퇴긔라 ᄒ난 거시 양계의 김싱이라 엇지ᄒ여 구ᄒ리요 의듸신ᄒ시기로 만죠 입시ᄒ라 ᄒ교를 하옵시니 슈즁이 진동ᄒ여……용왕 왈 짐의 병이 위즁ᄒ여 션의의 ᄒ난 마리 퇴씨 간을 못 먹으면 쥭을 박기 슈 업다니 엇던 신ᄒ 퇴기 줍아 짐의 병을 구ᄒ리요   (신재효본, 5-6[11])

관리왕이 슈부 죠뎡 문무빅료를 일시에 픠초ᄒ야 ᄎ례로 드러오ᄂ듸…… 닉 병이 이러틋 침즁ᄒ듸 텬상션관이 이르기를 인간 토씨간이 약이라 ᄒ니 경네 즁 누가 능히 인간에 나

……
11 여기서 인용하는 창본의 출처는 김진영 외, 『토끼전 전집』 1, 박이정, 1997로 제시된 숫자는 자료의 쪽수를 표기한 것이다.

아가 토씨를 싱금ᄒ야다가 짐의 병을 고칠소냐 만됴빅관이
면면샹고ᄒ며 묵묵부답이어늘 룡왕이 탄식ᄒ되

(심정순본, 46)

톡기라 하는 놈은 하해 일월 발근 달에 백운이 무정처에 시
비업시 단이는 놈을 그 놈을 엇지 구한단 말이냐[아니리]정
언 잉어가 엿자오되 일시에 조회 영을 노아 만조백관의게 무
러 보옵소서 용왕이 올이 여겨 일시에 조회 영을 노으니……
경내 중 어느 신하가 진세에 쌀이 나가 톡기를 자버다 짐의
병을 구하리요 좌우 어두귀면지졸이 면면상고하며 묵묵부답
이어늘[중모리]광리 돌돌 탄식한다   (이선유본, 100)

용왕이 도사말 오리 듣고 수궁 만조백관을 일시에 불러드
리난듸……경들 중의 진세 나가 토끼를 잡어 과인의 병을 즉효
허리 뉘 있는고 좌우 면면상고허고 묵묵부답이어늘[중모리]
용왕이 기가 막켜 탄식허여 우는 말이   (정권진본, 376-377)

위에서 볼 수 있듯이 이들 창본에서 공통적으로 용왕의 병을 고칠
약으로 토끼 간을 구할 방법을 찾기 위해 회의를 소집한다. 그런데
신재효본에는 용왕의 탄식이 나오지 않으며, 다른 본과 달리 이선유
본에는 잉어가 회의 소집할 것을 간하는 것으로 되어 있다는 것, 정
권진본에서는 용왕이 울기까지 한다는 것이 특징적이다.
어족 회의의 경우 궁극적으로 얻고자 하는 것은 토끼의 간이지만

일차적으로 그것을 구해 올 충신을 정하기 위한 대결이다. 회의 상황을 통해 목적으로 하는 바가 용왕에 의해 정해지고, 주도되며, 회의에 소집된 신하들은 용왕의 목적물이 되지 않으려는 마음을 갖고 있다. 이때 얻고자 하는 대상으로서의 토끼 간이나 충신은 공통적으로 용왕을 위해 희생되어야 하는 속성을 갖고 있다. 그래서 대결 구도는 용왕과 신하가 맞서는 것으로 이루어진다.[12]

왜냐하면 어족회의에 참여하는 신하들의 입장에서 본다면 자신이 최종 간택이 되지 않는 것이 회의의 목적이고, 용왕의 입장에서는 신하들 중 누구 하나를 선택하는 것이 목적이기 때문이다. 말하자면 토끼 간을 구하러 갈 충신 자리를 놓고 용왕은 선택하려 하고, 신하들은 피하려 하기 때문에 대결 상황이 벌어지는 것이다.

이렇게 어족 회의에서 힘의 구도로 본다면 용왕이 강자이고 신하가 약자이지만, 토끼의 간을 구해야 한다는 측면에서 누가 결핍을 느끼는 상황인가로 본다면 오히려 거꾸로 용왕이 약자[13]이다. 용왕은 힘은 가졌지만, 정작 필요로 하는 토끼 간을 갖고 있지 못하고, 회의를 통해서든 신하를 통해서든 그것을 가져야 하는 상황이고, 신하들 자신이 필요를 느끼는 상황은 아닌 것이다. 신하들은 용왕을 위해 토끼의 간을 구해야 한다는 점에서는 같은 약자로 볼 수도

......

12 이러한 대결의 양상을 말하기 방식으로 분석한 바 있다(졸고, 「문학을 활용한 말하기 교육 내용 연구 -〈토끼전〉의 어족회의 대목을 중심으로-」, 『국어교육』 114, 한국어교육학회, 2004, 1-24쪽).

13 그런데 신재효본의 경우는 다른 창본과 달리 용왕이 형편으로 보면 약자이지만 충성을 강조하며 당당하게 요구한다는 점에서 여전히 강자로 볼 수 있다는 점이 특이하다.

있겠지만, 자신이 그 일을 선택하지 않는다면 약자가 아니기 때문이다. 그래서 토끼 간을 구하러 가는 신하로 별주부가 정해졌다는 것은 별주부나 용왕이나 같은 약자가 된다는 의미가 되기 때문에, 길을 떠날 때 이별 장면이 일종의 대결 국면으로 해석될 수 있는 것이다.

쥬부의 딕부인니 쥬부를 겡게흔다……만일 약을 못엇거든 골푹ᄉ장 게셔 쥭졔 도라오지 말찌여다……군신의 즁흔 의가 부부보단 더흔지라 임군을 위흐다가 쥭난딕도 흔이 업ᄂᆡ

(신재효, 11-12)

별쥬부 대부인 탄식흐야 이른 말이[긴양죠]네가 봉명ᄉ신으로 셰샹에 나간다니 내 엇지 막으랴마는 너의 부형씌셔도 셰샹 구경 나갓다가 도라오지 못흐얏스니 조심흐야 다녀오너라……쥭으면 그져 쥭지 셰샹이 공연히 나가 긱ᄉ귀가 되여오 가지 마오 가지 마오

(심정순, 52-53)

별주부 모친이 우는대……저 지경이 웬 일이냐……별안간에 이 이별이 별 수 읍시 죽게구나 별밤 집히 생각하여 별고 집을 너머 마오[ᄉ니리]자라 ㅎ내여 하ᄂᆞᆫ 말이

(이선유, 103-104)

별주부 대소허며 충신지자는 충신이요 열녀지자 열녀로다

> 가중 마음이 저러헌니 토끼 잡기 무슨 걱정되리 내 만사를 밋
> 고 다녀오리다 　　　　　　　　　　　　　　　　　(정권진, 380)

어족 회의의 양상이 신재효본이 다른 창본과 달랐듯이, 별주부가 가족과 이별하는 장면도 다르다. 신재효본의 경우는 충신의 도리를 강조하는 것으로 일관하고 있다. 이에 비해 심정순본과 이선유본은 떠나는 별주부에 대립하며 가지 말 것을 종용하는 목소리가 강하게 나타난다. 특히 자라 부인은 강경하게 말리고, 별주부는 이에 대해 화를 내어 무마한다. 한편 정권진본은 별주부가 마누라를 잊지 못하고 간다고 하소연하듯 말하고, 이에 대해 별주부 마누라가 오히려 나라를 위해 가는 사람이 그래서는 안된다고 꾸짖고 있어 다른 방식의 대결 국면이 나타난다.

그래서 별주부 전송 장면에서는 심정순본과 이선유본의 경우, 떠나는 별주부가 강자로, 만류하는 모친이나 아내가 약자로 대결 상황이 조성되고 있다. 이때 강자와 약자의 위치는 힘의 우열이 아니라 아직 오지 않은 결과로서의 결핍에 대한 두려움을 가졌는가로 결정된다. 이는 이 대결에서 추구하는 대상은 별주부 자신이기 때문이다. 심정순본과 이선유본에서는 별주부가 떠나는 것이나 죽을 것에 대해 두려움을 갖고 있지 않기 때문에 강자라고 할 수 있으며, 반대로 정권진본에서는 별주부가 오히려 약자이다. 그런데 이 대결 상황은 대결의 결과가 별주부가 떠나는 것으로 이미 정해져 있어 창본에 따라 강자와 약자의 위치가 바뀌는 것은 충이라는 이념에 대한 갈등 정도를 보여주는 것이라 할 수 있다. 심정순본과 이선유본에서는 충

이라는 국가적 이념에 대해 인지상정으로 가지는 부부애를 드러내어 갈등을 보이지만, 정권진본에서는 보통의 부부가 가질 수 있는 걱정에 대해서까지도 이념이 우위를 보이는 특성이 있는 것이다.

모족회의는 신재효본은 사냥개 대책 회의로 모이는 것으로 되어 다른 창본에서 상좌 다툼로 대결을 벌이는 것과는 다르다. 상좌 다툼이 벌어지는 이선유, 정권진 창본에서는 나이 많음을 언변으로 대결하다가 힘 센 호랑이가 등장하자 언변으로 상좌를 차지했던 토끼가 비켜주는 것으로, 심정순 창본에서는 힘으로 상좌를 차지한 호랑이에게 나이를 내세워 두꺼비가 다시 상좌를 차지하는 것으로 되어 있다.

> 둑거비가 다 쥬어 모우더니 셔로 승좌 식양ᄒ여 기린으로 승좌ᄒ니 기린이 식양하여……순군이 쥬인으(17-뒤)로 흔가운듸 쥬셕ᄒ고……오늘 젼역 쏘 지니면 여우 눈의 못 괴인 놈 무슨 환을 쏘 당할지 그 놈의 우슴쇼리 셕졀여 못 듯것니 그만ᄒ여 파합시다
> (신재효, 16-19)

> 쟝군님은 나으로 ᄒ나 곤력으로 ᄒ나 샹좌를 ᄒ시겟소 로혀 말으시고 샹좌ᄒ시오……이 놈 호랑아 네 힘듸로 나를 잡아 먹어라 호랑이 압으로 달녀드니 호랑이 긔가 막혀 뒤로 물너 안지면셔 이런 쏠 보아라 모양은 망지불슈ᄒ나 년치야 엇지 홀 슈 잇ᄂ냐 셤텀지로 샹좌를 쥬고
> (심정순, 61-63)

　　좌우 김생이 톡기를 상좌에 안치고 나니 톡기 하는 말이 오
날부터 무어시던지 내 허는대로 하럇다 한참 이리할 제 호랑
이 한 마리가 드러오며 너의들 무엇하너냐 톡기 썩 나안지며
장군님 어대 갓다 오시는 길이요　　　　　　　　(이선유, 107)

　　날짐생들이 모아 상좌 다툼을 하고 놀겄다……가마귀 무색
하여 한편으로 나앉으며 내 죄상은 그럴망정 만좌중에 내 망
신을 이다지 시킨단 말이냐 길즘생들이 이리 한참 논일 적에
또 한편을 바라본니 왼갓 길짐생들이 모여드는듸 이런 야단
이 없것다……토끼 너는 말 아이고 장군님 어제 나셧드라도
上坐로 앉으시오 토끼가 나서던니 장군님 上坐로 앉으십시요
만은 속이나 알게 언제 나셨소 호랑이 이 말 듣고 호령성으로
　　　　　　　　　　　　　　　　　　　(정권진, 382-384)

　　위에서 보듯이 신재효본에서는 두꺼비가 회의를 소집하고, 상좌
다툼은 없고 오히려 서로 사양한다. 그러다 상좌를 호랑이가 차지하
는데, 회의 도중에 갖은 약탈이 이루어져 더 이상 회의를 하지 않는
것으로 되어 있다. 이에 비해 나머지 3개본에서는 모두 상좌다툼이
있는데, 흥미로운 것은 상좌를 차지하는 명목이 나이이기도 하고 힘
이기도 하다는 것이다. 최종적으로 상좌를 차지하는 것이 호랑이인
것은 이선유본과 정권진본이지만 그 논리는 다르다. 이선유본이나
정권진본이나 나이를 우선시 하여 자리를 차지했던 토끼가 호랑이
에게 자리를 내어 주는 것은 동일하지만, 정권진본에서는 호랑이가

힘뿐만 아니라 나이도 높음을 말한다는 점에서 다르다. 이는 이선유본에서 강자는 언변이 좋은 자 혹은 지혜가 뛰어난 자가 아닌 힘을 가진 자로, 정권진본은 힘을 가진 자가 강자인데 이 힘센 강자는 언변도 좋다는 것을 전제로 하고 있음을 보여준다. 특이한 것은 정권진본의 경우 모족회의가 날짐승, 길짐승으로 나뉘어 2회로 확장되어 있다는 것이다.

반대로 심정순본에서는 나이 많음을 언변으로 설득하여 힘센 호랑이를 끌어내리고 자리를 차지한다는 점에서 강자의 기준을 논리나 지혜에 두고 있음을 보여준다. 이러한 차이는 창본별로 강자에 대한 인식을 달리 하고 있다는 가정을 가능하게 한다.

모족회의에 이어지는 대결 장면은 별주부와 호랑이의 대결이다. 모족회의를 구경하던 별주부가 호랑이를 만나 위기에 처했다가 극복하는 장면인데, 신재효본의 경우에는 없다. 심정순, 이선유, 정권진본에서 별주부가 호랑이를 만나 처한 위기 상황에서 자신을 별나리라 불러 언변으로써 일차적으로 위험을 모면하는 것은 동일하다. 그런데 이선유본의 경우, 호랑이의 쓸개를 가져가겠다며 호랑이 배를 가르라는 소리로 물리치지만, 심정순본과 정권진본의 경우에는 자라가 호랑이에게 달려들어 불알을 물고 늘어짐으로써 혼을 내어 물리친다. 이러한 구도 역시 언변의 논리 외에 힘세기의 대결로 가져가고 있음을 보여준다. 절대적으로 자라가 호랑이에 비해 힘이 약한 존재이지만 호랑이의 약점을 힘으로 공격하여 이길 수 있음을 보여주는 것이다. 그럼에도 결과적으로는 호랑이 스스로 힘으로 이겼다고 생각하는 것으로 되어 있어 흥미롭다.

급흔 쌔에는 긔운이 뎨일이로다 늬가 약질이더면 오도랑
귀신에게 잡히여 별나리 자실 약 지료가 될 번 ᄒᆞ얏다

(심정순, 68)

내 용맹이 아니면 엇지 살아 오겟나   (이선유, 108)

만일 내가 용맹이 없었으면 지금즘 그놈 뱃 속의 들어 굳어
쓰렸다   (정권진, 388)

이렇게 볼 때, 별주부가 호랑이를 만난 위기를 극복하는 방식은
호랑이의 무식함을 이용하고, 거짓 호령으로(이선유본) 혹은 힘으로
속여(심정순본, 정권진본) 약자였던 별주부가 강자인 호랑이를 도망
가게 하는 것이다. 이는 약자가 강자를 이긴다는 대결 결과뿐만 아
니라 이기는 방식의 차이를 통해 이본에 따른 관점을 살필 수 있다
는 의미가 있다.

이후에 이어지는 별주부의 토끼 유혹은 별주부가 토끼의 간을 욕
망하는 자, 가지지 못한 주체라는 점에서 약자로, 토끼는 간을 가진
자로서 수궁에 갈지 말지를 결정할 수 있는 주체라는 점에서 강자로
위치한다. 그래서 이 대결은 별주부가 토끼를 수궁에 대한 환상적인
이야기로 유혹하기도 하고, 육지의 공포스러운 삶을 상기시켜 설득
하기도 하여 마침내 별주부가 토끼를 이기게 된다. 그리고 이 순간
부터 별주부가 강자로, 토끼는 약자로 바뀌는 것이다.

강자인지 약자인지의 차이는 가진 자인가, 다른 주체가 가진 무엇

을 가지고자 하는 자인가에 따라서 혹은 물리적 힘의 크기에 따라서 결정되기도 하지만 자신이 속한 공간인가 그렇지 않은가에 따라서도 결정된다. 별주부의 토끼 유혹과 토끼가 수궁에서 벗어나게 되는 과정에서 이를 단적으로 확인할 수 있다. 별주부가 앞서 살펴본 상황에서 약자로 위치하는 장면은 별주부가 자신의 공간인 수궁을 떠나 육지에 있기 때문이라 할 수도 있다. 반대로 토끼는 육지에 있을 동안에는 자라에 대해 가진 자, 강자이지만 수궁에 갔을 때에는 자신의 것을 빼앗겨야 하는 약자가 되는 것이다.

토끼가 수궁에서 위기를 겪는 것은 토끼의 간을 뺏고자 하는 용왕에게 힘으로는 도저히 이길 수 없는 약자이기 때문이다. 그래서 토끼는 이 힘에 대항하여 거짓으로 논리를 만들어 말로써 승리를 거둔다. 그리고 신재효본의 경우에는 여기에서 대결은 끝이 난다. 더 이상의 대결은 없이 용왕은 토끼 똥 먹고 병이 낫고, 별주부는 충신되고, 토끼는 신선따라 월궁을 가는, 모두가 행복한 결말을 맞는 것으로 되어 있다. 그런데 심정순본, 이선유본, 정권진본은 토끼가 육지로 돌아온 뒤에도 몇 번의 대결이 펼쳐진다.

심정순본과 이선유본의 경우에는 토끼가 그물에 잡히고, 독수리에게 포획되는 위기 이후 결말이 오고, 정권진본은 토끼가 그물에 잡히고 독수리에게 잡힌 이후 다시 용궁에 잡혀가 죽는 것으로 결말을 맺는다. 토끼가 그물에 걸리는 위기는 토끼와 초동(초군, 그물임자)의 대결인데 그 해결 방법은 파리떼의 도움을 얻는 것이다. 토끼가 파리에게 도움을 청하고 이를 통해 초동의 눈과 코를 속여 그물에서 해방된다. 이러한 위기 극복은 토끼가 파리라는 다른 주체의 힘을 빈다는 측면에서는 다른 대결과는 다른 방식이지만, 토끼에 대립하는 주체를 속인다는 측면에서는 동일하다.

이렇게 속임의 방법으로 대결 혹은 위기를 벗어나는 방식은 독수리에게 잡혔을 때에도 동일하게 나타난다. 강한 힘을 가진 독수리에게 토끼가 잡혔을 때에는 영락없이 죽을 것이라는 추측이 가능하다. 그런데 이때에도 토끼는 독수리의 탐심을 자극하는 거짓말로 힘을 가진 강자 독수리를 물리친다. 없는 것을 있다하여 속이고 독수리의 손아귀에서 탈출하는 것이다. 이 방식은 수궁에서 용왕을 속이는 것과 유사하다. 이렇게 보면 심정순본, 이선유본, 정권진본은 토끼가 동일하게 약자의 위치에 있으면서 대결하는 강자를 거짓말로 속여 위기를 넘긴다는 방식이 동일하게 3번 반복되는 구조를 갖고 있다 하겠다.

그런데 충격적인 것은 정권진본의 경우 이렇게 토끼의 승리로 끝나지 않고, 결국에는 용왕에게 다시 잡혀가 간을 빼앗기는 것으로, 즉 패배하는 것으로 마무리된다는 것이다.

> 노퇴 일수를 지급착송하심을 행심하나니다 이문사신 즉송
> 허여 산신전의 올리니 산신이 받아보고 수국 진세 화친을 유
> 주허여 천연노퇴를 결박착송 하였구나[중모리]용왕이 급한
> 마음 토끼 배 급히 갈라 간 내어 먹어노니 용왕의 깊은 병이
> 즉위 쾌차 하였구나   (정권진, 410)

이러한 결말은 〈토끼전〉 전체 이본으로 볼 때에 유일하다.[14] 여타의 독서물 계통 이본에서 토끼를 놓친 상황에서 토끼를 다시 잡기 위한

방법을 강구한다든지, 실제 육지 정벌을 간다든지 하는 대목들은 보이지만, 정권진본처럼 토끼를 다시 잡아와 간을 먹어 용왕이 쾌유하는 경우[15]는 없는 것이다. 정권진본에서는 강자인 용왕이 해결하지 못한 토끼 포획을 산신에게 부탁하여 성공한다. 이러한 해결은 일부 이본에서 산신의 도움으로 용왕이 쾌차하는 결말의 변형이라 할 수 있겠다. 그러한 이본에서는 산신이 약을 하사한다든지 토끼변을 주는데, 정권진본에서는 토끼를 잡아서 직접 대령한 것이다.

이제까지 살펴본 대결 상황별 구조를 다음과 같이 표로 정리해 보았다.

		강자	약자	욕망 주체	욕망 대상	결과	방법
어족 회의		용왕	신하	용왕	토끼 간 구할 신하	자라 선정	언변(충)
		신하	용왕	용왕	토끼 간		
별주부 전송	심/이	별주부	아내	아내	별주부	이별	언변(충)
	정	아내	별주부	별주부	아내		언변(인정)
모족 회의	신	호랑이	짐승	짐승	사냥개	호랑이	힘
	심	호랑이→두꺼비			상좌	두꺼비	언변(나이)
	이	토끼→호랑이				호랑이	힘
	정	토끼→호랑이				호랑이	힘&언변(나이)

......

14 김동건, 위의 글, 109쪽
15 최광석은 이에 대해 정권진 창본의 토끼 포획이 향유층을 확대하기 위한 노력의 소산으로, 강산제 〈수궁가〉에서 독자적으로 생성된 것으로 보았다(위의 글, 117-121쪽).

	강자	약자	욕망 주체	욕망 대상	결과	방법
자라 호난	호랑이	자라	호랑이	자라	호랑이 도망	언변(권력)/힘
수궁가기 전	토끼	자라	자라	토끼	수궁행	언변(거짓말)/소속
수궁	자라/용왕	토끼	용왕	토끼 간	육지행	언변(거짓말)/소속
그물위기	초동	토끼	초동	토끼	탈출	언변(거짓말)
독수리 포획	독수리	토끼	독수리	토끼	탈출	언변(거짓말)

*이 표 내에서 〈수궁가〉 각 창본은 첫 글자로 표시함.

여기서 강자-약자의 설정은 상황에 따라 가진 자-뺏기는 자, 가지고 싶어하는 자-가진 자 등으로도 표현될 수 있으나 편의상 강자-약자로 표시하였다. 이렇게 보면, 〈수궁가〉의 대결 상황은 그 이기고 지는 것이 대부분 언변을 통해 결정되는데, 그 내용은 속임수도 있고 과장도 있으며 이념도 있다. 그리고 앞서 보았듯이 창본에 따라서는 승패의 결정에 힘과 언변이 동시에 작용하는 경우도 있었다.

3. 이본별 대결 반복 양상

이제까지는 〈수궁가〉의 대결 상황별로 어떠한 대결 구조를 갖고 있는지 분석해 보았다. 그런데 〈수궁가〉의 대결 상황이 이본별로 어떻게 구성되고 반복되고 있는지를 살펴볼 필요가 있다. 특정 대결은 거의 비슷하게 반복되면서, 어떤 대결 상황은 빠져 있는 양상은 해당 〈수궁가〉의 구조가 갖고 있는 의미와 관련될 수 있기 때문이다. 〈토끼전〉에 비해 창본 〈수궁가〉의 경우 전체적으로 볼 때 비슷한 정도로 대결이 반복되고 있는데, 이러한 대결 구조의 반복이 어떠한 의미가 있는지를 살피기 위해 이본별로 다음과 같이 종합해 보았다.

대결 상황	신재효	심정순	이선유	정권진
4.어족 회의	○	○	○	○
5. 별주부 전송				
- 노모 이별	충으로 일관	탄식과 당부	탄식	-
- 아내 이별	충으로 일관	만류	만류	충으로 훈계
7. 별주부, 짐승 만남	남생이 만남	-	-	-
8. 모족 회의				
- 날짐승	-	-	-	○
- 상좌다툼	호랑이 상좌후 폭력	두꺼비 상좌	호랑이 상좌	호랑이 상좌
9. 별주부, 호난 극복	-	○	○	○
10. 별주부, 토끼 유혹	○	○	○	○
12. 토끼, 수궁위기 극복	○	○	○	○
14. 결말				
- 그물 위기	-	○	○	○
- 독수리 위기	-	○	○	○
- 토끼 월궁행	○	-	-	-
- 도사가 별주부에게 신약을 줌	-	○	-	-
- 토끼 재생포	-	-	-	○
- 용왕병 쾌유	○	○	○	○

〈수궁가〉 전개에서 대결 상황이 이본별로 어떻게 구성되고 있는지를 볼 때, 대결과 관련된 삽화 전체 구성의 차이가 크게 나타나는 창본은 신재효본 정도이고, 그 외의 창본들은 엇비슷하다. 그런데 그중에서도 특징적인 창본은 정권진본으로, 모족회의에서 날짐승 회의가 추가되어 있고, 결말부에서 토끼가 재생포되는 서술이 부연되어 있어 대결 상황이 확장되었으면서 결말이 다르다.

신재효본의 모족회의 대목에서는 동물들이 모이기는 하나 상좌 다툼은 하지 않고, 오히려 자리를 사양하며 내어준다. 그리고 호랑이가 상좌에 앉아서는 사냥개 대책회의를 한다는 것이 다른 동물들의 식량 등을 빼앗는 명령이나 하고, 동물들이 이를 견디지 못하여 파하는 것으로 되어 있다. 이 과정에서 호랑이의 동물 수탈을 부추기고 실행하는 여우의 역할이 잘 나타나는 것이 특징적이다. 이러한 모족회의의 구성은 여타의 창본과는 다른 것으로 동물들끼리의 상좌 다툼이라는 대결이 아니라 호랑이 상좌를 당연한 구도로 하여 호랑이가 일방적으로 권력의 횡포를 휘두르고 동물들은 수탈을 당하는 구조를 보여준다.

그래서 신재효본에서는 동물들 간의 대결은 이루어지지 않고 동물들이 힘을 가진 호랑이의 명령을 어쩔 수 없이 따르다가 도망치는 것으로 대응하는 양상을 보인다. 이는 여타의 창본에서 모족회의의 상좌 다툼이 여러 동물들 간의 경쟁으로 대결하는 양상이 나타나는 것과는 매우 다르다. 이들 창본에서는 동물들끼리의 힘의 배분이 어느 한 동물에게 치우치지 않고 서로 동등한 차원에서 경쟁을 하는 대결로 나타나는 반면 신재효본에서는 힘의 배분이 이미 명확하게 호랑이 쪽에 쏠려 있는 상황이다. 신재효본의 동물들은 차마 호랑이에게 맞서 대결할 엄두도 내지 못하는 것이다.

이런 차원에서 본다면 신재효본의 모족회의는 다른 창본에서와 같은 방식의 대결로 해석하기에 무리가 있다. 신재효본은 상좌 다툼이라는 대결은 없고 호랑이의 폭력과 수탈이 강조되어 나타나며 이러한 행태에 대해 곰이 인간 사회의 수령의 가렴주구를 빗대어 말하는 데에서 이러한 구조의 의미를 찾을 수 있다. 그것은 호랑이로 표상되는 지배층에 대한 비판이다. 이를 신재효본에는 결말부의 그물 위기와 독수리 위기가 없다는 것과 관련지어 보면 전반적으로 신재효본은 대결 상황이 줄어든 양상을 보이고 있다 할 수 있겠다.

흥미로운 것은 정권진본이나 신재효본은 상대적으로 심정순본이나 이선유본에 비해 충이라는 이념적 성격이 강하다는 것이다. 신재효본의 경우에는 충의 이념 강조가 서술자나 인물의 말에 직접적으로 드러나고 있으며, 정권진본에서는 아내와의 이별 장면에서 아내의 말을 통해서, 그리고 날짐승끼리의 상좌다툼이 있다는 것과 호랑이가 상좌에 앉는 이유에서 정치에의 관심 정도가 드러난다.

> 나라를 위하여 세상의 나가시며 조고막한 안녀자를 잊지 못하고 간단 말이 조정의 발노되면 만조제신들의 우음될 줄 모르시고 　　　　　　　　　　　　　　　　　　(정권진, 380)

위에서 보듯, 다른 창본과는 달리 별주부의 아내는 별주부가 자신을 잊지 못하고 간다는 말에 대해 조정의 눈, 다른 신하들의 평가를 근거로 들어 훈계하고 있다. 이러한 충의 강조, 지배층에 대한 복종이라는 이념의 강조는 정권진본에서 일관되게 나타난다. 모족회의에서 호랑이가 상좌를 차지하는 이유를 힘이 세기뿐만 아니라 나이도 많아서임을 들어 정당화하는 부분도 지배층의 미화라는 측면에서 같은 맥락으로 해석할 수 있다.

정권진본의 이러한 점들은 결말의 토끼 재생포와 관련지어 볼 때 그 이념적 성격이 더욱 분명해진다. 여기서 분석한 〈수궁가〉를 놓고 볼 때, 결말에 용왕이 병을 치유 받는 것은 모두 동일하지만 토끼가 패배하는 경우는 없다. 그리고 그 패배의 방식도 토끼가 재생포 당해 간을 빼앗긴다는 잔인한 양상으로 나타난다. 이는 정권진본은 여느 창본보다도 용왕이라는 강자 중심, 권력 중심으로 이루어졌음을 말해준다. 토끼의 입장에서 본다면 정권진 창본은 가장 비극적이며, 용왕의 입장에서는 가장 통쾌한 결말이다. 토끼가 결국 처절하게 패배하는 이 결말은 〈수궁가〉의 전개에서 그렇게 숱하게 언변으로 상대를 속여 가며 생명을 부지한 것이 한 순간에 무너져 버리게 한다. 반대로 용왕이나 자라의 입장에서는 행복한 결말을 맞이하는 것이다.

심정순본이나 이선유본의 경우, 토끼나 용왕이나 자라 모두 행복한 결말을 맞이한다. 토끼는 수궁을 나와서도 2번이나 위기를 더 겪지만 상대를 속이는 행동과 언변으로 무사히 탈출하고, 용왕은 선관 도사가 주는 신약으로(심정순본) 혹은 하늘의 도우심으로 만병회춘, 쾌유하여 별주부 자라는 충신으로 인정받는다. 토끼의 그물 위기나 독수리 위기는 그 대결의 주체가 수궁과는 관련이 없고 육지 세계에서 토끼의 생존과만 관련된다는 점에서 그 전의 〈수궁가〉 전개와는 다른 맥락을 지닌다 할 수 있다. 그리고 이들 위기를 극복해 내는 토끼의 행동이 골계적으로 그려지고 있다는 점에서 흥미를 위해 덧붙여진 상황으로 해석 가능하다. 이렇게 보면 심정순본이나 이선유본의 경우에는 신재효본이나 정권진본과는 반대로 토끼와 같은 비지배계층의 시각으로 구성되었으며, 수용자의 흥미를 고려하였다고 할 수 있다.

이러한 창본별 대결 상황의 구성 차이를 종적으로 연결하여 조망해 보면, 신재효본의 경우 '5. 별주부 전송'과 '8. 모족 회의'가 대결 상황으로 전개되지 않아, 다른 창본에 비해 대결 구도가 약하다. 그러면서도 별주부 전송 장면과 같이 충이라는 이념을 강조하는 목소리가 주조를 이룬다는 점에서 용왕으로 대변되는 강자의 관점에서 구성되었다고 할 수 있다.

심정순본과 이선유본은 전체적으로 대결 상황 관련 구성이 거의 동일하다. '어족회의-별주부 전송-모족회의-별주부 호난 극복-별주부 토끼 유혹-토끼 수궁 위기 극복-그물 위기-독수리 위기'로 대결 상황이 반복되고 있다. 단 '8. 모족 회의'에서 대결의 결과 상좌를 차지하는 동물이 심정순본은 두꺼비, 이선유는 호랑이로 대결의 승자를 달리하고 있다. 승자가 두꺼비인지 호랑이인지의 차이는 대결에서 이기는 자의 기준을 힘인가 언변과 같은 지혜에 두는가의 차이를 말해주는 것으로 해석해 볼 수 있다. 이를 다른 대결에서의 결과와 비교해 보면 '5.별주부 전송'에서 노모나 부인의 만류가 드러난다는 데에서, 호난 극복의 방식이나 그물 위기, 독수리 위기에서 승자가 대결에서의 약자라는 점에서 신재효본이나 정권진본과는 달리 약자의 관점에서 구성되었다 할 수 있다.

　정권진본은 심정순본과 이선유본에 비해 독수리 위기 다음에 토끼 재생포라는 단락이 하나 더 있어 대결 구도가 한번 더 반복되면서도 그 결과가 토끼의 패배로 나타나 특징적이다. 대결의 결과가 토끼의 패배로 귀결되는 것은 '5. 별주부 전송'이 대결적 성격보다는 충의 강조로 일관한다든가, 모족 회의가 힘이 센 호랑이 상좌 차지로 마무리되는 것과 동일한 맥락에서 생각해 볼 수 있다. 다시 말해 정권진본은 여타의 어느 창본에 비해서도 용왕이라는 권력자, 강자 중심으로 만들어진 것이다.

4. 〈수궁가〉 대결 구조의 의미

　이제까지 살펴본 〈수궁가〉 서사 전개에서 대결 구조가 반복되고, 또 이러한 대결이 창본에 따라 다르게 나타나는 양상이 지니는 의미를 정리해 볼 필요가 있다. 기존의 연구에서도 〈수궁가〉에서 확장되고 있는 대결 구조의 반복 양상이 수용자의 요구에 부응하는 것이라는 논의[16]가 있었다. 그런데 이에 대해 이 연구에서 중점적으로 살핀 대결 구조의 특성이 수용자의 어떤 기대, 요구[17] 때문인지에 관련지

......

16　김대행, 정병헌, 김동건, 최광석, 정충권 등 〈수궁가〉의 이본이나 구조를 논의한 연구자들은 이러한 관점을 견지하고 있다.

17　최진형은 경판본을 논의하면서 '암토끼' 등장과 토끼포획 계열 채택을 통해 '낯설게 하기'를 시도하는 동시에, '그물위기'를 포기하지 않음으로써 '낯익음을 자극하기'를 추구한 것이라 하였다. 이 역시 특정 대결 상황의 유지나 반복이 수용자와

어 볼 필요가 있다.

이러한 의미 탐색의 출발은 〈수궁가〉에 대한 접근 방향의 다양함에 따라 달라질 수 있는 주제에 대한 관심이다. 기존에 이루어진 〈수궁가〉의 주제 논의는 자라의 충성심이나 토끼의 지혜, 용왕으로 대변되는 정치, 사회에 대한 비판 정도에 머물고 있는 인상이 있다. 이는 특히 국어교육의 자료로 〈수궁가〉가 활용될 때 나타나는데, 여기서는 대결 상황이 구성되고 반복되는 양상에서 살핀 결과와 수용자를 고려한 창자 혹은 서술자의 서술을 관련지어 의미를 도출해 보고자 한다.

앞서 살펴본 신재효본, 심정순본, 이선유본, 정권진본의 대결 구조를 볼 때, 신재효본과 정권진본은 충이라는 이념을 강조하는 반면, 심정순본과 이선유본은 힘은 약하지만 언변을 통해 대결에서 승리할 수 있는 약자의 지혜를 강조하고 있음을 알 수 있었다. 이러한 대결 구조로 본 의미를 창자의 목소리로 제시된 주제 혹은 의미와 관련지어 보기 위해 다음과 같이 말미의 서술을 정리해 보았다. 이 서술들은 〈수궁가〉 수용자에게 하고 싶은 작가의 말인 동시에 〈수궁가〉 전체를 통해 의도한 바를 표현한 것이라 할 수 있다는 점에서 대결 구조의 의미와 관련지어 볼 필요가 있다.

> 즈릭와 톡기란 게 동시 미물노셔 즁흔 츙셩만흔 의스 스람
> 흐고 갓튼 고로 탈영을 만드러셔 셰승의 유젼흐니 스람이라

......

관련됨을 말해준다 할 수 있다(최진형, 「출판문화와 〈토끼전〉의 전승」, 『판소리연구』 25, 판소리학회, 2008, 315-316쪽).

명식ᄒ고 퇴별만 못ᄒ면은 그 안니 무식ᄒᆫ가 부듸 부듸 죠심
ᄒ오   (신재효, 37)

어와 청춘 벗님네들 이내 한말을 들어보오 이러한 미물들
도 진충보국 이같으니 하믈며 우리 인생이야 말을 즉키헐 수
있나 우리도 진충보국을 허여보세   (정권진, 411)

위 창본에 제시된 이 작품의 의미는 토끼와 자라와 같은 미물도
충성을 하는데 우리 사람은 당연히 충성해야 한다는 것이다. 흥미로
운 것은 자라만이 아니라 토끼까지 충신으로 묶어 평가하고 있는 것
이다. 이는 토끼가 간으로 용왕의 병을 고쳤다는 데 강조점을 둔 것
이라 해석할 수 있다. 간을 빼서 바쳐서라도 살려야 하는 것이 용왕
이라는 점에서 보면, 이들 창본은 충을 사람이 지켜야 할 최고의 덕
목으로 간주하고 있다고 판단된다. 신재효본과 정권진본에만 이러
한 작가의 말이 들어가 있다는 점은 앞서 대결 구조에서 이념적 성
격이 비교적 강하다는 것과 관련이 있을 것이다. 이에 비해 심정순
본과 이선유본은 토끼의 말(심정순)로 끝나거나 서술자의 서술(이
선유)로 마무리된다.

얼시고 졀시고 여러 번 죽을 몸이 신긔ᄒ게 살앗스니 그 안
이 됴흘소냐   (심정순, 93)

자래 수궁으로 드러가니 용왕이 일은 말삼 간 가저 왓너냐

못 가져 왔나이다 욕만 먹고 왔사이다 왕이 죽기를 바라더니
천궁이 유의하사 만병회춘하니 거력은 건곤대요 신공은 영
애안이라 일국이 태평하고 자래의 충성은 사해에 진동한다

(이선유, 125)

위에서 볼 수 있듯이, 심정순본에서는 '여러 번 죽을 몸이 신기하
게 살았다'는 데에 강조점을, 이선유본은 자라의 충성에 대한 강조
를 마지막으로 서술하고 있다. 그런데, 〈수궁가〉에서 서로 다른 대결
이 반복되며 연속적으로 이어지는 것을 수용자와 관련지어 본다면,
등장인물이 겪는 위기 혹은 등장 인물간의 대결이 〈수궁가〉의 핵심
이자 즐거움이라 해석할 수 있다. 반복되는 위기, 그리고 그 위기를
극복해 내는 인물들의 방식이 수용자에게는 흥미로운 것이다. 이렇
게 볼 때 〈수궁가〉의 대결 구조 반복이 지닌 의미는 '살아간다는 것
은 위기의 연속이다' 그리고 '위기에서의 승자는 상황에 따라 다를
수 있다'로 정리해 볼 수 있다.

〈수궁가〉의 등장인물은 토끼를 비롯하여 자라, 용왕, 온갖 수중 동
물, 육지 동물, 초동, 독수리 등 매우 많다. 그런데 이들이 대결하는
상황을 놓고 보면, 특정한 인물이 계속 강자의 위치를 지키지 못하
고 상황에 따라 약자가 되기도 하고, 강자인데도 대결에서 이기지
못하는 경우들이 있다. 토끼나 자라나 용왕이나 호랑이나 모두 그러
하다. 이렇게 강자나 승자가 결정되어 있지 않다는 것이 〈수궁가〉의
대결 구조로 볼 때 중요한 의미이다. 그래서 심정순본에서처럼 맨
마지막에 토끼가 스스로 여러 번 죽을 몸이 신기하게 살았다고 하는

말은 수용자에게 토끼가 목숨을 부지하는 방식이 흥미를 주었다는 것으로 해석할 수 있다.

〈수궁가〉는 계속적으로 반복되는 대결을 통해 승패를 알 수 없는 상황의 연속을 보여주고, 강자가 고정적으로 정해져 있지 않으며, 그 강자가 늘 이기는 것도 아니라는 것을 알려준다. 언제든 강자가 약자의 위치로 갈 수 있으므로 절대적으로 변하지 않는 강자나 약자는 없음을 말하는 것이다. 강자와 약자의 설정은 소속 공간 범위 내에 있는가, 소속 공간을 벗어나 있는가와도 관련된다. 강자와 약자라는 지위는 원 소속 공간에서 결정되는 것이지만, 그 공간을 벗어났을 때에 강자와 약자의 자리가 뒤바뀌는 것이다.

그리고 그것은 동시에 욕망하는 것에 대해 결핍이 있는가 없는가와도 관련된다. 욕망하는 대상에 대한 결핍이 있으면 약자이고 그렇지 않으면 강자의 위치에 서게 된다. 한편 욕망하는 대상이 속한 공간에 있는 것인가, 속한 공간 밖에 있는 것인가와도 관련지을 수 있는데, 욕망하는 대상이 대결의 공간 내에 있으면 강자와 약자의 유지가 원래의 위치로 유지될 수 있지만, 대결 공간 내에 그것이 없으면 강자와 약자의 위치가 뒤바뀌기도 하는 것이다.

> 셰샹에 월즁토가 슈궁에 드러가셔 거의 죽게 된 목숨을 꾀를 써셔 살아나셔 싱환셰샹ᄒᆞ얏스니 이 안이 영웅인가 삼츈 셕양경 됴흔 뒤 곳도 뜻고 입도 뜻고 이리 뎌리 강동강동 쒸여가다 망녕 그물에 걸니어 쌔지랴　　　　　　(심정순, 89-90)

위에서 볼 수 있듯이, 토끼가 수궁을 나와 다행히 목숨을 건진 것을 자신의 꾀 덕분이라고 좋아 하다 금방 다시 그물에 걸리는 위기를 겪는 것이다. 그리고 그물을 간신히 벗어나 나와서는 다시 독수리에게 잡혀 죽을 위기에 처한다. 이렇게 반복되는 위기를 약자인 토끼는 거짓말을 해서 모면하는데, 이러한 반복이 나타나는 것에서 〈수궁가〉의 수용자들은 거짓말을 해서라도 위기를 벗어나야 한다는 것에 공감함을 알 수 있다.

그리고 서로 대결하는 과정을 통해 갖고자 하는 것을 얻기 위해서는 강자도 약자인 척 해야 하며, 상대방의 탐욕을 자극하면 대결에서 이길 수 있음을 말해주기도 한다. 이러한 의미는 〈수궁가〉 전반에 걸쳐 일관적으로 나타난다기보다 특정한 대결 상황에 관련된다. 강자도 약자인 척 해야 한다는 것은 다른 한편으로 강자와 약자의 위치가 뒤바뀔 수 있다는 의미도 된다. 이는 육지에서 자라가 토끼를 유혹하는 장면이나 수궁에서 용왕이 토끼의 간이 토끼 뱃속에 없는 줄 알고 구할 방도를 찾는 장면에 해당된다.

5. 결론

지금까지 판소리 〈수궁가〉를 대상으로 대결 상황이 펼쳐지는 구조와 반복의 양상이 어떠한 의미를 지니는지 살펴보았다. 이러한 시도는 〈토끼전〉 전체를 대상으로 할 때 세세히 다룰 수 없는 부분을 다루면서도 특정한 이본에만 해당되는 논의의 한계를 벗어나 보고자 한 것이다. 이를 위해 신재효본, 심정순본, 이선유본, 정권진본 〈수궁가〉에서 대결 상황으로 분석할 수 있는 부분들을 선정하여 대결 구조를 분석하고, 대결 상황을 종적으로 연결하여 그 의미를 살펴보았다. 그리고 신재효본, 심정순본, 이선유본, 정권진본에서 수용자를 고려한 서술자의 서술을 분석하여 대결 상황이 구조화된 방식에서 나타난 의미와 상통한다는 것을 볼 수 있었다.

신재효본은 대결이 반복되는 정도는 적지만 그 양상이 권력이 있는 자가 승리하는 모습을 보이며 동시에 이러한 양상을 통해 권력에 대한 비판적 의식을 피력하고 있음을 알 수 있었다. 신재효본에서 대결 상황이 줄어든 양상은 대결이라는 구조의 반복이 더이상 의미도 흥미도 없기 때문일 것이다. 다른 창본에서 확장되어 있는 대결 상황은 충이라는 이념보다는 토끼의 위기 극복에 의미를 두고 있다는 점에서 신재효본이 충이라는 이념을 간명하게 구조화하고 있다 할 수 있다.

정권진본은 역으로 토끼 재생포라는 특이한 화소를 덧붙임으로써 대결 구도를 충이라는 이념 중심으로 만들어 내고 있다. 대체적으로 대결 상황이 강화되어 있는 정권진본은 대결 상황이 주는 흥미 요소를 감소시키지 않으면서도 의도한 바 충의 이념을 충분히 강조할 수 있는 결말로 바꾼 것으로 해석된다.

이에 비해 심정순본과 이선유본은 대결 상황의 성격이나 대결 구조, 서술자의 서술에서 토끼의 입장이 강조되고 있음을 알 수 있었다. 결말 부분의 그물 위기나 독수리 위기가 〈수궁가〉의 주된 전개와 관련이 되지 않으면서도 그러한 확장이 유지되고 있는 것은 토끼의 승리에 대한 수용자의 관심 때문이라 할 수 있다.

　이러한 접근 방식은 〈수궁가〉의 창본별로 다르게 구조화되고 있는 대결 상황이 지닌 의미를 도출할 수 있는 의의를 지닌다. 그리고 〈수궁가〉의 주제적 의미가 얼마나 다양화될 수 있는지를 구조적으로 살필 수 있는 방식이 될 수 있었다. 그러나 한편으로는 이들 창본을 개개별로 비교, 대조하였기 때문에 모든 〈수궁가〉 내에서 일관되게 적용되는 원리나 의미를 도출하기가 여전히 어려운 단계라 판단된다. 이러한 부분은 향후 진전된 연구로 보완되어야 할 것으로 판단된다.

판소리 문학의 문화 적응과 확산

제2부

판소리 문학의
문화 적응 방식

판소리 문학의 문화 적응과 확산

제1장

〈몽금도전〉 : 20세기 초 〈심청전〉 개작

1. 서론

〈심청전〉은 판소리, 소설, 창극, 영화 등 시대에 따라 매체를 달리하며 동시대적으로 또는 통시적으로 향유되어 왔다. 특히 20세기라는 세기적 전환기를 맞아 〈심청전〉에서 보이는 변모는 근대라는 시대사적 의미와 함께 향유 방식의 변화라는 측면에서 눈여겨 볼만하다. 물론 20세기 이전 판소리와 소설로 향유된 전통적 〈심청전〉만 하더라도 여러 종류의 창본과 필사본, 방각본 등의 판본으로 거듭 만들어지면서 서사 전개상 변형[1]이 이루어지고 있지만, 20세기에 들어

......

1 〈심청전〉의 이본에 대한 종합적인 연구는 최운식(『심청전 연구』, 집문당, 1982), 유

〈심청전〉은 개화기라는 시대적 특성과 어우러져 창극화라는 매체 변용이 일어난다. 그리고 새로운 출판 문화의 형성과 함께 활자본 〈심청전〉의 간행이 활발하게 이루어지고 이에 따라 대중적 향유와 이를 위한 개작본이 만들어지게 된다.

이 연구에서는 이러한 변화 과정 중에 있는 〈심청전〉의 여러 판본 중에서도 박문서관에서 간행된 활자본 중 〈신정 심청전(몽금도전)〉 (이하 〈몽금도전〉)[2]에 주목해 보고자 한다. 〈몽금도전〉은 외형적으로 여타의 〈심청전〉 판본과 다른 명칭을 사용하고 있으며, '연극소설'이라는 것을 부기하고 있고, 개작 시기가 1916년으로 밝혀져 있다는 점 등에서 특징적이다. 내용적으로는 기존의 〈심청전〉 이본이 갖고 있던 기본 서사를 파격적으로 변형하고 있다는 점에서 여느 이본과 궤를 달리한다.

기존의 〈몽금도전〉 관련 연구는 독자적으로 이루어졌다기보다 몽금도 설화와의 관련성[3], 〈심청전〉의 배경 관련[4], 출판 문화로 본 〈심

.....

영대(『심청전 연구』, 문학아카데미, 1989), 김영수(「필사본 심청전 연구」, 경희대학교 대학원 박사학위 논문, 2000) 등에 의해 이루어졌으며, 〈심청전〉의 이본 생성 과정에서의 변모를 중심으로 문학교육의 방법이 모색된 바 있다(졸고, 「공감적 자기화를 통한 문학교육 연구-〈심청전〉 이본 생성을 중심으로」, 서울대학교 대학원 박사학위 논문, 2002). 이러한 연구들을 통해 〈심청전〉의 모든 종류의 판본을 종합하면 200여종이 넘으며, 숱한 판본의 생성과정에서 서사적 변화가 이루어졌음을 알 수 있다.

2 본고에서는 김진영 외, 『심청전 전집』 12, 박이정, 2004의 자료를 바탕으로 한다.

3 인권환은 송경락(「심청전 연구」, 고려대학교 대학원 석사학위 논문, 1967)이 몽금도 설화가 〈심청전〉의 근원 설화일 가능성을 언급한 데 대해 신소설적 개작으로 보아야 타당할 것이라 한 바 있다(「〈심청전〉 연구사와 문제점」, 최동현·유영대 편, 『심청전 연구』, 태학사, 1999, 22쪽).

4 최운식(『한국 고소설 연구』, 보고사, 2002, 122쪽)에서 인당수의 위치를 논하며

청전) 전승 양상[5], 활판본 간행 현황[6]으로 볼 때의 위치 등의 측면에서 접근하는 경향이 있었다. 이들 연구를 종합하여 보자면 〈몽금도전〉이 지닌 특이한 개작, 서사 요소의 변화-태몽 내용과 풀이 방식, 용궁 화소의 삭제, 심봉사 개안 삭제 등, 서술자의 개입에 대한 개괄적인 논의는 이루어졌다고 할 수 있다. 그러나 구체적인 화소 변화의 전체 양상이나 이러한 개작이 지니는 의미에 대한 본격적인 논의는 미진한 상황이다.

이에 이 연구에서는 〈몽금도전〉이 지닌 서사 요소를 기존의 판본을 중심으로 비교하여 보고, 〈몽금도전〉에 나타나는 〈심청전〉 개작의 양상을 전체적으로 조망하여 보고자 한다. 그리고 〈몽금도전〉 개작이 지닌 의미를 근대라는 시기에 초점을 맞추어 살펴볼 것이다. 〈몽금도전〉의 개작 시기가 밝혀져 있고, 특정인에 의해 편집 및 발행된 것을 고려하면, 이러한 접근은 구체적인 시기에서의 개작 양상을 분석해 볼 수 있다는 차별성을 지닌다. 또한 개작 시기가 근대 초입이면서 일제 강점기라는 시대적 특수성이 있다는 점에서 〈몽금도전〉의 개별적 분석은 특정 시기의 특정인에 의한 개작이 지닌 의미를 탐색해 볼 수 있는 의의가 있으리라 기대한다.

......

〈몽금도전〉에서는 장산곶으로 서술된 점에 착안하여 인당수가 장산곶과 백령도 사이에 있는 곳이라 하였다.

5 최진형(「〈심청전〉의 전승 양상」, 『판소리연구』 19, 판소리학회, 2005)은 〈몽금도전〉이 특이한 개작양상을 보이며, 태몽, 심청의 투신과 환생 대목, 심봉사의 개안 등에 나타나는 변화를 중점적으로 분석하여 서술자의 개입이 두드러진다는 점을 지적하였다.

6 이주영(『구활자본 고전소설 연구』, 월인, 1998)의 논의에서 활자본 간행 현황을 확인해 볼 수 있다.

2. 〈몽금도전〉의 〈심청전〉 개작 양상

〈몽금도전〉의 개작 양상을 다루기 위해서는 우선 저본으로 삼은 판본과의 서사 내용을 비교해 볼 필요가 있다. 〈몽금도전〉은 경판 20 장본(송동본)[7]과 유사성[8]을 지니고 있어, 개작의 바탕 자료가 송동 본〈심청전〉임을 추측할 수 있다. 개작의 전반적인 양상을 살피기 위해서 〈심청전〉 자료들이 지닌 일반적 화소[9]를 중심으로 하여 다음과 같이 비교해 보았다.

· · · · ·

7 본고에서 참고로 한 자료는 김진영 외, 『심청전 전집』 3, 박이정, 1998이다.
8 최운식, 『한국 고소설 연구』, 보고사, 2002, 43쪽.
9 졸고(2002)에서 유영대, 최운식 등의 논의를 바탕으로 하여 〈심청전〉 자료들의 일반 화소를 다음과 같이 추출한 바 있다.
   1. 심청의 출생
      (1) 심봉사 부부의 삶
      (2) 심청의 출생
      (3) 곽씨부인 죽음
   2. 심청의 봉양과 죽음
      (1) 심청의 양육과 봉양
      (2) 공양미 삼백석에 몸팔아 시주
      (3) 심청의 죽음
   3. 심청의 환세와 부녀상봉
      (1) 심청의 재생과 환세
      (2) 부녀상봉과 개안
      (3) 후일담

		송동본	몽금도전
1. 심청의 출생	(1) 심봉사 부부의 삶-무자 탄식	서술식 소개 심봉사가 무자탄식	장면화 소개 곽씨 부인이 무자 탄식 첩에 대한 이야기
	(2) 심청의 출생- 태몽	꿈에 선녀를 봄 바로 해산	꿈 내용은 거의 동일 선동 - 아들꿈이라 확인 꿈과 출산에 대한 서술자 생각 표현 심봉사의 해산 도움 행동 해산 후 심봉사 기도 동일
	(3) 곽씨부인 죽음	곽씨 유언, 한탄, 죽음, 장례	내용은 거의 동일하고 중간에 설명적 서술 나옴
		심봉사가 죽은 줄 모르고 탄식하다가 맥이 끊어진 줄 암	전반적인 내용은 동일하나 심봉사의 말과 부연적 서술이 들어감
		곽씨부인 늑도 졉도 아니ᄒ여	몽금도전에 생략 부분 있음 곽씨부인을 마누라라 하고, 반세상이라 하여 시간 구체화
		장례 부분 서술	순서 조정 압축적 서술을 구체적 상세화 장면, 상황에 대한 설명 상여치려 볼작시면 삭제
2. 심청의 봉양과 죽음	(1) 심청의 양육과 봉양	젖 동냥	젖동냥하며 부인들에게 받는 동정이나 박대를 구체화하여 부연 서술
		심봉사의 생계를 위한 동양과 저축, 곽씨 제사	동일한 내용 서술 위에 장님 점보기 세태에 대한 비판 및 희생적 양육 강조 서술
		심청의 심봉사 봉양 간청	심청의 간청에 대한 심봉사의 말 첨가
		심청의 효행에 대한 동네 사람들 말	동네사람들 말 실제화, 부연 심청의 미모에 대한 사람들의 인식 및 평가, 심청의 반응 첨가

			송동본	몽금도전
2. 심청의 봉양과 죽음	(2) 공양미 삼백석 에 몸팔아 시주		화주승이 심봉사를 구하고, 공양미 삼백석을 권함	화주승 구해주는 부분 진술 차이- 화주승이 자비로움 것으로 현장성 강화 서술 추가 부분 있음
			심봉사의 시주 약속 고백	아버지에게 말을 재촉하는 심청의 말이 추가됨
			심청의 기도	원래 없는 시간 설정, 기도하느라 심봉사 봉양을 더 못하는 문제 비판
	(3) 심청의 죽음		인당수	쟝산곳
			장승상대 부인 재상부인	장진사댁 노부인 사부댁 부인
			인당수 떠나기 전 심청의 심경	심청 복잡한 심경 강조 효에 대한 현실적 관점 표현
			인당수 떠나는 일과 인신공양 고백	몽금도전에서는 기절한 후 인신 공양 말을 바로 하지 않고 계속 뜸을 들이다 심봉사가 장진사댁 찾아갈 일을 걱정하여 고백 심봉사의 불교 원망
			심봉사와 선인들의 대화	송동본에는 없는 선인들의 항의 나타남
			심청이 인당수로 떠나는 장면	범피 중류 서술 축소 심청 생각 서술 추가 인당수 --)장산곳
			심청투신후용궁체험	심청이 물에 뛰어들며 꿈을 꾼 것으로 자세히 서술
3. 심청의 환세와 부녀상봉	(1) 심청의 재생과 환세		인당수에 위의 꽃 안에 심청이 들어 돌아옴	심청이 배밑창 위에 걸쳐져 떠내려 옴
			선인들이 제사 지내다 꽃 송이 발견, 건져와 황제에게 바침	몽금도 섬 백성들이 심청을 구하여 동리 어른한테 맡기고, 그 동장이 장연군수에게 보고함. 장연군수는 해주 감사와 황주병사가 보고 임금에게 보냄
			심청이 황후가 됨	황후 되는 것은 동일하나, 황후 간택의 이유로 효를 서술함

		송동본	몽금도전
3. 심청의 환세와 부녀상봉	(2) 부녀상봉과 개안	맹인 잔치 참석을 위한 심봉사 상경	황주 목사가 심청이 왕비가 된 사실을 알려 상경하도록 함
		부녀 상봉과 개안	부녀 상봉은 이루어지나 개안하지 못함 맹인잔치는 심왕후가 부친을 생각하여 베푸는 것으로 설정
	(3) 후일담	심학규로 부원군, 안씨맹인 부부인, 도화동 거민 후사	맹인잔치, 현숙한 부인과 결혼하여 자손 두고 대대로 부귀공명

　일반적으로 개작이 이루어지는 방식은 기존 자료의 변형이라고 할 수 있는 바, 여기서는 송동본과의 비교에서 〈몽금도전〉에서 특징적으로 나타나는 변화의 양상을 서술 차원에서 살펴보고자 한다. 한편 〈몽금도전〉은 기존의 송동본 〈심청전〉에 변형을 가하여 새로운 자료로 만들어 낸 것이지만, 〈심청전〉의 개작본이라 할 수 있는 기본적인 서사틀을 유지하고 있으며, 개작자가 변형을 가하지 않은 부분은 송동본과 서술까지 거의 일치한다는 점에서 〈심청전〉의 이본으로 다룰 수 있음을 언급하고자 한다. 이는 위에서 보듯이, 송동본이나 〈몽금도전〉이나 심청의 탄생-곽씨 부인 죽음-장례-젖동냥-심청의 동냥 봉양-공양미 삼백석 약속-인신 매매 및 투신-구원-부녀 상봉 등 서사 전개의 큰 틀은 동일하다는 점에서 그러하다. 단지 이러한 서사 전개에서 일어나는 구체적인 사건이나 서술 내용과 표현 방식 면에서 송동본 〈심청전〉과 〈몽금도전〉이 서로 다른 요소가 있는 것이다. 따라서 위의 표에 정리한 송동본과 〈몽금도전〉의 비교 내용을 중심으로 하여 〈몽금도전〉의 〈심청전〉 개작에 나타난 특성을

살펴보기로 한다.

(1) 현실성 반영한 서술 변형

〈몽금도전〉에서 기존의 〈심청전〉에 새로운 내용을 추가하거나 변형하는 양상이 뚜렷이 나타나는 부분은 심청을 낳기 전 심봉사와 곽씨 부인이 대화를 하며 아이 낳는 데 대한 생각을 표현한 부분, 태몽에 대한 풀이, 장승상 부인 화소, 선인들과의 실갱이, 심청 투신 후 구원 과정, 심봉사 상경 대목 등이다. 우선 심봉사와 곽씨 부인이 자식이 없음을 한탄하며 아이 낳는데 대한 생각을 표현하는 부분과 태몽을 꾸고 해석하는 부분을 보도록 하자.

> (가) (부인) 그야 집안만 넉넉ᄒ고 보면 눈 못보는 것이야 첩
>   못 둘 것 잇슴닛가 눈으로 자식을 낫켓소 자식 불
>   ᄂ구 두ᄂ 첩을 님자가 다른 데야 무엇이 부족ᄒ오

> (나) (부) 그러니 엇지ᄒ시오 사라 고싱도 졔 팔자요 죽어 고
>   혼도 졔 신수요 봉졔ᄉ를 ᄃ는 것도 가운 불힝으로
>   그리된 것이지만 그 즁에 자식 못 나는 나 한아 이
>   모든 허물을 쓸 밧게 업습니다 그려 모든 죄를 용셔
>   ᄒ시고 근심 말고 안심만 ᄒ시오 돈 업스니 첩도 못
>   엇고 졍셩이 부족ᄒ여 그런지 안 되는 자식을 억지
>   로 마련ᄒ면 그런 리치가 어듸 잇겟슴닛가

　　내 나이가 아직도 사십이 멀엇스니 조곰 더 기되려
　　봅시다 그려

(다) (부) 에그 쑴도 엇지면 그럿케 쑥갓슴닛가 우리 양쥬의
　　　쑴이 일호도 틀님업시 신통이도 갓구려 우리 잠들
　　　기 전에 그런 니야기를 만이 ᄒ엿더니 그릭 그런지
　　　요 참말 자식이 빌 쩌에는 쑴이 잇는 법인지오
　　　녯말에도 쑴 가온되 션동이 ᄂ려오면 아달을 낫코
　　　션녀가 ᄂ려오면 쓸을 낫는 (13)다ᄒ니 우리 만일
　　　쑴과 갓고 보면 분명ᄒ 아달을 나을 터이니 쑴되로
　　　만 되고 보면 그 아니 깃분 노룻이오
　　　(심) 녯말 그른데 어되 잇소 쑴이라 ᄒ는 것은 안 맛는 법
　　　이 업슴닌다 두고 보기만 ᄒ시오
　　　아희를 안이 빈면 모로거니와 빅기만 ᄒ면 아달이
　　　안이고 쓸 될리는 만무ᄒ오

(라) 엇지 신명이 잇셔 ᄌ식을 쥬는 법이 잇스며 쑴이라 ᄒ는
　　것은 사름의 싱각되로 되는 것이니 엇지 쑷밧게 싱길 일
　　이 쑴에 미리 뵈이리오 사름이 잠이 들면 졍신이 몽롱ᄒ
　　야 취한 듯 밋친 듯 완젼치 못ᄒ 터에 엇지 릭두사를 헤
　　아리며 셜혹 공교이 쑴과 갓치 되는 일이 잇다 홀지라도
　　이것은 밋친 사름의 밋친 말과 슐먹은 사름의 취ᄒ 말이
　　실노 무엇을 알고 ᄒ 것이 안이로되 우연이 그러ᄒ 일이

잇고 보면 그 말이 맛는다 흠과 갓흔 것이라

만일 아들 나을 쭘을 쭈고 쫄을 낫코 보면 쭘이 분명 허사요 소위 득남몽이니 무엇이니 ᄒ는 것은 그 사름이 미리 바라고 싱각흔 정신이 골치 속에 모여 잇거나 남의게 들은 말과 보든 일이 뇌ㅅ속에 모여 잇셔 쭘이 될 쑨이라 문명흔 밝은 시ᄃᆡ 사람은 도져이 밋지 안는 거시로되 심봉사의 녯날 어리셕은 싱각으로 쭘을 쭈고 깃버흠은 용혹 무괴흔 일이요 (15) 자고로 부인네가 치성을 단이ᄂᆞ니 불공을 단이ᄂᆞ니 ᄒ고 산벽 음침흔 곳으로 릭왕흠은 음부탕녀의 욕심을 치울 쑨이요 간혹 정직흔 부인네라도 불힝이 ᄌᆡ산도 허비ᄒ고 몸까지 바리는 불칙흔 폐샹이 죵죵ᄒ야 녯날 엇던 곳에셔는 부쳐의게 자식을 빌너 단이는 부녀가 즁의 자식을 만이 나엇다는 말도 과연흔 사실이라

(가)는 무자 한탄을 하는 심봉사와 곽씨 부인 대화의 일부이고, (나)는 무자 탄식에 대한 곽씨 부인의 대응, (다)는 태몽을 꾼 뒤 서로의 꿈을 확인하며 아들을 나으리라 확신하는 부분, (라)는 태몽을 두고 해석하는 심봉사 내외의 대화 이후 제시되는 서술이다. (가)에서 특이한 점은 심봉사가 자식을 못 둘 이유가 없다는 것을 곽씨가 강조하면서 집안만 넉넉하면 첩을 둘 수도 있다 하며 자식 없음의 원인을 간접적으로 자신에게로 돌리고 있다는 것이다. 물론 송동본이나 〈몽금도전〉에서 자식 없는 문제를 원천적으로 곽씨 부인에게로 돌리는 것은 동일하다. 그러나 송동본에서는 심봉사가 명산대찰을

권유하고 난 후 바로 곽씨가 자신의 잘못을 탓하며 지성신공을 약속하지만, 〈몽금도전〉에는 (나)에서처럼 심봉사의 권유 이전에 곽씨 부인이 기다려 보자고 하는 데에서 송동본에 비해 〈몽금도전〉이 곽씨 부인의 입장에서 서술하고 있다 할 수 있다.

(다)와 (라)에서 나타나는 〈몽금도전〉의 특징은 태몽에 선동이 등장하고 이를 근거로 아들이라 확신하고, 이에 대해 서술자는 꿈이라는 것은 사람의 생각대로 되는 것이지 일어날 일을 미리 보는 것이 아니라 하고, 덧붙여 부인네 치성이 음부탕녀의 욕심을 채우거나 재산을 허비하며 몸까지 버리는 폐해를 낳는다고 비판한다는 것이다. 이러한 개작의 양상에서 〈몽금도전〉은 태몽이라는 화소는 유지하고 있으나 태몽으로 아이를 낳는 서사 자체에 대한 불만이 있음을 알 수 있다. 그래서 태몽의 내용을 선동이 나타나는 것으로 바꾸고, 아들에 대한 기대를 서술하고서는 이 모든 과정이 사람들의 헛된 욕망에서 비롯된다고 비판하고 있는 것이다.

또한 〈몽금도전〉에서는 송동본의 장승상 부인을 장진사댁 부인으로 바꾸고, 심청이 심봉사에게 인신 공양 약속을 고백하는 과정에서 심봉사가 장진사댁을 찾아갈 것을 걱정하는 내용을 추가하고 있다. 기존의 장승상 부인 화소를 장진사 부인으로 바꾼 것은 당대의 신분 체계를 고려한 것으로 볼 수 있다. 왜냐하면 〈몽금도전〉에서 기존의 장승상 부인에 대한 서술을 바꾸지는 않고 있기 때문이다.

한편 〈몽금도전〉에서는 특이하게도, 선인들이 찾아 왔을 때 심봉사가 선인들에게 욕을 하자 선인들이 이에 응대하여 항의하는 부분이 추가되어 있다.

이ᄯᅥ 션인들이 문 밧게 기다리다가 심봉ᄉ의 욕셜을 듯고 분을 ᄂᆡ여 ᄒᆞᄂᆞ 말이 여보시오 우리도 금ᄀᆞᆺ치 귀흔 쏠 삼빅셕을 쥬고 삿쇼 팔 ᄶᅢ에는 기만 잇고 이졔 와셔 웬 말이오

지금 와셔 몰낫다고 아모리 핑계ᄒᆞ야도 그것은 도적의 심ᄉ가 분명ᄒᆞ오

그야말노 병신 고은ᄃᆡ 업쇼구려

위에서 보듯이 여느 〈심청전〉 판본에는 없는 선인들의 항의가 나타나는데, 그 내용의 핵심은 자신들에게도 귀한 쌀을 주고 샀고, 약속한 쌀을 주었으니 마땅히 지켜야 하며 만약 지키지 않는다면 도적이나 다름없다는 것이다.

〈몽금도전〉의 개작 양상에서 가장 많은 변형이 일어난 부분 중의 하나가 심청의 구원 과정이다. 흥미로운 것은 심청이 물에 빠지고 이어서 용궁에 가는 것까지 동일한 서술이 나오다가 갑자기 그 모든 것을 심청이 꾼 꿈의 내용으로 만들어 버린다는 것이다. 다시 말해 심청이 물에 빠져서 용궁에 가는 이야기를 아주 길게 서술하고 나서는 그러한 설정은 옛날 어리석은 사람들이 거짓으로 꾸며낸 전설에 불과하고 그러한 내용들은 심청이 생각을 했기 때문에 꿈으로 꾼 것일 뿐이라 한다. 꿈에 대한 이러한 부정적인 시각은 앞서 태몽에서도 동일하게 서술되고 있는데, 심청이 물에 빠져 구원을 받는 부분에는 더욱 강하게 작용하고 있다. 그래서 심청의 용궁 경험과 환세를 부정하고, 실제로 심청이 살아 돌아오게 되는 것은 배 밑창에 걸려 물에 떠다니다 장산곶 뒤에 있는 몽금도에 걸렸기 때문으로 바꾸어 서술한다.

심청의 환세 과정과 함께 〈몽금도전〉에서 변형이 일어난 가장 대표
적인 부분은 심봉사 상경 대목과 부녀 상봉 대목이다. 송동본뿐만 아
니라 어떤 〈심청전〉 자료라 하더라도 심봉사의 상경 이유는 맹인 잔
치에 참석하기 위한 것으로 설정되어 있다. 그런데 〈몽금도전〉에서는
심봉사의 상경 이유가 심청이 황후가 된 것을 확인하기 위해서로 되
어 있고, 심봉사와 심청의 만남이 목욕 후 옷을 잃어버리고 울고 있을
때 마침 심봉사를 모시러 간 황주 목사를 만나 이루어진 것으로 서술
되어 있다. 그리고 일반적인 〈심청전〉 자료에서 일어나는 심봉사의
개안이 없이 〈몽금도전〉에서는 맹인을 위로하기 위한 잔치가 배설되
는 것으로 설정되어 있다. 이러한 변형이 이루어진 개작은 여타의
〈심청전〉 이본에서는 확인할 수 없는 파격적인 것이다. 후대에 채만
식이 개작한 〈심봉사〉[10]에서조차도 이루어진 심봉사의 개안이 〈몽금
도전〉에서는 아예 개안하지 못하는 것으로 되어 있다. 이렇게 기존의
〈심청전〉이 갖고 있던 초현실적 요소가 변형되는 양상은 〈몽금도전〉
전체에서 보이는 개작의 일관된 경향으로도 볼 수 있겠다.

(2) 심봉사 관련 서술의 삭제 혹은 축소

한편 〈몽금도전〉에는 송동본과 비교하여 볼 때, 특정한 부분을 삭
제하거나 장면을 축소하여 서술하는 양상이 나타나는데, 그 대표적

......

10 채만식은 〈심청전〉을 희곡으로 개작하여 〈심봉사〉를 발표하였으며, 소설로 개작
   도 시도하였으나 완성하지 못했다.

인 부분은 맹인 잔치 참석을 위한 심봉사 상경, 안맹인 화소, 심봉사 개안 화소 등이다. 송동본의 서술을 거의 동일하게 옮겼으면서도 특정한 부분만 삭제하는 양상은 다음에서 살펴 볼 수 있다.

> (가) 어닉 쩌나 오릭시오 <u>되승타던 용마머리 쐴 느거던 오랴</u>
> <u>눈가</u> 곳쳔 젓다 다시 퓌고 금일에 지는 희는 명일 다시
> 돗것마는 <u>곽씨 부인</u> 가신 곳젼   (송동본)

> (나) 어닉 쩌나 오릭시오 곳쳔 젓다 다시 퓌고 금일에 지는
> 희는 명일 다시 오건마는 <u>마누라</u> 가신 곳젼   (몽금도젼)

> (다) 숨일 영쟝 ᄒ려 할 졔 <u>상여치려 볼작시면</u> 소나무 되치의
> 잠느무   (송동본)

> (라) 삼일영쟝을 지닉는데 (27) 소나무 되치와 참나무
>   (몽금도젼)

(가), (나)는 심봉사가 곽씨 부인의 죽음을 확인하고 탄식하는 부분이고, (다), (라)는 장례 대목 중 한 부분이다. 위에서 볼 수 있듯이, (가)에 있는 줄친 부분을 (나)에서는 삭제하여 서술하고 있으며, (다)에 있는 줄친 부분을 (라)에서 삭제하고 있다. 이러한 삭제의 양상은 뒤에서 살펴보겠지만, 개작자가 지닌 특별한 의도에서 비롯된 것이라 할 수 있다.

심봉사 상경 대목에서의 삭제 부분은 송동본에서 심봉사가 옷을 잃어버리고 무릉태수를 만나 옷을 얻어 입는 부분이다. 이는 앞서 추가 및 변형 양상에서 본 맹인잔치 화소의 서사상 위치 변화와 심봉사 상경 이유의 변화와 관련된다. 〈몽금도전〉에서는 심봉사가 황후가 된 심청을 만나기 위해 상경하게 되는데, 바로 이 대목에서 황주 목사를 만나 심청에게 가게 되기 때문에 옷을 빌어 입는 장면이 필요 없어진 것이다. 이와 함께 송동본에서는 심봉사가 무릉태수에게 옷 등을 얻어 계속 가다 안맹인을 만나 인연을 맺게 되는데, 〈몽금도전〉에서는 안씨 맹인이 아예 등장하지 않는다. 단지 후일담에서 어느 현덕한 여인을 만나 잘 사는 것으로만 서술되어 있다.

그리고 〈몽금도전〉에서 가장 중요한 화소의 삭제는 심봉사의 개안이다. 즉 심봉사가 심청을 만나 눈을 뜨는 대목이 없는 것이다. 〈몽금도전〉에서는 심봉사와 심청이 부녀 상봉하는 장면에 대해 '그 반갑고 깃부고 쾌락흔 형용은 다 말홀 슈가 업더라'로만 서술하고 끝내고 있다. 이렇게 〈몽금도전〉에 나타나는 삭제 또는 축소의 양상은 개작자가 불필요하다고 판단한 요소나 중요하게 여기지 않는 부분을 도출할 수 있는 근거가 될 수 있을 것이다. 이로보아 〈몽금도전〉에서는 심봉사와 관련하여 심청 투신 이후의 서술 중 해학적 요소나 심봉사의 안락과 관련된 요소가 대폭 축소되거나 축소되고 있음을 알 수 있다.

(3) 세부 서술 확장

〈몽금도전〉의 〈심청전〉 개작에서 볼 수 있는 가장 흔한 방식이 확

장이다. 왜냐하면 기본적으로 송동본이 축약본의 성격을 가진 자료
인데다가, 〈몽금도전〉은 개작자가 의도적으로 어떤 장면을 구체화하
거나 자세하게 서술하는 경향이 나타나는 자료이기 때문이다. 여기
서는 기존에 있던 화소나 대목을 유지하면서도 부분적으로 서술이
추가되어 확장되는 양상을 중심으로 살펴보기로 하겠다. 〈몽금도전〉
에서 확장의 양상은 곽씨 부인 죽음 확인 과정에서 심봉사의 탄식
부분, 장례 부분 서술, 젖동냥하는 과정에서 심봉사에게 하는 동네
사람들의 말과 심청의 동냥 봉양 과정에서 심청에 대해 주변 사람들
이 하는 말, 심청의 봉양 간청에 대한 심봉사의 반응, 송동본에는 원
래 없던 구체적인 시간에 대한 서술, 심청이 공양미 삼백 석을 구하
느라 기도하는 과정에서 심봉사의 상태 서술 등에서 확인할 수 있다.
다음은 특징적으로 확장이 나타나는 예이다.

> (가) 적숨 흔 손의 깃슬잡고 머리 우의 빙빙 두루면셔 유리국
>   도화동 거ㅎ는 현풍 곽씨 복복 셰 번 불은 후의 못다 산
>   명복은 심청의게 어여쥬오   (송동본)

> (나) 적숨 하나 흔 손으로 옷깃을 쥐고 머리 우에 빙빙 두루
>   면셔
>   <u>황쥬 도화동 거ㅎ난 현풍 곽씨</u>
>   <u>황쥬 도화동 거ㅎ난 현풍 곽씨</u>
>   <u>황쥬 도화동 거ㅎ난 현풍 곽씨</u>
>   <u>의갓치</u> 셰 번을 부른 후에 못다 산 명복은 어린 쫄 심청

에게 물녀쥬오 <u>이갓치 부르더라</u>　　　　　　　（몽금도전）

(다) 이와 갓치 정성으로 쥬야축원 ㅎ건만은 <u>여러 달이 지닉
도록 그 부친 심봉스는 눈이 밝기는 고사ㅎ고 두 눈에
눈물이 구지지ㅎ야 긔운만 도로혀 더 상ㅎ니 심청이가
긔도ㅎ기에 골몰하여 의복 음식 공양ㅎ기에 전만침 못
함이라</u>　　　　　　　　　　　　　　　　　（몽금도전）

(라) 만고효녀 심청이가 가련흔 신셰 싱각 하염업는 슬푼 눈
물 간쟝으로 소스난다 그 부친 심봉스가 념려ㅎ고 불상
ㅎ야 얼골을 한뒤 뒤고 피츳에 셔로 우니 가긍흔 심청의
경경일심 효도로셔 일신을 희싱 숨아 쥭기는 ㅎ거니와
일편으로 싱각ㅎ면 <u>이효상효(以孝傷孝)</u> 분명ㅎ다 싱각
스록 비희 공극ㅎ야 도화곳흔 얼골에 싯별곳흔 두 눈으
로 심솟듯 ㅎ는 눈물을 이리져리 쌕리면셔 머리를 그 부
친의 무릅 스이에 푹 슉이고 싱각스록 서름이라

　　　　　　　　　　　　　　　　　　　　　　（몽금도전）

(가)와 (나)는 곽씨 부인 장례 대목의 일부이고, (다)는 심청의 기
도하는 기간 동안의 심봉사 상태 서술, (라)는 심청이가 배타는 날을
기다리며 애태우는 장면의 일부이다. (가)와 (나)를 비교하여 볼 때,
〈몽금도전〉에서 어떤 장면이나 서술을 확장하는 하나의 방식이 송동
본에 추상적으로 혹은 압축적으로 서술된 것을 풀어서 실제화하는

것임을 알 수 있다. (가)에서는 '도화동 거흐는 현풍 곽씨'를 '세 번' 불렀다고 서술한 것을 (나)에서는 '황쥬 도화동 거흐난 현풍 곽씨'를 실제로 세 번 반복하여 서술하고 있는 것이다. 이러한 방식의 실제화나 구체화는 〈몽금도전〉에 전반적으로 나타나는 양상이라 할 수 있다.

한편 (다)에서 볼 수 있는 확장의 방식은 송동본에서 구체적인 장면으로 서술되지 않아 독자의 입장에서는 상상으로 채워 읽어야 하는 부분을 현실적으로 있을 수 있는 장면으로 서술하는 것[11]이다. 사실 어떠한 〈심청전〉 이본을 보아도, 심청이 공양미 삼백 석 기도하느라고 심봉사의 봉양을 소홀히 했다는 내용을 볼 수는 없다.[12] 그러한 측면에서 볼 때, 〈몽금도전〉의 개작이 보여 주는 중요한 특성 중의 하나가 〈심청전〉에 현실의 실재를 반영하고자 한 것이라 할 수도 있을 것이다. 이러한 방식의 확장은 심봉사의 젖동냥을 두고 동네 사람들이 하는 말에서도 볼 수 있다.[13]

......

11 이러한 방식은 어떻게 보면 변형이나 추가의 양상이라 할 수 있을지도 모르겠으나, 여기서는 어떤 장면의 서술에서 눈에 보이지 않는 장면들을 보이는 것으로 서술하여 확장하는 양상으로 간주하였다. 이는 '추가 또는 변형'의 양상이 '확장'의 한 방식일 수 있기 때문일 것이다. 그런데 여기서 굳이 '추가 또는 변형'과 '확장'으로 나누어 보고자 한 것은 서술자의 개입으로 특정한 관점이 두드러지거나 새로운 서사의 전개와 관련되는 부분을 '추가 또는 변형'으로 분리하여 논의의 편의성을 높이고자 하였기 때문이다.

12 심청이 공양미 삼백 석을 구하기 위해 올리는 기도는 〈심청전〉의 서사 전개에서 매우 의미 있는 계기를 마련한다. 막연하게 하늘에 도움을 청하는 기도도 있지만, 자신의 몸을 팔게 해 달라는 기도도 나온다. 그리고 이에 대한 심청의 반응이나 서사 전개는 심청이 인당수에 투신하는 것이 당연해지도록 이루어지는 것이다. 이에 대해서는 졸고(「〈심청전〉에 나타난 기도의 문학교육적 효용성 연구」, 『문학교육학』 15호, 한국문학교육학회, 2004.12.15, 265-298쪽) 참조.

(라)에 나타나는 확장의 양상은 〈몽금도전〉에서 심청의 투신과 효를 어떻게 관련짓는지에 대한 작은 단서를 제공한다. 기존의 송동본이나 여타의 〈심청전〉에서는 심청 자신이 인신 공양을 약속한 데 대해 '이효상효(以孝傷孝)'와 같이 심봉사에 대해서는 불효일 수 있는 가능성을 생각할 여지를 제공하지는 않기 때문이다. 어떻게 보면 전통적인 〈심청전〉의 향유와 전승에서 심청이 부친을 위해 인신 공양을 하는 것은 절대적으로 옳은 선택이며, 그 행위는 심봉사를 위해 심청이 효를 표현하는 유일한 길로 제시된다. 그렇지만 〈몽금도전〉에서는 심청의 인신 공양 약속에 대해 이렇게 효를 행하는 것이지만 동시에 효도를 못하는 것일 수 있음을 언급하는 것이다.

이렇게 볼 때, 〈몽금도전〉에 나타나는 〈심청전〉의 개작 양상은 기존의 〈심청전〉 서사가 지닌 주요 특성을 반영하면서도 독특한 변형을 시도하고 있음을 보여준다. 이러한 개작 양상의 가장 큰 요인은 과도한 서술자의 개입[14]이다. 서술자는 〈몽금도전〉의 장면 장면에서 서사를 전개하면서도 수시로 사건이나 인물에 대해 혹은 정황에 대해 자신의 목소리를 드러낸다. 앞서 보았듯이 태몽에 대한 언급이나 〈몽금도전〉이 지닌 가장 큰 변형의 요소인 심청의 구원 과정에서 서술자는 서사 전개와 관련 없이도 자신의 관점을 강하게 피력하고 있는 것이다.

......

13 에그 망측ᄒ여라 불상히도 제 팔ᄌ지 세상에 난 지 열을도 못되야 어미붓터 잡아 먹고 고런 방졍ᄉᆔ력이
　(31) 우리 아희도 낫바ᄒ는 졋을 남 됴흔 일ᄉᆡ시 누가 홀ᄉ고

14 이에 대해서는 최진형을 비롯한 여러 연구자들이 지적한 바 있다(최진형, 「〈심청전〉의 전승 양상」, 『판소리연구』19, 판소리학회, 2005).

또한 표현의 측면에서 〈몽금도전〉은 '연극소설'이라는 새로운 용어를 사용한 의도와 부합하도록 창본으로서의 성격을 최소화하면서[15] 인물간 대화를 상세화하는 특성을 보이고 있다. 물론 그렇다고 하여 읽기 자료로서의 특성을 의도적으로 배제하고 있다는 의미는 아니다. 읽는 소설로서의 특성을 전체적으로 지니고 있으면서도 인물의 대화 앞에 말하는 이를 괄호로 표기하는 방식이나 압축적으로 서술된 내용을 실제적인 대화로 나타내고 있다는 점에서 그러하다. 표현하는 내용의 현실성이나 실제성을 강화하는 양상은 심봉사가 곽씨 부인을 애도하면서 '반셰상도' 살지 못하고 죽는다고[16] 탄식하는 부분이나, 장진사댁 부인이 쌀을 구하였다는 심청의 말에 '삼십 셕도 어려온데 삼빅셕'이라고 숫자를 강조하는 부분, 공양미 삼백석을 구하여 바친 지가 '이과반년'이나 되었다고 하는 심봉사의 말 등에서 확인할 수 있다. 이렇게 구체적인 수치를 제시하고 강조하는 양상을 〈몽금도전〉의 주요한 특성으로 볼 수 있겠다.

한편 〈몽금도전〉의 서두는 20세기 초라는 당대의 특수성이라고 할 수 있는 장면화의 양상을 볼 수 있다.

> 빅셜이 분분이 휘날니든 동지셧달이 잠간 지니 만화방창ᄒ 춘삼월 호시졀이 쏘 다시 도라오니 화장ᄒ 봄바람에 곳곳마다 리화힝화 도화가 란만이 피엿ᄂ데

.....

15 단적으로 '상여치려 볼작시면'을 삭제하였다는 점을 들 수 있다.
16 송동본에는 '늑도 졈도 아니ᄒ여'로 서술되고 있다.

관셔 황희도 화쥬성 도화동은 과연 복송아 곳 텬디러라

위 부분은 〈몽금도전〉의 서두로 심봉사와 곽씨 부인이 대화하는 장면 이전에 배경과 분위기를 서술하고 있다. 이 서두의 서술로 보면 여느 신소설과 비슷한 느낌을 받게 되는데, 이는 개작이 이루어진 시기의 소설 향유와 관련성을 지니는 것으로 추측된다. 서두의 이러한 서술로 인해 독자들은 마치 극이 시작되기 전 무대를 보는 듯한 느낌을 받는 것이다. 그리고 심봉사와 곽씨 부인의 대화를 먼저 시작되고 나서 인물 소개가 이루어진다는 점에서 이러한 현장성 강화 혹은 연극적 특성의 부각 의도를 파악할 수 있다.

3. 〈몽금도전〉에 나타난 개작 의식

이제까지 살펴본 〈몽금도전〉의 개작 양상에서 개작자가 〈심청전〉을 개작하는 데 관여한 의도를 개작 의식으로 분석하여 볼 수 있다. 활자본 〈심청전〉의 하나인 〈몽금도전〉의 결말부에 부기되어 있는 서술은 개작 의식을 직접적으로 보여 준다. 〈몽금도전〉 개작기라 할 수 있는 이 부분은 심청과 심봉사의 후일담과 연결되어 있어 형태상으로는 소설의 연장인지조차 잘 분간되지 않지만, 주요 내용은 개작자의 개작 의도가 나타나 있다. 이 부분에서 알 수 있는 개작의 의도를 정리하자면, 1) 효도하지 않는 세태에 대한 비판[17], 2) 〈심청전〉이 다른 소설에 비해 갖는 교육적 가치와 기능 강화[18], 3) 허망한 풍속을

반영하는 문제 해소[19] 등이다. 이러한 개작의 의도는 실제 〈몽금도
전〉의 서사 속에 반영되고 있다고 할 수 있는데, 앞서 살핀 개작 양상
을 바탕으로 하여 세태 반영과 교화, 근대적 소설관의 구현, 효의 강
조 등으로 살펴보고자 한다.

(1) 세태 반영과 비판

송동본 〈심청전〉과 〈몽금도전〉을 비교하여 볼 때 개작이 주된 양상
은 개작자에 의해 바뀌어 서술되거나 새로운 서술이 추가된 것이라
할 수 있는데, 여기에서 세태를 반영한 서술과 개작자의 비판 의식
을 볼 수 있다. 이는 〈몽금도전〉 서사 전개 과정에서 당대의 세태와
그에 대해 비판하는 서술자의 목소리로 혹은 세태를 반영한 인물의

......

17 사롬이 다른 힝실과 지식이 아모리 넉넉ᄒ여도 오직 효도가 업스면 가히 힝실 잇
는 사롬이 되지 못ᄒᄂ니 우리 죠션은 원리 다른 일에는 아직 미기ᄒᆫ 일이 업지 안
이ᄒ나 다만 삼강오륜을 직혀 가는데는 남 붓그러울 것이 업더니 만근 이리에는
도덕이 부픽ᄒᆞ야 효도를 힘쓰는 쟈가 만치 못홈은 죠션 민죡을 위(77)ᄋᆞ하 가히 기
탄홀 일이로다

18 몬져 심청젼을 기졍ᄒᆞ야 허망ᄒᆞᆫ 사연을 졍오ᄒᆞ고 진졍ᄒᆞᆫ 사리를 증보ᄒᆞ야 우리 죠
션의 우부우부로 ᄒᆞ여금 모든 경젼을 ᄃᆡ용ᄒᆞ야 륜리에 뎨일 가는 효도를 빙양코져
ᄒᆞ며 쟝ᄎ 츈향젼갓흔 칙ᄌᆞ로 증졍ᄒᆞ기에 챡수코져 ᄒᆞ노라

19 그 즁 심청젼은 신명의게 비러 자식을 낫코 눈을 ᄯᅳᆫ다는 말과 룡궁에 드러갓다 나
온 것이 ᄭᅮᆷ도 아니오 실상 잇는 일노 만든 거슨 원ᄉᆞ실에 업는 일ᄲᅮᆫ 안이라 스람의
졍졍한 리치를 위반ᄒᆞ고 다만 녯늘 어리셕은 소견으로 귀신이 잇셔 스람의 일을
쥬션ᄒᆞ는 쥴노 밋는 허망ᄒᆞᆫ 풍속ᄃᆡ로 긔록ᄒᆞ야 후셰 스람으로 하여금 귀신이란 말
에 미혹ᄒᆞ야 졍단ᄒᆞᆫ 리치를 바리고 비록 악ᄒᆞᆫ 힝위를 ᄒᆞ고도 귀신의게 빌기만 ᄒᆞ
면 관계치 안이ᄒᆞ고 도로효 복을 밧을 쥴노 싱각ᄒᆞ는 폐샹이 만케 되야 졈졈 효도
의 본지는 업셔지고 귀신을 밋고 인ᄉᆞ를 문란케ᄒᆞ는 손ᄒᆡ가 싱길 ᄲᅮᆫ이니(78)엇지
가셕지 안이ᄒᆞ리요

행위나 상황 묘사 등으로 구현되기도 된다.

당대 세태가 〈몽금도전〉에 반영된 흔적은 개작된 서사의 부분 부분에서 찾을 수 있었는데, 아이 낳기를 위해 명승을 찾아다니며 기도하기, 점치기, 꿈을 믿는 사람들의 생각 등이다. 이러한 세태 서술에는 서술자의 비판 의식도 함께 나타난다. 앞서 살펴보았듯이 태몽을 두고 해석하는 심봉사 내외의 대화에 대해 서술자는 천지 신명이 있어 아이를 점지하는 것이 아니며 꿈은 사람의 생각대로 되는 것이어서 생길 일이 미리 보이는 것은 아니라고 강하게 비판하는데, 이러한 의식은 개작기 부분[20]에서도 동일하게 보인다. 또한 사람들이 명승을 찾아다니며 기도하는 풍속을 제시하며 기도한다고 다니지만 음욕을 채우는 것일 뿐이고, 부처에게 빈다는 사람이 중의 자식을 낳는다고 비판한다.[21]

사람들의 점치기 풍속에 대한 비판은 심봉사의 동냥 부분에서 볼 수 있다.

어리석고 허황흔 풍속이라 모로는 사름들은

앗짜 이 장님은 졈이나 치러단니지 동양은 웨 단니오 여보

내 졈이나 흔 번 쳐 쥬시오 잘만 쳐 알아주면 점치를 쥴 터이니

(심) 여봅시오 싹도 흐시오 점이라는 것은 자고로 거즛말

.....

20 각주 18번 참조

21 흥미로운 것은 개작자의 불교에 대한 관점이 세태나 심봉사 개안과 관련하여서는 부정적으로 나타나지만 심봉사를 구제해 주는 화주승에 대해서는 자비심이 충만하다 하여 긍정적이라는 것이다.

> 이 웬다 졈 쳐셔 아는 법이 어듸 잇답듯가
> 눈 뜬 사름도 모로는 일을 눈 감어 보지도 못하는 논더러
> 무엇을 알아달ㄴ 하시오

개작자는 점치기나 신명에 의지하는 세태를 비판하는 내용을 서사 속에 교묘하게 삽입하여 위처럼 점치기에 대한 비판을 심봉사 동냥 과정에서 서술하고 있다. 이러한 서술자의 세태 비판은 개작자가 지닌 근대 지향적 의식의 표현이라고 할 수 있는 바, '문명' 시대를 살아가는 사람에게는 이전부터 있던 이런 풍속이 버려야 할 것이라고 말하고 있는 것이다. 그래서 몸팔아 떠나는 심청에게 쏟아내는 심봉사의 탄식에도 부처에게 의지할 것 없다는 내용이 들어갔다고 할 수 있다.

> 부쳐님이 자비ᄒ고 령거무다고 튼튼이 밋엇더니
> 공양미 삼빅셕을 네 몸 파라 밧친 지가 이과반년 되엿는듸 눈커냥 코도 밝지 안이ᄒ니 즁놈이 쇽엿는지 부쳐님이 무심ᄒ지
> 이런 긔막힐ㅅ 것 이째신지 감감ᄒ니 이이 춤말 쇽샹ᄒ다
> 부쳐님이 졍말 잇셔 과연 자비령검 ᄒ고 보면 삼빅셕을 안 밧고라도 불상ᄒᆫ 닉 눈일낭은 발셔 쓰게ᄒᆯ 거시오

한편 〈몽금도전〉에 새롭게 들어간 서술에서 특별한 비판 의식의 발로에서가 아니라 당대 삶의 현실로서의 세태를 반영한 표현으로

볼 수 있는 부분도 있다.

〈39〉 덕ᄉᆡᆨ이 구비ᄒᆞᆫ 졀ᄃᆡ효녀 심청이라 사름마다 흠모ᄒᆞ야 심청 보고 권고ᄒᆞᆫ다 이이 귀ᄒᆞ다 심청아 네 모양이 졀ᄉᆡᆨ이오 네 ᄌᆡ조가 비상ᄒᆞ고 네 효셩이 극진ᄒᆞ니 이이 참말 부럽고나

너갓흔 며나리 한번 삼앗스면 그런 복은 업겟고나

네 만일 ᄂᆡ 집 오면 의식도 넉넉ᄒᆞ고 아모 근심ᄒᆞᆯ 것 업시 네 부친 잘 쳐주마

이갓치 ᄒᆞᄂᆞᆫ 말은 원근간에 미셩ᄒᆞᆫ 아들이ᄂᆞ 손ᄌᆞ 두고 신부를 퇴ᄒᆞᄂᆞᆫ 쟈의 간구ᄒᆞᄂᆞᆫ 말이오

이이 심청아 너 웨 그리 고ᄉᆡᆼᄒᆞ뇌

네 ᄂᆞ이 가련ᄒᆞ고 네 용모 그러ᄒᆞ고 네 ᄌᆡ조 그러ᄒᆞ니 뉘 집 부쟈의 며나리가 되어가든지 작은집이 되엿스면 네 몸도 호강ᄒᆞ고

부친봉양 잘 ᄒᆞᆯ 터이니 ᄂᆡ 즁ᄆᆡᄒᆞ여쥬마

네 소견 엇더ᄒᆞ냐

이러트시 ᄒᆞᄂᆞᆫ 말은 원근간에 남의 즁ᄆᆡᄒᆞ기 조아ᄒᆞᄂᆞᆫ ᄆᆡ 파의 말들이라

위에서 인용한 부분은 심청의 효행을 서술하는 과정에서 주변 사람들이 심청의 아름다움을 칭찬하며 하는 말이다. 그 내용을 보면 여타의 이본에서는 볼 수 없는 며느리 삼기, 부자집 중매하기 등이 나와 흥미롭다. 심청의 용모가 절색이고, 효성이 지극하다는 평가

는 여느 〈심청전〉에서든 볼 수 있는 것이지만, 이렇게 자신의 며느리로 삼고 싶다든지, 어느 부자집 며느리로나 중매해 줄 테니 심청자신은 호강하고 부친봉양도 잘 하도록 하라는 매파의 이야기는 없다. 이러한 방식의 개작은 특정한 서사에 변형이 이루어진 것은 아니지만, 이러한 서술의 추가로 〈몽금도전〉이 만들어진 당시의 세태를 반영하고, 이를 통해 생동하는 삶의 현실을 표현하고 있는 것이라 할 수 있다. 앞서 살펴본 바, 장승상 부인이 장진사댁 부인으로 바뀐 것도 마찬가지로 당대의 신분 제도 변화와 관련지을 수 있을 것이다.

(2) 근대적 소설관의 구현 시도

한편 〈몽금도전〉 개작에 작용한 개작자의 의식을 근대적 소설관을 구현하고자 한 것으로 정리해 볼 수 있다. 물론 그렇다고 하여 〈몽금도전〉이 근대 소설로 정립된 면모를 지니고 있다는 의미는 아니다. 〈심청전〉 개작본으로서의 〈몽금도전〉에서 이전의 〈심청전〉에서는 볼 수 없던 서사의 변개나 삽입, 구체화되고 상세화된 서술 방식 등에서 고전 소설을 탈피하여 근대 소설로 만들고자 한 노력을 엿볼 수 있다는 것이다. 이러한 근대적 소설을 지향한 개작은 기존의 〈심청전〉에 포함되어 있던 초현실적 요소를 현실적으로, 그리고 사실적으로 서사를 바꾸는 것으로 나타난다. 개작 양상에서 본 심청의 구원 과정변개와 심봉사의 개안 화소 삭제는 서술자의 말대로라면 현실적으로 있을 수 없는 일이기 때문이다.

(가) 다만 심청의 집안에서 신명의게 비럿다는 말과 또 션인
들이 인졔물을 드럿다흠은 그쩍 어리석은 풍쇽 스람들
이 그리ᄒ기ᄀ 쉬울 일이나 결단코 그것으로써 복을 밧
엇다흠은 지금갓치 광명ᄒ 셰계 스람의게는 도뎌이 밋
지 못홀 말이라

(나) 사히룡왕이니 옥황상뎨니 ᄒ는 거슨 녯놀 어리석은 나
라 사람들의 거즛말노 쑴여닌 젼셜에 불과ᄒ니 옥황이
어듸 잇스며 룡궁이 어듸 잇스리오 이거슨 심청이가 상
시에 풍속의 젼ᄒ는 허탄ᄒ 말을 듯고 바다에 쌘지기 젼
에 혼자 싱각으로
내가 죽으면 룡궁으로 드러가 룡궁의 묘흔 구경을 실컷
ᄒ리라
싱각을 ᄒ고로 쑴이 된 것이오 쑴이라 ᄒ는 것은 흔이
졔 싱각되로 되는 법이라 그째 심청은 비 우에셔 쒸여닌
려 만경창파 히수즁에 종적 어시 되었스니 업는 룡 〈68〉
궁을 언제 가며 임의 죽은 몸에 쑴인들 어듸서 싱겻스리
오 이것은 참 이상흔 일이라
그러나 특별이 이상홀 것도 업고 못될 일도 안나라 마참
심청이 쩌러지든 물우에 큰 비 밋창흔 아이 쩌놀다가 심
청의 몸이 그 우에가 걸닌 것이라 그 비 미창은 엇지 크
든지 널기는 셔너발씀 되고 길이는 열발도 넘는 터이오
견고ᄒ게 모엇든 큰 비 밋창이라 어늬놀 엇던 비가 풍랑

에 파상이 되야 다른 거슨 다 씌여지고 오직 견고흔 빅
밋창만 남엇는데 그 빅 밋창 가온듸는 능히 사람이 걸녀
잇슬만흔 나무토막과 널틈이 잇는 터이라 아모리 풍랑에
흔들여도 심청의 몸은 꼭 붓터잇서 희상에 둥둥 써단니다
가 드리부는 셔풍에 쟝산곳 뒤ㅅ덜미에 잇는 몽금도(夢金
島) 밧게 잇는 빅사장 우에 희당화 숫밧헤가 걸녓더라

　(가)는 개작기에서 〈심청전〉을 개작하는 의도를 서술하고 있는 부
분이고, (나)는 심청이 물에 뛰어든 뒤 구원되는 과정에서 용궁 체험
을 서술하고 난 뒤, 이 모든 것이 단지 심청이 꾼 꿈이었을 뿐, 실제
로는 배 밑창 파편에 의지하여 해상에 떠다니다가 몽금도 백사장 위
에 떠 내려와 살게 되었다고 하는 부분이다. (가)에서 볼 수 있듯이
심청이 신명에게 빌었다는 말이나 선인들이 사람으로 제물을 드렸
다 하는 것은 어리석은 풍속을 지키는 사람들이 하기 쉬운 일이지만
그것으로 복을 받았다 하는 것은 지금같이 '광명한 세계'의 사람들
에게는 믿을 수 없다고 한다. 그렇다면 '광명한 세계'라 하는 것은 초
자연적, 초현실적 사건을 믿지 않는 시대, 역으로 말하자면 눈으로
확인할 수 있는 것을 사실이라 믿는 시대를 의미한다 할 수 있고, 개
작의 시기와 관련지어 본다면 갑오경장 이후 시작한 근대라 할 수
있다. 이렇게 실제 현실에서 일어날 수 있는 것만을 받아들이려는
의식은 원래 있었던 심청의 용궁 사건을 꿈으로 처리하며, 그런 일
은 거짓으로 꾸며낸 전설에 불과하다고 일축하고 심청의 구원과정
을 변개하는 양상으로 나는 것이다.

　이렇게 광명한 세계의 사람들이 믿을 만한 사건으로 〈심청전〉의 서사를 바꾸어야 한다는 의식은 전체적으로 세태 비판과 관련되기도 하고 합리화 노력으로 나타나기도 한다. 예를 들어 〈심청전〉 서사 내에서 심봉사 부부가 태몽을 꾸고 아들이라 확신하는 데 대한 서술자의 말은 허망한 꿈을 믿는 세태를 비판하는 것이기도 하지만, 한편으로 심청을 낳고 심봉사가 아들임을 확인하는 장면을 합리적으로 만든 것으로도 해석할 수 있는 것이다.

　또한 이러한 변화한 시대 의식을 소설로 구현하고자 하는 개작 의식은 심봉사와 곽씨부인의 대화나 행위와 관련지어 볼 수 있다. 심청이 태어나기 전 심봉사와 곽씨부인의 대화를 보면, 이전의 〈심청전〉에 비해 곽씨부인의 말에 적극성이 있음을 알 수 있다. 이러한 특성은 연극소설이라는 부제를 붙이고, 인물 간의 대화식 전개를 시도한 표현의 문제라 할 수도 있겠지만, 새로운 대화 설정 속에는 곽씨부인의 말에 새로운 내용이 많아 여성 목소리의 강화라는 측면에서 생각해 볼 수 있다. 곽씨 부인의 말에서 새로운 부분은 심봉사의 무자탄식에 대해 첩두기를 고려한다든지 한번 기다려보자는 제안 등이다. 자식 없는 문제에 대해 곽씨 자신의 잘못이라 하는 것은 마찬가지이지만 그래도 이러한 의견 개진이 가능하다는 것은 새로운 여성상 혹은 부부관계의 설정이라 할 수 있는 것이다. 이러한 특성은 심봉사의 해산 도움에서도 생각해 볼 수 있다.

　　아히 낫는 부인보담 아히 밧는 그 남편이 더욱 눈이 멀둥멀둥ᄒ고 쌈을 쌜쌜 흘니다가 입이 짝 버려뎌 말문이 툭 터진다

145

에그 싀연히라 내 마음이 이러케 싀연ᄒ니 잇쓰든 마누라는
여복 싀연홀ᄉ가

이외에도 〈몽금도전〉에서 숫자가 명시되는 경향이라든지, 심봉사
와 심청의 한탄이나 선인들의 항의 속에 계약 관계를 지켜야 한다는
내용 등은 20세기를 전후하여 강조된 문명 혹은 개화 의식의 반영으
로 근대 지향의 결과라 볼 수 있을 것이다.

(3) 효를 통한 교화

〈몽금도전〉의 개작기를 볼 때, 개작자가 〈심청전〉을 개작하고자 한
중요한 이유는 효라는 교육적 가치에 있다. 개작자는 인생이라면 인
륜이 있어야 하고, 그중에 으뜸이 효인데, 당시 사람들이 도덕적으
로 부패하여 효도하는 데 힘쓰지 않는 데에서 〈심청전〉을 개작하게
되었음을 말하고 있다. 개작의 내용은 앞서도 살펴본 〈심청전〉 서사
에 변개가 이루어진 부분은 꿈이나 신명에 의지하는 잘못된 세태를
바로 잡는 것이었고, 개작의 이유는 〈심청전〉이 다른 어떤 소설보다-
예를 들어 〈춘향전〉-교육적이라는 것과 효를 올바로 잘 가르치기 위
한 것이었다. 이로 볼 때, 〈몽금도전〉의 개작자는 〈심청전〉의 효를 통
해 사람들을 교화하고자 한 강한 의식을 갖고 있음을 알 수 있다.
  실제로 이러한 개작 의식은 〈몽금도전〉에도 반영되어 심봉사의
젖동냥이나 심청의 동냥 봉사 부분이 확장되어 있다든지 공양미 약
속을 고백하는 과정에서 심봉사와 심청의 대화가 더욱 절절한 양상,

인신 공양 약속 후 심청의 복잡한 심경 속에 서술되는 아버지 심봉사에 대한 지극한 마음 등으로 나타난다. 이는 이미 기존의 〈심청전〉에 있던 효와 관련된 요소를 지켜나가면서도 심봉사의 딸 사랑이나 심청의 효성을 더욱 강조하기 위해 상세화하는 과정에서 일어난 변화이다.

효가 인생에서 가장 중요한 것이라는 강조는 심청이 왕후가 되는 과정에서도 나타난다. 여느 〈심청전〉에서는 심청이 왕후가 될 수 있었던 것은 바다 위에서 건져 온 꽃 속에 있던 심청이 마침 꽃을 보던 왕과 만났기 때문이지만, 〈몽금도전〉에서는 심청의 효행이 나타나고 효성에 감동했기 때문이다.

> 심청을 불너올녀 위인을 살펴보니 용모도 가가홀 쑨 안이라 덕힝이 표면에 나타나는지라 즉시 그 사연을 드러 님금의게 상표를 ᄒ엿더니 맛춤 왕후가 별셰ᄒ고 니년이 뷔인 터이라 님금끠서 심청을 불너보시고 그 효성을 감동ᄒ샤 제신의게 의론ᄒ시기를
>
> 구츙신이면 필어효자지문(求忠臣必於孝子之門)이라 ᄒ니 츙신을 구ᄒ려면 반다시 효자의 집을 틱홀지라 과인이 심소져의 미쳔흔 지벌을 불관ᄒ고 그 효(70)성을 감동ᄒ야 왕비를 삼고져ᄒ니 제신의 쯧이 엇더ᄒᄂ뇨

그런데 〈몽금도전〉에서는 심청의 효성과 효를 실현하는 면에서 〈심청전〉과 달라진 점도 발견된다. 개작의 양상에서도 보았듯이, 심

청이 인신 공양을 약속한 데 대해 스스로 '이효상효'라 하며 자책하는 것이나 심청이 공양미 삼백 석을 구하기 위해 기도하느라 정작 봉양해야 할 심봉사를 돌보지 않는다는 서술은 기존의 〈심청전〉에서 심청이 효를 실행하는 방식 즉 인신 공양에 대한 불만이라 할 수 있다. 그리고 이러한 불만은 〈심청전〉에서 보여주는 전통적 효도 방식에 대한 비판 의식의 발로로 볼 수 있다. 그래서 〈몽금도전〉 개작자의 의식은 기존의 〈심청전〉이 보여주는 효행을 유지하여 교육용으로 활용하되, 자식이 자신을 목숨을 희생하여 부친을 봉양함으로써 생기는 문제를 고치고자 한 것이다.

4. 결론

이제까지 〈심청전〉 개작본 〈몽금도전〉에서 개작이 이루어진 양상을 송동본과의 비교를 통해 정리하고, 이러한 개작에 작용한 의식을 분석하여 보았다. 1916년이라는 개화기에 이루어진 〈심청전〉 개작이 지닌 의미는 〈몽금도전〉이 얼마나 대중적 향유를 누렸는가 하는 인기 정도를 떠나 당대 지식인의 고전 소설에 대한 관점 혹은 〈심청전〉에 대한 요구를 파악할 수 있다는 의미를 지닌다. 이는 박문서관의 편집겸발행인인 노익형[22]이든 아니면 다른 어떤 개작자이든 그 작

......

22 편집겸발행자로 명시된 작품의 경우, 저작자와 발행자를 따로 기재한 작품과 같은 순수한 창작물들이 아니라는 공통점을 지니며, 이는 다른 출판사와 차별화하기 위한 시도로 볼 수 있다(이주영, 위의 책, 81-82쪽)고 한다.

가 개인의 의식이라기보다는 당대에 근대 지향성을 지닌 사람들이 공통적으로 지닐 만한 사회적 의식이라 할 수 있기 때문이다.[23] 만약 노익형이 아닌 다른 누군가가 개작한 것이라면 개작 의식에 대해 특정 집단의 의식으로 볼 가능성이 커진다. 왜냐하면 어떤 개작의 결과가 출판으로 간행된다는 의미는 개작 의식의 사회적 확대를 의도한 것이라 할 수도 있기 때문이다.

이미 많이 논의된 바 있듯이 20세기 초중반의 소설 향유가 보이는 특징적인 현상은 〈심청전〉 등 고전소설의 활발한 개작[24]과 대중적 인기이다. 여기서 〈몽금도전〉같이 내용이 극도로 달라진 〈심청전〉 개작본이 나올 수 있었던 배경을 짐작할 수 있다. 이미 이 시기에는 구활자본 소설로 많은 〈심청전〉 개작본이 나와 있었고, 이러한 다양한 〈심청전〉 개작본은 새로운 개작을 열망하게 하는 이유가 될 수 있다. 그리고 〈몽금도전〉과 같은 양상의 개작이 이루어질 수 있었던 것은 당대의 다른 소설류라 할 수 있는 신소설과의 경쟁 의식이 있었기 때문이라 할 수 있다. 특징적으로 세태 비판의 관점이 강하고, 현실적 가능성을 기준으로 하여 서사 변형이 이루어졌다는 점에서 그러하다.

그래서 〈몽금도전〉은 여느 〈심청전〉에 비해 교술적 성격이 강하며 사실성을 지향한 결과 탄생한 개작본인 것이다. 개작자는 〈몽금전〉

......

23 노익형이 〈춘향전〉, 〈심청전〉, 〈유충렬전〉 등이 농촌의 교과서 구실을 했다고(노익형, 『출판업을 대성한 제가의 포부』, 조광, 1938, 12(이주영, 위의 책 재인용, 113쪽) 한 것과도 관련지을 수 있다.

24 간행 횟수를 보면, 〈심청전〉과 〈강상련〉은 33회, 〈춘향전〉 97회, 〈유충렬전〉 24회, 〈소운전〉 36회 등이다(이주영, 위의 책, 106쪽).

을 통해 당대의 선도적 이념인 '근대성'을 실현해 보고자 시도하고, 독자들이 〈몽금도전〉을 읽고 교화되도록 하였다 할 수 있다. 그러나 이러한 〈몽금도전〉의 강한 교술성이 오히려 〈심청전〉을 〈심청전〉 답지 않게 만들고, 결과적으로 흥미를 떨어뜨리는 요소가 되었을 가능성이 있다고 본다. 왜냐하면 이 시기 〈심청전〉 개작본들 중에서 〈몽금도전〉 계통이라고 할 수 있는 다른 자료는 아직까지 발견할 수 없기 때문이다.

제2장

만문만화 〈모던 심청전〉

1. 서론

　20세기에 들어 〈심청전〉 전승 과정에 일어난 가장 눈에 띄는 변화는 다양한 매체로 〈심청전〉이 변용되어 생산되는 양상으로 보인다. 그전에는 판소리 혹은 소설로 존재하던 〈심청가〉, 〈심청전〉이 1900년대 이후로는 창극으로 제작되어 극장에서 공연이 되고, 희곡으로 만들어져 상연되기도 하며, 만화의 한 형태로도 창작되는 등 활발한 매체 변용이 이루어지는 것이다. 이러한 〈심청전〉의 매체 변용 양상에서 이전의 〈심청전〉 이본 전개와는 확연히 다른 모습을 볼 수 있어 매우 유의미한 현상이라 판단된다.

　이 연구에서는 20세기에 들어 새롭게 만들어진 〈심청전〉의 모습에 주목하고, 그 중에서 웅초 김규택이 지은 만문만화 〈모던 심청전〉[1]을 집중적으로 다루고자 한다. 만문만화 〈모던 심청전〉은 제목에서부터 여타의 〈심청전〉과는 사뭇 다를 것이라는 추측을 할 수 있는데, 이름 그대로 '만문만화'라는 양식으로 만들어졌다는 점이 제목, 내용, 표현 방식 등의 측면에서 많은 변화를 일으킨 것으로 보인다.

이전의 연구에서 〈모던 심청전〉은 독립적으로 다루어지기보다는[2] 만문만화 양식론을 다루는 과정이나 김규택에 대한 접근의 일환으로 언급되는 정도였다. 만문만화라는 양식에 입각하여 접근한 연구들은 만화의 한 하위 양식으로 만문만화를 들며, 근대 시기에 독특하게 부상한 맥락과 양상을 설명한다.[3] 이들 연구에서 공통적으로 지적하는 것은 만문만화라는 양식이 일본의 만화 문화와 관련이 깊으며, 일제 강점기에 신문, 잡지의 정치적 탄압으로 인해 선택된 양식이라는 것이다.

한편 만문만화가 김규택에 대한 관심으로 이루어진 연구들이 있다. 근대 시기 우리나라에서 가장 활발한 활동을 하고 만문만화 양식에서 선편을 잡은 만화가는 '석영 안석주(1901-1950)'로 언급된

.....

1 〈모던 심청전〉이라는 제목을 갖고 있는 다른 작품으로 만극 〈모던 심청전〉이 있다.

2 만화 〈모던 춘향전〉은 독립적으로 연구된 바가 있는데(고은지, 「1930년대 대중문화 속의 "춘향전"의 모던화 양상과 그 의미 : 〈만화 모던 춘향전〉을 중심으로」, 『민족문학사연구』 34, 민족문학사학회·민족문학사연구소, 2007, 272-303쪽), 〈모던 심청전〉의 경우엔 다른 만문만화와 함께 다루어졌다.

3 이러한 연구로 다음을 들 수 있다. 윤기헌, 「동아시아 근대만화의 특성 비교 연구」, 경북대학교 박사학위 논문, 2012 ; 서은영, 「한국 근대 만화의 전개와 문화적 의미」, 고려대학교 박사학위 논문, 2013.

다.[4] 김규택(1906-1962)은 안석주와 비슷한 연배로 보이지만, 만화가로 활동한 시기로 볼 때 안석주보다는 뒤에 주목받은 만화작가이다.[5] 안석주와 비교해 볼 때, 김규택의 만화 창작 활동에서 두드러진 업적은 바로 우리 고전, 판소리계 소설을 만화로 창작하였다는 것이다. 김규택은 『제일선』이라는 잡지에 1932년 11월부터 1933년 3월까지 〈모던 춘향전〉을 연재했고, 잡지 『조광』에 1935년 10월부터 1936년 6월까지 〈모던 심청전〉을, 1941년 2월부터 1941년 7월까지 〈억지 춘향전〉을 실었다. 이러한 점에 주목한 연구들은 김규택이 창작한 〈모던 춘향전〉, 〈억지 춘향전〉, 〈모던 심청전〉을 함께 다루면서 그 표현과 내용을 주로 분석하고 있다.[6]

이제까지 이루어진 연구로 볼 때, 만문만화 〈모던 심청전〉은 아직까지 독자적 세계를 지닌 작품으로 다루어지지 못하고 김규택의 작

......

4 만화가 안석주만 주된 연구 대상으로 삼은 연구들도 있고(신명직, 「안석영 만문만화 연구」, 연세대학교 박사학위 논문, 2001 ; 조은정, 「안석주의 미술비평에 대한 연구」, 『한국근현대미술사학』 17, 한국근현대미술사학회, 2006, 7-46쪽 ; 이유림, 「안석주(安碩柱) 신문소설 삽화 연구: 1920년대를 중심으로」, 이화여자대학교 석사학위 논문, 2007), 근대 시기의 신문, 잡지 등의 만화, 삽화를 연구하는 경우에도 안석주는 빠지지 않고 거의 모두 언급된다(최열, 「1920년대 민족만화운동: 김동성과 안석주를 중심으로」, 『역사비평』 2, 역사비평사, 1988, 274-301쪽 ; 맹현정, 「『별건곤』의 일러스트레이션 연구」, 서울대학교 석사학위 논문, 2012 ; 공성수, 「근대소설의 형성과 삽화 연구」, 서강대학교 박사학위 논문, 2014 등).
5 이는 단적으로 신명직이 "안석영에 의해 시작된 '만문만화'는 이후 최영수, 김규택, 임홍은 등에 의해 30년대 신문과 잡지에 다수 등장한다."라고 한 것에서도 확인할 수 있다.
6 신명직(「김규택의 만문만화와 웃음」, 사에구사 도시카스 외, 『한국근대문학과 일본』, 소명출판, 2003, 485-522쪽)은 만문만화가 지닌 웃음의 양상과 방식을 분석하였고, 최혜진(「김규택 판소리 문학 작품의 근대적 특징과 의미」, 『판소리연구』 35, 판소리학회, 2013, 251-286쪽)은 판소리 문학이라는 점에서 접근하였다.

품으로 부분적으로 언급되거나 분석되는데 그친 아쉬움이 있다. 또한 〈모던 심청전〉에 대해 분석을 하더라도 주로 웃음을 주는 요소나 방식에 주목하는 정도였다. 여기서는 김규택의 작품 세계라는 차원에서가 아니라 개별적 독자성을 지닌 작품으로 〈모던 심청전〉을 다루어보고자 한다. 이는 〈심청전〉, 〈춘향전〉이 동일하게 만문만화로 변용되었다 하더라도 그 구체적 양상은 다를 것이기에 독자적으로 다룰 필요가 있기 때문이다.

이러한 관점에서 〈모던 심청전〉을 〈심청전〉 변용의 관점으로 다루되, 만문만화라는 양식이 지니는 특성과 관련지어 새로이 읽어 보고자 한다. 〈모던 심청전〉이 〈심청전〉 변용으로 새로울 수 있었던 것은 무엇보다 만문만화라는 양식을 차용한데 있었다고 보이기 때문이다. 그러면서도 다른 한편으로 〈모던 심청전〉이 지니는 고유한 표현 방식과 미적 특질이 무엇인지를 분석해 볼 것이다. 그리고 문학 향유의 관점에서 이러한 작품의 탄생이 수용자의 요구, 취향과 관련하여 어떠한 의미를 지니는지 탐색하고자 한다.

2. 만문만화 〈모던 심청전〉에 드러난 양식성

만화의 한 종류인 만문만화의 양식적 특성을 한 마디로 말하자면 '흐트러뜨림'이라 할 수 있다. 신명직에 의하면 "만문만화는 기존의 장르 규범에 따른 글(文) 혹은 그림(畵)의 결합이 아닌, 흐트러진(漫) 글과 그림이 결합된 장르, 곧 만문(漫文)과 만화(漫畵)가 결합된 장르"[7]로, "'만문만화'에서 글과 그림은 단순히 물리적으로 결합된 것이 아닌, 각각의 정체성과 독자성을 유지하면서도 상호결합된 '유기적 전체'로서의 제3의 텍스트로…(중략)…글'과 '그림'은 서로 배제하면서 관계하고, 또한 상호침투 교환되면서 새로운 이미지, 새로운 언어를 창출해낸다."[8]고 한다. 다시 말하자면 만문만화는 글과 그림이 어우러져 하나의 새로운 텍스트로 만들어진 것이라 할 수 있다.

만문만화에서 이 '흐트러뜨림'은 글과 그림에서 모두 구현되고, 결과적으로는 만문만화로 창작된 작품의 특성이 되는 것이다. 기존의 작품을 변용하여 만들어진 만문만화 작품에서는 '漫'의 본질이라 할 수 있는 '흐트러뜨림'이 기존 작품의 서사와 미적 특질, 정서를 흐트러뜨리는 것으로 나타난다 할 수 있다. 이러한 의미에서 만문만화 〈모던 심청전〉은 기존의 〈심청전〉 서사를 흐트러뜨리고, 〈심청전〉을 흐트러뜨리는 장면을 그림으로 표현하고 있다.

만문만화라는 갈래가 이렇게 다루는 내용 혹은 대상에 대해 '흐트러뜨림'을 주된 본질로 삼게 된 것은 이 갈래가 등장하게 된 맥락과 관련 있어 보인다. 만화는 1920년대 이후 대중 매체 속에서 크게 인기를 누리고 자리를 잡았다고 할 수 있는데, 만문만화는 이 과정에서 분화, 발전된 갈래이다.[9] 1930년대에 이르러 일제의 시사만화, 풍

......

7 신명직, 「안석영 만문만화 연구」, 연세대학교 박사학위 논문, 2001.

8 신명직, 위의 글, 6쪽.

9 서은영은 "1920년대는 식민지 조선에서 만화라는 매체가 양식적으로 분화하게 하고 정착하게 되는 과정을 가장 선명하게 보여주고 있다."고 한다(서은영, 위의 글, 25쪽).

자만화에 대한 탄압이 심해지자, 이를 피해가는 방법으로 신문과 잡지 등에서는 만문만화를 선택[10]하였다고 할 수 있다. 그래서 만문만화는 근본적으로 풍자성을 강하게 띤다.

또 다른 한편으로는 대중 매체로서 신문, 잡지가 자리를 잡아가면서 만화도 통속화 과정을 거쳤다[11] 할 수 있다. 이 과정에서 만문만화가 인기를 누렸을 뿐만 아니라 만문만화 자체도 통속적, 대중적 인기를 추구하여 그 내용이 더욱 감각적 오락성을 지니게 된 것으로 보인다. 그래서 만문만화는 근본적으로 대중의 취향과 요구에 부응하고자 하는 의도와 지향성을 갖는다. 당시에 만문만화가 일반적으로 보인 대중성은 유머, 웃음에서 찾을 수 있다.

〈모던 심청전〉 역시 작품 전반적으로 웃음을 유도하는 서술이나 장면들이 많이 삽입되어 있다. 이는 원래 〈심청전〉의 서술과 장면에서 느낄 수 있는 정서와는 매우 다른 것이다. 예를 들어 〈심청전〉에서 심봉사가 눈이 멀어 동냥을 해서 겨우 먹고 사는 현실은 비참하고 슬픈 것인데 비해, 〈모던 심청전〉에서는 웃음의 요소가 된다. 심봉사는 "전일에 있든 재산 꽃감처럼 다 빼먹고 지금은 안해 곽씨부인의 로동이 아니면 입에 풀칠이 가망 없는 고달픈 신세(장면1: 띄어쓰기 등은 필자, 이하 동일)"인데 곽씨부인이 나갔다 들어오며 심봉사에게 건네는 말이 "시장하시겠네 집잘드렀수?"로 앞 못보는 심봉사가 집을 '볼' 수 없음을 희화화하여 '들었냐'고 묻는다. 이런 식의

......

10　윤기헌, 「동아시아 근대만화의 특성 비교 연구」, 경북대학교 박사학위 논문, 2012, 95-96쪽 참조.
11　서은영, 위의 글, 140쪽.

희화화나 웃음[12]을 유발하고자 한 표현들을 〈모던 심청전〉에서 자주 만날 수 있는데, 이는 만문만화의 양식성에서 비롯된 것이라 할 수 있다.

이러한 만문만화의 양식성이 〈모던 심청전〉에 구현된 양상을 쪽 구성 측면에서 보면, 1쪽에 그림 1장과 글이 배치되는 방식을 들 수 있다. 그림의 위치나 크기는 쪽마다 다르며, 장의 분절과도 다르다. 다시 말해 〈모던 심청전〉의 전체 장면 수는 35개인데, 한 장면이 한 쪽에 꼭 맞게 들어가지는 않아서 장면과 쪽을 나눈 단위가 일치하지 않는다. 그런데 전체 그림 수는 36개로 장면수와 거의 일치한다.

글과 그림이 배치되고 표현되는 방식을 더욱 구체적으로 곽씨부인 태몽 장면을 통해 살펴보도록 하자. 그림에서는 곽씨부인이 어떤 여인을 보고 있고, 꿈 속 여인은 옷은 입은 듯 안입은 듯 요염한 모습으로 구름 속에서 손에 약봉지를 들고 '일차 시용하시오면 특효보시오리'라고 말하고 있다. 한

[그림 1] 장면 5

......

12 〈모던 심청전〉의 웃음에 대해서는 신명직(「김규택의 만문만화와 웃음」, 사에구사 도시카스 외, 『한국근대문학과 일본』, 소명출판, 2003, 485-522쪽)이 자세히 다루 었다.

복을 입은 곽씨부인과 거의 걸친 것이 없는 꿈 속 여인은 매우 대조적으로 보이고, 뒷 배경에 있는 음악을 연주하는 사람들과 함께 이 여인은 풍류 속에서 즐겁고 흥겨운 그리고 빛나는 모습으로 표현되고 있다. 곽씨부인의 시선으로 본다면 이 여인은 매우 신기하면서 부럽기도 한 딴 세상 사람일 것이다. 이런 존재가 곽씨부인에게 보여주고 있는 약은 신비의 영약으로 보일만 하다.

글에서 '선녀'라고 표현된 이 여인은 프랑스 파리의 '조세핀 베카'의 넋이라고 하는데, 그림을 보면 알 수 있듯이, 선녀의 말이 말풍선으로 처리되지는 않는다. 비교적 넓은 공간에 몇 개의 글자가 나열되니 말풍선 없는 그 글자들이 마치 제목처럼 보이기도 한다. 〈모던 심청전〉에서 그림으로 표현되는 내용은 그 장 혹은 그 쪽의 가장 핵심적인 부분이라 할 수 있는데, 그림 속 텍스트는 더욱 강조된 내용으로 보인다.

갑자사월 초파일날 남들은 관등노리 하느라고 야단들인데 곽씨부인은 품삭바느질을 뼈빠지게 하다가 잠이 드렀다. 천기 명랑하고 오색채운이 '일루미네이순'처럼 빛나면서 유량한 주악리에 선녀 하나가 학을 타고 나려와서 부인 앞에 읍을 하며 가로되

"소녀는 월궁항아도 아니옵고 서왕모의 딸도 아니옵고 나폴레옹의 생질녀도 아니옵고, 부인께서 신문약 광고면에 각금 보시는 불란서 파리-'조세핀베-카-'의 넉시로소이다. 거룩하신 조선의 신령들께 초대바다 멀리 흥행을 왔다가 부인

의 지원하시는 바를 듯자옵고 차자왔나이다. 본시 저의 고향, 파리-는 세계의 색향이라 루추한 말삼이나 병도 많고 약도 만사옵내다. 듯자옵건대 부인께서는 동지섯달 엄동에 한냉을 무릅쓰고 고된 일을 만이 하섰다 하온즉 잉태 못하시는 원인을 가히 알겠나이다. 이 약은 부인령약 ××환이온데 월경불순, 대하증, 히스테리-, 기타부인병일체에 특효 있아온즉 부인께서 일차시용하시오면 효력을 즉각 보시오리다" 말이 끝나자마자 홀불견. 부인이 놀라 깨어 벽에 바른 신문지를 살피니 꿈에 보든 그 얼굴, 그 광고가 갈데없이 있더라. (장면 5)

그림과 대비하여 보면, 글로 제시된 부분에서는 곽씨부인이 태몽을 꾸게 된 과정과 태몽의 내용이 자세히 서술되고 있다. 꿈에 선녀가 나타난 것은 원래 〈심청전〉과 동일하나 서왕모의 딸이 아니라 신문약 광고면에 보이는 프랑스 파리의 '조세핀 베카'의 넋이 나타난 것이 다르다. '조세핀 베카'의 넋은 심청이 태어나리라는 것과 같은 예언을 하는 것이 아니라 곽씨부인이 아이를 낳지 못하는 원인이 한냉을 무릅쓰고 고된 일을 많이 하여 생긴 불임이라 하고, 약을 처방한다. 그래서 그림을 보든 글을 보든 이 태몽의 주요 내용은 곽씨부인이 아이를 갖게 될 것이라는 것이 아니라 곽씨부인의 병이 무엇이고 원인이 무엇이며 어떤 약을 먹어야 나을 것이라는 광고이다.

이렇게 곽씨부인의 꿈에 약광고에 나오는 외국 여인이 등장하게 된 것이 〈모던 심청전〉이 웃음을 추구하는 만문만화의 특성과도 관련이 있겠지만, 광고라는 매체를 서사의 내용으로 삼았기 때문으로 볼 수 있다. 마치 요즘 드라마 등에서 드라마의 내용과 관련지어 노골적으로 특정한 상품을 노출시켜 광고를 하는 것과 같은 방식이라 할 것이다.

이러한 '광고의 서사화' 방식은 만문만화이기에 가능하였다고 할 수도 있겠으나, 한편으로는 만문만화가 게재된 매체, 다시 말해 잡지『조광』의 극단적 광고 추구와도 관련이 있어 보인다.[13] 만문만화 〈모던 심청전〉은 잡지라는 매체 속에 있는 작품인데, 이 안에 다시 잡지나 잡지 밖 세상의 광고가 들어온 양상인 것이다. 이는 매체 속 매체로, 광고라는 매체가 서사 속으로 들어온 것이다. 글의 태몽에 대한 서술이 그림과 함께 장면화되고, 이 과정에서 〈모던 심청전〉 바깥의 광고가 서사 내로 중층적으로 삽입되는 방식에서 만문만화의 양식성을 볼 수 있다.

3. 〈모던 심청전〉의 〈심청전〉 변용에 나타난 대중지향성

이제까지 살펴보았듯이 만문만화 〈모던 심청전〉은 매우 대중지향적이고 통속적인 성격을 가질 수밖에 없는 조건에서 창작되었다.

......

13 『조광』은 창간호부터 일관되게 광고를 본문의 한 쪽에 담고, 목차를 제시하는 쪽에까지 광고를 싣는 광고 역사상 기록할 만한 특징을 보였다고 한다. 그래서 심하게 말하면 『조광』에서 광고는 본문과 동격으로 간주되었다고 할 수 있고, 반면 문학은 "광고와 같은 '물건'으로 취급"되었다 할 수 있다(최수일, 「잡지『조광』을 통해 본 '광고'의 위상 변화: 광고는 어떻게 '지(知)'가 되었나」,『상허학보』32, 상허학회, 2011, 359-362쪽).

〈모던 심청전〉은 대중이 잘 알고 있는 〈심청전〉이 매체를 달리하여 만문만화로 재생산된 것으로, 이 과정에 일어난 변용에 근본적으로 대중에 대한 의식이 작용하였다고 볼 수 있다. 이에 변용의 양상을 통해 기존의 소설 〈심청전〉을 재생산한 〈모던 심청전〉에서 새로운 것을 갈망하고 재미를 추구하는 대중의 욕구를 충족시키고자 한 방식을 읽어내어 보고자 한다. 동시에 작가가 대중을 향해 나타내고자 의도한 것 또한 찾아보고자 한다.

〈모던 심청전〉은 서사의 골격만으로 볼 때에는 〈심청전〉의 한 이본이라 할 수 있을 정도로 〈심청전〉의 핵심 서사를 유지하고 있다. 심봉사 부부의 삶과 무자탄식, 태몽, 심청 출생, 곽씨부인 죽음, 심청의 봉양, 심봉사의 시주 약속, 심청의 시주돈 마련 등 〈심청전〉의 서사 요소들이 빠짐없이 들어가 있다. 그렇지만 기본적 골격으로서의 서사 내용은 유지되면서도 세부 서사는 다른 양상을 보이고, 심청이 시주돈을 마련하기 위해 일자리를 알아보는 데에서 끝나 있다. 〈모던 심청전〉이 왜 완성되지 못했는지는 알 수가 없으나 게재된 부분에서 〈모던 심청전〉이 대중을 의식한 변용, 즉 대중을 끌어들이고 인기를 확보하고자 사용한 방법과 대중을 향해 드러내고자 한 작자 의식의 단면을 살펴볼 수 있다.

(1) 신체 증상에 대한 해박함 과시

원래 〈심청전〉에도 사람이 살아가면서 걸릴 수 있는 병이나 장애가 나온다. 곽씨부인이 외풍을 과하게 쐬어 산후별증에 걸려 죽는다든지, 심봉사가 이십 전에 눈이 멀게 되었다는 등[14]이 그것이다. 그런데 〈모던 심청전〉에는 병명이나 신체에 나타나는 각종 증상에 대한 제시가 훨씬 더 빈번하고, 그 병이 생기게 된 원인이나 과정에 대한 설명이 매우 해박하면서도 분석적인가 하면[15] 그에 대한 처치나 치료법이 제시되기도 한다.

〈모던 심청전〉에 나오는 신체증상, 질병과 관련된 어휘만 들어봐도 악성도라홈, 월경불순, 대하증, 히스테리, 부인병, 식욕부진, 구토, 편식, 산요열(産요熱), 골반(骨盤), 골육(骨肉), 파과기(破瓜期), 돌림감기, 비카타르(鼻加答兒), 트림, 적체곽란, 화상(火傷), 통상감(痛瘁感) 등 매우 많다. 이러한 질병이나 각종 신체에 일어나는 증상에 대한 명명은 어떤 상황에 대한 서술 과정에서 지나가듯 표현된 것들일 때가 많지만, 특정한 질병이나 증상에 대해서는 해박한 의학적 지식이나 설명을 제시하는 경우도 있다. 신체나 질병에 대한 언급이나 설명은 당시 사람들이 새롭게 많은 관심을 갖게 된 사회적 분위기의 반영으로 볼 수도 있겠지만, 역으로 그러한 사람들의 관심을 채워줄 설명과 지식을 〈모던 심청전〉에서 제공한 것으로 볼 수도 있다. 이는 만문만화를 보는 독자들이 이러한 요소에 각광할 것이라는 전제가 작용한 것으로 해석할 수 있는 것이다.

(가) 군은 본시 두뇌명석하고 재질이 비상하야 소학시대에

.....

14 곽씨부인이 죽게 되는 병명이나 심봉사가 눈이 안보이게 되는 나이는 이본에 따라 차이가 있으나 대중적으로 읽힌 완판본의 서술과 대개 비슷하다.

15 이에 대해 최혜진은 '병리학적 관심'으로 명명하기도 하였다(위의 글, 267-268쪽).

일차도 락제해 본 일이 없었다. 그러나 앞날을 뉘알리요 악성도라홈에 걸려 시력을 이른 후 학업은 중도에 좌절되고 나귀등에 실려 세계일주하겠다든 장절쾌절한 꿈도 여지없이 깨어지고 말었다.   (장면1)

(나) 이 기나긴 동안 좌분변 입불필 석부정부좌 할부정불식 이불정음성, 목불시삭에다가 비타민섭취, 칼슘보급, 정양섭생등신구식 '임부양생법'을 절충하야 지키고 매일 오전 오후 한 시간식 태교를 하는데 공일날도 없이하였다-.   (장면6)

(다) 산요열(産要熱)-안악네들의 입을 비러 말한다면 '산후후도침'. 곽씨부인은 이병에 걸리고 마렀다. 심봉사에게는 그 병의 증상을 알 길이 없었다. 단지 의사의 설명에 의해서 산부의 불완전한 섭생과 심학규씨의 보선바닥에 붙은 악성의 미균이 실내에 매복해 있다가 창구(創口)로 날러드러 탈이난 그 원인만은 알 수 있었다.   (장면11)

(가)는 심학규가 봉사가 된 원인을 '악성도라홈'에 걸려 시력을 잃은 것으로 설명한 부분이다. 악성도라홈은 〈심청전〉의 어떤 이본에도 나타나지 않는 질환으로, 원래 〈심청전〉에서 심봉사의 안맹 원인은 특별히 제시되지 않는다. 심봉사의 안맹 원인을 어떻게 악성도라홈에서 찾았을까를 생각해 보면, 당시에 이 질환에 대해 새롭게 알

려진 맥락과 함께 이 질환의 치명적 결과에 대해 경고를 의도한 것
으로 해석할 수 있다. 아울러, 앞서 살펴본 광고의 서사화와 관련지
어 설명할 수도 있다.

　　도라홈은, 傳染力(전염력)이 强(강)한 惡性(악성)의 眼疾(안
질)이오, 文明國(문명국)에는, 그다지없는 病(병)입니다. 그런
데도불구하고, 우리 農村(농촌)에, 이 病(병)이 蔓延(만연)되
고 잇는 것은, 衛生知識(위생지식)의 幼稚(유치), 照明(조명)의
不完全等其他(불완전등기타)에, 그 原因(원인)이 잇다고 생각
됩니다. 지난 三月現在(삼월현재)의 調査統計(조사통계)에 依
(의)하면, 朝鮮(조선)의 電燈普及狀況(전등보급상황)은, 府(부)
와 邑(읍)같은 都會地(도회지)에는 電燈(전등)이 잇으되 農村
(농촌)에는, 이천삼백삼개면중, 일천사백칠십오면에 달하는
대다수가, 아직 어어와 석유기름으로 조명을 하고 잇다는 사
실을 볼 때, 그 얼마나 뒤떨어진 처지에 잇는가를 알수 잇으
며 도회지보다도 농촌에 안질이 만연되고 잇는 원인의 일단
을 알수잇지안을가함니다.
　　모든눈명으로부터 눈을 보호하는 제일 조흔 방법은, 눈의
피로를 피하는 동시에 항상 눈을 깨끗이씻고, 눈의 저항력을
맨들기 위하야 "スマイル"와 같은 憂愁(우수)한 眼藥(안약)을
너두면 조흡니다　　　　　　　 (동아일보 1938. 11. 8 광고 기사)

이 즈음의 신문 광고 기사나 구독자의 질문이 게재되는 면에서 도

라홈이라는 병에 대한 설명, 치료, 예방법이 나오는 것에서 〈모던 심청전〉에 들어온 악성도라홈이라는 병명을 관련지을 수 있다. 이 맥락에서 심학규는 악성도라홈을 제대로 치료하지 못해 눈이 멀게 된 사례 환자가 되는 것이다. 그래서 독자는 〈심청전〉의 서사와 함께 눈질환에 대한 정보도 얻게 된다.

(나)는 곽씨부인의 태교 장면인데, 기존의 〈심청전〉 서사에 있던 '석부정부좌 할부정불식'이 원용되면서 거기에 덧붙여 비타민, 칼슘 등의 섭취가 '임산부양생법'으로 제시된다. (다)는 곽씨부인의 죽음과 관련된 서술인데, 죽게 된 원인으로 산요열을 들고, 그러한 증상의 원인이 곽씨부인의 불완전한 섭생과 심봉사의 버선 바닥에 붙어 있던 악성 세균에 있음을 설명한다. 이렇게 인물의 삶을 서술하는 여러 국면에서 서술자는 각종 신체 증상과 질환에 대해 해박함을 과시하고, 가능한 경우에는 치료법이나 예방법도 안내한다.

이러한 신체 증상이나 질병에 대한 관심과 중시는 심지어 심청이 사춘기를 맞아 겪는 정신적 고민과 우울함도 몸의 상태와 관련짓는 데에서도 볼 수 있다. 심청이 이런 저런 고민을 하는 장면을 서술하고서는 '아니다 심청이는 지난번 돌림감기에 비카타르(鼻加答兒)를 어더뜬것이다.(장면17)'라고 단정 짓는다.

신체 증상과 질병, 치료법에 대한 관심과 과다한 서술을 대중지향성으로 해석할 수 있는 것은 〈모던 심청전〉의 독자 대중이 이러한 데 관심이 많았을 것[16]으로 볼 수 있기 때문이다. 그리고 당시의 신문이

.....

16 최혜진은 이에 대해 "국민의 분자가 되기 위해 신체를 단련하고 질병의 원인과 치

나 잡지에 쏟아져 나온 각종 약 광고, 신체와 관련된 기사나 광고 등에서 당시 대중들의 신체에 대한 관심을 유발하였을 뿐만 아니라 계몽 차원에서 질병을 예방하고 치료하는 것을 강조하고자 한 의도를 읽을 수 있다.

(2) 민생고의 해결 방법 제안

〈모던 심청전〉에서 보이는 〈심청전〉의 변용 중 눈에 띄는 관점의 변화는 인물들이 처한 민생고, 경제적 문제-가난, 돈벌이 등에 대한 직시와 해결 방법에 대한 관심이다. 원래의 〈심청전〉에서 눈먼 봉사가 먹고 살아야 하는 가난, 먹을 것도 없어 동냥으로 연명하는 상황에서 공양미 삼백 석을 구해야 하는 삶의 문제가 중요하게 자리 잡고 있었다. 〈모던 심청전〉에서도 이러한 가난과 돈, 살아가는 문제는 여전히 지속되고, 오히려 더욱 구체적으로 서술되는 경향도 보인다. 그런데 〈모던 심청전〉에서 민생고의 문제는 진솔하면서도 현실적으로 다루어지고, 다양한 해결의 방법이 적극적이면서도 긍정적으로 제시되는 방식으로 변용되고 있다.

〈심청전〉에서 민생고는 곽씨부인이 눈먼 봉사를 봉양하며 살림을 해야 했고, 심봉사는 앞을 못보는 상황에서 홀로 젖먹이 심청이를

......

료가 중요했던 시절의 사고를 보여준다"고 하였다(위의 글, 268쪽). 신체나 질병에 대한 관심이 시대적 특징인가의 문제를 떠나 〈모던 심청전〉에서 보이는 각종 신체 증상과 질병과 관련된 많은 용어와 서술은 대중의 관심과 욕구와 관련된 것으로 보인다.

길러야 했으며, 심청은 어린 아이임에도 눈먼 아비를 봉양해야 하는
현실이었다. 이를 곽씨부인은 각종 품팔이로, 심봉사는 동냥젖으로,
심청은 동냥으로 해결했다. 〈모던 심청전〉에서는 이러한 민생고를
당대 현실로 구체화하면서 다양하고 실제적인 해법을 제시한다.

(가) "이런 말 한다고 노엽게 듣지 마러요. 내가 당신을 멕여
살린다고 내세우는 것도 아니요, 일이 고데어서 짜증내
는 것도 아닌데 말하자면 요새는 세월이 전갓지 안어서
큰 걱정이란 말이요. 내 솜씨가 남만 못해 불리지를 못
하는 것도 아니고 '구리닝구', 재봉틀이 새로 나서 내 하
든 일을 빼슨 것도아닌데 가만 보니 돈들이 귀하니까 삭
일을 주지 안코 웬만한 것은 자기네가 해버립디다. 그러
니 야단 안났수?"
심봉사 이 말을 듣고 갓득이나 빡빡한 메편이 목구녁에
가로누엇다.
"아-아 눈만 떳으면 버-리를 하련만!"
"버-리는 무슨 버리! 말이 났으니 말이지 당신같은 무재
인이 어데 있소. 다같은 장님이라도 남은 경을 읽는다.
점을 친다 해서 돈을 버러드리는데"
"눈멀쭐 아렀드면 그 공부는 했으련만!"
"밤ㅅ중에 피리 불고 다니며 '암마'해서 돈버는 장님은
공부 없어도 되겠든데"
"음악에 소질 없는 몸이라 피리를 어이부노. 혹시 강습

167

소라도 있는가 아라보우. 속성ㅅ과에 다녀볼테니”

(장면2)

(나) “그대로 두다니 될 말인가 우리 동리의 미풍은 이렇다
---”
도화동총대가 발벗고 나서서 위생비 거두드시 동정금을
긁어모았다.

(장면 13)

(다) 도화동 이백여호
에 사는 젊은 부
인네가 약 백여
명 되는데 황주미
덕회(美德會) 회원
아닌 사람이 별로
없다. 간사의 하
사람이든 곽씨부
인의 장례가 긋

[그림 2] 장면 14

나고 그 이튿날 밤 미덕회 도화동지회에서는 림시총회
를 열고 만장일치가결로 동회창립이래 획기적 대사업인
‘어미없는 애기 젖먹이기’를 실시하기로 한것이니

(장면 14)

(라) “학교를 못다였으니 녀점원으로 안쓸테고. 주판대신 주

먹구구시험만 본다면 꼭 뽑힐줄은 알지만요. 또 평양에
고무미투리공장이 새로 났다는데 길이 먼대라 갈 수 있
나요. 그래서 전에 어머니가 하셨다든 품파리업을 해볼
작정이에요"   (장면 19)

(가)는 곽씨부인이 심봉사를 품팔이업으로 봉양하면서, 당시의 신
식 문물인 '구리닝구' 재봉틀이 들어와 업종에 변화가 있을 수 있음
을 암시하면서 사람들이 전반적으로 먹고 살기 힘들어 품팔이업이
전같지 않음을 한탄하는 말이다. 그러면서 심봉사가 눈만 떴다면 돈
벌이를 했을 것이라는 말에 '당신같은 무재인'이 무슨 돈을 벌었겠
냐고 면박을 준다. 여기서 '경을 읽'거나 '점을 치'는 일, 밤에 피리
불며 안마 다니는 일이 당시 눈먼 사람들이 먹고 사는 일임이 제시
된다. 이런 일들은 할 수 있는 일임에도 불구하고 심봉사가 이런
일들에 대해 배운 적이 없어서 혹은 재능이 없어 그조차도 할 수
없는 무능한 인간임이 드러난다. 다시 말해, 심봉사와 같은 처지에
도 먹고 살기 위해 할 수 있는 일들이 있음이 제시되고 있는데, 이
는 〈심청전〉에는 없는 것으로 〈모던 심청전〉으로 변용되면서 들어
간 것이다.

현실적 민생고에 대한 당대적 해법은 이외에도 곽씨부인이 유언
을 하면서 생명보험이라도 들었더라면 하는 말 등에서 찾을 수 있다.
이렇게 〈모던 심청전〉에서는 〈심청전〉과 동일한 문제를 다루는 듯 보
이지만, 그 문제들을 1930년대 현실로 구체화하면서 실제로는 극복
할 수 있는 현실적 문제로 간주하고, 해결 방법들을 제시하고 있다.

이는 당시 대중의 입장에서 가졌을 의문-과연 심봉사나 심청의 현실 문제가 극복 불가능한 것인가에 대한 대답으로 읽을 수 있다.

(라)는 심청이 심봉사를 봉양할 방법을 말하는 부분인데, 여기서도 심청이 할 수 있는 일이 단지 동냥이 아니라 여점원, 고무미투리 공장, 품팔이업 등이 있고, 이 중 가장 현실적인 대안인 품팔이업을 선택하는 것으로 나와 당시에 돈 버는 방법이 여러 가지 있음을 알게 해 준다. 이러한 돈 버는 데 대한 관심은 심청이가 돈을 벌어 오겠다면서 은년이는 술집 다니면서 껌을 팔아 하루 오십 전을 번다는 말에서도 확인할 수 있다. 〈모던 심청전〉에 이런 돈벌이 운운이 많은 것은 당시의 돈벌이에 대한 관심을 반영하는 것이면서 동시에 다양한 돈벌이 방법을 민생고 해결의 대안으로 제시한 것으로 해석할 수 있다.

(나)는 곽씨부인 장례 때 동네 사람들의 도움을, (다)는 젖먹이 심청이를 기르는 데 대한 동네 여인들의 협력 구제를 보여주는 부분이다. 이는 심봉사라는 개인이 처한 현실적 문제에 대해 공동체적 해결을 보이는 매우 특징적인 장면으로 보인다. 심봉사같이 아무 연고도 없이 처한 사람이 해결할 수 없는 일을 당하였을 때 동네 사람들이 돈을 걷고, '어미 없는 애기 젖먹이기'와 같은 구제 사업을 벌여 해결할 수 있다는 긍정적 타개책의 제안인 것이다. 왜 이러한 해결법을 넣었는가를 생각해 보면, 원래의 〈심청전〉에 있는 동네 여인들의 개인적 도움을 〈모던 심청전〉에서는 부인회의 조직적, 공동체적 도움으로 변용함으로써 당대의 변화된 사회를 반영하기도 하면서 동시에 어떤 개인이든 공동체적으로 민생고를 해결할 수 있다는 가

능성을 긍정적으로 보여주는 효과로 해석할 수 있다.

이렇게 민생고 해결에 대한 긍정적 희망은 심지어 시주 약속한 삼백 원에 대한 태도에서도 읽을 수 있다. 〈심청전〉에서 시주 약속 공양미 삼백 석은 몸 팔아서 얻을 수밖에 없는 절망적이리만큼 큰 액수인데, 〈모던 심청전〉에서 삼백 원은 그 정도의 충격적인 액수는 아닌 듯 보인다.

> "아이구 머니나 그게 정말얘요? 삼백원만하면 참말 눈뜨시게 해준대요? 엇저면 엇저면!"
> 소녀는 의외로 너무나 깁버했다. 아니 처녀는 너무나 감격해서 경중경중 뛰고십헛다. 량가집 처자라 춤줄 줄을 알리요. 학교에나 다녓든들 이런 때 라디오체조라도 구들이 꺼지게 했을껄.
> "이런 좋은일에 무슨 근심을 그렇게 하서요. 웬침을 그렇게 생키서요 목젖이 목구멍으로 너무가게!"
> 소녀는 기쁨이 절ㅅ정에 달한듯이 아버지의 목을 끄러안꼬 날뛰었다. 봉사는 영문을 몰랐다.
> "그러치만 애 무슨수로 삼백원을 내놋니"
> "글세 염려를 마서요. 소녀는 아버니께 저녁상을 해올리구나서 횡나케 밖그로나갔겠다   (장면 32)

위에서 보듯이 심청이는 심봉사의 시주 약속을 듣고 껑충껑충 뛰면서 기뻐하고 아무 근심 없이 구하러 나가고 있다. 물론 이에 대해 기존의 〈심청전〉에서 심청이 아버지에게 근심하는 내색을 하지 않기 위한 태도[17]와 같은 의미로 볼 수도 있겠지만, 이 장면 바로 뒤에 인사상담소장 '순덕 할머니'를 찾아가 삼백 원을 벌 수 있는 직업을 알아보는 것으로 보아 진심어린 반응으로 볼 수 있다.

시주 약속한 삼백 원을 버는 것이 현실적으로 그렇게 불가능한 것이 아님은 심청과 순덕 할머니의 대화를 통해서도 확인된다. 순덕 할머니는 심청의 물음에 대해 "사정이 그렇고 또 그만한 확호한 결심만 있다면야 용이하다고 볼 수 있는 일인데!"(장면 33)라고 단언한다. 심지어 심청과 같은 유자격자라면 얼마든지 구할 수 있다고 말한다. 물론 그 가능성 범위 내에 있는 것이 사실 이세 중년 남자의 작은 마누라 자리나 요리집과 같은 험한 일이다. 하지만 요리집을 언급하면서 심청이 같으면 천원이라도 줄 것이라는 말에서 심청이가 구하고자 하는 삼백 원이 그리 어려운 돈이 아니라는 느낌을 받는다.

결국 '조중해운회사(朝中海運會社)'의 식당 여급 자리를 심청은 염두에 두고 자신의 친구 황담에게 들러서는 직업부인으로 나서기로 했다고 이야기를 한다. 미리 사오백 원 정도 받을 수 있는 자리에 간다고 하는 심청의 말에 친구 담이는 매우 부러워하면서 심청이 하던 품파리업을 자신에게 넘기지 않겠냐고 제안을 하고 명의나 권리금에 대한 언급도 한다. 이렇게 심청이 시주할 삼백 원을 구하는 장면에서도

......

17 〈심청전〉의 다양한 이본에서 심청이 심봉사의 공양미 시주 약속을 듣고 보이는 반응은 좌절하거나 혼자서 걱정하거나 걱정을 내색하지 않고 심봉사를 위로하는 등의 세 유형으로 나타난다(졸고, 「〈심청전〉 변이의 소통적 의미 연구」, 『판소리연구 18, 판소리학회』, 2004, 103-134쪽).

돈벌이에 대한 관심과 현실적으로 돈을 버는 다양한 방법에 대한 안내는 계속된다. 그리고 〈모던 심청전〉 내에서 돈벌이에 대한 관심은 심청의 친구 황담과 같은 주변 인물들을 통해서도 드러나는 것이다.

(3) 본능적 감각을 일깨우는 표현

〈모던 심청전〉에서 〈심청전〉을 변용하면서 대중을 의식하고, 대중의 요구에 부응하고자 한 것을 '성적' 관심, 뚱기저귀와 같은 본능적 감각을 일깨우는 표현들에서 찾을 수 있다. 기존 연구에서 만문만화가 가진 에로틱하면서도 그로테스크한 성격[18]을 논의한 적은 있지만, 〈모던 심청전〉에 대해서는 이를 검토하지 않고 있다. 그것은 〈모던 심청전〉이 갖고 있는 원래의 〈심청전〉 성격, 다시 말해 효녀 이야기, 가난의 구제에 대한 것, 효라는 이념성 등의 때문으로 보인다.

실제로 〈모던 춘향전〉이나 〈억지 춘향전〉과 비교해 볼 때에 〈모던 심청전〉은 확연히 그 성격이 다르다. 하지만 〈모던 심청전〉을 면밀히 검토해 보면, 성적 관심이나 본능적 감각과 관련될 여지가 있는 부분들을 놓치지 않고 서술하고 있음을 확인할 수 있다.

> (가) 그 다음 날부터 두 내외는 자식 나키에 가진 정성 다드
> 리고 가진 공작을 다했다.　　　　　　　　　　(장면3)

.....

18　1920년대 중반 이후 만화가 통속화되면서 '에로그로넌센서'의 대중적 욕망에 부응하게 된 것으로, '에로', '그로', '넌센스'는 1930년대 문화의 한 양상이라고 할 수 있다(서은영, 위의 글, 138-141쪽).

(나) 일인분의여성인 심청양은 백인 분의 미(美)를 타고 났
다. 권세와 돈과 뺏심이 구비한 사나이가 보았든들 발서
갓잡은 횟갓으로 알고 널듬 삼켯슬지도 모른다.

(장면 18)

(다) 그나 그뿐인가 양화점에 가서 압증 박아달라는 셈으로
뚜러진 보선을 발에 뀐채 내밀고 꾸어 매달라는 청년학
도, 떠러진 옷고름을 다러 달라고 앞가슴을 헤치고 덤벼
드는 글ㅅ방 도령님 바지궁뎅이를 지레 잡어달라고 문
턱에서부터 뒷거름질을 처 오는 주정뱅이부랑자, 노라
케 때에 저른 동정을 한타-스식 들고와 빠라서 풀을 빳
빳이멕여달라는 독신자도 있었다.   (장면 20)

(라) 심봉사 광명을 못
본지 벌서 이십여
성상이라 사람의
얼골이 무엇같이
생겼는지 기억조
차 아득하야 아침
마다 자긔 얼골애
물을 찌거바르고

[그림 3] 장면 20

저녁마다 안해의 머리통을 어루만져본 경험에 의해서는
인류의 골ㅅ상(骨相)이 이그러진 당호박과 또는 한되(五

슴)드리 알미뉴나주전자와 류사할 뿐이었다.   (장면 9)

이것이 실감(實感)이라면 심봉사에게도 병든 안해가 눈에 보일 것이다. 가마솟 끌른 물속에 드러 앉어 묽은빛이 누렇게 퇴색되고 또 부푸러 오른 당호박!   (장면 11)

(마) 심청이도 자랐다. 세루로이드 인형탈을 밧고 사람의 형용이 완연하다. 벌서 십륙세의 봄. 수다스런 생리학자의 말을 빌지 않트라도 오낙 숙성하니까 파과기(破瓜期)를 지나 처녀긔. 오-그러치 사춘기에 달한 것이다.
(장면 17)

(바) 주지는 어느 작난꾼인고 하고 소리 나는 쪽을 바라보니 꺼머케탁한 개흙탕물 속에 무엇이 꿈틀거리고 있섰다.
(장면 26)

주지는 봉사를 벗적 드러 물에 두세번 헹구었다. 그리고 안떠러지는 흙덩어리는 어린애 똥기저귀 빨들이 어물어물 미렀다.   (장면 28)

(가)~(바)는 각기 다른 장면에서 상황이나 사건에 대한 세부 서술에서 드러나는 성적 대상화나 감각적 표현을 보여준다. (가)는 심봉사 부부의 아이낳기 노력인데, 성적 상상을 자극하는 서술이다. (나),

(다), (마)는 심청의 아름다운 모습과 심청의 아름다움에 대한 뭇 남성들의 성적 관심과 시선, 행동들을 보여주고, 심청의 성숙함을 노골적으로 서술한다. 심청은 백인분의 아름다움을 지녀서 권세, 돈, 배짱이 있는 남자였다면 벌써 취했을 것이라 한다. (다)에서는 파리 들끓듯 남성들이 심청 주위에 몰려드는 형상을 서술하여, 심청이 여성으로서 얼마나 성적 매력을 지녔는지를 표현한다.

그런가 하면, 비단 성적인 대상화 서술뿐만 아니라 (라)와 (바)와 같이 특정한 상황이나 사건을 서술함에 있어서 매우 감각적인 표현들을 구사하는데, 그 감각은 배설물과 같은 사람의 본능과 관련되어 더욱 자극적이면서도 실감나게 그려진다.

이러한 감각적 표현들이나 인물에 대한 성적인 대상화 서술들은 〈모던 심청전〉을 〈심청전〉과 확연히 차별화하는 요인이다. 이는 고전소설 혹은 판소리계 소설 〈심청전〉이 아니라 만문만화 〈모던 심청전〉이기 때문에 갖는 특징이며, 여기에는 잡지, 만문만화라는 대중 매체의 속성을 충족시키기 위한 의도가 자리하고 있기 때문이라 할 수 있다.

판소리 창본과 친연성을 지니는 〈심청전〉의 경우에 심청의 투신 이후 서술에서 해학성이 드러나기도 하지만, 그러한 해학, 웃음은 심봉사와 관련되는 것으로 〈모던 심청전〉에서처럼 심청이나 곽씨부인과 관련되는 전반부 서사와는 관련이 없다. 〈모던 심청전〉이 재생산하여 표현하고 있는 심청의 투신 전 서사 부분은 〈심청전〉에서 지극히 슬프고 처절한 정서로 표현되고 있어, 〈모던 심청전〉의 이러한 표현과 대비된다. 〈모던 심청전〉의 본능적이고 성적 관심을 보이는 감각적 표현들은 1930년대 '에로그로넌센스' 문화를 반영한 〈심청전〉의 대중적 변용이라 하겠다.

4. 〈모던 심청전〉의 매체 변용이 지닌 의미

만문만화 〈모던 심청전〉이 보여주는 변용의 양상은 〈심청전〉의 전승이라는 관점과 문학 향유 문화 측면에서 현대에까지 의미 있는 시사점을 제시해 준다. 판소리계 소설 〈심청전〉이 만문만화로 재생산되면서 원래의 슬픔 가득한 장면은 웃어넘기기로 바뀌고, 동냥하여 겨우 연명하고 공양미 삼백 석을 몸 팔아 구하는 절박함은 얼마든지 극복이 가능한 현실로 변화한다. 그리고 이전에는 몰랐던, 혹은 간과했던 심청의 아름다움과 남녀 간의 성적 관심을 드러내어 대중의 은근한 욕망을 충족시킨다.

이러한 〈모던 심청전〉의 매체 변용은 시대를 달리하면서 고전소설이 적응해 간 모습을 보여주는 의미가 있다. 매체를 달리하면서, 내용에 변화를 일으키면서 〈심청전〉의 다양한 향유 방법의 하나로 〈모던 심청전〉이 제시된 것으로 볼 수 있는 것이다. 〈모던 심청전〉은 고전이 가진 무한 확대 재생산의 가능성을 보여주면서, 시대나 매체를 달리하면서도 지속적으로 향유될 수 있는 문학의 존재 방식을 알려준다.

문학의 매체 변용이나 고전의 재생산은 현대 문학 향유에서도 여전히 일어나고 있는 현상이다. 문학의 매체 변용은 시대를 달리하면

서 계속적으로 일어날 수 있는 문학 현상임에도 〈모던 심청전〉이라
는 개별 작품이 우리에게 의미 있는 것은 그 시대의 특수성을 문학
작품으로 해석해 낸 시선과 관점을 제공하기 때문일 것이다. 만문만
화 〈모던 심청전〉은 1930년대에 대중적 인기를 추구한 문학의 단면
이면서, 당대의 독자가 원하는 새로운 감각, 새로운 시대 현실을 반
영하는 문학적 방법을 제시해 준다.

　이를 독자의 관점에서 본다면, 새로운 양식 만문만화 〈모던 심청
전〉은 슬픈 이야기를 웃음으로 받아 넘기는 즐거움, 글과 함께 그림
을 보는 재미, 이미 알고 있는 이야기를 새롭게 듣는 신선함을 느낄
수 계기가 된다. 1930년대는 근대문학이 본격적으로 발전한 시기로
사실주의 미학이나 모더니즘이 확산되는 때라 할 수 있다. 이런 시
기에 고전소설 〈심청전〉이 새롭게 변용되어 향유된 양상은 고전문학
이 새로운 시대를 만날 때 어떠한 모습일지를 보여주는 역사적 증거
인 셈이다.

　〈모던 심청전〉을 독자와 관련지어 볼 때 그 효용은 만문만화라는
양식이 가진 대중적 오락에서 나아가는 지점이 있다. 매체 측면에
서는 1930년대 일제 강점기에서 마음 놓고 진솔하게 이야기할 수
있는 대안적 양식으로 만문만화가 있었던 의의를 들 수 있다. 정치
적, 이념적 외압이 더 이상 풍자만화를 생산할 수 없게 하는 환경에
서 만문만화는 그런 제약과 탄압을 이겨내는 방법이 될 수 있었던
것이다.

　또한 〈모던 심청전〉이라는 만문만화는 기존의 판소리 〈심청전〉이
나 고전소설 〈심청전〉의 향유 연장선상에서 새로운 즐거움과 의미를

찾을 수 있게 한 작품이다. 앞서 보았듯이 〈모던 심청전〉에는 소설 속 인물의 서사가 그 인물의 문제에 그치지 않고 당대를 살아가는 사람들의 삶의 실제적 문제, 예를 들어 각종 질병과 그에 대한 치료법, 태어나고 죽는 과정에서 있을 수 있는 신체 증상, 먹고 살기 위해 할 수 있는 일들, 의지할 곳 없는 신세가 되었을 때 공동체의 도움 등으로 전이될 수 있는 효용을 지닌다.

역으로 작가의 입장에서는 대중적 오락성과 삶의 실제성을 반영한 효용을 추구한 결과라고도 할 수 있을 것이다. 〈모던 심청전〉 서술의 곳곳에서 드러나는 작가의 서구 문물에 대한 박식함, 백과사전적 지식, 그야말로 '모던'한 어투 등에서 새로운 감각의 문학을 추구하고, 그 결과 만들어진 창작품으로 〈모던 심청전〉이 세상에 나왔다고 할 수 있는 것이다.

5. 결론

〈모던 심청전〉은 〈심청전〉의 전승 맥락 속에 있으면서도 1930년대에 새로운 매체인 만문만화로 변용되어 재생산된 작품이다. 기존의 소설 〈심청전〉과 핵심 서사 요소를 유지하면서도 당대의 독자 대중이 원하는 취향과 서사에 부응하고자 한 대중적 양식으로 〈모던 심청전〉을 읽으면 현대에도 지속적으로 일어나고 있는 고전의 재생산과 관련지어 그 의의를 생각해 볼 수 있다.

20세기에 들어 다양한 매체로 〈심청전〉이 변용되어 생산되는 양상이 나타나는데, 이 연구에서는 웅초 김규택이 지은 만문만화 〈모던 심청전〉을 집중적으로 다루었다. 만문만화라는 양식은 1930년대에 들어 풍자문화에 대한 탄압으로 인해 대안적으로 선택된 것인데, 김규택은 특별히 우리의 판소리계 소설 〈심청전〉과 〈춘향전〉을 만문만화로 창작하였다는 점이 주목된다.

〈모던 심청전〉은 비록 전체 〈심청전〉을 만문만화로 구현하지 못하고, 게재 중단되기는 하였으나, 현전하는 6회 35장면을 통해서도 매우 특징적인 변용 양상을 살펴볼 수 있었다. 이 연구에서는 〈모던 심청전〉의 〈심청전〉 변용을 대중성의 관점에서 다루어 보았다. 그 결과 〈모던 심청전〉은 신체에 대한 관심, 민생고의 해결에 대한 관심, 성적인 관심 등의 측면에서 대중의 욕구에 부응하고 있음을 알 수 있었다.

20세기에 들어 일어난 다양한 고전소설의 재생산, 매체 변용 양상은 고전소설이 단지 오래된 옛 것으로 머물지 않고 현재, 당대의 것으로 거듭난 증거이자 문학의 존재 방식에 대한 탐구 자료로 의미가 있다. 이는 지금도 여전히 반복, 지속되고 있는 고전의 거듭남, 살아남기, 현재화에 대한 의미 있는 시사가 되리라 기대한다.

판소리 문학과 도시 문화

1. 서론

　우리 판소리 문학[1]에서 '도시'의 모습을 찾아 논한다는 것이 어색하게 들릴 수 있다. 그도 그럴 것이 도시라는 것은 근대화, 산업화와 함께 만들어진 것으로 흔히 생각되고, 그래서 우리 판소리 문학은 향유 시기 상 도시와 관련이 없다고 여기기 쉽기 때문이다. 하지만

.....

1　이 글에서 '판소리 문학'이라는 용어를 선택한 것은 '판소리'라 하면 그 연행성이 부각되어 창으로 불린 판소리 사설에 한정되는 의미를 지니는 문제가 있을 수 있고, '판소리계 소설'이라 하면 창으로 불린 판소리가 배제될 뿐만 아니라 개화기 이후 본격적으로 이루어진 판소리 혹은 판소리계 소설의 재생산 결과 탄생한 다양한 양식의 문학 작품 역시 포함되지 못할 우려가 있기 때문이다. 이에 판소리, 판소리계 소설, 판소리 혹은 판소리계 소설을 변용 및 재생산한 다양한 작품들을 포괄하여 '판소리 문학'이라 지칭하고자 한다.

도시를 어떻게 규정하는가에 따라 시대에 상관없이 도시의 성립을 다룰 수 있다. 또한 설령 도시의 성립을 근대 시기 이후로 본다 하더라도 판소리 문학과 도시가 관련된다. 우리 판소리 문학은 조선 후기까지만 향유되고 단절된 것이 아니라 근대를 지나 지금까지도 지속적으로 향유, 재생산되면서 전승되고 있기에, 이 과정에서 새로이 들어간 도시 문화의 양상을 찾을 수 있는 것이다.

판소리 문학은 한편으로 판소리로 연행되는 양식이면서, 다른 한편으로 끊임없는 이본 생산이 이루어지는 소설로도 향유되어 당대 향유층의 문화와 매우 역동적으로 관련되는 특성을 지닌다. 어쩌면 판소리 문학은 그 성립, 발전 과정에서부터 도시와 긴밀한 관련성을 지니고 있었다 할 수 있을 것이다. 그렇지만, 한편으로 실제 판소리 문학 작품에 도시 혹은 도시 문화가 얼마나 반영되어 있는가의 문제는 아직 활발하게 다루어지지 않은 경향이 있다.

이에 이 논문에서는 우리의 판소리 문학이 도시 문화와 어떤 관련성을 지니고 있는지를 특히 그 전승 과정에서 근대 시기에 이루어진 판소리 문학의 재생산 과정에 주목하여 논하고자 한다. 이를 위해 우선 도시에 대한 관점에 따라 판소리 문학에서 살필 도시 문화적 양상이 다를 수 있음을 짚어보고, 실제 판소리 문학과 도시 문화의 관련성을 판소리 문학의 전승. 재생산의 관점에서 분석해 볼 것이다. 그리하여 판소리 문학 재생산에 드러난 도시 문화의 의미가 무엇인지를 고찰해 보고자 한다.

이러한 논의를 위해 분석 대상으로 삼은 판소리 문학 및 재생산 작품은 〈게우사〉, 〈이춘풍전〉, 〈심청전〉, 만문만화 〈모던 심청전〉, 만

극 〈모던 심청전〉 등이다. 이는 원래의 판소리 문학이 그 연행 문화
로 볼 때에 공동체와 깊은 관련이 있고, 대개 판소리 문학 작품에 드
러난 공동체적 공간은 지방 향토여서, 도시 문화의 양상을 살피는
것은 〈게우사〉와 같은 작품에 한정될 수밖에 없는 어려움이 있기 때
문이다. 그런데 〈심청전〉의 경우를 보면, 이전의 〈심청전〉이 유지되
는 이본이 아니라 근대 시기에 재생산된 개작본에서는 지방 향토적
성격에서 벗어나 도시 공간과 문화의 특성이 나타나는 것을 알 수
있어, 이 논문에서는 특히 만문만화 〈모던 심청전〉과 만극 〈모던 심
청전〉으로 집중 조망해 보고자 한다.

2. 판소리 문학과 도시 문화의 관련성

판소리 문학과 도시 문화를 관련지어 보기 위해서는 우선 '도시'
를 어떻게 규정해야 할지 정리할 필요가 있다. 도시의 사전적인 정
의는 정치, 경제, 문화의 중심이 되고, 인구가 많은 지역이다. 개념
정의상 어떤 지역이 도시인가 아닌가는 다른 지역과의 비교 하에 상
대적으로 판단할 수 있는 것이다. 이렇게 보면, 고대에서부터 현대
에 이르기까지 항상 기능상 '도시'로 정의되는 지역이 존재하였고,
시대와 사회의 변화에 따라 그 양상이 바뀐 것이라 할 수 있다. 일반
적으로는 '도시'의 개념을 말할 때에 지역의 근대화와 동일시하는
경향이 있는데, 이는 도시가 근대화와 함께 급격하게 변모하며 성장,
발전하기도 하였고, 현대에 이르러 농촌과 대응되는 크고 발전된 지

역이라는 개념으로 자리 잡았기 때문으로 보인다.

사전적 정의상 도시인지의 여부를 결정하는 기준은 정치와 경제, 문화의 중심지로서의 역할과 인구라 할 수 있는데, 도시를 설명하는 관점은 학자에 따라 다양하다. 류광수[2]는 근대 이후의 기능주의적 도시 건설과 오늘날처럼 개개인의 생활의 장으로서의 거주원리를 중시하는 도시 개념은 구분되어야 한다 하고, 도시에 대한 관점을 학자들에 따라 구분하여 설명한다. 도시가 복합적으로 형성되어 있듯이 도시를 설명하는 관점과 방법도 학문분야의 종류만큼 다양하다.

그렇다면 어떤 지역을 도시라고 해야 할 것인가? 도시에 대한 설명으로 볼 때에는 우선 '서울' 지역을 들 수 있다. 서울은 정치, 경제, 문화의 중심지로서의 기능과 인구의 집중 정도 면에서 다른 지역의 우위에 있다고 할 수 있기 때문이다. 이는 고대로부터 여러 왕조에 따라 달랐던 서울 모두 각각 도시로 볼 수 있음을 의미한다. 그런데 조선후기 이후 특히 서울은 변모, 발전의 양상이 급격해지는 모습을 보인다. 이와 함께 임병양란 이후에는 평양, 개성, 의주, 동래 등을 중심으로 상공업이 발달하는 모습을 보여 비단 서울뿐만 아니라 여러 지역에서 도시가 부상하였음을 알 수 있다. 이는 요즘으로 본다면 일종의 지방 거점 도시로 도시의 성립이 확산되는 양상으로 볼 수 있다.

......

2 류광수, 「도시사회구조분석의 역사적 인식을 통한 새로운 도시사회연구의 흐름에 관한 이론적 고찰」, 『지역발전연구』 21권 2호, 연세대학교 빈곤문제국제개발연구원, 2012, 202-204쪽.

도시의 여부 판단은 이렇게 다른 지역과의 대비를 통해 상대적으로 이루어지는 것인데, 우리나라에서 갑오경장 이후 일어난 사회적 변화는 더 획기적인 것이어서 이전의 도시와는 확연히 다른 모습을 보인다. 소위 근대화로 인한 도시의 성립, 발전으로 이전의 도시가 갖고 있는 많은 인구, 정치, 경제, 문화적 기능 이외에 산업화 등의 새로운 문명 수입, 확대가 이루어진 것이다. 그래서 근대 시기 이후의 도시와 이전의 도시는 좀 다른 양상을 지닌다 할 수 있다.

근대 시기를 전후로 달라진 도시의 양상은 우리 판소리 문학을 볼 때에도 달라진 도시 문화로 나타난다. 이제까지 이루어진 논의를 정리하여 보면, 서울의 경우 18~19세기에 이르러 도시화의 과정이 급격해짐에 따라 사회 문화적으로 큰 변화가 일어났음에 근거하여 '서울'을 대상으로 구체적인 문학 작품과 관련한 연구가 이루어지기도 하였다.[3] 이러한 연구들에서 공통적으로 밝혀진 바는 우리 고전문학 작품에서 서울의 도시적 양상은 상업 발달로 인한 부의 집약과 향락 문화로 나타난다는 것이다. 또한 판소리 창의 연행이 마을 또는 지역 공동체를 기반으로 이루어졌다는[4] 것으로 볼 때, 판소리의 향유가 하나의 풍속으로 공동체 문화로 존재했음을 알 수 있다. 그런데 지역 문화의 성격을 띠었던 판소리 향유가 도시로 옮겨지게 되면서

......

3 이지하, 「고전소설에 나타난 19세기 서울의 향락상과 그 의미」, 『서울학연구』 36, 서울시립대학교 서울학연구소, 2009, 165-191쪽 ; 최기숙, 「도시, 욕망, 환멸 : 18 · 19세기 서울의 발견-18 · 19세기 야담집소재 '상경담'을 중심으로」, 『고전문학연구』 23, 한국고전문학회, 2003 등.

4 김종철, 「19~20세기 전반기 공동체의 변화와 판소리」, 『구비문학 연구』 21, 한국 구비문학회, 2005, 295쪽.

서울의 경우에 판소리의 연행은 도시의 유흥 문화의 하나로 자리 잡은 모습을 보인다.[5] 판소리가 유흥 문화의 하나로 연행되는 현장은 〈게우사〉 등에서 볼 수 있다.

> 또 흔편 바라본니, 느장니 증원수령 무녀별감 셕겨 익고, 각젼 시졍 남촌 활양, 노리 명충 황수진니, 가수 명충 빅운학니, 니야기 일슈 외무릅니, 거진말 일슈 허직슌니, 거문고의 어진충니, 일일슈 박보안니, 피레 일슈□□오랑니 희금 일슈 홍일등니 션소리의 숑흥녹니 모흥갑니가 다 가 익고느.
>
> 《〈게우사〉》[6]

위에서 보듯, 청루에 여러 전문 예술인과 함께 판소리 창자인 송흥록, 모흥갑이 자리하고 있음을 알 수 있는데, 이는 판소리가 도시의 유흥 문화와 함께 존재했음을 보여주는 대목이다. 〈게우사〉에 드러난 이러한 서술은 당대에 판소리가 유흥 문화의 하나로 연행 종목이었음을 말해 주면서 동시에 실제 판소리 문학이 도시 문화적 양상을 드러내는 방식을 보여준다 할 수 있다.

앞서도 언급하였듯이, 유흥을 추구하는 서울의 도시 문화적 양상은 우리나라 고전문학 전반의 범위에서 어느 정도 분석된 바 있다. 그런데 여기서 생각해 보아야 할 것이 〈게우사〉나 〈이춘풍전〉 등에서

......

5 김종철, 위의 글, 289-299쪽.
6 김종철, 「게우사」, 『판소리연구』 5, 판소리학회, 1994. 419-466쪽.

보이는 평양이라는 지역 공간에 대한 것이다. 〈이춘풍전〉에서는 서울 사는 춘풍이 장사한다며 떠나는 공간이 평양이라는 상업 도시인데, 〈게우사〉에서는 평양이 서울과 대비되는 시골이다. 그렇다면 이 '평양'은 도시라고 보아야 할 것인가가 문제이다.

> "좌중의 통흡시다."
> "무슨 말슴니요?"
> "져 기싱 인수하오"
> "죠흔 말슴니요"
> "져 스람 처음 보네. 무스한가?"
> "평안흡시요?"
> "시골니 어딘가?"
> "평양니요"
> "별호가 뉘신가?"   ((게우사))

위에서 보듯이 〈게우사〉에서는 무숙이 '시골이 어디인가?'라고 묻고, 의양이 평양이라고 대답한다. 시골이라 물었고, 평양이라 답했다는 점에서는 평양이 시골이라 할 수 있을지도 모르겠지만, 어쩌면 무숙의 의식 속에는 서울 외에는 모두 시골이라는 서울 중심 의식이 있어 이런 질문을 했을 수 있다. 무숙의 이런 사고 방식이 당대 사람 일반의 것인지 모르겠으나 이렇게 생각하면 당시의 도시는 서울 하나이고 나머지는 모두 시골이라 보아야 하는 것일 게다.

그러나 평양을 도시로 보아야 하는가의 문제를 해결하는 것이 사실 매우 곤란하다. 그것은 우리 판소리 문학의 향유 특성상 어떤 한 작품이 어느 한 시기에 고정하여 향유되었는지를 밝히기가 거의 불가능하고, 그래서 시대가 확정되지 않은 상태에서 도시 발달의 정도를 정확하게 규명하기는 어렵기 때문이다. 하지만, 다른 한편으로 조선후기에 일반적으로 지방의 중소 도시가 상업 발달로 인해 성립, 발전한 현실을 고려한다면 평양 역시 도시라 볼 수 있다. 〈게우사〉에서는 서울과 대비되는 평양은 시골이지만, 〈이춘풍전〉에서는 장사를 잘 할 수 있는 곳, 곧 상업 도시적 성격을 지닌다는 정도는 추론이 가능할 것이다.

〈이춘풍전〉에서 평양이라는 공간은 도시인인 이춘풍이 장사를 하러간 공간이면서 동시에 유흥으로 모든 것을 잃어버린 상실의 공간이다. 물론 춘풍이 가진 것을 모두 잃게 된 것은 추월이라는 기생으로 인한 것이지만, 결국은 유흥에 재산을 탕진한 현실이 드러난 것이라 할 수 있을 것이다. 여기서 평양이라는 곳이 상업이 활성화되어 있으면서, 유흥하며 소비하는 것이 왕성한 도시의 성격을 지님을 알 수 있다. 서울에 비한다면 평양이 작은 시골일 수 있겠으나 그것은 서울과 대비하여 볼 때이고, 다른 여느 다른 지역과 비교한다면 평양은 도시라 할 수 있는 것이다.

이렇게 살펴보았듯이, 판소리 문학은 그 연행의 방식, 향유 방식 측면에서 도시 문화의 하나로 자리 잡은 양상을 보여주며, 〈게우사〉나 〈이춘풍전〉에서는 작품 내에 이러한 판소리 문화와 도시 문화가 반영되어 있음을 단편적으로나마 알 수 있었다. 그런데 〈심청가〉나 〈흥보가〉, 〈춘향가〉 등의 전통적인 모습을 유지하는 판소리 문학 작품에는 도시의 양상보다는 지역 공동체로서 마을[7], 도시라기보다는 시골의 모습이 반영되어 있는 것으로 판단된다. 이러한 판소리 문학 작품의 실제적 양상은 현전 판소리 문학 작품의 발생, 성립 시기와 관련지어 생각해 볼 수도 있을 것이다. 오랜 전승 기간을 지닌 현전 판소리 작품의 경우 작품 내 공간이 도시가 아닌 지역 마을의 성격을 지니고, 〈계우사〉에 비해서는 상대적으로 이른 시기에 발생하였기 때문이라 조심스럽게 추정해 볼 수 있다.[8]

이렇게 현전 판소리 문학 작품이 발생되어 유지, 전승되는 양상으로 볼 때에는 〈심청가〉, 〈흥보가〉, 〈춘향가〉 등이 당대의 도시 문화적 양상을 반영하고 있지 않다 할지 모른다. 그런데 근대 시기에 이르러 매체를 달리하며 이루어진 재생산 과정에 조망하여 보면, 오히려 전폭적으로 도시 문화, 도시적 삶의 모습을 담는 방향으로 변화하고 있다 할 수 있다. 이는 원래의 판소리 문학에는 공동체적 삶의 모습이 다루어진 경향이 있었으나, 판소리 문학이 새로운 매체로 변용되어 재생산되는 과정에는 도시적 삶의 모습이 반영되는 변화가 이루어졌음을 말한다.

......

7 "둘째, 마을 공동체 및 지역 공동체의 양상들이 주인공의 상황과 관련하여 그려지고 있다. 〈춘향가〉의 남원, 〈심청가〉의 마을과 인근, 〈흥보가〉의 마을, 〈수궁가〉의 모족회의에 나타난 지역 공동체 등"(김종철, 위의 글, 2005, 311쪽).

8 〈계우사〉가 씌어진 것은 19세기 후반이라 할 수 있지만, 여기 반영되어 있는 서울 시정의 모습은 판소리의 형성 과정을 고려할 때 18세기 현실이라 할 수 있다(김종철, 『판소리의 정서와 미학』, 역사비평사, 1996, 176쪽). 이에 비해, 다른 판소리 문학의 경우 올려 잡으면 17세기 정도까지도 추정할 수 있다. 예를 들어 〈춘향가〉의 경우 이미 17세기 후반에 형성되었음이 분명하고 〈심청가〉의 경우 그 후대에 형성되었을 것이라 한다(유영대, 『〈심청전〉 연구』, 문학아카데미, 1989, 28쪽).

만문만화 〈모던 심청전〉은 만화가 김규택이『조광』에 연재한 것으로 기존의 〈심청전〉을 만화로 변용하면서 서사적 변형을 가하고 있다. 만극 〈모던 심청전〉은 유성기 음반에 실린 단막극이면서 희극으로 〈심청전〉의 핵심 서사를 변형하여 다루고 있다. 〈심청전〉에 '모던'이라는 수식어를 붙인 이 두 작품은 근대 시기에 이루어진 〈심청전〉의 재생산이면서 판소리를 만문만화와 만극이라는 다른 매체로 변용하였다는 공통점이 있다. 그리고 표제에 붙인 '모던'이라는 수식어에 맞게 작품을 변용하고자 한 흔적들을 찾을 수 있다. 이에 〈모던 심청전〉의 변용이 보여주는 도시 문화에 주목해 보고자 한다.

3. 만문만화와 만극 〈모던 심청전〉으로 본 도시 문화의 양상

〈춘향가〉, 〈심청가〉, 〈흥보가〉, 〈수궁가〉 등의 현전 판소리 문학의 경우 이본에 따라 다른 경우가 있기는 하지만 공간적 배경이 대체로 지방의 어느 마을로 되어 있다. 그래서 이들 자료를 바탕으로 도시 문화를 살피는 것은 매우 어렵다. 그렇지만 개화기 이후 급격히 활발해진 고전소설의 매체적 변용과 재생산의 결과 이루어진 판소리 문학 작품의 개작본들을 볼 때 단편적으로나마 도시 혹은 도시 문화의 양상을 찾을 수 있다. 근대 시기 〈심청전〉의 변용 재생산 과정에서 공간적 배경을 바꾸거나 동일한 공간적 배경이라 할지라도 그 지역의 문화가 달라지는 양상을 보이기 때문이다. 그리고 그 달라진

양상이 근대 시기와 관련이 있으며 도시화의 모습을 보여준다고 판단
된다. 이에 여기서는 〈심청전〉의 매체적 재생산이라 할 수 있는 만문만
화〈모던 심청전〉과 만극〈모던 심청전〉을 중심으로 판소리 문학 재생
산에 나타난 도시적 삶의 모습과 도시 문화에 대해 살펴보고자 한다.

(1) 만문만화 〈모던 심청전〉

만문만화 〈모던 심청전〉[9]은 웅초 김규택이 만문만화라는 새로운
양식으로 〈심청전〉을 재생산한 것으로 1935년 10월부터 1936년 6월
까지 잡지 〈조광〉에 연재되었다. 만문만화라는 양식은 1920년대부터
나타난 매우 새로운 양식으로 산문과 그림을 함께 한 페이지로 구성
한 것이다. 그런데 '만문만화'이라는 양식명에 들어간 '만(漫)'에서
알 수 있듯이 이 양식은 기존 서사의 '흐트러짐'이 강조된다. 결국 만
문만화는 글과 그림의 어우러짐으로 새로운 텍스트로 만들어진 것
인데, 기존의 정서, 서사, 미적 특질 등을 흐트러뜨리는 것으로 나타
난다고 할 수 있다. 만문만화 〈모던 심청전〉도 기존 〈심청전〉을 상당
히 많이 흐트러뜨리고 있음을 알 수 있다.[10] 그리고 이 흐트러뜨림의
양상 속에 기존 〈심청전〉에는 없던 도시적 삶의 모습, 도시 문화의

......

9　만문만화〈심청전〉에 대한 연구는 최근 들어 활발하게 이루어졌다. 대표적인 연구
　　로 다음을 들 수 있다. 신명직,「김규택의 만문만화와 웃음」, 사에구사 도시카스 외,
　　『한국근대문학과 일본』, 소명출판, 2003, 485-522쪽 ; 최혜진,「김규택 판소리 문학
　　작품의 근대적 특징과 의미」,『판소리연구』 35, 판소리학회, 2013. 251-286쪽 등.
10　이에 대해서는 '졸고,「만문만화〈모던 심청전〉연구」,『문학교육학』 46, 한국문학
　　교육학회, 2015, 195-220쪽' 참조,

양상이 포함되어 나타난다.

　기존의 〈심청전〉에 제시된 공간적 배경은 대체로 황주 도화동이다. 만문만화 〈모던 심청전〉 역시 동일하게 황주 도화동으로 제시된다. 이렇게 보면 원래의 〈심청전〉이나 만문만화 〈심청전〉이나 지역 마을을 기반으로 하는 삶의 양상과 문화를 제시한다 할 수 있고, 기존 〈심청전〉이나 만문만화 〈심청전〉이나 동일하게 지역 마을의 삶을 그린 것으로 향토 문화라 해야 할지도 모르겠다. 그런데 만문만화 〈모던 심청전〉을 기존 〈심청전〉과의 차이를 중심으로 들여다보면, 기존 〈심청전〉과 공간적 배경이나 주요 등장인물을 동일하게 유지하면서도 그 삶의 구체적인 양상은 매우 도회적이라는 것을 알 수 있다. 다시 말해 만문만화 〈모던 심청전〉도 기존의 〈심청전〉처럼 황주 도화동을 배경으로 하고는 있지만, 기존 〈심청전〉에 비해 달라진 서술들에서 동일한 지역 문화는 아님을 보여준다. 〈모던 심청전〉은 세태나 인물 묘사에서 구체적 세부 서사가 더욱 풍부하고 미적 정서나 서술의 방향에 차이를 보이는데, 여기서 단순한 시골의 풍경이 아니라 오히려 산업화, 문명화가 이루어지는 도시 문화로 읽을 가능성을 찾을 수 있다.

　물론 그렇다고 하여 〈모던 심청전〉에서 지역의 향토 문화가 서술에서 아예 사라진 것은 아니다. 기존의 〈심청전〉에 있던 요소가 변형, 확대되기도 하고 추가되기도 하여 새로운 향토 문화가 제시되고 있다. 이로 볼 때 만문만화 〈모던 심청전〉은 지역 마을의 도시화 과정, 문명화 과정을 지역 마을에 있는 향토성과 함께 복합적으로 형상화하고 있는 것이라 할 수 있다. 이때 도시화, 문명화와 새로운 향토문화의 성립은 서로 대립하여 갈등하기보다는 아주 자연스럽게 혼효

되고 있어 특징적이다.

곽씨 부인이 죽고 난 뒤 심 봉사가 홀로 장례를 치르고 아이를 길러야 하는 상황에서 등장하는 것이 '황주맹우협회'와 '황주미덕회'이다. 황주맹우협회는 말하자면 눈이 먼 사람끼리 협회를 만들어 상부상조하는 공동체이고, 황주미덕회는 같은 동네의 부녀들이 모여 상부상조하는 공동체이다. 원래 〈심청전〉에서는 곽씨 부인 장례에 대해 동리 사람들이 도와서 치러주는 것으로 보통 나타난다. 이에 비해 만문만화 〈모던 심청전〉에서는 "도화동 총대가 발벗고 나서서 위생비 거두드시 동정금을 긁어모"으고, "동료 심학규 군의 불행을 묵시할 수 없다"고 하며 쌀도 거두고 하여 곽씨 부인 장례를 성대하게 치루는 것으로 제시된다. 물론 만문만화 〈모던 심청전〉이 전반적으로 비꼬아 웃기는 방식의 유머와 해학이 넘친다는 경향을 고려하면 이러한 서술이 현실 그대로라기보다는 과장된 것임은 분명할 것이다. 그렇지만 곽씨 부인의 죽음이라는 절망적 상황에 대해 웃음을 주는 방식을 지역 공동체의 긍정적, 협조적 태도에서 찾은 결과라고 보는 것이 합당할 것이다.

기존 〈심청전〉의 심 봉사 동냥젖 먹이는 부분 역시 만문만화 〈모던 심청전〉에서는 심 봉사가 동냥젖을 먹이는 것이 아니라 황주미덕회라는 부녀회에서 적극적으로 심청이를 기르는 것으로 설정되어 있다.

> 도화동이백여호에사는 젊은부인네가 약백여명되는데 황
> 주미덕회(美德會) 회원 아닌사람이 별로없다. 간사의 하사람
> 이든곽씨부인의 장례가긋나고 그이튿날밤 미덕회 도화동지

회에서는 림시총회를열고 만장일치가결로 동회창립이래 획
기적대사업인 '어미없는 애기 젖먹이기'를 실시하기로한것이
니 입안자인유복희녀사의 연설요지는 이러하였다.   (14화)

위에서 보듯이 황주 도화동의 부녀자들이 미덕회라는 모임을 만
들어 총회를 하면서 획기적 사업으로 '어미 없는 애기 젖먹이기'라
는 운동을 실시하여 심청이를 기른다. 이러한 설정들은 기존의 〈심
청전〉에서 공동체의 역할을 더욱 강조하기 위한 것으로도 보이고,
어떤 공동체 조직이 한 개인의 불행을 방치하지 않는다는 행정, 복
지적 처지로도 보인다. 여기서 기존의 지역 향토 문화가 아닌 도시
문화적 발상을 찾을 수 있다. 말하자면 그때까지의 향토 문화에서라
면 굳이 미덕회라는 조직의 활동이나 젖먹이기 운동을 하지 않고서
라도 심 봉사의 애 키우기에 도움을 주었다. 그런데 〈모던 심청전〉에
서는 조직을 만들어 지원을 해야 하는 민심, 사회 변화와 문화를 드
러낸다고도 할 수 있는 것이다. 이는 근대 시기 사회의 변화와 기존
의 향토 문화에 새로운 변화가 일어남을 보여준다.

이러한 새로운 향토 문화, 공동체 문화와 함께 만문만화 〈모던 심
청전〉에서는 상업성 추구, 도회적 빈곤이라 할 수 있는 도시 문화 양
상 또한 드러나 흥미롭다. 만문만화 〈모던 심청전〉에는 이 두 문화가
교묘하게 혼합되어 특정 지역의 문화라거나 도시 문화라고 한정짓
기 어렵게 되어 있다. 그렇지만 그럼에도 불구하고, 시골의 문화라
기보다는 도시적 문화에 근접하고, 근대와 함께 도래한 새로운 문명
의 흔적이 만문만화 〈모던 심청전〉에 드러난다.

세월도 류선형인지 빠르기도하였다. 자란다자란다하더니
심청이가 벌서자라 열ㅅ살이되었다. 학령기가 지낫으나 심봉
사는 밥더 먹이기에 갑버 학교보낼엄두는 꿈에도 못내었
다. 그러나 이웃집안악네들의 힘으로 심청이는 언문자를깨
처 판무식을면했고 '桃花洞山二十番地沈淸'의한문짜쯤은 오
여쓸 정도이었다. 그리고 침공에드러서도 제가무슨 바느질
을 하리요만은 아버지의 뚜러진보선짝을 들고앉아면 쪼개진
바가지 꾸어메듯 숭덩숭덩얽어서 발ㅅ고락 내다보이지 않게
는 부처노았다.

"아버지"

"왜, 시장하냐"

"아니에요. 저두나가서 먹을것두얻어오고 돈도버러오구
할래요"

"네가 돈을 버러?"

"은년이는 술ㅅ집에다니면서 껌을파라 하루 오십전은 번
다든데"

"당찬은소리마라 술먹는 사람들이 들큰한것을 무슨맛에
사겠니 샘킬수없는것을"

"그럼 문어ㅅ발을 고만큼식오려서 짭짤한 껌이라 하구 팔
지요"

"그런생각하면못쓴다"오십이넘은 심봉사의 얼골이 한결
창연하였다.   (16화)

이 장면은 기존의 〈심청전〉에서 심청이 동냥을 자청하는 대목에 해당한다. 위에서 보듯이 만문만화 〈모던 심청전〉에서는 심청이 열 살이 되었을 때 심 봉사에게 자신을 돈을 벌러 나가겠다고 한다. 심청이가 먹을 것을 얻어오겠다는 의지는 기존의 〈심청전〉에서는 부모 봉양에 대한 이념적 생각에서 비롯되는 것이지만, 만문만화 〈모던 심청전〉에서는 돈도 벌어 오겠다는 생각 하나가 덧붙여지면서 자신의 주변 정황을 거론한다.

이 부분에 주목할 만한 것은 열 살밖에 되지 않은 심청의 친구 은년이는 술집에 다니면서 껌을 팔아 하루에 오십 전 버는 것이 심청에게 매우 큰 부러움이라는 것이다. 집안일을 돌보거나, 나가서 동냥을 하거나 농사를 짓는 것이 아니라 껌을 팔아서 그것도 술집에 돌아다니면서 껌을 팔아 돈을 벌겠다는 발상은 기존의 향촌사회 기반에서는 생기기 어렵다. 이렇게 도시와 대립되는 공간으로서의 농촌 사회 특성을 고려한다면, 심청의 이러한 생각은 매우 새로운, 그래서 도시화나 문명화나 근대화와 관련지어 볼 수밖에 없는 성격의 것으로 보인다.

또한 심청이가 친구 은년이를 부러워하면서 술집을 돌아다니는 일을 하겠다는 생각을 할 수 있는 것은 심청이와 은년이가 사는 동네가 술집이 여러 개 있으며 꽤 운영이 잘 되는, 다시 말해 유흥 문화가 발달한 지역이기 때문일 것이다. 이는 술을 마시며 마음껏 흥취를 부릴 수 있는 사람들이 있는 반면 그들에게 껌이라도 팔아서 살아보겠다는 사람들이 있는 상황을 말해준다.

"아버지 안젠 제가 버러다 잡숫도록할테니 집안에 가만히
앉어 게서요"

심청이가 규중에있느니보다 직업부인이되어 생게를세울
결심을 했든것이다.

"무슨 수로?"

"학교를 못다였으니 녀점원으로 안쓸테고. 주판대신 주먹
구구시험만본다면 꼭뽑힐줄은 알지만요. 또 평양에 고무미
투리공장이 새로났다는데 길이먼대라 갈수있나요. 그래서전
에 어머니가 하섰다든 품파리업을 해 볼작정이에요" (19화)

위의 장면은 결국 심청이 자신이 생게를 꾸려 나갈 결심을 하여
심 봉사에게 계획을 말하는 부분이다. 여기서도 기존의 〈심청전〉과
다른 면을 볼 수 있는데, 그것은 자신이 직업부인이 되어 생게를 세
우겠다는 것이다. 그 생각은 집안에 있는 것보다는 직업부인이 되는
것이 낫다는 것이고, 그것의 실제 내용은 자신의 어머니가 했다는
품팔이 사업이다. 그리고 이러한 생각과 함께 당시 생게유지 방법이
여점원, 고무 미투리 공장 등으로 나온다.

만문만화 〈모던 심청전〉에서는 심 봉사의 공양미 삼백 석 약속을
삼백 석이 필요한 것으로 변용하고, 심청이 심 봉사의 화주승에게
약속한 삼백 원 이야기를 듣고서 일자리를 구하러 나오는 것으로 설
정된다. 심청이는 자신의 생게 사업인 품팔이 업으로는 삼백 원을
당장 구하기 어렵다고 판단한 결과라 할 수 있고, 이 과정에서 당대
의 돈벌이 방법이 몇 가지 제시된다. 만문만화 〈모던 심청전〉에서 심

청이는 귀덕어미 대신 인사상담소 소장인 순덕할머니 여사를 찾아
간다. 여기서 순덕할머니를 통해 당시의 여자들이 돈을 벌 수 있는
방법들이 몇 가지 소개된다. 그것은 돈 많은 중년 남자의 첩실이 되
어 가거나, 마을 합자회사라고는 하지만 실제로는 요리집인 황학루
에서 필요로 하는 접대부로 가거나, 만주에 있는 요리집으로 가거나
하는 것이다. 마침내 심청의 귀를 솔깃하게 하는 제안이 나오는데,
그것은 조중 해운회사에 소속된 배의 식당 여급 자리이다.

　이렇게 만문만화 〈모던 심청전〉은 농촌사회의 향토 문화를 기반
으로 하는 점은 기존의 〈심청전〉과 동일하게 유지하거나 강화하면서
동시에 새로운 문화로서의 상업화, 공업화와 관련지을 수 있는 도시
문화적 양상을 드러내고 있다. 이는 만문만화 〈심청전〉이 기존의 〈심
청전〉과 공간적 배경을 도화동으로 유지하면서도 새로운 도시적 삶
의 양상을 도입하여 변용하고 있기 때문으로 보인다. 그리고 다른
한편으로 이러한 양상은 당시 농촌 사회에서 실제로 일어난 도시화,
근대화, 문명화의 과정이라 할 수도 있을 것이다.

(2) 만극 〈모던 심청전〉

　만극 〈모던 심청전〉[11]은 '만(漫)'의 양식으로서 기존 서사 〈심청전〉
을 흐트러뜨리고 있음은 만문만화와 마찬가지이다. 이 만극 〈모던

......

11　여기서는 '최동현, 김만수, 『일제강점기 유성기 음반 속의 대중희극』, 태학사,
　　1997.'의 자료를 참고하였다.

심청전〉은 유성기 음반에 실려 있는 희극으로 〈심청전〉이라는 표제어를 달고는 있으나 매우 짧고 간략하게 〈심청전〉의 서사를 다루고 있다. 이는 유성기 음반에 실려야 하는 속성에서 비롯되는 것으로 보이고, 만극이라는 양식의 속성상 간결하면서도 웃음을 주어야 하기 때문인 것으로도 보인다.

만극 〈모던 심청전〉에서는 심청의 탄생이나 구체적 삶의 정황 설명이 생략되어 있다. 심청이 이미 인당수를 다녀온 뒤의 상황으로 그려지고, 심 봉사는 공양미 삼백 석을 시주하고서도 눈을 뜨지 못한 것으로 나온다. 그러던 중에 심 봉사가 제중원에 용한 의사가 있어서 치료비 삼백 원이면 눈을 뜰 수 있다는 제보를 듣고 심청에게 이야기를 하는 부분에서 장면이 시작된다. 그래서 만극 〈모던 심청전〉의 배경은 시골인지 서울인지 황주인지 서울인지 알 수가 없다.

그렇지만 만극 〈모던 심청전〉의 시작 부분에서 심청이의 상황을 노래로 제시하면서 '심청이는 고무공장 여직공 / 아츰에 벤쏘 끼고 저녁에는 돌아와'라 하여 산업사회로 진입한 도시의 한 구성원인 것으로 형상화하고 있다. 이는 심청이 가난한 도시 빈민의 삶을 생각하게 하는 신분을 갖고 있고, 심청이 처한 삶의 상황이 도시의 궁벽한 삶이라는 것을 암시하는 부분이다. 그리고 심청이나 심 봉사나 이런 좋아진 세상에 사는 사람들이지만 먹고 살기가 여의치 않음을 대화를 통해 말해준다.

　　쌩덕 : 그러니 돈 삼백원이 어듸 잇소. 심청이가 고무공장
　　　　에서 버는 돈으로야 (모)자라겠소. 그리고 봉사님이 맹아학

교에서 하날 천, 싸지 가르키는 월급으로야 먹기도 모자르는
데 그게 되겠소. 아이구, 세상이야 좃타지만, 그저 돈세상이
애요.[12]

빼덕어미의 말에서 알 수 있는 당대의 현실은 매우 좋아진 세상인
데, 돈이 있어야 좋은 세상이라는 것이다. 그런데 세상이 좋아진 데
반해 심청이 가족들은 고무공장에서 일해서 번 돈으로도 먹고 살기
가 빠듯하고, 심 봉사가 맹아학교에서 받는 월급으로도 생계가 힘든
현실인 것이다. 심 봉사와 심청이, 빼덕이네가 사는 곳은 돈 있으면
좋은 곳인데 이들은 정작 먹고 살기도 힘든 빠듯한 생활을 하니 도
시 빈민이라 해도 과언이 아니다.

그리고 만극 〈모던 심청전〉에서 심청은 아버지의 눈 치료에 필요
한 삼백 원을 벌기 위해 하얼빈의 댄스홀에 가는 것으로 되어 있다.
만극 〈모던 심청전〉에서 심청이는 심 봉사가 눈을 뜨기 위해 약속한
공양미 삼백 석을 위해 이미 물속을 다녀온 상황이다. 그런데 고무
공장 여직공으로서 도시 빈민의 삶을 살고 있는 심청이가 심 봉사가
제중원에서 받을 눈 수술에 필요한 돈을 벌기 위해 선택하는 직업은
하얼빈의 댄스홀이다. 이전의 삼백 석을 위해 물 속에서 허우적거렸
다는 것이 정확히 무엇이었는지는 제시되지 않지만, 눈 수술비 삼백
원을 위해서 이국땅 하얼빈으로 가서 댄스홀에서 일할 것이라고 한
다. 심청이 거기에서 구체적으로 무엇을 하는 것인지는 제시되어 있

......
12 최동현, 위의 책, 364쪽

지 않지만, '남들도 부모나 동생을 위해서 웨트레스 노릇도 하는데' 라는 심청의 말에서 당시 돈벌이를 위해 여성이 상품화되는 일들이 직업임을 알 수 있다.

심청이가 고무 공장 직원으로 일을 하고 심 봉사가 맹아학교 일을 해도 먹기 살기 힘들고, 이미 공양미 삼백 석으로 인해 어려움을 겪었기 때문에 또 다시 삼백 원을 구해야 하는 상황은 매우 빠듯하고 힘든 일임을 알 수 있다. 심청이 가족이 이런 환경에 있지만 세상 사람들은 돈이 좋아 좋은 세상이라 하고, 심청이는 삼백 원 때문에 댄스홀에 가야한다. 이렇게 만극 〈모던 심청전〉에서는 공장도 있고 술집도 있으며 웨이트리스도 있는 사회에서 살면서도 자신의 삶은 별로 살기 좋은 것은 아니고, 큰돈을 벌기 위해 심청이는 또 다른 도시로 가야 하는 도시 빈민의 모습을 보여준다. 한편으로는 심 봉사의 눈 수술을 위한 심청의 선택을 통해 성이 상품화되는 문화, 도시의 향락 문화를 드러내고 있다. 원래의 〈심청전〉에서 심청이 자신을 팔았을 때에는 그것이 죽음을 의미하는 것이었으나, 만극 〈모던 심청전〉에서는 말 그대로 자신의 몸을 상품화하여 성적 도구로 만든 것을 의미한다.

4. 근대 판소리 문학의 재생산에서 도시 문화 반영의 의미

이제까지 만문만화 〈모던 심청전〉과 만극 〈모던 심청전〉을 중심으로 기존의 〈심청전〉을 변용하는 과정에서 새롭게 반영된 도시 문화적 양상을 살펴보았다. 만문만화 〈모던 심청전〉과 만극 〈모던 심청전〉은 〈심청전〉 재생산의 전체도 아니고, 판소리 문학 재생산의 전체도 아니기 때문에 이 양상을 두고 재생산 일반의 양상이라 할 수는 없을 것이다. 그렇지만, 만문만화와 만극으로의 〈심청전〉 재생산이 1930년대에 선풍적으로 일었던 고전의 매체적 재생산의 한 양상임은 분명하기에, 단면적으로나마 이들 재생산에 나타난 도시 문화를 살펴봄으로써 판소리문학의 행방을 알 수 있는 의의가 있다.

기존의 〈심청전〉을 재생산하면서 문학의 다른 하위 양식으로 다시 쓰거나 소설로 재생산한 것이 아니라 만문만화와 만극이라는 매우 새로운 양식, 그러면서도 잡지와 유성기 음반이라는 새로운 매체로 소통되는 양식을 선택한 것에서 만문만화와 만극 〈모던 심청전〉에 드러난 도시 문화 반영의 의미를 찾을 수 있다. 그것은 바로 고전 문학의 새로움 찾기라 할 만하다. 거시적으로 보면 판소리 문학의 외부로부터 새로움에 대한 사회문화적 요구가 있었던 것으로 보인다. 1920-30년대 우리나라의 판소리 문학 문화를 사회 문화 전반과 비교해서 볼 때 전통적 문학 문화 갈래가 진부한 것으로 치부되는 경향[13]이 있었던 것을 알 수 있다. 판소리로 대표되는 전통 예술이 심지어 풍속을 해치는 것으로 간주되기도 하면서 새로운 문화에 대한 요구들이 나왔다. 특히 당대의 대중문화 분위기와 관련지어 볼 때 소위 도시적인 것, 도시 문화를 드러내는 문학 혹은 문화 예술에

......

13 이태화, 『일제강점기의 판소리 문화 연구』, 박이정, 2013, 20-23쪽 참조.

대한 갈망[14]이 컸던 것으로 보인다.

당시의 대중문화에서 문학, 예술에 대한 이런 요구가 있었던 점을 고려하면, 만문만화 〈모던 심청전〉과 만극 〈모던 심청전〉이 그 양식적 속성으로 볼 때 도시 문화를 포함, 반영시킬 수밖에 없는 현실이었다 할 수 있겠다. 만문만화라는 양식도 '만문'이면서 '만화'이고, 게다가 『조광』이라는 대중 잡지에 연재되었음을 고려할 때 더욱 그러하다. 그래서 〈심청전〉이 만문만화 〈모던 심청전〉과 만극 〈모던 심청전〉으로 만들어진 것은 판소리가 만문만화와 만극이라는 양식을 만나 이루어진 매체 접변, 갈래 접변, 문화 접변의 의미를 지닌다.

이렇게 만문만화나 만극이라는 새로운 양식을 만나 매체 접변이 이루어진 〈모던 심청전〉은 결과적으로 서사 진행이나 사건의 장면화 방식, 환기되는 분위기나 정서가 기존 〈심청전〉과 달라진 양상을 보인다. 그리고 그러한 달라짐에 기여하는 것이 도시 문화이다. 만문만화나 만극이라는 양식이 갖는 속성 때문에 〈모던 심청전〉은 기존의 〈심청전〉이 갖고 있던 슬픔도 뒤틀린 웃음으로 나타나고, 심 봉사와 심청이 처한 가난은 현란한 도시 풍경과 대비되어 더 비참하게

⋯⋯

14 『별건곤』(1930.01.01.)에 고영한이 쓴 다음의 인용문을 보면, 문화 예술이 도시문화를 반영해야 함을 강조하고 있음을 알 수 있다. "우리는 현재 십년 전보다 훌륭한 문화를 가지고 잇다. 그러나 우리의 실제생활은 문화와 정반대로 십 년 전 그 때보다 만히 피폐되어 잇다. 내가 여긔에 잇서 그 원인을 론하고자 하는 배는 아니어니와 과연 그러타 하면 우리의 가진 바 문화는 우리의 실제생활과 相伴하지 안는 문화이요 또 우리의 실생활에 아모 관계를 갓지 안흔 문화이니 모든 문제가 실제생활을 떠나서는 업는 것과 가치 우리의 생활에 혜택을 주지 못하는 문화는 오즉 그림자밧게 될 것이 업슬 것이다. 도시문화에 잇서 더욱 그러하다고 나는 感한다." (이태화, 위의 책, 23쪽)

그려진다.

만문만화의 심청이 술집에 가서 껌팔이를 하여 부모를 봉양하겠다는 것이나 아버지 눈 수술 비용을 마련하기 위해 댄스홀에 가서 일하겠다고 만극에서 심청이 내린 결단은 인당수에 빠져죽는 것보다는 쉬워 보인다. 그렇지만 심청이 처한 현실은 〈모던 심청전〉 안에 그려진 화려하고 풍성한 도시 문화 속에서 빈곤함이 더욱 부각된다. 발달한 도시 문화, 화려하고 좋은 도시 속에서도 가난하고 비참하게 연명하는 생활이 있음을 〈모던 심청전〉은 비판적으로 보여준다.

이러한 〈심청전〉 재생산 과정으로 본 도시 문화 반영의 의미는 〈게우사〉나 〈이춘풍전〉과는 대비되는 것이다. 다시 말해 〈게우사〉나 〈이춘풍전〉의 경우에는 작품 내에 형상화되고 있는 도시 문화적 양상에서 유흥에 대한 실제적 묘사와 함께 그러한 유흥을 무절제하게 즐기는 무숙이나 춘풍에 대한 비판을 읽을 수 있다. 그에 비해 만문만화 〈모던 심청전〉이나 만극 〈모던 심청전〉의 경우에는 도시 문화란 일종의 돈벌이가 잘되는 곳의 문화 혹은 정반대로 공장에 일하면서 돈을 벌면서도 아버지의 치료를 위해서는 결국 외국의 댄스홀을 가야하는 빈민의 문화를 그려내어 현실을 비판한다.

이는 도시 혹은 도시 문화라는 것이 도시에 살면서도 누릴 수 없는 것이라는, 도시에 살면서도 도시인으로서의 문화는 가질 수 없다는 양가적 의미를 드러낸다. 동시에 도시가 지닌 가치, 도시적 삶의 실제라는 것이 돈을 늘 추구하지만 실상은 늘 가난하게 살아야 한다는 양가적 의미로 읽을 수 있다. 이러한 가난과 부의 혼재, 유흥을 지향하지만 늘 누릴 수도 누구나 누릴 수도 없는 현실, 돈을 추구하지만 가지지 못하는 현실 등의 문제가 판소리 문학 재생산으로서의 만문만화 〈모던 심청전〉, 만극 〈모던 심청전〉에서 비판하고 있는 것이다.

나아가 만문만화 〈모던 심청전〉과 만극 〈모던 심청전〉에서 보여주는 도시 문화의 양상은 전통 문학 양식인 판소리가 어떻게 새로운 당대 문화 현실을 수용해 가는지를 보여주는 이행기적 양상으로서의 의미를 지닌다. 어떤 문학 작품 혹은 문학 갈래의 흐름을 문학사적으로 정리할 때에 하나의 문학 작품이 동일한 형태, 동일한 내용으로 유지되는 것이 아니라 시대적 변화를 맞이하여 적응, 변형해 가는 모습을 찾을 필요가 있다. 〈모던 심청전〉이 보이는 도시 문화의 반영은 이러한 점에서 판소리 문학 〈심청전〉의 이행기적 양상으로서 의의를 지니는 것이다.

5. 결론

이제까지 판소리 문학과 도시, 도시 문화를 관련지으면서 특히 판소리 문학의 재생산 과정에서 반영되고 있는 도시 문화적 양상을 살펴보고 그 의미를 탐색해 보았다. 우리 판소리 문학은 그 자체로 수백 년의 전승 기간을 지닌다는 점에서 그 전승 과정에서 어떠한 변이, 다양화, 변형이 이루어지는지를 정리할 필요가 있다. 이 논문에서 다룬 근대 시기 판소리 문학의 재생산으로서의 만문만화 〈모던 심청전〉과 만극 〈모던 심청전〉이 반영하고 있는 도시 문화는 〈심청전) 전승사의 한 계보가 될 수 있을 것이다. 이러한 종류의 작업은 보다 정치한 이론적 탐색이 필요할 것이지만, 여기서는 현전 판소리 문학과 도시 문화를 관련짓고자 시도한 데에 의의를 두고 향후 과제를 기약하고자 한다.

　아울러 이 논의에서는 〈게우사〉와 〈이춘풍전〉 그리고 만문만화 〈모던 심청전〉, 만극 〈모던 심청전〉 정도밖에 아우르지 못한 아쉬움이 있다. 향후 일제 강점기에 해당하는 우리 근대 시기의 판소리 문학이 어떠한 방식으로 존재했는지를 총체적으로 살펴볼 수 있는 기회가 있기를 기대한다.

제4장

〈심청전〉의 근대적 변용

1. 서론

어떤 문학 작품이 '고전(古典)'일 수 있는 것은 시대의 흐름과 변화 속에서도 지속적으로 새로운 의미 찾기가 시도되고, 소통될 수 있기 때문일 것이다. 우리의 고전 〈심청전〉 역시 그 전승의 역사에서 다양한 이본을 통해 새로운 의미 찾기 양상을 보여준다. 지금까지 전해지는 〈심청전〉 자료는 필사본, 목판본, 활자본뿐만 아니라 각종 매체 변용, 독자를 고려한 개작 텍스트에까지 편폭을 넓히면 200종이 훨씬 넘을 것으로 보인다.[1] 〈심청전〉의 형성 시기를 올려 잡아 17세기로 보

......

1 김영수, 「필사본〈심청전〉 연구」, 경희대학교 대학원 박사학위 논문, 2000 ; 서유경,

면[2], 〈심청전〉은 거의 400여 년간 읽혀온 역사를 갖고 있다 할 것이다.

〈심청전〉은 그 전승 과정에서 큰 변화의 계기가 있었던 것으로 보이는데, 첫 번째는 판소리 〈심청가〉의 향유 확대를, 두 번째는 갑오경장 이후 본격화된 근대문명의 발달을 들 수 있다. 첫 번째 변화의 계기가 문학 자체의 논리에 의한 것이라면, 두 번째 계기는 문학 외적 변화가 작용한 부분이 크다. 이 연구에서는 두 번째 계기에 주목하여 우리의 고전 〈심청전〉이 근대라는 새로운 물결을 만나면서 어떻게 새롭게 의미화되는지 살펴보고자 한다.

갑오경장 이후 변모한 전통문학의 모습은 새로운 문명, 사회 문화적 변화를 맞아 적응해 간 흔적이라 할 수 있다. 말하자면 이 시기 새롭게 변용되어 만들어진 고전문학작품은 바뀐 환경에 최적화하기 위해 시도된 변모로 읽을 수 있는 것이다. 이 시기 재생산된 〈심청전〉역시 새로운 시대를 맞아 변화하고자 한 노력의 흔적으로 볼 수 있다. 이에 이 연구에서는 근대에 시도된 〈심청전〉의 변용, 재생산 양상에 주목하여 그 의미 찾기 방식을 살펴보고자 한다. 그리하여 〈심청전〉 개작에서 고전의 의미 찾기가 보여준 의의를 고구하고, 늘 새로운 시대와 문화를 만나야 하는 우리 고전 작품을 어떻게 의미화할

......

「공감적 자기화를 통한 문학교육 연구」, 서울대학교 대학원 박사학위 논문, 2002.

2 일반적으로 판소리의 형성 시기를 17세기로 보는 관점(김종철, 『판소리사 연구』, 역사비평사, 1996, 25쪽 ; 김석배, 서종문, 장석규, 「판소리 더늠의 역사적 이해」, 『국어교육연구』 28, 국어교육학회, 1996, 1쪽)이 있지만, 〈심청전〉의 경우 판소리에 선행하는 관점도 있음(성현경, 「〈심청가〉의 형성과 변모 과정」, 『고전문학연구』 9, 한국고전문학회, 1994, 237-263쪽, 김종철, 위의 책, 17쪽)을 고려하면 〈심청전〉의 향유 기간은 더 늘어날 수도 있을 것이다.

것인지를 탐색해 보고자 한다.

갑오경장 이후 활발하게 일어난 고전소설 다시 쓰기 열풍에는 여러 가지 원인이 있겠지만, 기존의 고전소설을 소설이 아닌 이야기로 치부하며 열등한 것으로 간주하는 의식이나, 근대에 들어 새롭게 창작된 소설에 반대되는 '옛것', 그야말로 오래된 소설이라는 대타의식이 중요하게 작용하였다고 볼 수 있다. 이러한 양상은 요즘에도 간간이 이는 옛날 소설로서의 고전소설에 대한 비하적 시선에 대응할 수 있는 논리가 될 수 있다는 점에서 이 논의의 의의를 찾고자 한다. 한편 이러한 관점은 고전문학교육학회의 기획 주제인 "고전문학의 재미, 흥미, 의미"에 부합할 수 있을 것이다. 고전문학 작품이 가진 재미, 흥미, 의미[3]는 다른 말로 하자면, 고전이 고전으로 존속할 수 있는 작품 내적 속성이자 효용이라 할 수 있을 것인데, 이것이 역사적으로 존재하고 있는 모습의 한 단면이 근대에 이루어진 〈심청전〉 개작이라 할 수 있기 때문이다.

여기서 살펴보고자 하는 〈심청전〉의 근대적 변용 작품들은 呂圭亨의 〈雜劇 沈青王后傳〉[4], 박문서관의 〈신정 심청전(몽금도전)〉[5], 웅천 김규택의 만문만화 〈모던 沈淸傳〉[6], 유성기 음반에 실려 있는 만극

---

3 신재홍의 논의를 통해 고전소설의 재미, 흥미, 의미는 서로 연관되어 있으며, 고전소설이 지닌 보편적 주제는 수용자가 재미, 흥미, 의미를 찾을 수 있는 것임을 알 수 있다(신재홍, 「고전 소설의 재미 찾기」, 『고전문학과 교육』 26, 한국고전문학교육학회, 2013, 31-59쪽).

4 여기서 참고, 인용한 〈雜劇 沈青王后傳〉의 출처는 '『한국고전문학전집』 13, 〈심청전〉, 고려대 민족문화연구소, 1995'이다.

5 여기서는 '김진영 외, 『심청전 전집』 12, 박이정, 2004' 자료를 참조하였다.

6 만화 〈모던 沈淸傳〉은 『조광』 1권 1호, 2권 1호, 2호, 3호, 5호, 6호(1935-1936)'에 연

〈모던 沈淸傳〉[7], 채만식의 희곡 〈심봉사〉 2편[8], 소설 〈심봉사〉[9] 등[10]이다. 이들은 1900-1940년대에 개작된 〈심청전〉 자료 중에서도 기존의 〈심청전〉 이본과 비교, 변별될 만한 자질을 지녔다는 점에서 선정해 보았다.

2. 〈심청전〉의 변용 양상

(1) 〈심청전〉 향유 매체와 양식의 다양화

지금 우리가 보는 〈심청전〉의 모습이 만들어진 시기는 대략 19세기 이후[11]로 본다. 소설 〈심청전〉이 방각본으로 나온 시기는 명확하지는 않지만, 1912년에 최초의 〈심청전〉 활자본이 이해조가 매일신보에 연재했던 〈江上蓮〉이라는 이름으로 광동서국에서 발행되었으므로[12] 이보다는 이른 시기에 방각본이 존재했을 것이다. 그런데 몸

......

    재되었다.

7 여기서는 '최동현, 김만수, 『일제강점기 유성기 음반 속의 대중희극』, 태학사, 1997, 363-367쪽'을 참조하였다.

8 『채만식전집』9, 창작과비평사, 1889.

9 『채만식전집』6, 창작과비평사, 1889.

10 논의를 진행하는 과정에서 필요에 따라 송동본 〈심청전〉 등의 여타 이본을 참고하도록 하겠다.

11 최동현, 「〈심청전〉의 주제에 관하여」, 『국어문학』 제31집, 국어문학회, 1996, 56쪽.

12 권순긍, 「1910년대 활자본 고소설 연구」, 성균관대학교 대학원 박사학위 논문, 1991 ; 이주영, 『구활자본 고전소설 연구』, 월인, 1998.

圭亨의 〈雜劇 沈靑王后傳〉은 1907-1908년 사이에 만들어졌을 것으로 추정되므로[13], 활자본 〈심청전〉보다 먼저 만들어진 개작본이라 할 수 있다. 정하영은 〈雜劇 沈靑王后傳〉을 〈심청전〉의 이본으로 규정하면서, "첫째, 한문으로 표기되었고, 둘째, 개작자가 분명히 밝혀져 있으며, 셋째, 연극을 위한 대본으로 개작되었고, 넷째, 내용상으로 두드러진 변이를 보인다는 점 등"으로 정리하였다.[14]

활자본 〈심청전〉은 광동서국에서 이해조의 〈강상련〉을 발행한 이후, 〈강상련〉, 〈심청전〉, 〈만고효녀 심청전〉, 〈고대소설 심청전〉 등의 제목으로 신구서림, 신문관, 박문서관, 한성서관, 대창서관, 세창서관, 영화출판사 등에서 1950년대까지 간행하였다.[15] 이중에서 박문서관본으로는 1915년 광동서국과 발행하였다가 1922년 10판으로 발행된 〈증상연정 심청전〉과 1916년 발행된 〈신정 심청전(몽금도전)〉이 있다. 〈신정 심청전(몽금도전)〉은 여타의 활자본 개작 〈심청전〉에 비해 매우 파격적인 변화를 보여 주목된다.[16] 〈신정 심청전(몽금도전)〉의 개작자는 누구인지 분명하지 않으며, 발행인은 노익형으

13 정하영, 「〈雜劇 沈靑王后傳〉考」, 『동방학지』 36-37, 연세대학교 국학연구원, 1983, 511쪽.

14 정하영, 위의 글, 510쪽.

15 활자본 〈심청전〉의 발행에 대해서는 '최운식, 위의 글 ; 권순긍, 위의글 ; 이주영, 위의 글 ; 이민희, 「1920-1930년대 고소설 향유 양상과 비평 연구」, 『순천향 인문과학논총』 28, 순천향대학교, 2011, 113-147쪽' 참조.

16 〈신정 심청전(몽금도전)〉의 특성에 대해서는 '최진형, 「〈심청전〉의 전승 양상」, 『판소리연구』 19, 판소리학회, 2005, 181-212쪽 ; 김성철, 「활자본 고소설의 존재 양태와 창작 방식 연구」, 고려대학교 대학원 박사학위 논문, 2011 ; 서유경, 「〈몽금도전〉으로 본 20세기 초 〈심청전〉 개작의 한 양상」, 『판소리연구』 32, 판소리학회, 2011, 139-169쪽' 등에서 논의되었다.

로 알려져 있다.

만문만화〈모던 沈淸傳〉[17]은 김규택이 '웅초'라는 필명으로 1935년 〈조광〉의 1권, 2권에 6회에 걸쳐 연재하다가 중단한 작품이다.[18] 김 규택(金奎澤, 1906-1962)은 문학가로서보다는 만화가, 삽화가로 주로 활동했다고 한다.[19] 이 작품의 유형을 만문만화, '만화'도 '소설'도 아닌 '만화소설'이라 한 것은 당시의 시각으로는 만화로 불렀을지 모르나 그림보다는 텍스트가 훨씬 많은 형태, 간단히 말하자면 한 페이지에 그림 한 컷과 소설 텍스트가 제시되는 방식[20]이기 때문일 것이다.

만극〈모던 沈淸傳〉은 누가 지었는지 알 수 없는 작품으로 유성기 음반에 실린 희극이다. 만화〈모던 심청전〉과 제목이 동일한 이 개작본은 이름 그대로 시대 풍자극의 성격을 띤다. 유성기 음반에 실려야 하는 제한된 속성이 있어서인지 매우 짧고, 압축적 표현들이 많이 나온다.[21] 이는 '만극'이라는 양식이 지닌 특성과 관련된다 볼 수

.....

17 만화소설이라고 지칭한 것은 하동호(「〈조광(朝光)〉 서지분석」,『동양학』16, 단국대학교 동양학연구소, 1986, 196쪽)에 의한 것이다.

18 이 작품에 대한 문학적 연구는 최근 최혜진과 필자에 의해 이루어졌다. 최혜진은 만화〈모던 沈淸傳〉만이 아니라, 작가 김규택의 작품들, 즉〈모던 춘향전〉,〈억지 춘향전〉과 함께 다루었고(최혜진, 「김규택 판소리 문학 작품의 근대적 특징과 의미」, 『판소리연구』35, 판소리학회, 2013, 251-286쪽.), 필자는 만문만화로서의〈모던 심청전〉을 조명하였다(서유경, 「만문만화〈모던 심청전〉연구」,『문학교육학』46, 한국문학교육학회, 2015, 195-220쪽.).

19 최혜진, 위의 글, 253-254쪽.

20 최혜진도〈모던 심청전〉의 양식명이 '만문만화'라고 붙어있기는 하지만, 장면을 나누어 소설처럼 서사가 이어져 있는 형태여서 소설로서의 성격을 지니고 있다고 보았다(최혜진, 위의 글, 256쪽).

21 최동현, 김만수, 「1930년대 유성기 음반에 수록된 만담·넌센스·스케치 연구」,『한

있는데, 만극은 코메디의 한 갈래인 만담처럼 웃기게 세상일을 비판적, 풍자적으로 표현하면서도 이야기가 아닌 극의 형태로 창작한 것이다. 유성기 음반 속에 있는 양식 중에 유사한 것으로 만곡과 만요가 있는데, 이들은 코믹송, 재즈송이라 불리며, 노래로 표현되는 것이지만 그 내용이 상대의 잘못을 꼬집거나 변명을 하는 것[22]이다. 만곡과 만요가 노래의 한 갈래라면, 만극은 노래가 가미되어 있는 극의 양식이라는 점이 다르다 하겠다. 이 만극 〈모던 심청전〉의 향유시기는 1934-1938년으로 추정되는데, 이는 이 작품이 게재된 유성기음반이 'REGAL C 302'로 되어 있는 데에 근거한 것이다.[23]

채만식은 〈심청전〉을 다시쓰기 하면서 〈심봉사〉라는 제목으로 희곡 2편, 소설 1편을 창작했다. 이들 세 편의 〈심봉사〉 중 가장 먼저 창작된 것은 1936년에 7막 20장으로 쓰여진 희곡[24]이다. 그리고 다음으로는 1944년 소설로 창작된 〈심봉사〉이고, 세 번째가 1947년 3막 6장의 희곡으로 창작된 〈심봉사〉이다.[25] 채만식이 고전소설을 다시

.....

국극예술연구』 제7집, 한국극예술학회, 1997, 67쪽. "유성기 음반은 일단 6분 내외의 시간에 압축된 짧은 이야기를 다루어야 한다"는 제약을 받는다. 뒤에 살펴보겠지만, 〈모던 심청전〉은 기존 〈심청전〉의 어떤 부분을 발췌 수록하는 데에서 그치지 않고, '극단적인 언어 유희'(민병욱, 「〈심청전〉의 장르패러디적 연구」, 『한국민족문화』 23, 부산대 한국민족문화연구소, 2004, 56쪽)로 표현이나 정서, 서사 내용까지도 변용하고 있다.

22 최동현, 김만수, 위의 글, 78쪽

23 'REGAL'은 "1934년 이후 오케(OKEH)의 저가 공세에 대응하기 위해 콜럼비아에서 낸 대중음반"으로, 1934년 6월부터 발매하기 시작했다고 한다(최동현, 김만수, 위의 글, 55쪽)

24 이 작품은 당시 검열에 의해 전문이 삭제되었기 때문에 창작 연도가 1936년으로 추정되고 있는 것이고 현재 원문이라 보고 있는 자료는 1960년에 민중서관 간행본 『한국문학전집 33 희곡집(하)』이다(민병욱, 위의 글, 46쪽).

쓰기 한 작품은 〈배비장전〉, 〈허생전〉 등도 있지만 유독 〈심청전〉의
경우 3편이나 되어, 채만식이 〈심청전〉에 매우 관심이 컸음을 알 수
있다. 희곡 〈심봉사〉는 그 내용의 차이는 있지만 모두 완결된 작품이
고, 소설 〈심봉사〉는 완결되지 못했다.

이렇게 1900-1940년대에 만들어진 〈심청전〉 개작본 내지 패러디
본은 그 편폭이 크고 작품수도 풍부함을 알 수 있다. 이 시기, 근대에
이루어진 〈심청전〉의 새로운 버전들에서 볼 수 있는 가장 큰 특징은
향유 매체와 양식이 다양화된 것이다. 〈강상련〉, 〈신정 심청전(몽금
도전)과 같은 활자본 고전소설의 경우에는 인쇄 매체는 달라졌다고
할 수 있으나 양식은 소설을 그대로 유지하였고, 그 외의 경우는 채
만식의 소설 〈심봉사〉를 제외하고는 극, 만화, 만극 등으로 양식이
다양화되었다.

呂圭亨의 〈雜劇 沈靑王后傳〉은 극 양식인데 '잡극'이라는 명칭이 붙
어 있고, 한문으로 쓰여졌으며 해설과 노래도 있는 독특한 양식이고,

......

25 채만식의 〈심봉사〉 창작에 대해서는 비교적 풍부한 연구가 이루어진 바 있는데, 크
게 두 가지 경향으로 나눌 수 있다. 하나는 채만식의 고전 재생산과 관련된 것이고,
다른 하나는 〈심청전〉의 전승, 다시 쓰기라는 관점에서 〈심청전〉을 패러디한 다른
작품과 함께 묶어서 보는 것으로 일별하면 다음과 같다. 김일영, 「〈심봉사〉에서의
제재변용양상 고찰」, 『국어교육연구』 28, 국어교육학회, 1991, 133-154쪽 ; 김현철,
「판소리 〈심청가〉의 패러디 연구」, 『한국극예술연구』 11, 한국극예술학회, 2000,
293-347쪽 ; 신선희, 「〈심청전〉의 현대적 수용과 변용」, 『고소설연구』 9, 한국고소
설학회, 2000, 239-269쪽 ; 이신정, 「심청 모티브 희곡에 나타난 희극적 계승과 비
극적 변용」, 『이화어문논집』 21, 이화어문학회, 2003, 51-70쪽 ; 황태묵, 「채만식의
고전 읽기와 그 의미」, 『국어문학』 38, 국어문학회, 2003, 191-222쪽 ; 황혜진, 「전승
사의 관점에서 본 채만식의 연구」, 『고전문학과 교육』 7, 한국고전문학교육학회,
2004, 235-267쪽 ; 김미영, 「〈심청전〉의 현재적 변모 양상에 대한 연구」, 『한중인문
학연구』 14, 한중인문학회, 2005, 115-141쪽 등.

채만식의 희곡 2편은 상연이 되었는지 알 수 없지만 레제 드라마[26] 적 성격을 강하게 지니고 있는 작품이다. 또한 만문만화 〈모던 沈淸傳〉은 양식과 내용 모두 매우 독특한 작품이면서 잡지에 연재된 특성이 있고, 〈모던 沈淸傳〉은 유성기 음반용 만극이라는 양식으로도 제작되어 향유된 것이다. 그리고 원래의 고전소설 〈심청전〉처럼 소설로 개작된 이해조의 〈강상련〉, 박문서관본 〈신정 심청전(몽금도전)〉, 채만식의 〈심봉사〉 등이 있지만, 이들 작품 사이에도 그 내용은 매우 판이한 양상을 보인다. 이로 볼 때 이 시기 〈심청전〉의 재생산은 양식면에서나 내용면에서 다양화, 다변화되면서 향유의 방식과 문화가 달라진 시대에 부응하고자 한 모습의 단면이라 할 수 있다.

(2) 서사적 변용

여기서 다루는 자료들을 시기 순서로 배열해 보면, 〈雜劇 沈靑王后傳〉, 〈신정 심청전(몽금도전)〉, 웅천 김규택의 〈모던 沈淸傳〉, 만극 〈모던 沈淸傳〉, 채만식의 7막본 희곡 〈심봉사〉, 소설 〈심봉사〉, 3막본 〈심봉사〉이다. 그런데 여기서 〈雜劇 沈靑王后傳〉, 〈신정 심청전(몽금도전)〉은 1900-1910년대이고, 나머지는 1930-1940년대로 이들 자료 사이에 10-20년 정도의 간격이 있다. 이 시간의 간격은 양식의 다변화가 생긴 시간이기도 한데, 그만큼 서사적 변용이 다양하게 이루어진 기간이기도 하다.

......

26 김일영, 위의 글, 143쪽.

　이들 〈심청전〉 개작본들이 지닌 내용의 차이를 일별해 보기 위해, 원래 〈심청전〉이 갖고 있던 주요 서사 내용을 몇 가지 정하여 비교해 보기로 한다. 〈심청전〉의 기본 서사는 경판24장본을 기준으로 해 보면, 심봉사와 부인이 어렵게 효녀 딸 심청을 얻으나 부인이 죽고, 심청이 자라자 심봉사를 봉양하며 사는데, 심청을 기다리다 개천에 빠진 심봉사가 눈을 뜰 수 있다는 말에 공양미 삼백 석 시주를 약속하고, 심청이 이를 위해 인당수 제물로 자신을 팔아 물에 빠지지만, 결국 살아 돌아와 왕후가 되어 심봉사와 재회하고, 심청을 만난 심봉사가 개안을 하는 것이다. 여기에 뺑덕어미나 장승상 부인의 내용 등이 들어가면 완판계와 친연성이 생긴다. 송동본(혹은 안성판 21장본)은 경판계와 완판계의 중간적 성격을 지니는데, 1900-1940년대에 변용된 〈심청전〉 중에서 많은 자료가 송동본을 근간으로 하고, 그 외에는 완판본이나 창본을 바탕으로 한 것으로 판단된다.

　다양한 〈심청전〉 개작본의 서사를 비교하기 위해 1) 시공간 배경, 2) 등장인물, 3) 심청의 심봉사 봉양 시기와 방법, 4) 공양미 시주 약속 계기, 5) 공양미 구하는 방법과 심봉사에게 둘러댄 이유, 6) 심청 환생 여부와 7) 심봉사의 개안 등의 요소를 선정해 보았다. 이러한 서사 내용의 비교를 통해 각 자료의 내용 변이 양상을 정리할 뿐만 아니라 변용된 〈심청전〉의 양식 선정과 관련시켜 근대 시기의 〈심청전〉 개작 방향을 가늠해 볼 수 있을 것이다.

1)시공간 배경

　송동본의 경우에는 '딕송 원풍 년간 황쥬 도화동'인데 비해, 모두 우리나라로 설정되어 있다는 것이 특징적이다. 〈雜劇 沈靑王后傳〉은 '신라국 황주부 도화동'이라 하여 독특하게 '신라'를 배경으로 삼고, 심청이 '발해'의 왕후가 되는 것으로 설정하였다. 〈몽금도전〉의 경우에는 '관서 황해도 황주성 도화동', 1936 〈심봉사〉는 '고려 초엽 황주 도화동 기타 송도 왕궁', 1944 〈심봉사〉는 '고려 중엽 황주 도화동(액자 내)', 1946 〈심봉사〉는 '고려 중엽 황주 도화동과 예성강 어귀의 해변', 만화 〈모던 沈淸傳〉은 '조선 황주 도화동'으로 제시되고, 만극 〈모던 沈淸傳〉에서는 제시되지 않는다.

이렇게 볼 때, 이들 근대 개작본에서는 원래의 〈심청전〉이 송나라를 배경으로 삼은 것을 고려나 조선으로 하여 우리나라로 바꾸었음을 알 수 있다. 우리나라로의 배경 이동은 우리 것에 대한 제자리 찾기의 의식으로 읽을 수도 있다. 채만식의 개작본은 모두 '고려'를 배경으로 하였으면서도 초엽, 중엽으로 시기를 약간 바꾸고 있는데 그이유는 알 수 없다.

2) 등장인물

〈심청전〉의 등장인물을 심봉사, 곽씨 부인, 심청, 장승상부인, 뺑덕어미로 기준으로 삼아 그 출입을 살펴볼 수 있다. 우선 등장인물의 이름이 다른 경우가 있다. 〈雜劇 沈靑王后傳〉이 그러하다. 심봉사는 '沈學敎', 심청(沈淸)은 '沈靑', 뺑덕어미는 '德孃'으로 바뀌고, 장승상부인은 등장하지 않는다. 인물의 이름 변화가 단순히 표기만 바뀐것이 아닐 수 있는 것은 인물의 성격 변화[27]와 관련되기도 하고, 작품 전체의 미학과 관련될 수 있기 때문이다. 그 대표적인 것이 뺑덕어미의 경우로, 뺑덕어미의 악행이나 탐욕스러움은 '德孃'이라는 이름과는 어울리지 않는다. '德孃'은 가산을 탕진하기는 하나 악독한 경지까지는 아님을 고려하면[28], 이름을 바꾸어 기존의 뺑덕어미가 가진 천박하고 악독한 면을 소거하고자 한 의도로 해석할 수 있다.

심봉사 부인 곽씨의 경우에는 1946 〈심봉사〉와 만극 〈모던 沈淸傳〉에 등장하지 않는다. 이 두 자료는 공통적으로 심청이 성장한 후부터 서사가 시작되기 때문이다. 뺑덕어미가 나타나지 않는 경우는 1944 〈심봉사〉와 만화 〈모던 沈淸傳〉이다. 1944 〈심봉사〉는 심청이 성장하기 전에 작품이 중단되었기 때문이고, 만화의 경우는 심청이 공양미를 구하기 전에 중단되기 때문이다.

장승상부인의 존재가 없는 자료는 〈雜劇 沈靑王后傳〉, 1944 〈심봉사〉, 1946 〈심봉사〉, 만극 〈모던 沈淸傳〉이다. 〈雜劇 沈靑王后傳〉, 1946 〈심봉사〉, 만극〈모던 沈淸傳〉는 서사 전개상 장승상 부인과 관련이 없기 때문으로 보이고, 1944 〈심봉사〉는 작품이 중단되었기 때문이다. 장승상 부인의 신분이 좀 다른 경우가 있는데, 〈몽금도전〉이 그러하다. 〈몽금도전〉에서는 '쟝진ᄉ되 노부인'이라 하여 승상이 아닌 진사로 설정되어 있다.

이외의 인물 변화가 뚜렷한 경우는 채만식의 희곡들이다. 1936 〈심봉사〉에서는 왕후와 궁녀 김씨 등이 새로 등장하고, 1946 〈심봉

......

27 정하영은 〈雜劇 沈靑王后傳〉에서의 이름 변용이 인물의 성격 창조와 관련됨을 시사하였다(위의 글 522-523쪽).
28 정하영, 위의 글, 523쪽. 심봉사의 경우도 매우 점잖은 양반의 후예로 그려짐을 언급하였다.

사)에서는 심청의 남자친구로 송달, 송달과 친한 주막 여인으로 홍
녀가 나온다. 이러한 새로운 인물 추가는 서사 전개의 변용과 관련
이 깊다.

3) 심청의 심봉사 봉양 시기와 방법

심청의 성장 과정이 제시되는 〈심청전〉 자료에서는 심봉사의 부
인 곽씨가 심청을 낳자 얼마 되지 않아 산후별증으로 죽고, 심봉사
가 혼자 젖동냥하며 힘들게 심청을 양육한다. 그러다가 심청이 어떤
시기가 되면 동냥을 자청하는 대목이 제시되는데, 이 부분이 자료별
로 차이를 보인다. 송동본에서는 심청의 나이 육칠 세 되었을 때 부
친 봉양을 자청하는 것으로 나온다. 〈雜劇 沈靑王后傳〉에서는 일곱 살
때, 〈몽금도전〉에서는 '륙칠 세', 1936 〈심봉사〉에서는 심청이 열두
살 때 밥 얻으러 갔다가 사립문에서 개에 놀라는 장면이 나오고, 이
후의 대화에서 심봉사가 '오늘부터 제가 고집을 쓰고 나갔단다.'고
하여 나이를 확인할 수 있다. 1944 〈심봉사〉와 1946 〈심봉사〉에는 심
청의 동냥 장면이 없고, 만극 〈모던 沈淸傳〉에서는 나이는 나오지 않
지만 '모-던 심청이는 고무공장 여직공'이라는 노랫말이 나와 심청
이 고무공장에서 일하는 돈으로 생활하는 것을 알 수 있는데, 독특
한 것은 심봉사가 맹아학교 선생이라는 것이다. 만화 〈모던 沈淸傳〉
에서는 심청이 열 살 때 동냥 자청이 아닌 돈벌러 가겠다는 의지를
표명하고, 열여섯 살 때 직업을 갖겠다고 한다.

심청의 심봉사 봉양 시작 시기는 심청의 효녀 형상과도 관련되지
만, 심봉사의 양육 형편, 시대적으로 자식이 부모 봉양하는 나이의

적합성 등과도 관련될 것으로 보인다. 이는 1930년대 이후 〈심청전〉 개작본들이 이전 시기의 자료들보다 확연히 심청의 봉양 시작 시기가 더 늦기 때문이다.

4) 공양미 시주 약속 계기

심봉사의 공양미 삼백 석 시주 약속은 〈심청전〉 서사 전개에서 매우 핵심적인 부분이다. 송동본에서는 "심청이 져역밥을 빌너가셔 일세가 져무도록 종무소식 강감하니 심봉하 홀노 안져 기드일 졔 빗는 곱허" 나가다가 개천물에 떨어지고, 이를 몽은사 화주승이 구해주고 시주 약속을 받는 것으로 되어 있다. 〈雜劇 沈靑王后傳〉에서도 동냥 나간 심청이를 기다리다 못해 나갔다가 마침 여름장마로 인해 개울물이 불고 길이 미끄러워 물에 떨어진 것으로 나와 거의 비슷한데, 심봉사가 빠지는 환경을 좀 더 그럴듯하게 바꾼 것이 다르다.

〈몽금도전〉, 1936 〈심봉사〉은 송동본과 거의 유사한데, 1936 〈심봉사〉은 시주 약속 후 심봉사가 눈뜰 생각에 기뻐하는 장면이 좀 길게 나온다. 1944 〈심봉사〉는 미완이라 없고, 1946 〈심봉사〉에서는 심청과는 상관없이 심봉사가 송초시네 간다고 하다 개울에 빠진다. 여기서 눈에 띄는 것은 1946 〈심봉사〉에서 탁발승의 모습이 특별히 더 탐욕스럽다는 것이다.

만화 〈모던 沈淸傳〉에서는 심청이 장승상 부인 집에 간 사이에 별의별 걱정을 다 하다가 헛간에 가서 낫 한 자루 옆구리에 차고, 부엌에 가서 식칼 허리끈에 매고, 도끼를 어깨에 들러매고서는 대지팡이로 땅 짚어 가면서 나가다가 미끄러져 냇가에 빠진다. 그리고 이때 몽운사 주지가 석가세존 치료비 거두느라 돌아다니다가 술 한 잔 얼큰히 취해 돌아가는 길에 심봉사를 구해주고, 삼백 원 시주를 받는다.

“눈도 뜨게하랴면 뜨게할수도있건만”
심봉사이소리를 듯더니 귀가 확하고 뚤렸다
“무슨수로 뜬단말요”
“돈만있으면 다되지요. 우리절부처님은 오낙 령험하시어 서한삼백원만드려 료리를차려드리면 당장눈을 여러주실께오” (26장면)
〈중략〉
불공신탁서
일금 삼백원야 우는 소생의안맥을 치성으로써 고치기위하야 몽은사 전권대사(全權大使)를 통하야 대웅전에 게옵신 석가세조께바침.
×년×월××일 심학규. 중이 이렇게 다쓰고나니 한번 봉사에게 읽어들렸다. 그리고는 또 다시
“문서에 협잡은않했으니 도장을찍으소서. 인감이 아니래도 무관해올시다. 그저 도장이업거든 지장이라도” (29장면)

만극〈모던 沈淸傳〉에서는 심청이가 공장에서 올 때가 되었는데도 오지 않자 심봉사가 나가는 길에 광교 천변에서 자전거 종소리에 놀라 떨어져 병원을 간다. 그런데 거기서 제중원에 용한 의사가 있어

치료비 삼백 원만 주면 눈을 뜰 수 있다는 소식을 듣는다. 만극 〈모던 沈淸傳〉에서는 이미 공양미 삼백 석 시주를 하고 심청이 임당수에 다녀왔지만 부처도 못 고쳤음을 언급하고, 하지만 여전히 아버지 눈뜨기를 소망하는 심청이 하루빈의 댄스홀로 떠날 것을 시사한다.

　이렇게 볼 때 만화 〈모던 沈淸傳〉, 만극 〈모던 沈淸傳〉을 제외하고는 모든 〈심청전〉 자료에서 공양미 약속 금액은 '삼백 석'이다. 그리고 눈 뜨는 방법이 공양미 삼백 석이 아닌 만화와 만극 〈모던 沈淸傳〉에서는 '삼백' 원이다. 아무래도 심봉사의 눈 뜨는 방법으로는 '삼백'이라는 숫자가 매우 강렬하게 각인되어 있었는 듯하다.

5) 공양미 구하는 방법과 심봉사에게 둘러댄 이유

　심봉사의 눈뜰 방법 공양미 '삼백 석'은 심청에게 매우 큰 근심거리였는데, 실제로는 심청이 인당수 제수로 자신을 팔았으면서도 심봉사에게 장승상 부인의 수양딸로 가게 되었다고 거짓으로 둘러대는 것이 원래 〈심청전〉의 서사이다. 〈雜劇 沈靑王后傳〉에서는 여자를 던져 바다신의 아내를 삼게 하거나 사람을 바쳐 제사를 지내는 풍속이 인당수에도 있어 심청이 매신을 하고, 심봉사에게는 친정가기를 허락하지 않고, 길이 멀어 편지도 부칠 수 없는 집에 시집을 가기로 하여 삼백 석을 구했다고 한다.

　〈몽금도전〉, 1936 〈심봉사〉에서는 기존의 〈심청전〉 서사와 거의 비슷하다. 1944 〈심봉사〉에서는 미완성된 부분이고, 1946 〈심봉사〉에서는 심청이 임당수 제숙으로 팔린 것은 같지만 공양미 출처를 넉달 동안 남경(南京)에 다녀오는 것으로 하였다. 1946 〈심봉사〉는 희곡으

로 쓰여져서 공양미를 얻은 경로를 송달이라는 심청의 남자 친구이
자 예정된 남편과 심청의 대화를 통해 확인할 수 있다는 점도 여타
의 자료와 다르다.

만화 〈모던 沈淸傳〉은 심청이 공양미를 구할 길을 알아보는 장면
에서 중단되어 있어, 심청이 심봉사에게 어떻게 둘러대었는지는 확
인할 수 없다. 대신 심청이 공양미를 구하는 방법을 어느 정도 추측
할 수는 있다. 심청이 직업소개소를 방문하여 미리 사오백 원 정도
받을 수 있는 직업을 이리저리 알아보다 '조중해운회사(朝中海運會
社)'에서 운항하는 배의 식당 여급 자리로 월급이 삼십 원이지만 응
모자가 없어 월급 일 년치를 줄 수도 있다는 말을 듣고 한번 생각해
본다하고 나온다. 그리고서는 동무 '황담'에게 가서 속을 털어놓고
자신이 '직업부인'으로 나설 것임을 말한다.

만극 〈모던 沈淸傳〉에서는 심봉사의 병원비 삼백 원의 출처를 속
여 말하지는 않는다. 대신 이 슬프고 비장한 장면이 우스꽝스러운
만담으로 표현되고 있다. 심청이 '하루빈'으로 간다하니, 심봉사는
'하루를 뻔하게 간다'고 응수하고, 이에 심청이 '이틀' 걸린다고 하니
심봉사는 그게 '이틀쌘'이지 무슨 '하루쌘'이냐고 하는 방식이다.

6) 심청 환세 여부

송동본을 비롯한 기존의 〈심청전〉에서는 심봉사가 시주 약속한
공양미 삼백 석을 구하기 위해 인당수에 투신한 심청은 용궁을 갔다
다시 환세하여 왕후가 되어 심봉사를 만난다. 〈雜劇 沈靑王后傳〉은 장
면 서술 표현의 차이는 있지만 원래의 〈심청전〉이 가지고 있던 서사

에서 벗어나지 않는다. 〈몽금도전〉에서는 이 부분이 매우 독특한데, 심청이 물에 빠져 용궁에 간 장면을 기존의 〈심청전〉에 있던 대로 서술한 다음에 그 모든 것이 사실은 심청이 허탄한 말을 듣고 생각한 고로 꾸게 된 꿈이라고 한다. 그리고 실제로는 넓이는 서너발쯤, 길이가 열 발은 넘는 견고한 배 밑창에 걸려 바다 위에 둥둥 떠다니다가 장산곶 뒷덜미에 있는 몽금도 밖에 있는 백사장위에 오게 되었다고 한다. 〈몽금도전〉에서는 기존 서사에서 심청이 용궁에 갔다가 환세한 것을 완전히 부정하고 사실은 배 밑창에서 떨어진 널빤지 같은데 엎혀살게 되었다고 하는 것이다.

1936 〈심봉사〉에서는 더 극단적으로 심청의 환생이 아예 없다. 다시 말해 임당수로 떠난 심청이는 물에 빠져 죽은 것이다. 1936 〈심봉사〉에서는 이러한 내용을 심청을 임당수에 빠뜨린 선인 장가가 봉사가 되어 왕후 앞에서 고백하는 것으로 서술하고 있다. 장가는 있었던 일을 고하면서 "아마도 출천효녀 심소저를 제숙으로 사다가 임당수에 제숙으로 넣은 천벌인가 하옵니다."라고 한다. 그리고 그 말을 들은 왕후가 "그러면 심청이라는 소녀는 분명 죽은가 보이다."라고 하고, 이에 대해 장승상 부인이 긍정함으로써 심청이 임당수에 빠져 죽었음을 확실시한다.

1944 〈심봉사〉, 만화 〈모던 沈淸傳〉, 만극 〈모던 沈淸傳〉는 미완이어서 없고, 1946 〈심봉사〉에서는 1936 〈심봉사〉와 마찬가지로 심청의 환세가 없다.

심청의 환세 여부는 〈심청전〉 서사의 결말을 행복으로 이끌지, 비극으로 이끌지의 계기가 되는 요소라 할 수 있다. 심청이 환세함으로써 심봉사와 다시 만날 가능성이 생기는 것이기 때문이다.

7) 심봉사의 개안

심봉사의 개안 여부는 심청의 환세와 긴밀한 관련이 있다. 심청이 환세한 경우에는 심봉사가 심청을 만나고, 마침내 심봉사가 눈을 뜰 수 있게 되는 것이다. 원래의 〈심청전〉이 그러하고, 〈雜劇 沈靑王后傳〉이 그러하다.

그런데 〈몽금도전〉에서는 심봉사가 심청을 다시 만나는 데도 불구하고 눈을 뜨는 장면이 없다. 심봉사는 여전히 맹인으로 살아가는 것이다. 이렇게 된 데에는 서사 전개에서 찾을 수 있다. 심봉사가 눈을 뜨는 자료들의 공통점은 심청이가 죽은 줄 알고 있다가 만나는 것인데, 〈몽금도전〉에서는 심봉사 상경 이유가 심청이 왕후가 되어 아버지를 찾기 때문으로 되어 있어 심봉사는 이미 심청이 소식을 알고 만난다. 이 때문에 심봉사가 심청이와 만나는 순간은 안보이는 눈을 뜰 정도로 놀라운 일은 아니게 된 것 같다.

한편 채만식의 개작본들 중 소설인 1944 〈심봉사〉를 제외한 희곡 2편에서는 심봉사가 모두 눈을 뜨도록 설정되어 있다. 채만식의 개작본들이 독특한 것은 심청이가 실제로는 죽었는데 살아 돌아온 줄 알고 심봉사가 눈을 뜬다는 것이다. 그리고 이 두 작품 모두 공통적으로 사실을 알게 된 심봉사가 자신의 눈을 찔러 다시 봉사가 되는 결말을 보이고 있다.

1944 〈심봉사〉, 만화 〈모던 沈淸傳〉, 만극 〈모던 沈淸傳〉은 미완인 관계로 심청의 환세도 없고, 심봉사의 개안도 없다. 이러한 연재 중

단이라는 공통점을 갖고 있는 자료에 대해 과연 이 부분이 포함되었다면 어떻게 되었을지 생각해 볼 여지는 있을 것 같다. 1944 〈심봉사〉는 1936본과 1946본 사이에 끼여 있는 형국이어서 이들 자료와의 공통적인 성격을 고려할 때 비슷하게 전개되었을 것으로 보인다. 만화 〈모던 沈淸傳〉, 만극 〈모던 沈淸傳〉은 왜 미완인지는 알 수 없고, 채만식의 경우와 달리 결말을 예측하기가 어렵다. 그렇지만, 전반적인 서사 전개의 방향과 미적 특성으로 볼 때 희극적 결말을 보였을 가능성이 있다.

3. 1900-1940년대 〈심청전〉 변용의 의미

1900-1940년대 〈심청전〉의 변용 양상은 옛것으로서의 고전소설 〈심청전〉을 근대적으로 바꾸어 보고자 한 노력이라 할 수 있다. 즉, 〈심청전〉을 진정한 고전으로 만드는, 새로운 시대의 〈심청전〉 의미 찾기의 일환인 것이다. 이러한 〈심청전〉의 근대시기 변용 양상에서 다음과 같이 의미를 찾아보았다.

1) 새로운 문화 환경에의 적용

1900-1940년대에 이루어진 〈심청전〉의 개작은 이전에 이루어진 이본 생성과는 차원이 다른 정도의 변용을 보인다. 呂圭亨의 〈雜劇 沈青王后傳〉, 박문서관의 〈신정 심청전(몽금도전)〉, 옹천 김규택의 만화

〈모던 沈淸傳〉, 만극 〈모던 沈淸傳〉, 채만식의 희곡 〈심봉사〉 2편, 소설
〈심봉사〉 등은 양식적 측면이나 서사 내용이나 전개 방향 등의 측면
에서 각기 나름대로 독특하고도 대폭적인 변용이 이루어진 것이다.

그런데 이러한 다양하고도 대폭적인 변화의 양상에도 불구하고
이들 〈심청전〉 개작본에서 여전히 유지하고 있는 서사 내용과 주제
는 '효'와 '가난'이다. 어떤 〈심청전〉이라도 심청이 효녀가 아닌 경우
는 없으며, 심봉사와 심청의 형편이 가난을 벗어난 경우는 없다. 물
론 심청이 자신의 몸을 팔아 공양미 삼백 석을 구하고 인당수로 떠
나는 것에 대해 '이효상효'(〈신정 심청전(몽금도전)〉)라 한다든지, 임
당수에 가서 빠져 죽어 눈을 뜨게 하는 것이 효도냐는 질문(1946 〈심
봉사〉)과 같이 심청의 효심이 결정한 행동에 대한 문제제기는 곳곳
에 있지만, 그것이 심청의 효를 부정하는 의미는 아니다.

〈심청전〉에서 가난의 문제는 심청의 효와 심봉사의 행복을 가로
막는 결정적 장애라고 할 수 있는데, 이들 개작본에서는 유지되는
수준에서 나아가 오히려 더 증폭되고 있는 것으로도 보인다. 그것은
이 시기 개작본에서 강화되고 있는 물질 중심 사회로의 변화 모습과
관련해서 볼 때 그러하다. 이는 1910년대 개작본보다는 1930년대 개
작본에서 확연히 드러난다. 등장인물의 말이나 서술자의 목소리로
'돈이면 다구나', '돈이 정말 중요하구나'와 같은 '돈'이 강조되고 있
는 것이다. 그런데 '돈'이 강조되면 될수록 심청이나 심봉사는 더욱
더 작아질 뿐이다. 삶은 더욱 비참해 보이고, 심봉사가 눈뜰 가능성
은 더욱 희박해지는 것이다.

근대에 이루어진 〈심청전〉의 변용 양상은 그 근본 원리로 볼 때 현

대, 지금 바로 여기의 문화 향유에서도 마찬가지로 일어나는 모습이라 할 수 있다. 서사의 파격적 변용, 하지만 고전 작품의 가장 중요하고도 고유한 가치와 관련되는 속성의 유지, 매체의 변용이 이루어지면서 장면화의 방식 변화, 인물 성격 변화, 기존의 〈심청전〉이 갖고 있던 미적 속성의 변화 추구, 심지어 고전의 왜곡, 뒤틀기가 이루어지는 모습 등. 그렇지만 놀라운 것은 어떻게 변하더라도 원래의 〈심청전〉이 가지고 있던 핵심 의미, 즉 가난과 효라는 문제는 지속된다는 것이다. 가난과 안맹이라는 질곡에서의 구원에 대한 답은 시대에 따라, 작품 변용의 기회에 따라 달라지기도 하지만, 그 문제의 본질이 계속 상기되고 그에 대한 답을 추구하게 하는 것, 이것이 〈심청전〉이 가진 고전으로서의 속성이라 할 수 있을 것이다. 그래서 근대에 이루어진 〈심청전〉의 변용에서 우리가 찾을 수 있는 지닌 의의는 격변하는 사회에서도 고전이 줄 수 있는 의미는 지속된다는 것이다. 그리고 마찬가지로 시대와 사회, 역사가 변해도 교육의 현장에서 이 고전 작품들이 다루어져야 하는 근거와 이유가 된다는 것이다.

한편 근대에 재생산된 〈심청전〉을 이렇게 전통 지키기라는 정신, 문화적 의미로도 읽을 수 있지만, 예전과 달라진 시대, 사회, 문화에 따라 달라져야 할 부분에 대한 논쟁이라고도 볼 수 있다. 앞서 보았듯이, 근대 시기의 〈심청전〉 개작본들은 공통적으로 시대적 배경을 수정하였다. 이는 민족사적 관점에서 본다면, 근대와 겹쳐 있던 일제강점기라는 민족 수난과 관련하여 민족주체성[29]의 강화로 읽을

......

29 정하영은 〈雜劇 沈青王后傳〉에서 시대적 배경을 신라와 발해 등으로 바꾼 것을 민

수도 있을 것이다. 그런데 다른 한 편으로 보면, 시공간적 배경의 수정은 우리 것이 아닌 것을 우리 것으로 받아들일 때에도 자주 일어나는 현상으로, 근대와 다른 시기에 존재하던, 지금 우리의 것이 아닌 것으로 보이기도 하는 〈심청전〉을 우리의 것으로 받아들인 노력으로 읽을 수도 있을 것이다. 이것은 '현지화'이자 '현재화'로 의미를 찾을 수 있다는 것이다.

양식 변용의 문제도 이와 같은 맥락에서 볼 수 있을 것이다. 유독 근대에 들어 〈심청전〉을 '극화'하는 노력을 했다는 것은 신문명에 적합하게 수용한 흔적이라 할 수 있다. 동일한 소설로도 재생산되었지만, 노래와 서사가 함께 있는 잡극, 연극, 삽화가 부기된 소설과 만화의 중간 양식, 만극과 같은 새로운 양식으로 재탄생하였다. 여규형이 〈沈靑王后傳〉 앞에 '雜劇'이라는 수식어를 붙여 극단 원각사에서 상연할 목적으로 개작을 한 것도, 만화 소설이라는 양식으로 〈심청전〉이 만들어진 것도, 만극으로 〈심청전〉이 공연된 것도 새로운 문화 환경에 필요한 작품으로 〈심청전〉이 재생된 것이다.

2) 개작자의 근대적 의식 반영

呂圭亨의 〈雜劇 沈靑王后傳〉, 박문서관의 〈신정 심청전(몽금도전)〉, 웅천 김규택의 〈모던 沈淸傳〉, 만극 〈모던 沈淸傳〉, 채만식의 희곡

······
족적 자각 의식을 가진 개화기 지식인의 문제로 보면서, 기존의 〈심청전〉을 그대로 따르면서 시공간적 배경을 한국으로 바꾼 것이 한국적인 것이라 할 수는 없다고 하였다(정하영, 위의 글, 528쪽).

1936 〈심봉사〉, 소설 1944 〈심봉사〉, 희곡 1946 〈심봉사〉는 시대적 의
식이 있는 작가에게 창작의 원천으로 제공되어, 변신, 부활한 것이
라고도 할 수 있다. 그래서 이들 개작본에서는 개작자의 의식이 표
명되는 경우가 많다. 개작의도를 드러낸 글을 통해서 알 수 있는 것
은 이들 개작본은 모두 개작자의 근대적 의식이 실현된 결과물이라
는 것이다.

〈雜劇 沈靑王后傳〉은 한문으로 쓰여진 극이면서 전반적인 작품 서
술의 경향이 우아하고 점잖은 편이다. 이러한 특성은 심봉사의 인물
형상이나 '德孃'이라는 이름으로 바뀐 뺑덕어미의 행위를 비교해 볼
때도 드러나는데, 이러한 변화는 '雜劇'이라는 양식명을 사용한 것과
작품의 서두와 말미에 붙어 있는 무대인사를 통해 알 수 있다. 원래
'雜劇'은 중국의 희곡 중 가극에 속하는 것이다. 그래서인지 〈雜劇 沈
靑王后傳〉은 장면 설명과 인물의 노래, 대사가 어우러진 형태를 보인
다. 연극 상연을 위한 것이라 하면서 한문으로 기록한 것이 이해가
안되기는 하지만, 왜 잡극이라 명명하였는지는 작품의 구성과 표현
방식을 보면 납득이 된다. 그리고 무대 인사인 出帳演談에 나타난 개
작 의도가 효성과 정렬로 이름난 사람들의 기록을 전승[30]하고, 기존
자료의 문장이 비루한 것을 다듬고[31], 연극으로 발표하여 길이 권장
하고자[32] 하였다는 것을 작품의 변용 양상과 관련시키면, 〈雜劇 沈靑

......

30 其國女子之以孝烈稱者甚多…(중략)…其奈年代侵邈, 文獻無徵, 彤管靑史, 寥寥無聞,
其可惜也
31 差其事則昭然眞的, 而其文鄙俚, 其辭矛盾…(중략)…因本事而增潤釐正之
32 出府於圓覺社演戲場, 使之宣布一世, 勸奬千古

王后傳)이 왜 그렇게 되었는지가 설명된다.

이러한 개작자의 근대 의식이 새로운 〈심청전〉 변용으로 실현되었다는 것은 〈몽금도전〉, 채만식의 경우를 통해서도 확인할 수 있다. 〈몽금도전〉의 경우에는 개작자의 의식이 소설의 말미에 부기되어 있는 형태인데, 이는 "1)효도하지 않는 세태에 대한 비판, 2)〈심청전〉이 다른 소설에 비해 갖는 교육적 가치와 기능 강화, 3)허망한 풍속을 반영하는 문제 해소 등[33]으로 정리할 수 있다. 개작기에 나타난 내용을 바탕으로 〈몽금도전〉을 들여다 보면, 〈몽금도전〉의 서사가 왜 그렇게 변용되었는지를 잘 이해할 수 있다. 굳이 〈심청전〉을 선택한 것은 〈심청전〉의 허망한 사연을 바로 잡아 경전을 대용할 만한 교육적 자료로 만들고, 효도를 하지 않는 세태에 비판과 교훈을 주기 위한 것이다. 그래서 〈몽금도전〉에는 곳곳에 불교를 신봉하거나 미신을 믿는 허망함을 비판하고, 용궁에 간다는 비현실성을 널빤지 위에 걸쳐져 심청이 살아나는 것으로 바꾸고, 심봉사가 눈뜨는 장면도 없앤 것이다. 그리하여 전반적으로 현실적 합리성을 강화하는 방향으로 〈몽금도전〉을 만들어낸 것이다.

채만식의 경우에는 결말을 알 수 있는 희곡 〈심봉사〉 2편으로 보건대, 원래의 〈심청전〉 서사가 가진 행복한 결말을 비극적[34]으로 구현하고 있음을 알 수 있다. 그런데 채만식이 구현하고 있는 비극성은 오이디푸스 왕의 결말과 비슷하다는 단순한 비교 수준이 아니라,

......

33 졸고, 위의 글, 155쪽.
34 채만식의 희곡〈심봉사〉가 지닌 비극성에 대해서는 기존 연구에서 충분히 논의된 바 있다.

희비극이 교차함으로써 역설적으로 비극성이 강화되는 양상을 보인다. 이는 채만식이 가진 근대적 소설관과 함께 현실에 대한 리얼리즘적, 비관적 인식이 작용한 것으로 볼 수 있다.

> 이것을 각색함에 있어서 첫째 제호를 〈심봉사〉라고 한 것, 또 〈심청전〉의 커다란 저류가 되어 있는 불교의 '눈에 아니 보이는 힘'을 완전히 말살 무시한 것, 그리고 특히 재래 〈심청전〉의 전통으로 보아 너무도 대담하게 결막을 지은 것 등에 대해서 필자로서 충분한 석명이 있어야 할 것이나 그러한 기회가 앞으로 있을 것을 믿고 여기에서는 생략하고 다만 아무런 이유도 없이 그러한 태도로 집필을 한 것은 아닌 것만을 말해둔다   (〈심봉사〉附記, 1936).

위에서 보듯이 채만식은 의도를 갖고 〈심봉사〉라고 제목을 붙였으며, 불교의 초현실적 힘을 완전히 무시하고, 원래의 〈심청전〉과 매우 다른 결말을 맺도록 하였다. 이러한 의식을 전통과 관련 지으며 문화적 정체성을 찾기 위한 노력[35]으로 보기도 하고, 당대의 역사적 현실에 대한 냉철한 해석으로 저항 의식과 새 역사에 대한 갈망의 표출[36]이라고도 한다. 그 어떤 것이든 채만식은 〈심봉사〉를 통해 웃음마저도 가난의 정황과 어울려 더욱 깊은 비극[37]을 느끼게 한다.

......

35 황혜진, 위의 글, 240쪽

36 김미영, 위의 글, 120쪽

37 1936〈심봉사〉를 보면, 심봉사가 곽씨부인 해산 과정에서 옷집 부인에게 "얼른 와

〈심봉사〉에서 심봉사가 눈을 뜨고서도 자신의 눈을 찔러 다시 봉사가 되는 것이 비극이지만, 심청이 죽어버린다는 것도 비극이고, 모르고 지낼 수 있는 진실을 직접 목도함으로써 자식을 죽인 아비의 처참함을 직접 느껴야 하는 것도 비극이다.

3) 고전소설의 대중성을 기반으로 흥미 추구

1900-1940년대의 〈심청전〉 변용이 보여주는 또 하나의 중요한 의미는 고전소설이 실제로 대중성을 갖고 있었으며, 새로운 상업 문화, 문학 향유 문화가 도래한 상황에서 원래 인기 있던 고전소설을 확장적으로 활용하여 또 다른 이익을 창출하고자 한 노력이라는 것이다. 원각사라는 새로운 문학의 필요를 고전소설 〈심청전〉을 개작하여 〈雜劇 沈靑王后傳〉을 지은 것이 그러하고, 김규택이 〈조광〉이라는 잡지에 〈심청전〉을 실으면서 만문만화라 붙이고 〈모던 沈淸傳〉이라 한 것이나 유성기 음반용으로까지 〈심청전〉이 만들어진 것이 그것이다. 이러한 〈심청전〉의 양식이 다양화되는 이유에는 상업적 이익이 있었고, 이는 〈심청전〉이 이미 갖고 있었던 대중성에 기

......

서 애기를 좀 낳아 주어요."라고 하니 "아이구 망칙해라. 그게 무슨 소리요? 나더러 가서 애기를 낳아 달라니요."라고 받고, 다시 심봉사가 "아아니 우리 마누라를 애기를 시방 애기가 나와요."라고 하여 "네에네 애기를 받아 달라구요. 호호, 그걸 글쎄 나더러 낳아 달라니! 호호 내 시방 곧 가리다."라는 장면이 나온다. 곽씨가 아이를 낳는 급박한 장면에서 이런 언어 유희가 이루어지는 것이다. 또 다른 예로 심청과 친구에게 심봉사가 "이애야, 나도 너희들이 바느질하는 구경 좀 하자꾸나."라고 하니 심청이 "아버지가 구경을 어떻게?"를 들 수 있다. 농담으로 들으면 웃고 지나갈 말이지만, 있는 그대로 받아들이자면 굳이 아버지에게 볼 수 없는 맹인이라는 것을 확인시키는 송곳같은 말인 것이다.

반한 것이다.

특히 만화 〈모던 沈淸傳〉과 만극 〈모던 沈淸傳〉은 다른 개작본에 비해 더욱 대중적으로 통속화된 모습을 보여준다. 요즘으로 말하자면, 웹툰으로 〈심청전〉이 개작되어 〈모던 沈淸傳〉으로 게재되거나 개그콘서트와 같은 코메디 프로그램에 패러디 〈심청전〉이 공연되는 것이라 할 수 있겠다. 이들 개작본은 〈모던 沈淸傳〉이라는 이름 그대로 모던-한 심청의 이야기다 보니 구질구질한 슬픔이나 비참은 온데간데 없이 해결되는 것 같다. 서로 이야기를 이어가다 언어유희로 심각한 상황을 전혀 다르게 만드는 만극도 그렇고, 만화도 그렇다. 만화 〈모던 沈淸傳〉을 예로 들자면, 젖동냥하며 고생하는 심봉사의 모습은 없이 온 동네 아주머니들이 모여 '미덕회'를 만들고, '어미없는애기 젖먹이기' 운동을 하여 심청이 행운녀가 된다. 심봉사가 심청이를 안고 집집마다 방문하면 젖은 문제없이 제공되어 '오-스트랄리아의 대목장'도 털끝만큼도 부럽지 않은 정도가 된 것이다.

이렇게 두 편의 〈모던 沈淸傳〉은 심청의 절박한 사연에 대해 몸을 팔아야 하는 현실을 강조하거나 아버지라는 굴레 때문에 어쩔 수 없이 돈을 벌어야 하는 '가난'과 관련시키면서도 그런 세상에 대해 비아냥거리고 웃기게 만들며 비꼬는 시선을 강화하는 공통점을 보인다. 이런 모던한 개작 혹은 변용은 이미 대중성이 있는 〈심청전〉으로 당대 독자들에게 신선함을 주어 인기를 얻을 수 있다고 보았기 때문에 이루어진 것이라 할 수 있다.

한편 만화 〈모던 沈淸傳〉은 〈심청전〉의 변용을 통해 대중적 상업성을 추구[38]했다는 것을 서사 전개 내에서도 확인할 수 있다. 대표적인 예로 태몽 장면을 들 수 있다. 이 장면이 매우 흥미로운 것은 태몽에 나온 여인이 광고 속 외국 여인이라는 것과 곽씨부인의 불임 원인을 진단하고 약을 처방[39]하였다는 것이다. 원래의 태몽은 득죄한 서왕모의 딸이 심청으로 환생하는 것인데, 여기서는 곽씨부인에게 필요한 약을 처방하면서 그 약의 막대한 효력을 광고하는 것이다. 이러한 상업성의 추구는 〈조광〉이라는 잡지가 광고 측면에서 획기적인 변화를 보인 데서도 확인할 수 있다. 〈조광〉은 역사적으로 전무후무한 광고 강조 전략을 가졌는데, 그것은 광고를 본문의 한 페이지로 삽입하고, 목차면에 별도로 〈광고목차〉를 병기하였으며, 목차에까지 광고를 넣었다는 것이다.[40] 이로 보면, 곽씨부인의 태몽에 의약 광고가 등장한 것이 예사롭지 않다. 다시 말해 잡지의 광고가 〈심청전〉 서사 내로 침투해 들어온 것으로 볼 수 있는 것이다. 그래서 사람들은 〈모던 沈淸傳〉을 읽으면서 자연스럽게 의약 광고에 접하고, 그 약에 대한 긍정적 인상을 갖게 되는 것이다.

......

38 졸고, 「만문만화〈모던 심청전〉 연구」, 『문학교육학』 46, 한국문학교육학회, 2015에서 만문만화〈모던 심청전〉이 지닌 대중 지향성을 분석한 바 있다.

39 최혜진은 이를 두고 병리학적 관심이라(위의 글, 266쪽) 하였는데, 필자는 태몽의 내용이 광고라는 새로운 매체를 서사 속으로 끌어들여 상업성을 극대화한 시도로 읽고자 한다.

40 최수일, 「잡지 『조광』을 통해 본 '광고'의 위상 변화」, 『상허학보』 32, 상허학회, 2011, 357~404쪽.

4. 결론

　이제까지 1900-1940년대에 이루어진 〈심청전〉의 근대적 변용 양상을 살펴보았다. 여기서 다룬 呂圭亨의 〈雜劇 沈靑王后傳〉, 박문서관의 〈신정 심청전(몽금도전)〉, 만문만화 〈모던 沈淸傳〉, 유성기 음반에 실려 있는 만극 〈모던 沈淸傳〉, 채만식의 희곡 〈심봉사〉 2편, 소설 〈심봉사〉 등은 이 시기에 〈심청전〉이 얼마나 다양한 양식으로 다양한 서사로 재생산되었는지를 보여준다. 이러한 모습과 의미는 이렇게 풍부하게 재생산될 수 있는 자질을 〈심청전〉이 갖고 있었다는 것이고 이는 '고전'으로서의 가치를 말해주는 것이라 할 수 있다. 이는 고전의 의미가 단지 오롯이 원전을 지켜나가는 데 있는 것이 아니라 때로는 기존의 틀을 벗어나 아예 새로운 시선으로 볼 수 있는 대상, 때로는 기존 서사나 양식과 다른 방식으로 만들 수도 있는 원천 자료로서의 가능성으로 읽을 수 있다. 보편적 주제를 담고 있어 계속적인 재생산 가능성을 지닌 것이면서 동시에 거꾸로 부여하는 의미, 정반대의 의미 방향을 추구하는 데까지 나아갈 가능성이 있는 것이야말로 '고전'일 수 있다는 의미이다.

제3부

판소리 문학의
가치와 효용

판소리 문학의 문화 적응과 확산

제1장

〈심청전〉의 기도와 효용

1. 서론

　문학교육의 대상이 되는 어느 한 문학 작품에서 특히 무엇을 중심으로 하여 다루는가에 따라, 문학교육적 가치나 방법, 효용성은 달라질 것이다. 이런 관점에서 보면, 문학 작품을 이루는 다양한 구성 요소들은 문학교육의 현장에서 개별적으로 다루어질 수 있는 데, 이 연구에서는 특별히 〈심청전〉의 기도에 주목하고자 한다.

　〈심청전〉에서 '기도'의 요소는 서사 전개에 있어서 필수적인 것은 아니지만, 새로운 이본의 생산과 수용 과정에서 조금씩 다른 서술을 보이고 있어 〈심청전〉의 향유 과정에서 수용자의 반응이 있었음을 알 수 있다. 특정 대목이나 화소의 출입에 따라 이 부분이 아예 빠지

기도 하지만, 대개의 경우 비슷한 위치에서 나타나면서도 변이를 보이고 있다. 이는 문학 작품을 매개로 한 생산과 수용 과정, 즉 문학 향유의 흔적을 말해 주는 것으로, 수용자의 적극적 반응을 전제하고 새로운 문학 생산으로 나아가는 문학교육의 한 표본으로 삼을 만 하다.

그리고 '기도'라는 서사의 요소는 문학의 향유 과정에서 이루어지는 정서적 소통 과정과 관련이 있다.[1] 특히 〈심청전〉에서는 여타의 고전소설 작품에 비해 기도 장면이 비교적 자주 등장하는 편이며, 〈심청전〉의 핵심 서사 요소와 결부되는 양상을 보이고 있어 주목된다.

단순히 기도를 해서 어떤 결과에 이르렀나 하는 인과관계로만 본다면, 기도를 해서 소원을 성취하게 된다는 종교적 의미나 절박한 상황에서의 소망 표현이 긍정적인 결과를 얻게 된다는 정도의 의미에 그칠 것이다. 그렇지만, 〈심청전〉 내에서 등장 인물이 기도를 하게 되는 특정 상황과 내용은 그 서사 국면에서의 인물 심리와 정서, 그리고 서사 진행과 관련되고 있다. 이러한 양상은 기도라는 간단한 텍스트를 통해 전체 문학 작품에 대한 이해를 시도할 수 있는 가능성을 보여주며, 다양한 문학교육의 설계의 발판이 될 수 있다.

......

1 종교적 측면에서 본다면, 기도는 신과의 의사소통이다. 절대자와의 실존적 자아가 소통하는 것, 신과의 대화인 것이다(김성원, 「포스트모던 변증학적 기도론」, 『지성과 창조』 3, 나사렛대학교출판사, 2000). 그런데 종교적 행위로서의 기도가 아니라 문학 작품 내에서 나타나는 서사의 한 요소로서의 기도는 등장 인물의 실존성뿐만 아니라 정서적 상황을 표출하고 있어서, 그 인물의 내적 심리를 파악할 수 있는 단서로 볼 수 있다.

이런 관점에서 〈심청전〉에 나타나는 기도의 양상을 살펴보고, 기도가 〈심청전〉 전체 서사에서 어떤 기능을 하는지를 구조화하여, 문학교육적으로 어떤 효용을 지니는지를 논의하고자 한다. 이 과정에서 '기도'라는 텍스트가 문학교육의 장에서 어떻게 활용될 수 있으며, 어떤 의미를 지니는지를 함께 다룰 것이다. 특히 여기서는 정서적 측면에 주목하여 문학 작품에 대한 정서적 반응과 그 결과로서의 치유 기능[2]을 살펴볼 것이다.

한 가지 짚고 넘어가야 할 것은 여기서 다루는 '기도'의 범주이다. 원래의 '기도'는 종교적인 행위로서, 특정 종교적 신앙을 가진 사람이 혹은 무조건적으로라도 신앙의 대상에 대해 기원을 하는 것을 의미한다. 그렇다면 여기서 '기도'를 어떤 종교적인 기구 행위로 보고, 종교적 의미나 세계관으로 논의할 것인지에 대한 결정이 필요하다. 이 연구에서는 기존의 〈심청전〉 연구나 고전문학 연구에서 논의한 종교적 세계관이나 사상의 문제로 접근하지 않고, 특정 종교의 문제에 상관없이 나타나는 개인적인 기원의 행위를 '기도'의 범주로 삼고자 한다.

이렇게 보면, 좁게는 종교적 기원 행위에서부터 넓게는 독백 형식

......

2 이는 문학치료학의 관점과 상통하는 것으로, 문학 치료의 개념은 정상적인 심리 상태를 지니지 못한 사람을 문학작품을 통하여 정상적인 심리상태로 돌려놓고자 하는 일종의 심리치료이다. 문학치료의 관점에서 보면, 문학작품을 매개로 하여 전문적인 치료의 과정뿐만 아니라, 문학작품을 서술하는 행위 자체가 치료의 일환이 될 수 있다. 이 연구에서 문제로 삼고 있는 소통적 관점에서의 기도가 갖는 기능은 문학작품을 생산하고 수용하는 과정 전반과 관련되는 점에서 동일한 맥락을 갖는다고 할 수 있다(박기석, 「문학치료학 연구 서설」, 『문학치료연구』제1집, 한국문학치료학회, 2004. 1-14쪽 참조).

의 기원적 언술까지도 기도로 볼 수 있다. 이는 이 연구에서 목적으로 하는 바, 〈심청전〉의 자료에 따라 달리 나타나는 변이의 의미를 살피고 문학교육적 효용성을 밝히기 위해서는 가장 우선적으로 개인적인 기원 행위를 중점적으로 다룰 필요가 있다고 보기 때문이다.

〈심청전〉 자료[3]는 필사본을 중심으로 하되, 필요에 따라 창본과 방각본을 함께 참조할 것이다.

2. 등장 인물별 기도의 양상과 서사적 상황

〈심청전〉에서 기도가 나타나는 양상을 보기 위해서는 등장 인물에 따라 어떤 기도가 이루어지며, 이의 서사적 상황이 어떠한가를 함께 살펴보아야 한다. 등장인물과 상황이라는 서사적 요소는 서로 얽혀 있는 것이긴 하지만, 등장인물의 성격이나 해당 서사에서의 역할에 따라 어떠한 서술이든 달라질 수 있을 수 있으므로 우선 인물을 중심으로 하여 살펴보도록 하겠다. 그리고 인물별로 나타나는 기도가 어떤 서사적 상황에서 어떻게 이루어지는지, 서사의 전체 맥락에서 기도의 위치가 어떤지를 살펴봄으로써 기도의 양상을 구조화해 보고자 한다.

〈심청전〉에서 개인적인 기원 행위를 보이는 등장 인물은 곽씨부

......

3 〈심청전〉 자료의 인용은 김진영 외, 『심청전 전집』 1-11권을 바탕으로 함을 밝혀 둔다.

인, 심봉사, 심청 등으로 좁혀서 볼 수 있다. 이 등장 인물별 기도는 기도의 상황이나 내용에 따라 다른 특성을 보이고 있다.

(1) 곽씨부인

심봉사 부인 곽씨의 기도는 이 연구에서 제한하고자 하였던 제의와 겹쳐져 있고, 후대본일수록 기도의 내용보다는 기도 행위로서 치성을 들이는 부분만 묘사되고 있어 본격적인 기도라고 보기 어려운 측면이 있다. 그러나 일부 자료에서 간단하게나마 곽씨의 기도가 서술되기도 하여, 심봉사와 심청의 기도와 함께 다루어보고자 한다.

> (가) 품 파라 모든 직물 왼갓 공 다 들인다 명산딕찰 영신당과 고뫼충사 셩황사며 졔불보살 미력임과 칠셩불공 나흔불공 졔셕불공 신즁마지 노구마지 탁의시주 인등시주 창오시주 갓갓지로 다 지니고 집의 드러 잇난 날은 조왕 셩주 지신졔를 극진이 공 드리니 공든 탑이 무너지며 심든 남기 썩거질가 갑자 사월 초팔일의 흔 쑴을 어드니
>
> (완판 71장본)

> (나) 앙씨 부인 그 달부터 즈식을 보랴ᄒ고 진합퇴산 모흔을 불과 졍셩 드려 명슨딕쳔 지하 셕불미력 셧ᄂ 곳과 삼신소죤 불젼의 언구국시 지극ᄒ고 황측시쥬 관젼공영 쥬

　　　　　자신일 부일의 할데 공든 탑이 문어지며 신든 남기 썩거

　　　　　질가 천지들 무심ᄒ리　　　　　（정문연 소장 31장본）

(다) 그 날봇텀 ○○○○○○○○○〈1-뒤〉임보살 원낭바인

　　셔쳔세계 동셔남 연화봉 육관듸사 ᄉ명단 쳔원당 만원

　　당 풍션당 남무ᄒ미타불 관셰음보살 ᄒ우동심ᄒ옵쇼셔

　　거지ᄂ 유이국이요 셩명은 심핑구라 귀남자 아달 ᄒ느

　　만 쳔만 봉만 틔야 쥬오 이러툿 공 드을 졔 죤불미억 불

　　공ᄒ기 명산듸쳔 산졔ᄒ기 셩죠젼의 굿ᄒ기 죠왕젼의

　　명일기 원업시 다ᄒ이 공든 탑이 문어지며 심근 남기 불

　　어질가 쳔심이 감동ᄒ고 부쳬임이 도으시사 갑자 사월

　　쵸십일야 몽의　　　　　（정명기 소장 낙장 38장본）

　　위에서 볼 수 있듯이, 이 부분은 심봉사 내외가 자식을 얻기 위해 올리는 기자치성 대목이다. 그래서 대부분의 서술이 지성을 어떻게 드리는가에 초점을 맞추어 이루어진다. 이는 기도의 행위가 자식을 얻기 위한 것이라는 비교적 분명한 목적이 있기 때문에 기도의 내용에 대한 관심이 없어서라고 할 수도 있겠다.

　　기자 치성을 어떻게 드리는가에 대한 서술은 대부분의 경우 완판 71장본과 유사하게 나타난다. 이는 심봉사 부인에 대한 서술이 등장하는 자료 자체가 후대본으로 한정되어 있기 때문이라 할 수 있는데, 곽씨부인 관련 화소가 추가되면서 내용적으로 별다른 차이가 없이 계속 재생산되고 있다.

그런데 정문연 소장 31장본이나 정명기 소장 낙장 38장본의 경우, 완판 계열의 자료와 미세하나마 차이를 보인다. 정문연 소장 31장본의 경우, 심봉사 부인의 이름이 곽씨가 아닌 양씨라는 점도 다르지만, 기자치성을 드리기 위한 목적으로 'ᄌᆞ식을 보랴ᄒᆞ고'라는 언술이 직접적으로 드러난다는 점 정도가 다르다. 그리고 정명기 소장 낙장 38장본의 경우, 사는 곳이 유리국이요 성명은 심핑구이며, 아들 하나만 점지해 달라는 기도의 내용이 서술되어 있어 독특성을 보인다.

그리고 여기서 인용하지 않았지만, 최재남 낙장 22장본의 경우와 같이, 기자 치성을 곽씨부인만 올리는 것이 아니라 심봉사가 함께 하는 것으로 나오는 자료가 있다. 최재남 낙장 22장본에서는 치성은 심봉사가 주력하고, 부인은 품을 파라 봉양이 힘을 쓰니 옥황상제가 기특히 여겨 심청을 보낸다는 설정이 되어 있어 독특하다.

심봉사 부인 곽씨의 기자치성은 공든 탑이 무너질 수 없듯이 지극 정성으로 이루어졌기 때문에 심청을 잉태하게 된다는 서술로 마무리되고 있다. 곽씨 부인의 기도 행위는 말로 표현되는 기도가 아니라 대부분 행동으로 서술되는 일종의 수행으로 나타나며, 기도 행위 부분 전체의 서술로 볼 때 심청이 탄생하게 되는 서사적 상세화와 필연성 부여에 초점을 맞추고 있어, 곽씨 부인 개인의 심리적 정서나 욕구를 찾아내기가 어렵다고 할 수 있다. 그렇지만 자료에 따라서는 기자치성을 드리는 행위를 다른 방식으로 제시하고 있는 것들이 있어, 정성을 다하는 행위가 어떠해야 하는가에 대한 다양한 관점의 표현이 새로운 〈심청전〉 자료의 생산에서 이루어지고 있음을 볼 수 있다.

 (2) 심봉사

 심봉사의 기도가 나타나는 부분은 부인 곽씨의 해산, 즉 심청의
탄생 부분 서술을 전후로 한 대목과 곽씨 부인의 죽음 후이다. 앞서
본 곽씨 부인의 기도 행위와는 달리 구체적이고도 본격적인 기도의
서술이 나타나고 있어 자세히 살펴볼 필요가 있다. 심청의 탄생을
전후로 한 심봉사의 기도는 곽씨 부인의 해산 전후로 다 나타나기도
하고 해산 전이나 후에 한번만 나타나기도 한다.[4]

> (가) 심망인 긔슈치고 부엌키로 더듬더듬 나(2-뒤)아가셔 쇼
> 반 정화슈의 삼시랑상 치일 젹의 울목의 집 페고 쌀 흔 되
> 의 정화슈의 메역 셰 가닥 밧쳐 녹코 헌 도포 헌 파입의 공
> 슌히 안자 계왕임젼의 비ᄂᆞᆫ고나 비난이다 비ᄂᆞᆫ이다 쳔지
> 졔왕 일기졔왕 삼십삼쳔 도졔왕임 ᄒ오동심ᄒ옵쇼셔 오
> 늘늘 당ᄒ와 미방졔단의 집젼좌긔ᄒ옵고 곽씨부인 희틱
> 을 빗쵸온이 황음션싱 원업션 싱골 상겨 살 싱겨 흔 달 두
> 달 피 모와 다섯 달 반즘 시러 아홉 열 달 윈즘 차 금광문
> 하탈문 쎄문 살문 안문 밧문 고이 으려 슌산을 ᄒ졔 ᄒ옵

.....

4 이에 대해 김영수는 심청 출생 전후에 모두 기도가 나타나는 이본들이 판소리 연
행과 관련되며, 축원의 유무나 확장 정도에 따라 계열간의 친연 관계를 검토할 수
있다고 하였다(김영수, 『필사본 심청전 연구』, 민속원, 2001. 145-147쪽).

쇼셔 흔 연후의 ㄴ종으ㄴ 육담으로 빈다 비ㄴ이다 비ㄴ이
다 머이을 베혀 신을 삼고 이을 쎅야 진을 건덜 졔왕임 은
혜을 갑푸잇가 달기 알 ㄴ튼 쎙의 알 낫튼 쵸믹귀여 노랑
강아지 쌔지듯 쑥 쌔지계 ㅎ옵쇼셔 비ㄴ 굿티 힘 흔번 시
던이 아기가 응이 응이 우ㄴ구ㄴ   (정명기 낙장 38장본)

(나) 히복긔미 있구나 익고 빅야 익고 허리야 심봉사 일번 반
갑고 일번 놀닉여 집 흔 줌 졍이 츌여닉여 사발의 졍한수
을 소반의 밧쳐노코 단졍이 꿀어안져 비난이다 비난이다
삼신 졔왕젼 비난이다 곽씨부인 노산이오믹 헌 쵸마의
외씨 쌔지듯 슌산으로 ㅎ여 쥬옵소셔 비더니 …(중략)…
쳥굽밥 얼는 지여 삼신상의 밧쳐놋코 의관을 졍예ㅎ고
두 손 들어 비난 말이 비난이다 비난이다 삼십삼쳔 도슐
쳔 졔셕젼의 발원ㅎ며 삼신졔왕임네 화의동심ㅎ야 다
구버 보옵소셔 사십 후의 졈지흔 자식 흔두달의 이실 믹
져 셕 달의 피 얼이여 낙달의 인형 삼겨 다섯달의 외포
삼겨 여섯달의 육졍 나고 일곱달의 골격 삼겨 사만팔쳔
털이 나고 여덜달의 찬짐 바다 금광문 히탈문 고흐 열어
〈4-앞〉順産슌산ㅎ니 三神삼신님네 덕이 안인가 다만 無
男獨女무남독여 쌀이오나 東方朔동방삭의 命명을 쥬어
틱임의 德行덕힝이며 大舜曾參되슌증삼 孝효힝이며 기
랑쳐의 졀힝이며 반혜에 직질이며 福복은 石崇셕흥의
복을 즘지ㅎ며 쵹부단혈 복을 쥬어 외 붓덧 달 붓던 殘病

　　　　잔병업시 日就月將일치월장ᄒ여 쥬옵소셔 더운 국밥 퍼

　　　다녹코 산무를 메긴 후의　　　　　　（사재동 소장 44장본）

　위의 (가)와 같은 해산 전 기도는 일반적으로 곽씨의 순산을 기원하는 것으로 내용이 이루어진다. 기도를 위한 전체 서술이 심봉사가 의관을 정제하고 예를 갖추는 것까지 상세히 이루어졌으며, 순산에 대한 기원 앞에 아이의 성장 과정이 서술되었다. 이러한 순산을 기원하는 기도는 자료의 선후에 따라 특정 계열에서 나타나며 확장의 정도에 차이를 보인다. 특히 (가)의 정명기 낙장 38장본의 경우, 순산을 바란다는 기도 뒤에 '나중에는 육담으로 빈다'는 서술이 나오고 순산을 의미하는 해학적인 비유로 기원을 하고 있어 흥미롭다. 이러한 육담풍월 흉내는 판소리 연행과의 밀접한 관계를 보여주는 것이면서, 심봉사의 골계적이면서도 비일관적으로 나타나는 일탈의 형상과의 관련성을 떠올리게 한다. 이는 앞에서 보였던 부인의 순산 기원의 진지성이 없어지고, 이러한 기도의 표현이 지니는 언어 자체에 대한 탐닉으로 주된 관심이 옮아갔기 때문으로 보인다.

　(나)의 사재동 소장 44장본은 해산 전과 후에 모두 기도가 나타나는 경우를 보여준다. 완판 71장본도 이와 마찬가지로 대개의 내용이 거의 동일하다. 이렇게 두 번의 기도가 나오는 경우, 해산 전에는 순산을 기도하고, 해산 후에는 아이의 성장 과정과 함께 심청이 덕, 효성, 절행, 복, 건강 등을 누리며 잘 자라게 해달라는 기도를 한다. 정명기 낙장 38장본에서는 해산 전 기도에 나왔던 아이의 성장과정에 대한 서술이 해산 후의 기도에 포함되어 있고, (나)와 같은 경우 전체

적으로 산모와 아이를 위한 보다 자세하고 풍부한 기원을 한다는 점
에서 매우 확장되어 있는 양상이라 할 수 있다.

　곽씨 해산과 심청의 출생 대목 외에 곽씨 죽음 이후 특정 이본에
서 심봉사의 기도가 나타나 주목된다.

> (가) 비나이다 비나이다 ᄒᆞ날임기 비나이다 심청 어미 죽은
> 목숨은 압도 못보난 심망인을 딕신ᄒᆞ고 안히 목숨을 살
> 여 닉 주시면(3-뒤) 불상한 심청을 질러닉고 기반 도리
> 가 나슬 거시니 심청 모친을 환ᄉᆞᆼ시기여 주옵쇼스
>
> 　　　　　　　　　　　　　　　　　　(정명기 낙장 62장본)

> (나) 비나니다 비나니다 샴신시양젼의 비난이다 실딕 업난
> 이 닉 몸을 딕신으로 ᄌᆞ바가소 의기 어맘 슬녀 쥬소
>
> 　　　　　　　　　　　　　　　　　　(조춘호30장본)

　위에서 보듯이, 심청의 출생 대목에서 보였던 심봉사의 기도 분위
기와는 사뭇 다른 양상을 보이고 있다. 이미 죽은 심청 어미 목숨을
앞도 못보는 심봉사 자신으로 대신하고, 자신의 아내 곽씨를 살려
달라고 기도한다. 불쌍한 심청을 길러낼 수 있도록 심청의 어미를
환생시켜 달라고 기도하는 것이다. 이는 이제 막 태어난 아기와 눈
먼 남편이자 아비인 심봉사가 아내의 죽음 앞에서 더 이상 처절할
수 없을 정도로 깊은 절망을 표현하고 있다고 할 수 있다. 앞에서 본
심청 출생에서 보였던 즐거움과는 상반되는 것으로, 심청을 자식으

로 얻은 기쁨은 이제 엄마 없이 눈먼 봉사인 자기가 혼자 길러야 하는 질곡으로 바뀌어 버렸다.

이러한 곽씨의 죽음 앞에서 올리는 심봉사의 기도 (가)에서 '심맹인을 대신하고 아내 목숨을 살려달라'는 서술이나 (나)에서 보는 바와 같이 '쓸데 없는 이 내 몸으로' 곽씨의 목숨을 대신해 달라는 서술은 앞으로 살펴 볼 심청의 기도와 유사함을 보이고 있어 주목된다. 아내의 죽음 앞에서 자기가 대신 죽겠다고 하는 것이나, 눈먼 아비의 개안 공양을 위해 자신을 바치겠다는 것은 기도의 상황으로 볼 때 상통하는 것이다.

이렇게 아내의 죽음 앞에서 올리는 심봉사의 기도와 공양미 삼백 석을 위해 인당수에 빠져 죽어야 하는 상황에서 올리는 심청의 기도가 유사성을 보인다는 것은 유사한 상황에 대한 문제 해결 의식이 유사하다는 것, 그리고 죽음이라는 비슷한 상황에서 기도 내용이 이렇게 비슷할 것이라는 문학 향유의 관습이 작용한 양상으로 해석할 수도 있을 것이다.

심봉사의 기도가 나타나는 이 부분들은 모두 곽씨부인과 심청의 탄생과 관련된다는 점에서 초기 계열 이본에서는 볼 수 없는 것이면서, 후대본에 이 대목들이 수용되면서 어떻게 변화를 겪었는지를 간명하게 보여준다는 점에서 중요성을 지니기도 한다.

(3) 심청

심청이 기도를 올리는 부분은 심봉사의 공양미 삼백 석 시주 약속을 들은 후와 인당수에 투신하기 전 대목에서 나타난다. 사실 사태의 심각성을 고려하면, 심청의 기도는 앞에서 살펴본 곽씨 부인의 기도나 심봉사의 기도와는 성격과 정도가 다르다. 서사적 맥락을 본다면, 공양미 삼백 석 시주 약속은 〈심청전〉 전개의 핵심적 서사 요소이면서, 향후 심청이 자신을 파는 행위의 원인이 된다. 이렇게 보면, 자신의 몸을 팔아야 하는 선택을 하게 되는 과정에 심청의 기도가 있기 때문에 서사적 맥락에서 중요한 위치라고 할 수 있겠다.

그리고 인당수에 투신하기 전의 상황은 공양미 삼백 석 시주 약속을 들은 후의 상태보다 더욱 더 심각한 것이라 할 수 있다. 왜냐하면, 여기서는 필연적으로 심청이 물에 빠져 죽어야 하는, 자의든 타의든 자신이 선택한 죽음 앞에서 마지막으로 하는 언술이기 때문이다. 바로 그런 점에서 심각하기도 하고 절실하기도 하며, 정서의 표출과 수용이라는 소통 과정을 잘 들여다 볼 수 있는 부분일 것이다.

우선 공양미 삼백석 시주 약속 후에 심청이 올리는 기도를 한 번 보도록 하자.

> (가) 그 날부컴 목욕지게 젼조단발ᄒ며 집을 소쇄ᄒ며 후원을 단을 무어 북두칠셩 힝야반의 만뢰구젹한듸 등불을 발켜쓰고 졍화수 ᄒ 그릇 시북힝ᄒ야 비난 말리 간기 모월 모일의 심쳥은 근고우직비ᄒ노니 쳔지 일월셩신이며 하지후토 산영셩황 오방강시 하빅이며 졔일의 셔가여릭 삼금강 칠보살 팔부신장 십왕셩군 강임도령 슈차공양ᄒ옵소셔 ᄒ날님이 일월두미 사름의 안목이라 일월이 업

사오면 무삼 분별ᄒ오릿가 아비 무자싱신 삼십 안의 안
밍ᄒ야 시물을 못ᄒ오니 아비 허믈을 늬 몸으로 듸신ᄒ
읍고 아비 눈을 발켜 쥬읍소셔 이럿타시 빌기를 마지 안
이ᄒ니   (완판 71장본)

(나) 심청이 그늘보텀 머의 모욕 정셩ᄒ고 집안도 졍이 씰고
사면의 금토 노코 ᄼ 쇼반의 졍화슈 두 숀 합장 축원홀
졔 두 무룹 졍히 꿀고 정셩으로 비ᄂ고나 비ᄂ이다 비ᄂ
이다 천지 일월셩진이며 삼십삼천 이십팔슉 북두칠셩
죤불미억 ᄒ우동심 ᄒ옵쇼셔 쳔불싱무녹지인이요 지불
츌무잉지쇼라 무자싱 아부 신셰 삼십 젼의 안망ᄒ야 오
십의 ᄂ은 심쳥 집자이예 어미 일코 강보의 일은 심쳥
아부 등의 몸이 자라(11-앞)안밍ᄒ 아부 흔을 싱젼의 풀
가ᄒ고 지셩으로 비옵ᄂ다 셰상 사람 나옵실졔 별노 후
박 업건마은 아부 팔자 기박ᄒ야 장남흔 자식 업고 육십
당흔 망팔쇼ㅣ연의 쥬야복중 흔일년이 몽운사 부쳬임젼
공양미 삼빅셕을 만이 시쥬ᄒ면 삼연 늬의 눈이 열여 쳔
지만물 보랴기로 권션의 치부ᄒ여시ᄂ 일홉일식 업삽긔
로 복즁의 미친 흔을 풀 가망이 업사오이 명쳔이 감동ᄒ
사 심쳥을 몸 살 사람 쳔거ᄒ야 쥬옵쇼셔 지셩으로 빌
젹의 쥬야 걱정 지늬ᄂ다 익고 익고 늬 일이야 밍죵은 어
이ᄒ야 눈 속의 죽순 늬고 왕상은 워이ᄒ야 어름 우의 이
어 낙고 듸순 죵명 삼셩 즁흔 효열 쳔츄만셰 유젼ᄒ드 늘

갓튼 불효자야 어듸 가셔 씨잔 말고 쥬야 고통 지닉는다
쳔심이 감동ᄒ야 축원흔 삼일만의 (정명기 낙장 38장본)

심청이 아버지 심봉사의 공양미 삼백 석 시주 약속을 듣고 보이는
반응은 절망하기도 하고, 기뻐하기도 하는 등 차이가 있다. 그런데
막상 공양미 삼백 석을 구하기로 심봉사를 안심시킨 후 심청이 드리
는 기도의 주된 내용은 비슷하다. 〈심청전〉의 다양한 자료에 걸쳐서
나타나는 기도의 공통 내용은 아비의 눈을 띄우기 위해 자신의 몸을
대신한다거나, 자신의 몸을 살 사람을 보내달라는 것이다.

이 부분에서 기도의 전체적인 구성은 우선 기도의 준비와 태도에
대한 서술, 기도의 대상 열거, 기도를 하게 된 이유, 기원의 내용으로
눈먼 아버지 심봉사의 개안 소망 등으로 이루어진다. 일반적으로 이
대목의 기도에서 공통적으로 나오는 부분은 기도의 준비와 태도 서
술, 기도의 대상 열거, 기원의 내용으로 심봉사 개안 소망이다. 이러
한 보다 일반적인 기도의 서술이 (가)의 완판 71장본이다.[5] 그런데
여기서 인용한 위의 두 자료를 비교해 볼 때, 독특하게 나타나는 것
이 (나)의 심봉사 인생 과정과 기도를 하게 된 배경에 대한 상세한
과정 설명과 이에 덧붙여 자신이 불효자이며 쓸데 없는 존재라는 말
이다.

......

5 물론 이러한 기도 서술의 확장 정도는 자료에 따라 달리 나타난다. 간단히 기도의
   준비와 태도, 기도 대상에 대한 열거와 소망 서술 정도로 나타나기도 하지만, (2)의
   정명기 낙장 38장본과 같이 심봉사의 인생 내력과 공양미 삼백 석 약속의 배경 등
   이 상술되어 나오기도 한다.

또한 (가)와 (나)가 차이를 보이는 부분이 공양미 삼백 석 마련을 위한 대책으로 제시하고 있는 내용이다. (가)에서는 아비 허물을 자신의 몸으로 대신하게 해 달라고 한 반면, (나)에서는 직접적으로 자신의 몸 살 사람을 천거해 달라고 한다. 이 부분의 서술을 추상적으로 자신이 몸을 버려서라도 공양미를 구해겠다는 의지의 표명으로 볼 수도 있겠지만, 〈심청전〉의 반복적인 향유와 새로운 자료로서의 〈심청전〉 재생산 과정을 고려해 본다면, 이는 서사적 전개 과정을 이미 알고 있는 새로운 자료 생산자의 직접적인 서술[6]이라 볼 수 있다. 심청이 공양미 마련을 위해 매신을 하는 행위에 대해 당연한 과정, 필연적인 흐름으로 자연화하고 있는 것이다.

이제 심청의 기도가 나타나는 다른 부분, 인당수 투신 전 대목을 보도록 하자. 이 부분은 서사의 상황으로 볼 때, 이제까지의 어떤 상황보다도 기도의 주체인 심청이 절대적인 위기를 느끼는 부분이라 할 수 있다. 이 부분에서의 기도는 보통 선인들의 고사와 투신 권유 다음에 나온다.

> (가) 심청이 거동 보〈36-뒤〉쇼 두 손을 흡장ᄒ고 이러나셔 ᄒ
> 날임 젼의 비난 말리 비난이다 비난이다 하날임 젼의 비

......

6 이에 대해서는 공양미 삼백 석 시주 약속에 대한 심청의 반응을 유형화하는 자리에서 언급한 바 있다. 어떤 〈심청전〉의 수용자가 다시 새로운 〈심청전〉의 생산자가 되는 계속적인 재생산 과정으로서의 〈심청전〉 향유를 전제할 때, 이러한 의미 해석이 가능하다 할 것이다(졸고, 「〈심청전〉 변이의 소통적 의미 연구-공양미 삼백석 시주 약속에 대한 심청의 반응을 중심으로-」, 『판소리연구』 제18집, 판소리학회, 2004).

난이다 심청이 죽난 일은 추호라도 섭치 안이ᄒ여도 병
신 부친의 짐푼 흔를 싱견의 풀야ᄒ옵고 이 죽엄을 당ᄒ
오니 명천은 감동하옵셔 침침흔 아비 눈을 명명ᄒ게 씌
여 주옵소셔   (완판 71장본)

(나) ᄉ룸드리 죽기는 셔러하고 살기는 죠와하는듸 날갓튼
불효여식 아버 원을 풀야하고 니팔쳔츈 어린 심청 어복
혼이 실픠 되이 명천이 감동하와 병든 아비 눈을 써셔
세상만물 보게 하오   (김종철 18장본)

(다) 쓸대업난 심쳐이난 오날 인당슈의 몸이 빠저 죽사오니
명쳔도 감동하고 일월성신도 아옵소셔 이 몸 죽사오니
병든 부친은 생견의 눈을 떠서 천지민물 보게 하옵소셔
심청이 서룬 원졍을 한탄뿐이로다   (박순호 낙장 50장)

(라) 슬듸업난 심청이난 오날 인당슈 바저 죽ᄉ오니 명천고
감동하옵소셔 일월성신도 아압소셔 이 몸은 죽ᄉ오나
우리 집 병든 붓친 싱젼의 눈을 써서 천지만물 동서남북
분별ᄒ야 주시면 심쳔이 죽은 혼빅이라도 여한이 업ᄉ
올 거시니 명심ᄒ옵소셔   (정명기 낙장 60장)

(마) 비난니다 비난니다 ᄒ날님게 비난니다 불효막되 심청이
가 견싱죄악 지즁ᄒ여 병든 부친 빅반ᄒ고 인당슈 깁푼

물의 쌔즈 죽게 되엿시니 실뒤 업난 이늬 몸은 물의 쌔
즈 죽스오나 불승흐온 우리 부친 싱젼 눈을 써셔 쳔지만
물구경흐고 일월셩신 보옵더가 빅셰향슈 흐옵시기 흐날
임씌 비난니다   (정문연 28장)

(바) 동셔남북 져슈으며 비느이다 비느이다 흐날임젼의 비느
이다 <u>심쳥이 죽는 일은 츄흐고 셥잔흐되</u> 안맹흔 늬의 부
친 깁푼 흔을 싱젼의 풀야 흐고 이 죽검을 당흐오이 명
쳔이 감동흐야 안밍흔 아부 흔을 불원간의 발게 흐와 후
분 신셰는 편켜 흐야 쥬옵쇼셔 <u>사후의 만나보게 졈지흐
와 쥬옵쇼셔</u>   (정명기 낙장 38장)

(사) 비느이다 비느이다 하날임겨 비느이다 심쳥은 죽는 일
이 <u>츄흐도 습지 안니흐오니</u> 명쳔흐신 하날임은 병신부
친 집푼 흔을 싱젼의 풀가흐옵고 고양미 숨빅셕에 이 죽
음을 당흐오니 명쳔니 감동흐옵소셔 익비의 눈을 발게
흐시와 쳔지만물 흑빅장단을 보계흐시면 어복즁의 죽은
혼이라도 원이 읍계소   (사재동 30장본2)

(아) 도화동을 힝하여 하난 말이 아자 나난 죽쇼 눈이나 써
만셰무강하시고 불효녀 심쳥은 다시 싱각 마압쇼셔
                                      (국도 23장)

(자) 비난니다 비난니다 ᄒ날임계 비난니다 유리국 심청이낭
     인당슈 풍낭 즁의 할일 업시 쥭ᄉ온니 병든 부친 집푼
     원을 평싱의 풀야ᄒ고 고양미 숨빅셕의 몸니 듸신 팔여
     쥭기의 당ᄒ온니 명천니 감동ᄒᄉ 아부 눈을 불원간의
     박겨ᄒ와 천지만물 흑빅장단을 보계 ᄒ오면 어복 즁의
     혼니라도 원통ᄒ미 읍난니다   (사재동 30장1)

심청이 투신 전에 올리는 이 기도는 앞에서 살펴 본 기도와는 달
리 매우 개인화된 성격을 보인다. 죽음이라는 절대 절명의 순간이어
서인지, 선인들의 제사가 끝난 후이어서인지는 알 수 없지만, 기도
에 나오던 신앙의 대상에 대한 열거라든지 예의 갖춤이 없고, 자신
의 절실한 소원을 중심으로 그것이 이루어지면 어떨지, 자신이 빠져
죽음으로 해서 어떤 정서를 갖고 있는지를 서술하고 있다.

위의 인용문은 심청이 투신 전에 올리는 기도의 양상이 매우 다양
함을 보여준다. 인당수에 빠져 죽음을 맞기 전에 마지막으로 올리는
기도의 핵심은 자신이 아버지의 눈을 띄우기 위해 죽으니 제발 아버
지가 눈을 떠 세상을 보게 해 달라는 것이다.

이러한 공통적인 기도의 내용과 함께 〈심청전〉의 자료에 따라 달
리 나타나는 내용은 크게 두 가지로 나뉜다. 하나는 (가), (라), (바),
(사), (자)에서 볼 수 있는 바와 같이 자신이 죽는 것에는 추호의 원통
함이나 서러움이 없으니 부친 눈을 고쳐달라는 것이고, 다른 하나는
(나), (다)와 같이 심청이 아버지 한을 풀려고 이팔청춘에 서럽게 죽
으니 아버지 눈을 밝게 해 달라고 하여 심청의 서러움이나 한스러움

이 조금이나마 표현되는 것이다. 한편 (마)의 정문연 28장본과 같이 서러움이나 원통함에 대한 서술이 없이 심청이 전생의 죄악이 막중하다는 서술 정도가 나오는 경우나 (아) 국도 23장본에서처럼 특별한 기도의 형식 없이 도화동에 계신 아버지를 향하여 마지막 당부의 말을 올리는 유형이 있다.

이렇게 서러움이나 한의 표현으로 나뉘는 자료의 경향에서도 몇 가지 독특한 점들을 볼 수 있다. (라)의 마지막 서술어인 '명심하옵소서'라는 데에서 볼 수 있듯이, 기도임에도 불구하고 명심하라는 부탁이 아닌 명령어로 강조되어 있는 경우가 있고, (바)의 마지막 부분에서는 죽은 후에 만날 수 있도록 해 달라는 서술이 추가되어 있는 경우가 있으며, (사)와 (자)처럼 자신의 죽음이 공양미 삼백 석 때문이니 감동해 달라는 것이 있다. 또 (마)에서는 자신이 아버지를 배반하고 물에 빠져 죽는다는 서술이 있어 독특하다. 이는 서러움이 나타나지 않는 완판을 중심으로 한 여러 자료에서의 태도와는 상반되는 것이라고도 할 수 있는데, 완판에서와 같이 추호도 서럽지 않다라는 태도를 갖고 있는 자료들은 근본적으로 심청의 죽음은 아버지를 위한, 그리고 아버지에 대한 효성이라는 시각을 갖고 있다. 그러나 (마)에서 불효막대한 심청이가 아버지를 배반하였다는 서술은 심청이 인당수 투신하는 것이 배반 행위라는 효에 대한 다른 관점을 보여준다.

심청의 서러움이나 한스러움이 나타나는가 그렇지 않은가는 심청이 투신에 임하는 태도가 두려움 없이 조금의 흔들림 없이 물에 드는가, 아니면 투신 전에 죽음에의 두려움으로 한 번에 뛰어 들지 못하고 몇 번의 시도 끝에 물에 드는가와 관련이 있을 듯이 보인다. 완판 계열의 비교적 후대본일수록, 효라는 것이 이념적이고 절대적인 것으로 다루어지고 그래서 심청의 투신 태도에도 인간적 갈등이나 고뇌가 없다. 그런가 하면, 막상 물에 들기 전에 인당수의 물에 놀라, 뛰어들지 못하고 주저앉아 통곡하는 과정들이 주로 초기본이나 〈심청전〉 형성의 과도기적 자료에서 보인다.

필사본 자료의 집성을 완판본으로 간주하고 본다면, 서러움의 표현이나 안타까움, 자신의 괴로움이 서술되고 있는 것은 〈심청전〉의 형성 과정 중에 있는 자료들이다. 이러한 〈심청전〉 차이들이 더욱더 중요한 의미를 갖는 것은 새로운 버전의 〈심청전〉 생산에서 개입된 수용자들의 의식이 작용한 결과이기 때문이다. 자신이 듣거나 읽은 〈심청전〉을 다시 쓰는 과정에서 그리고 〈심청전〉과의 소통 과정에서 새로운 자신의 목소리를 표현한 것이 자료의 차이일 것이기 때문이다.

심청의 투신 전 기도는 자신이 선택한 죽음을 맞이하는 절대절명의 순간에 올리는 기도라는 점에서, 그리고 자신의 죽음으로 인해서 무엇을 간절히 원하는지, 그 순간 심청 자신이 갖고 있는 정서가 어떤 것인지를 말해주는 기도라는 점에서 중요한 의미를 갖는다.

3. 〈심청전〉에서 기도의 기능

곽씨 부인과 심봉사, 심청이 기도를 하게 되는 문제의 심각함이

나 절실함, 그리고 기도의 목적, 내용, 태도에서 각각 다른 특성을
보이고 있다. 그런데 이들의 기도는 〈심청전〉의 전체 서사에서 어
떤 기능과 의미를 지니기 때문에 계속되는 〈심청전〉 자료의 재생산
과정에서도 새로운 텍스트로 만들어지고 있었다고 할 수 있다. 그
리고 앞서 기도가 나타나는 양상에서 볼 수 있었듯이, 곽씨부인이
나 심봉사, 심청이 기도를 올리는 국면은 〈심청전〉 서사의 핵심 사
건과 관련되고 있다. 이는 심층적으로는 〈심청전〉을 이루는 근본
구조와 함께 해석해볼 만한 여지를 보여주는 것이기도 하다. 이러
한 맥락에서 〈심청전〉에서 기도가 어떤 기능을 하는지를 살펴보도
록 하자.

(1) 주요 서사 단계로의 진행 매개

어느 〈심청전〉 한 자료 내에서 '기도'가 어디에 위치하며, 어떤 내
용으로 이루어져 있으며, 이것이 한 작품 내에서 어떤 기능을 하는
가를 연결시켜 보면, 곽씨 부인이나 심봉사, 심청의 기도가 서사 전
개와 관련이 있음을 알 수 있다. 이러한 측면은 〈심청전〉 생산에 주
목하는 것으로서, 기도가 들어가게 된 배경적 요인에 함께 관심을
갖는 것이다.

곽씨 부인이나 심봉사의 기도는 사실상 심청모 곽씨 부인의 존재
와 직결되는 것이어서, 심봉사 부인으로서의 곽씨나 양씨, 정씨 등
이 나타나지 않으면 있을 수 없는 부분이기도 하다. 그렇다면 곽씨
부인 화소가 〈심청전〉에 추가되면서 함께 들어가게 된 곽씨 부인의

기자 치성이나 심봉사의 심청 출생시의 기도가 〈심청전〉 서사와 어
떤 관련이 있을 것인지를 한 번 생각해 볼 필요가 있다.

우선적으로 곽씨 부인의 기자치성이나 심봉사의 심청 출생시 기
도는 '심청의 출생'이라는 주인공 등장과 관련되는 서사의 주요 단
계에 해당된다. 사실 심청이 주인공이고 심청의 일생을 다루는 〈심
청전〉에서 심청이 어떻게 출생하는가에 대한 서술은 핵심적이라 할
것이다. 그런데 초기본에서 볼 수 있듯이, 심봉사의 곽씨가 등장하
지 않는 자료들에서는 심청의 탄생 과정이 나타나지 않으며, 그래서
심청 탄생에 어떤 비밀스러운 일이나 감동적인 일이 있었는지도 전
혀 알 수 있다.

이로 볼 때, 곽씨 부인이나 심봉사가 심청의 출생과 관련하여 드
리는 기도는 서사의 주요 핵심 인물인 심청의 형상을 결정하고, 서
사의 전개를 보다 세밀한 이야기로써 상세화하면서, 심청의 탄생이
라는 다음 서사로 연결하는 기능을 하고 있음을 알 수 있다. 그래서
곽씨 부인의 기자치성이 나타나지 않는 자료에서는 심봉사 내외가
어떤 상황에서 얼마나 자식을 원했는지를 알 수 있는 서술이 없으며,
심청을 낳았다라는 단순한 서술만 나온다.[7] 이런 자료들에서는 심청
이라는 존재가 얼마나 중요한 인물인지를 형상화하는 부분이 약화
될 수밖에 없으며, 천상에서 특별히 점지한 귀인이라는 구도도 나올
수 없는 것이다.

......

7 예컨대 정문연 28장본에서는 '양씨녀자 빈필ᄒᆞ니 그 녀ᄌᆞ 부덕 잇셔 근근ᄌᆞ싱 보
   명터니 그렁져렁 잉틱잇셔 십삭만의 희복ᄒᆞ니 쌀ᄌᆞ식을 나엇더라'로 나오며, 김
   종철 18장본과 같은 경우에는 심청의 출생 서술이 별도로 이루어지지 않고 있다.

  그리고 심봉사의 곽씨 부인 죽음 대목에서 올리는 기도나 심청의 기도는 〈심청전〉의 내부에서 전개되던 서사의 극적 정서를 극대화하는 기능을 한다. 심봉사가 곽씨 부인의 죽음 확인 후 쏟아 놓는 통곡 역시 같은 맥락이지만, 이에 덧붙여지는 심봉사의 기도는 심봉사의 아내 잃은 슬픔이 얼마나 곡진하고 깊은 것인지를 표현하는 것이다. 심청이 투신 전에 드리는 기도는 주인공 심청의 죽음 상황이라는 극적 위기감이 최고조에 이르는 나오는 주인공의 마지막 언술이라는 점에서 극적 정서를 만들고 표현하는 기능을 한다.

  동시에 이러한 극적 정서의 조성을 다음 단계의 서사와 자연스럽게 연결시키는 기능을 한다. 앞서 심청이 아버지 심봉사의 공양미 삼백 석 시주 약속을 듣고 올리는 기도의 양상에서 살펴보았듯이, 심청이 드리는 기도 내용에서 심청이 공양미 삼백 석을 구할 방도로 제시하는 것은 부처님의 은혜나 다른 누구의 은혜로 공양미를 마련하는 것이 아니라 자신의 몸으로 대신한다는 것, 자신의 몸을 팔겠다는 것이다. 이러한 기도의 내용은 〈심청전〉의 향후 서사 전개를 고려하지 않으면 도저히 이해할 수 없는 것이기도 하다. 그렇게 몸을 팔아야겠다는 기도밖에는 문제의 해결 방도가 없었는가에 대해 의문을 가질 수 있는데, 이런 설정은 이미 있는 이야기의 기록화이기 때문에 혹은 서사의 흐름상 당연히 그러한 것으로 이미 〈심청전〉이 향유되고 있었고, 이러한 서사 전개의 필연성과 정당성을 만드는 기제로 기도가 이루어지고 있다는 것으로 분석할 수 있다.

  이렇게 볼 때, 곽씨 부인, 심봉사, 심청의 기도는 서사 내부에서의 필수적 요건은 아니지만, 서사의 필수적이고도 핵심적인 요소와 함께 존재하면서 주요 서사의 단계를 다음으로 진행하는 기능을 한다고 할 수 있겠다.

(2) 결핍의 해소와 구원 노정

곽씨 부인이나 심봉사, 심청의 기도 양상을 놓고 왜 이런 기도를 하게 되었을까, 그리고 그런 기도를 통해 이 인물들이 얻게 되는 것이 무엇이고, 〈심청전〉 자료에 따라 달라지고 있는 요소들의 관계는 무엇인가 하는 측면에서 접근하면, 개별 작품 〈심청전〉에서뿐만 아니라 〈심청전〉의 전승에서 '기도'의 기능과 의미를 찾을 수 있다. 이는 기도를 중심으로 기도를 하게 되는 동인에서부터 기도의 결과를 관련지어 봄으로써 기도의 주체가 기도라는 언술 행위 혹은 텍스트를 통해서 무엇을 얻고자 했는가, 그리고 기도의 주체가 기도를 통해 어떻게 변화하게 되었을까를 살펴보고자 하는 것이다.

곽씨 부인, 심봉사, 심청의 기도를 들여다보면, 이들이 각각 기도를 하게 되는 상황은 다르지만, 이들 기도의 공통적 동인은 '결핍' 요소를 채우거나 없애기 위한 것임을 알 수 있다. 곽씨 부인은 자식이 없음을 자식을 얻어 해소하고자, 심봉사는 죽어 없어진 아내를 되찾고 싶은 강렬한 욕구로 다시 살려달라고 하여 아내의 빈자리, 결핍 요소를 어떻게든 채우고자, 심청은 아비의 눈을 띄우기 위해 자신에게는 없는 결핍 요소로서의 공양미 삼백 석을 채우기 위해 기도하게 된 것이다. 그래서 이들의 기도에는 그 채워야 할 것에 대한 희구와 소망, 기대가 나타난다. 그리고 결과적으로는 곽씨 부인이 심청을 잉태하게 되고, 심봉사는 무사히 딸 심청을 얻게 된다.

그러나 심봉사가 곽씨 부인의 죽음 후에 올린 기도로는 아무 것도 얻을 수 없었다. 이 기도는 부인 곽씨가 이미 죽은 상황에서 심봉사가 느낀 극도의 좌절감이 표출되면서, 앞으로 눈먼 아비 혼자 심청을 길러야 하는 절망적인 국면으로 연결되는 지점에 있다는 점에서 실질적인 결핍의 해소는 가져올 수 없는 위치에 있다. 단 이러한 기도의 결과에 상관없이 기도를 올리는 주체인 심봉사가 기도를 통해 심리적 답답함을 해소하는 정도의 의미를 찾을 수 있을 것이다.

심청의 경우에는 좀 복잡하다. 심청이 올리는 기도의 핵심이 결핍을 채우고, 현실의 질곡에서 벗어나고자 한 것은 다른 기도와 다를 바 없다. 그러나 공양미 삼백 석을 구하기 위한 기도와 인당수 투신 전 기도를 중심으로 결핍 요소가 무엇이고, 무엇으로 채웠는가를 보면, 〈심청전〉에서 심청의 효가 중층적 구조를 갖고 있음을 알 수 있다.[8] 사실상 〈심청전〉의 처음에서부터 마지막까지 심청이 얼마나 인간적으로 그려졌는가의 문제를 떠나서 보면 심청은 분명히 효녀이

......

8 이에 대해 정운채는 〈삼공본풀이〉와 〈심청전〉의 상관성으로 볼 때, 근본적으로 심청과 심봉사의 관계가 대립적이며, 〈심청전〉에서의 효성 역시 표면적 효뿐만 아니라 부친과의 대립적 관계각 전제되어 있는 이중성을 보이고 있다고 지적하였다 (정운채, 「〈심청가〉의 구조적 특성과 심청의 효성에 대한 문화론적 고찰」, 『고전산문교육의 이론』, 2000).

다. 그렇지만, 이렇게 심청이 효녀로 인정받을 수 있었던 것은 자신이 아버지의 눈을 뜨게 하는 데 필요한 공양미 삼백 석을 구하기 위해 자신을 버렸기 때문이고, 여기서 자신을 버렸다는 것은 유일하게 아버지를 봉양할 수 있는 자신을 아버지로부터 분리시키는, 심봉사의 입장에서 본다면 버려졌다는 것이 문제인 것이다.

공양미 삼백 석을 구하기 위해 심청이 올리는 기도에서, 심청에게 있어서 결핍 요소는 공양미라는 물질적, 현실적인 것이고, 이것은 심봉사에게도 동일한 결핍 요소이다. 심청에게 결핍 요소가 부친 심봉사에게도 마찬가지로 없다는 것은 존재론적으로 보면 절대적 빈곤과 결핍에 해당된다. 게다가 심청에게 부친은 계속해서 자신이 짊어져야 할 질곡인 것이다.

이런 상황은 본질적으로 놓고 본다면 심청에게 결핍된 것은 공양미라는 물질 자체가 아니라 아버지라는 존재라는 유추가 가능하다. 심청의 존재론적인 문제는 자신이 채워야 할 결핍의 요소가 자신의 내부에서가 아니라 아버지라는 존재에서 비롯된다는 것이며, 그래서 아버지의 결핍 요소를 채울 때에야 비로소 자신의 결핍을 해소할 수 있는 것이다. 이런 맥락에서 보면, 심청이 기도를 올리면서 그렇게도 분명하게 아비의 개안을 소망할 수밖에 없다.

마찬가지로 심청의 죽음 역시 결핍의 해소라는 측면에서 보면, 공양미 삼백 석을 구하기 위한 기도와 동일선상에 있다. 심청이 공양미 삼백 석을 위해 열심히 기도했지만 문제는 그 방도가 다른 것이 아닌 자신 자체라는 것이다. 이것은 자신의 결핍과 아비의 결핍 요소를 자신으로 채우는 것이고, 이는 결국 자신을 버리는, 죽음에 이르는 것을 의미한다. 그래서 심청이 공양미 삼백 석을 구하기 위해 자신을 살 사람을 구해달라는 기도나 인당수에 뛰어들기 전에 자신이 아비의 눈을 뜨게 하기 위해 죽는 것이니 반드시 세상을 볼 수 있게 해달라는 기도가 '심청 자신의 죽음'을 동일하게 전제한 것이 되는 것이다.[9]

이렇게 자기 자신뿐만 아니라 다른 존재를 위해 죽음을 선택하는 것은 기독교의 예수가 십자가형을 당하는 것과 유사성을 보인다.[10] 심청 자신은 죽음이라는 돌이킬 수 없는 길로 갔지만, 그 길은 결국 왕비라는 고귀한 존재로 돌아오는 가치 있는 것이었고, 인당수에 빠져 죽음으로 해서 일단은 자신을 둘러싼 도저히 해결할 수 없는 현실적 질곡-가난, 아버지 등-에서 벗어날 수 있었던 것이다. 그래서 공양미 삼백 석을 위한 것이나 투신 전에 올린 심청의 기도는 자신과 아버지를 구원으로 나아가게 하는 통로가 된다.[11]

결핍 요소를 없애고, 어떤 상황에서든 구원의 단계로 나아가게 하는 기도의 기능은 기도를 중심으로 한 주체의 변화와 기도의 내용에

......

9 이런 맥락에서 보면, 정문연 28장본의 투신 전 기도에서 '불효막대 심청이가 전생의 죄악이 커서 병든 부친 배반하고 죽는다'는 서술이 상투적이라고 보기에는 예사롭지 않다.

10 예수 역시 죽음을 앞두고 기도를 하였으며, 이때의 기도는 죽음을 통과하는 방식으로 해석할 수 있다. 예수의 죽음이 진정한 구원, 영원한 삶을 위한 것이었다는 점, 죽음을 통해 새로운 삶을 살 수 있었다는 점이 심청의 죽음과 환세와 닮아 있다(차정식, 「죽음을 통과하는 방식으로서의 기도」, 『설교자를 위한 성경 연구』 6권 5호, 한국성경연구원, 2000, 22쪽)

11 그래서 이 기도는 자신의 죽음을 의미화하기 위한 언어적 표현이라고 할 수 있으며, 이러한 양상은 고대의 현자나 영웅의 죽음에서 찾아볼 수 있다. 죽음 앞에서 올리는 기도는 이렇게 삶과 죽음의 의미를 일관성 있게 인식하는 행위가 된다(차정식, 위의 글, 23).

주목할 때 부각되는 것이다. 이때의 기도는 그 자체로 서사 내적 구
조와 관련되면서, 기도의 주체와 전체 서사 간의 소통 장치이자 매
개로서 기능한다. 그리고 이러한 기도의 기능은 결핍의 해소와 구원
이라는 종교적 성격을 지닌다.

4. 기도의 문학교육적 효용

여기서는 이제까지 살펴 본 〈심청전〉에 나타난 기도의 양상과 기
능이 문학교육적으로 어떤 효용성을 지니는지를 살펴보고자 한다.
이러한 기도의 효용성은 실제적인 문학교육의 현장에서 구체적인
설계의 단계에서 원리적으로 참조될 수 있을 것이다. 아울러 특정한
목적에 따라 〈심청전〉의 기도 텍스트는 문학교육의 자료로 활용될
수 있으리라 기대한다.

(1) 공감적 문학 경험

〈심청전〉 내에서 등장 인물들이 다양한 서사적 상황에서 올리는
기도의 모습들이 어떻게 자료에 따라, 새로운 자료의 생성과 향유
과정에서 바뀔 수 있었을까를 고려하면, 〈심청전〉의 수용자들에게
이들 기도가 어떻게 작용했는지를 알 수 있을 뿐만 아니라, 현대의
수용자/학습자가 〈심청전〉을 수용하는 원리를 도출할 수 있다.

개별적인 기도의 형식은 실로 다양하게 발현되고 있어서 곽씨 부

인, 심봉사, 심청의 기도가 모두 다른 특성을 지니고 있다고 할 수 있는데, 이는 서사의 생산이나 표현의 측면에서 본다면 각기 다른 서사적 상황과 인물 형상에서 비롯된다고 할 수 있다. 그렇지만, 수용자와 관련지어 본다면 이는 기도에 대한 수용자의 다양한 기대가 반영된 것이라 할 수 있다. 곽씨 부인은 기자 치성을 드리면서 치성의 행위를 기도로 대신하고, 자료에 따라서는 그러한 치성의 내용이 달라지고 있다. 이런 양상은 자식을 구하는 기도의 행위가 언어적인 것이 아니라 행동으로의 실천이어야 한다고 생각한 당대의 문화와 수용자 인식을 반영하는 것이라 할 수 있다.

그리고 심봉사의 경우, 곽씨 부인의 해산 대목에서 보이고 있는 삶의 기쁨과 즐거움의 표현은 기도가 있을 수 있는 다양한 방식과 기도의 주제에 따라 어떻게 달라질 수 있는지 그 개별성을 확인할 수 있는 부분이다. 곽씨 부인의 순산을 기원하면서 아이의 성장과정까지 서술하게 되는 것은 걱정이나 두려움이 아니라, 자신의 딸을 볼 수 있다는 기대와 즐거움의 표현인 것이다.

앞서 보았듯이, 곽씨 부인의 해산 전후로 나오는 심봉사의 기도는 판소리 연행과 상당히 관련이 있을 것으로 보이고, 이런 향유의 측면에서 본다면 아이의 성장과정 서술이나 육담으로 순산을 기원하는 기도의 방식은 언어로 표현하는 즐거움에 빠지는, 언어적 탐닉 경향을 보여준다. 이렇게 언어로 표현하는 즐거움은 문학 향유자/수용자를 고려할 때 비로소 가치를 지니는 것이다. 단순한 순산의 기원 서술에서 육담풍월에까지 나아가는 간격은 이 부분에서 찾는 즐거움의 방향이 어떻게 달라졌는지를 보여주는 것이다.

한편 이 부분의 서사적 위치를 함께 참조하면, 이 대목에서의 기도는 이렇게 수용자가 즐거움을 추구하는 것이 충분히 가능하다. 곽씨 부인의 기도도 마찬가지인데, 기도를 하게 되는 절박함은 있지만, 상황이 심각하지는 않기 때문이다. 이미 〈심청전〉을 읽는 독자는 심청이 태어날 것이라는 것을 알고 있다. 〈심청전〉을 이미 읽었기 때문일 수도 있지만, 〈심청전〉의 주인공인 심청이 등장해야 하는 것은 너무나 당연한 서사적 장치이기 때문이다.

이렇게 곽씨 부인, 심봉사, 심청의 기도가 자료별 차이에도 불구하고 서사의 주요 부분과 함께 존속했다는 것은 수용자의 공감적 반응이 있었음을 의미한다. 기도의 필요성과 내용에 공감했기 때문에 계속해서 〈심청전〉 내부에 기도가 존재한 것이다. 그리고 그러한 공감을 바탕으로 하여 수용자 자신의 정서적 반응에 따라 다른 〈심청전〉 자료의 생산 과정에서 같거나 다른 기도를 서술하게 된 것이다.[12]

이러한 수용자의 공감 과정은 다양한 인물의 기도에 정서적 일치감을 가졌음을 의미하고, 기도에서 보이는 기쁨, 두려움, 걱정, 기대 등등 등장 인물의 희노애락을 함께 하였음을 말해준다. 이는 바로 수용자가 등장인물의 정서에 공감함으로써 기도에 동참하는 것이다. 그래서 심봉사의 순산 기원에서 딸을 얻는 기쁨을 심봉사와 수용자가 함께 하고, 심청이 인당수에서 물과 죽음에의 두려움으로 올

......

12 수용자의 공감에 의한 재생산 과정으로서의 이본 생성을 '공감적 자기화'로 개념화한 바 있다(졸고, 「공감적 자기화를 통한 문학교육 연구」, 서울대학교대학원 박사학위 논문, 2002).

리는 기도에 참여할 수 있다. 특히 심청의 투신 전 기도에서와 같이 〈심청전〉 자료에 따라 다양한 변이를 보여주는 경우는 그만큼 수용자의 공감적 반응이 컸음을 말해준다. 다시 말해, 그 부분에서의 심청 기도에 공감을 근본으로 하여 새로운 자료 〈심청전〉을 생산하는 과정에서 자신이 중요하다고 생각하는 것이나 강조하고 싶은 것, 추가되어야 한다고 보는 서술들을 넣게 되는 것이다.

이렇게 〈심청전〉의 향유 과정에서 볼 수 있는 수용자의 공감 원리는 문학교육의 장에서 문학 작품에 대한 학습자의 공감을 위한 교육적 논리로 원용할 수 있다. 다시 말해, 당대의 향유자들이 〈심청전〉에 공감적 반응을 하였듯이, 〈심청전〉의 교육, 나아가 어떤 문학 작품의 교육에서 그러한 다양하고도 적극적인 공감을 할 수 있도록 문학교육을 설계해야 하는 것이다.

어떻게 문학 작품 속의 인물이 올리는 기도에 수용자가 공감할 수 있는가를 기도와 문학 작품의 소통 구조에서 원리를 찾을 수 있다. 기도의 속성을 놓고 보면, 기도 그 자체가 하나의 소통 행위인데, 이때의 소통은 기도를 받는 절대자와 기도를 하는 기도의 주체 사이에 이루어지는 것이다. 그런데 문학 작품에서 서술된 기도는 문학 작품 속에서는 기도의 주체가 절대자를 향해 하는 말이지만, 정작 그 기도를 듣는 존재는 수용자이다. 이는 문학 작품이 갖는 소통 구조에서 기인하는 것이며, 그래서 수용자는 기도의 주체 입장에서 동일시 과정을 거쳐 공감할 수도 있고, 절대자의 입장에서 그 기도에 공감할 수도 있기 때문이다.[13]

......

13 이러한 분석이 가능한 것은 기도의 행위가 절대자와 기도의 주체 사이의 의사소통

심청이 기도를 함으로써 얻는 것이 무엇인가를 생각해 보면, 자신의 정서적 균형 회복과 관련된다는 점에서 수용자와의 긴밀한 정서적 소통을 상정할 수 있다. 심청은 인당수에 뛰어들기 전 마지막 기도를 통해서 아버지의 눈을 뜨게 하기 위해 죽음에 임할 용기를 얻을 수 있었으며, 아버지의 개안에 대한 기원뿐만 아니라 눈을 뜰 수 있으리라는 믿음을 가질 수 있었고, 한 인간으로서 스스로 선택한 죽음 앞에서 그 두려움과 싸우면서도 결국에는 죽음을 수용할 수 있었다. 그리고 자신의 죽음이 '아버지를 위해' 죽는 희생적인 것이지만 아버지가 암흑의 세상에서 구원을 받는 길임을 확인할 수 있었던 것이다.

〈심청전〉의 수용자들이 심청이나 심봉사의 기도에 공감했으리라고 보는 한 계기는 이들의 기도가 근본적으로 현실에는 없는 것들을 소망하는 것이며, 삶의 질곡에서 해방되기를 바라는 것이기 때문이다. 그만큼 동일한 상황에 있는 수용자 혹은 그런 상황을 겪은 수용자는 쉽게 공감할 수 있을 것이며, 〈심청전〉의 한 인물이 올리는 기도에 더욱 적극적으로 참여할 수 있을 것이다.

(2) 상황 적용을 통한 수용자 내적 탐색

〈심청전〉에 나타난 기도의 양상과 기능에서 볼 수 있었듯이, 등장인물들의 기도는 절박하고 특수한 상황 속에서 자신의 문제를 정서

......
이고, 의사소통이라는 전제는 의사소통의 주체간의 공유적 지평을 기반으로 하는 것이기 때문이다. 그런 점에서 기도는 절대자와의 인격적 소통이라 할 수 있다. 이에 대해서는 김성원의 위의 글 참조.

적으로 해소하고, 다음 단계의 행동을 위해 언술로 표현하는 것이었다. 이는 문학 교육에서 〈심청전〉을 감상하는 차원에서나 특정한 서사적 상황을 이해하고, 자신의 상황으로 적용해 보는 과정에서 〈심청전〉의 기도를 활용할 수 있는 가능성을 보여준다. 여기에는 앞서 살핀 〈심청전〉에 대한 공감적 반응이 전제된다.

　곽씨 부인의 기도와 심청의 공양미 삼백 석을 구하는 기도는 무엇인가를 간절히 바라는 마음이 어떻게 언술이나 행위로 표현될 수 있는지를 보여주는 상황으로, 심봉사의 곽씨 부인 죽음 후 기도는 삶에서의 절망이나 질곡에서 격정적인 감정을 표현하는 상황으로, 심청이 투신 전 올리는 기도는 죽음과 같이 두렵고 절망적인 상황에서 자신의 마음을 표현하는 상황으로 모델화할 수 있다.

　이러한 상황 모델들은 수용자/학습자가 이미 경험하였던 적이 있든 없든 이 상황들을 통해 자신을 다시 반추해 볼 수 있는 기회를 제공한다. 그리고 수용자/학습자는 그러한 극한 상황에서의 인물들에 대한 이해와 함께 자신의 상황으로 적용하는 과정을 통해 자신 내부를 탐색할 수 있는 계기를 가질 수 있는 것이다.

　그리고 〈심청전〉의 수용자/학습자는 주어진 어느 한 자료 혹은 여러 〈심청전〉 자료의 수용을 바탕으로 하여 그 상황에 대한 자신의 반응을 새로운 기도 텍스트로 만들어 볼 수 있다. 이때 새로 만들어진 텍스트는 수용자/학습자 자신의 서술이자, 특정 상황에서의 자신을 탐색한 결과를 보여주는 것으로서 가치를 지닌다. 주어진 상황에서 자신이 어떤 정서적 상태를 가질 것이며, 그때의 기도가 어떤 것일지를 쓰거나 말하는 것으로 표현하는 행위는, 그러한 표현을 위한 자신의 내적 탐색 과정을 전제로 하는 것이며, 표현 과정을 통해 혹은 결과로서 자신을 들여다볼 수 있는 기회를 얻게 된다.

한편으로 이러한 활동을 설계하고 실천할 교사의 입장에서 본다면, 학습자에 의해 만들어진 기도 텍스트는 학습자들을 개별적으로 이해하고, 그 경험적 기반과 정서적 상태를 알 수 있는 기반이'된다. 특정 상황에서의 기도라는 텍스트를 통해 교사와 학습자가 소통하고 상호작용할 수 있으며, 이해할 수 있는 것이다. 그래서 〈심청전〉에 나타난 인물을 이해하거나 기도가 이루어지고 있는 상황을 깊이 이해하는 데에서 나아가, 수용자/학습자 자신의 내면을 들여다 보고, 성찰, 조정해볼 수 있는 단계까지 나아갈 수 있을 것이다.

(3) 문학 향유를 통한 정서적 치유

어떤 상황에서 기도를 하게 되는가, 그래서 얻게 되는 등장 인물이나 수용자의 경험은 무엇인가의 측면에서 문학교육적 효용은 수용 주체/학습자의 정서적 치유라는 것으로 생각해 볼 수 있다. 〈심청전〉에 나타난 기도의 양상과 기능적 의미가 이러한 정서적 치유와 연결될 수 있는 것은 문학교육이 근본적으로 문학을 매개로 한 소통이기 때문이다. 그리고 문학교육의 실천 단계에서 학습자와 교사라는 주체 간의 소통성이 문학의 향유 과정에서 영향을 끼친다는 점에서 상담자와 내담자간의 상호작용이 근간을 이루는 문학치료학의 문제와 상통한다. 무엇보다 소통의 측면에서 볼 때 기도가 지니는 특성은 문학작품과 수용자, 문학의 생산자와 수용자의 다양한 층위의 상호작용을 만들고 가능하게 한다는 것이다.

특히 이 연구에서 다룬 '기도'는 문학작품의 향유와 교육에서의 정서적 소통에 의미 있는 시사점을 줄 수 있으리라 본다. 그것은 이미 앞에서 살펴 본 바와 같이 등장 인물 스스로 자신의 기도를 통해 현실의 질곡에서 벗어날 수 있는 소망을 갖고, 해결할 수 있는 믿음을 가지며, 자신의 내부에 있는 인격적이고 정서적인 결핍의 요소를 찾아 채우는 치유의 경험[14]을 한다. 그리고 여러 〈심청전〉 자료의 재생산 결과로 볼 수 있듯이, 많은 수용자들이 그러한 작품 내에서의 경험에 대해 공감하며 자기만의 방식으로 새로운 반응을 표현하기도 하는 것이다.

상처 입은 영혼의 치유라는 관점에서 보면, 심청이 올리는 기도들은 삶의 질곡에서 자신을 해방시키고 자신의 삶을 자신이 선택적으로 꾸려나갈 수 있는 힘을 얻기 위한 것이었다고 할 수 있다. 심청이 실천하는 효는 사실상 눈먼 부친으로 인한 삶의 질곡이라는 엄청난 상처를 포함하고 있는 것이다. 이런 측면에서 보면, 심청의 기도는 사실상 눈먼 부친의 개안이나 구원이 문제가 아니라, 그것이 바로 심청 자신의 구원이며, 자신의 표현하지 못한 삶의 질곡으로부터 회복되고 치유되는 유일한 길이다.

이렇게 기도가 지니는 정서적 치유의 기능은 문학교육적으로 볼 때 문학작품을 읽고 쓰는 행위가 정서적 치유를 경험하게 할 수 있

......

14 이러한 문학 작품이 갖는 치유의 기능은 어떻게 보면 독서치료나 문학치료가 성립하는 일반적 전제라고 할 수 있을 것이다.

는 가능성을 보여준다. 〈심청전〉에서 보이는 여러 인물들의 상황과 거기에서 인물들의 기도 행위, 그리고 이에 대한 수용자들의 다양한 자기 방식으로의 수용, 이 과정은 문학교육에서 문학 작품 전체이든, 여기서 다룬 '기도'라는 세부 상황이든 그것을 중심으로 학습자가 문학작품을 읽고 쓰는 과정을 통해 정서적 치유를 경험할 수 있다는 단초를 보여주는 것이다.

독서치료의 경우를 보면, 독서를 통한 치료에서 가장 중요한 것은 적절하고 다양한 상황 목록과 이를 치료할 수 있는 독서 자료 목록 이다.[15] 문학교육에서 이 연구에서 다룬 기도의 기능이 효용성을 지 니기 위해서는 우선 문학교육의 대상자인 학습자가 공감할 수 있는 상황으로 제공되어야 한다. 그리고 이 상황을 중심으로 읽고, 이해 하고, 토론하고, 자신의 목소리로 바꿔보는 활동이 이루어져야 한 다.[16] 이 과정에서 또 하나 주요한 변인은 문학 작품과 학습자의 공

.....

15 김민주, 『어린이의 상한 마음을 돌보기 위한 독서치료』, 한울아카데미, 2004, 17-18쪽.
16 참고로 독서 치료 활동으로 제안된 창조적 글쓰기를 제시하면 다음과 같다(김민 주, 위의 책, 61쪽).
    독서 후에 치료자는 다음의 활동을 한 가지 또는 여러 가지 사용할 수 있다.
    가. 이야기를 진행하는 인물과는 다른 인물의 관점에서 책의 내용을 요약·전개하기
    나. 아이가 이해하는 이야기 속 인물이 하루 일정과 시간선을 만들어보고, 어린이 자신과 이야기 속의 인물의 시간선을 비교해보기
    다. 이야기 속 인물의 일기를 창작해보기
    라. 책 속의 한 인물이 다른 인물에게, 또는 아이가 책 속의 인물에게 편지 써보기
    마. 책의 결말을 다르게 구성하거나 마지막 결말 전에 독서를 멈추고 결말을 구성 해보고 비교해보기
    바. 책 속에서 어떤 문제를 가지고 있는 상황에 대해 책 속의 인물에게 '사랑하는 누구누구에게' 등으로 편지 써보기
    사. 책 속의 사건에 대해 설명하는 뉴스 쓰기

감적, 정서적 소통을 매개하는 교사의 역할이다.

이렇게 볼 때 기도가 지닌 문학교육적 효용은 기도 자체가 지닌 정서적 순화 기능이 문학 작품의 소통 과정에서 작용함으로써 문학 향유자가 적극적으로 반응할 수 있는 계기를 준다는 것이며, 주어진 동일한 상황을 출발점으로 하여 개별적, 다양한 재생산이 가능하다는 것이다. 좀더 세부적으로 심청의 기도가 지닌 의의를 찾는다면, 심청의 결핍 요소로서의 부모 문제, 자기의 인생을 찾아가는 정체성의 문제를 다룰 수 있다는 것이다. 그래서 부모와의 관계를 회복하고, 부모에 대한 진정한 사랑을 가지며, 자기 인생의 기쁨을 찾고 질곡을 해소하는 치유의 과정을 경험할 수 있을 것이다.

5. 결론

이 연구는 〈심청전〉에 나타난 기도가 문학교육적으로 어떤 효용을 지니는지를 기능 분석을 통해 찾아보고자 한 것이다. 〈심청전〉에서 기도는 서사 내적으로도 고유의 기능을 지니는 것이었지만, 계속되는 〈심청전〉 자료의 재생산 과정에서 수용자의 공감적 반응이 나타났다는 점에서 문학 향유를 통한 학습자의 변화라는 문학교육의 장에 효용성을 지니는 것이기도 하였다. 특히 〈심청전〉에서 기도는 문학 작품과 소통하는 주체인 학습자의 공감을 유도하고 자신의 상황으로 적용함으로써 내적 탐색을 가능하게 하며 정서적 치유 과정을 경험할 수 있게 한다는 점에서 의미가 있다. 문학 작품을 매개로 하여 소통하는 주체에 긍정적인 변화를 시도한다는 점에서 〈심청전〉의 기도는 문학교육의 문제로 도입될 수 있는 것이다.

문학교육에서의 실제적인 적용을 위해서는 그 구체적인 과정과 단계를 구획하여 활동을 설계하는 데까지 나아가야 하겠지만, 그것에 대해서는 다음 논의의 장으로 미룬다. 그리고 다양한 문학교육의 현장에서 이 연구에서 도출한 기도의 효용성 넓게는 문학 작품의 효용성을 입증하고 실제적 결과를 수집, 분석, 정리하는 작업이 이루어질 것을 기대한다.

판소리 문학의 문화 적응과 확산

제2장

향유 문화와 〈옹고집전〉

1. 서론

고전소설 작품을 국어교육이나 문학교육의 자료로 삼을 때 근본적으로 갖는 어려움은 고전소설의 현재 수용자인 학습자와 시간적 거리가 있는 작품의 시대와 문화적 차이일 것이다.[1] 이는 고전문학교육의 특수성이라 할 만한 것으로, 당대 문화 속에서 어떻게 향유된 작품인가[2]가 해당 고전소설 작품 감상의 방향을 결정하는 중요한

---

1 고전문학교육이 갖는 특수성의 문제는 이미 많이 언급되었기에 특정한 연구 업적을 거론하지 않는다. 어떻게 보면 여기서 말하고 있는 학습자와 고전문학 작품과의 거리는 고전문학교육의 근본적인 난점이자 핵심적인 문제라고 할 수 있을 것이다.

2 이 연구에서 '향유 문화'의 관점을 제기하는 맥락은 바로 여기에서 말하고 있는 문학 작품 향유 기반으로서의 '문화'에 주목하고자 하는 것이다. 이는 문학 작품의 향

요인이 될 수 있기 때문이다. 그리고 실제적인 교육의 실천 과정에서 고전문학교육에서 가장 중요한 문제가 학습자가 고전소설 작품을 제대로 만날 수 있도록 해야 하기 때문이다. 같은 고전소설 작품인데도 시간의 흐름에 따라 달리 수용, 생산된 흔적을 보여주는 이본 자료의 활용 역시 마찬가지 측면에서 생각해 볼 수 있다.

국어교육에 도입되는 대부분의 고전소설 작품들은 이렇게 학습자와의 시간적 거리 문제를 선결해야 하는 특수성을 갖고 있다. 특히 본 연구에서 다루고자 하는 〈옹고집전〉의 경우, 그 자체로 텍스트로서의 전승뿐만 아니라 판소리라는 연행 양식으로 향유되었다는 점에서 문화적 접근을 필요로 한다.[3] 이는 이제까지 〈옹고집전〉의 연구가 이 작품이 실전 판소리 작품이라는 데에서 출발은 하고 있지만, 실제 논의가 이루어지는 과정에서는 〈옹고집전〉의 향유 문화를 고려하지 못한 것 아닌가 하는 반성이기도 하다. 또한 이와 동시에 본고에서 목적으로 하는 문학교육적 의의 도출을 위해서는 당대 향유 문화에 입각하여 〈옹고집전〉의 존재 양상과 작품 위상을 살펴보아야

……

유 기반으로서의 문화를 고려하는 입장이며, 특히 고전문학 작품과 같이 이본에 따라 문학 향유의 방식이 달랐던 점에 주목하고자 하는 것이다. '문화론'의 관점은 지금까지 국어교육 논의에서 사고의 틀이나 생활 방식, 혹은 매체 중심의 대중문화 등으로 정의, 분류되고 문학교육뿐만 아니라 의사소통으로서의 국어교육, 지식교육, 외국어로서의 한국어교육 등 다양한 분야에서 활용되어 왔다(문화론적 관점에 대해서는 김대행(1995), 김종철(2001), 김현주(2001), 최인자(2001), 김동환(2002), 김창원(2002) 등을 참조할 것).

3 물론 〈옹고집전〉은 이름 그대로 실전 판소리로서, 현재 시점에서 실제 창으로 불린 사설이 어떤 것인지 확인할 길이 없다. 그러나 분명한 것은 〈옹고집전〉이 설화가 아니라 판소리 사설로서 존재하였다는 것이며, 현전하는 소설 〈옹고집전〉이 창으로 불린 판소리와 관련이 있다는 것이다. 이 점에서 〈옹고집전〉이 판소리로 향유된 문화를 고려해야 할 필요가 있다.

한다는 필요이기도 하다. 이러한 필요는 이제까지 〈옹고집전〉을 중심으로 이루어진 주제 논의나 의미화 방향에 대한 논란과도 관련이 있다.[4]

이제까지 이루어진 〈옹고집전〉에 대한 일반적 논의로는 근원설화 및 불교 관련 논의[5], 이본 계통 관련 논의[6], 미적 구조와 의미 관련 논의[7], 사회사적 의미 논의[8] 등으로 대별해 볼 수 있다. 이렇게 볼 때, 〈옹고집전〉을 둘러싼 대체적인 논의는 어느 정도 이루어진 상황이라 할 수 있다.

그러나 연구사적으로 이들 논의는 나름대로의 독자성과 의미를 갖고 있으나, 이 내용이 그대로 문학교육의 내용으로 활용되기에는 어려운 점이 있다. 그것은 무엇보다 〈옹고집전〉이 지닌 향유 문화적 속성을 바탕으로 한 총체적인 접근과 그것의 문학교육적 의미에 대

......

4 이는 〈옹고집전〉의 주제를 주인공 옹고집의 변화 과정에 중점을 두는가 아니면 근원설화와의 관련성에 중점을 두는가에 따른 차이점이다. 전자의 경우 옹고집이 라는 개인이 어떻게 변화하는가에 초점을 맞추어, 변화의 계기와 변화 결과를 중심으로 하여 성장이나 그것의 의미를 따지는 방향으로 논의가 이루어졌으나 후자의 경우 기존의 설화가 지니는 의미를 중심으로 하여 사회사적 의미를 찾는 방향으로 논의가 이루어졌기 때문이다.

5 근원 설화 관련 논의로는 최래옥(1968) ; 김현룡(1973) ; 정인한(1980) 등이 있고, 불교와 관련하여서는 인권환(1995) ; 설중환(1986) 등에서 논의된 바 있다.

6 〈옹고집전〉의 이본에 대해서는 최래옥(1980)에서 본격적으로 시작되었다고 할 수 있으며, 이후 정충권(1993)과 김종철(1994) 등을 거치면서 이본 전개에 대한 체계적인 고찰이 이루어졌다.

7 〈옹고집전〉의 소설적 구조 탐색이나 인물, 주제 등의 미적 구조에 대해서는 정상진(1986) ; 곽정식(1986) ; 장석규(1990) ; 이강엽(2004) 등에서 다양한 측면으로 모색되었다.

8 〈옹고집전〉이 지닌 사회사적 의미나 당대 사회 현실과 작품 구조적 특성을 관련짓는 연구는 이석래(1978) ; 김종철 등에서 볼 수 있다.

한 접근이 통합적으로 이루어지지 못하였기 때문으로 보인다.

이러한 문제는 〈옹고집전〉의 주제가 무엇인지 아직까지도 선명하지 못하다는 데에서 확인할 수 있다. 〈옹고집전〉의 주제가 과연 옹고집이라는 악인형 개인에 대한 징치인지, 옹고집으로 대표되는 계층에 대한 풍자와 비판 의식의 표현인지, 옹고집이라는 한 개인이 개과천선하여 구원받는 혹은 자아실현의 과정인지 이제까지의 연구에서 다양한 관점으로 모색은 이루어졌지만, 그것이 정교하게 해명된 것 같지는 않다. 또한 이렇게 다양한 접근의 결과가 근본적으로 〈옹고집전〉의 향유 문화, 즉 판소리에 기원을 두고 있다는 전제와 어느 정도 적절하게 관련되는지, 〈옹고집전〉이라는 작품에 대해 충분히 본질적인 논의가 이루어졌는지에 대한 의문이 있다.

기존의 이본 연구에서도 밝혀졌듯이, 〈옹고집전〉은 이본 계통에 따라 주요 이야기의 전개 방식과 결말이 다르게 나타난다.[9] 그런데 이제까지의 〈옹고집전〉 연구에서는 보통 이러한 이본별 차이에 대해 하나의 일관된 해석으로 의미를 부여하려는 경향이 있었다. 이에 본고에서는 〈옹고집전〉의 이본 중에서도 박순호 30장본[10]과 김삼불본[11]을 대상으로 하여 이들 자료 간의 차이가 나타나는 양상을 구조

......

9 본격적인 이본 연구에 대해서는 상기한 최석래, 정충권, 김종철 등을 참조할 것. 현재까지 알려진 〈옹고집전〉의 이본은 11편 정도이다. 이본 연구로 볼 때, 〈옹고집전〉의 이본은 크게 두 계통 혹은 세 계통으로 나누어 볼 수 있으며, 19세기에 불린 옹고집 타령에 가까운 것으로는 박순호 20장본이, 초기본에서 후대본으로 가는 이행기 자료로서의 속성을 보여주는 이본은 김삼불본으로 볼 수 있다.

10 최래옥 표기, 「옹고집전」, 『한국학논집』 10, 한양대 한국학연구소, 1986.

11 정병욱 교주, 『裵裨將傳 ; 雍固執傳』, 신구문화사, 1974.

화하고, 이에 대해 향유 문화적 관점에서 규명, 문학교육적 의미를 찾아보고자 한다.[12] 그간의 이본 연구로 볼 때, 이들 두 자료[13]는 계통상 비슷한 위치를 점하고 있다고 볼 수 있는데, 그러면서도 동시에 독자적 특질을 갖고 있다고 판단된다.

한편으로, 〈옹고집전〉은 그 자체로 미적 구조를 지닌 고전소설 작품이지만 동시에 향유 문화 기반에 기인한 독자적 특질 역시 갖고 있는 작품이며, 그것이 현대의 수용자인 학습자에게 어떤 의미를 지닐 것인가 하는 문제는 또 다른 차원의 〈옹고집전〉 수용사에 대한 고려를 필수적으로 요구한다. 이러한 점에서 이 연구는 현대의 학습자에게까지 유효한 문학 향유의 원리 도출을 지향하며, 근본적으로 현재의 학습자라는 수용 대상에게 의미 있는 〈옹고집전〉 교육 방법을 모색하기 위한 한 가지 시도임을 밝혀둔다.

2. 〈옹고집전〉의 주요 단락 비교

박순호 30장본과 김삼불본의 용이한 비교를 위해 다음과 같이 주요 서술 단락을 정리해 보았다.

......

12 이런 관점은 정충권의 논의와도 일견 일맥 상통하는 것으로 이본 형성의 역동성과 판소리라는 문화적 기반에 대한 고려가 〈옹고집전〉과 같은 판소리 연원의 작품에 대해서는 필요하다.

13 이 연구에서는 보다 세밀한 분석과 의미화를 위해 다른 이본들 중에서도 이들을 선택하였으며, 〈옹고집전〉 일반으로의 확대를 위해서는 별도의 논의가 필요함을 전제로 한다.

박순호 30장본	김삼불본
1. 배경과 인물 소개	1. 배경과 인물 소개
2. 옹고집 집치레	2. 옹고집 집치레
3. 옹고집 부친의 한탄과 옹고집의 구박	3. 옹고집 모친의 한탄과 옹고집의 구박
4. 옹고집의 성정 묘사	4. 옹고집의 성정 묘사
5. 도승 소개	5. 도사 소개와 학대사 파견
6. 종 할미의 경계	6. 종 할미의 경계
7. 시주 요청	7. 시주 요청
8. 옹고집 관상	8. 옹고집 관상
9. 옹고집의 승려 비난과 태형	9. 옹고집의 승려 비난과 태형
10. 도승과 상좌들의 옹고집 징치 논의	10. 도승과 상좌들의 옹고집 징치 논의
11. 가옹 묘사	11. 가옹 묘사
12. 가옹의 집안 단속	12. 가옹의 집안 단속
13. 진가쟁투	13. 진가쟁투
14. 관청에 제소	14. 관청에 제소
15. 가옹이 진옹의 재물로 활인 구제	**15. 가옹이 진옹의 마누라와 동침**
16. 진옹의 방황과 자살 결심	**16. 진옹의 방황과 부적 획득**
17. 가옹이 진옹 초청하여 훈계	**17. 가옹 처치와 진옹의 부인 책망**
18. 결말	18. 결말

위에서 볼 수 있듯이, 주요 서술 단락은 18개 정도인데, 여기서 박순호 30장본과 김삼불본 간에 크게 차이가 나타나는 부분은 15단락부터이다. 다시 말해 두 자료 모두 전체적인 단락 전개는 14단락까지는 비슷하나, 15단락부터는 달라지고 있다. 한편, 이러한 전체적인 단락 전개의 차이와 함께 단락 내부의 상세 서술 부분이 다르게 나타나는 양상이 주목되는데, 이를 중심으로 살펴보도록 하자.

우선 1단락에서 주목되는 차이는 박순호 30장본에서는 옹고집의 신분에 대한 구체적인 언급이 없이, '양반'이라는 것만 제시되는 반면, 김삼불본에서는 '한 사람'으로 제시되고 있다는 것이다. 그러다가 김삼불본에서는 서술 과정에서 학대사의 시주 장면에서 '옹좌수'

라는 신분이 제시된다. 이러한 차이는 전체적인 작품 전개에서 박순호 30장본의 경우에는 곳곳에 옹고집 자신의 양반 의식에 대한 서술이 나타나는 것으로, 김삼불본에서는 양반 의식은 없으나 옹좌수라는 신분이 반복적으로 제시되는 것으로 구조화되고 있음을 알 수 있다.

3단락은 옹고집의 못된 성정을 서술하는 부분인데, 박순호 30장본에서는 옹고집 부친이 한탄을 하고 옹고집이 구박을 하는 반면, 김삼불본에서는 옹고집 모친이 한탄을 하고 옹고집이 구박을 하는 것으로 나타난다. 이러한 차이는 별로 의미 있는 차이는 아닌 것으로 판단되는데, 이는 옹고집이 불효하는 사람이라는 데 서술의 초점이 있는 것이어서 내용이 거의 비슷하다는 데에서 알 수 있다.

5단락의 경우, 박순호 30장본에서는 '강원도 기골산 극난암즉 어영불 화상이란 중'으로 술법이 기묘한 도승이라 서술되고 있고, 김삼불본의 경우 '월출봉 취암사에 한 도사'가 있는데 귀신도 측량 못할 술법을 지니고 있는 것으로 서술되고 있다. 이러한 차이는 어디에 있는 도승인가의 차이보다는 도승이 지니는 위력의 차이를 보인다는 데 의미가 있다.[14] 이를 도승이 옹고집을 찾아가 태형을 맞는 9단락에서 볼 수 있다. 박순호 30장본에서는 중이 나이대로 태형 30대를 맞고 '도승이 얼척이 업셔 부흔 마음을 게우 참고 본사로' 돌아왔다고 서술된 반면, 김삼불본에서는 단지 '귀를 뚫고 태장 삼십도'

......

14 이는 김종철이 지적한 바와 같이 도승이라는 존재의 위상이 이본 전개 과정에서 불교의 중이 아니라 영웅소설에서 나타나는 바와 같은 신묘한 능력일 지닌 구원자 혹은 조력자로 변화한 맥락으로 볼 수 있다(김종철, 위의 논문).

를 맞았는데 '학대사 높은 술법 완연히 돌아가서 사문에 들어가니'
라고 하여 유유히 돌아온 것으로 서술되어 도승의 태도상 차이가 나
타난다.

11단락에서는 두 자료 모두 짚으로 가옹을 만든 것은 동일하게 나
타나나, 박순호 30장본에서 김삼불본에는 없는 도승의 가옹에 대한
가르침이 보인다.

12단락의 경우 눈에 띄는 차이는 김삼불본에서는 가옹의 등장 분
위기가 요란하기는 하나 소략하고, 박순호 30장본에서는 가옹이 진
옹을 만나는 과정과 장면에 대한 상술이 이루어진다는 것이다. 김삼
불본에서는 가옹이 진옹의 집에 가서 호령하고 들어가 만나는 장면
으로 설정되어 있으나 박순호 30장본에서는 진옹이 길에서 술 먹고
들어가니 가옹이 이미 자기집 별당 앞에서 큰 소리 치고 있는 것을
보는 것으로 설정되어 있다.

13단락의 경우, 두 자료 간 차이가 매우 크게 나타난다. 두 자료가
다른 부분 중에 중요한 차이가 진가쟁투의 과정과 진가를 가리는 기
준이다.

우선 박순호 30장본에서는 진옹이 종을 불러 명령하여 가옹에 대
해 진가 확인을 진행하는 방식을 보인다. 그 순서를 보면 1. 생일, 2.
종불러 시키기, 3. 마누라 등장 : 수청하인 불러 확인하기, 4. 수청하
인이 못하자 며느리 불러 확인시키기, 5. 도령손 등장, 6. 맛닌아들
등장하고 마누라 자탄 사설, 7. 가옹과 진옹 싸움 8. 관가 제소 결정
9. 관가에 송사하러 가는 것이다.

그리고 김삼불본에서는 종들에게 가옹이 호령하니, 종들이 당황

하여 마누라에게 고하여 진가 가리기 경쟁이 시작되는 방식을 보여 준다. 진가를 가리는 과정이 마누라를 중심으로 하여 이루어지는데, 특이한 것은 처음 가옹이 나타났다는 말에 옹고집 부인이 옹고집의 나쁜 성정으로 인한 벌 받은 것이라 말한 것이다. 그리고 진가 확인을 위한 절차가 1. 이목구비 확인, 2. 도포에 불 구멍 확인, 3. 며느리 등장과 사실 확인, 4. 서방님 등장, 5. 마누라 직접 등장, 6. 김별감 등장 – 관가에 송사 제안으로 나타난다.

이렇게 볼 때, 김삼불본에 비해 박순호 30장본에서 가옹과 진옹의 동시 등장으로 인한 혼란이 상세하게 나타나며, 관가까지 가게 되는 과정 역시 세밀하게 진술되어 있다. 여기서 참고로 할 것은 김삼불본에는 가족 간의 확인 과정이 상세하게 진술된 반면, 박순호 30장본에는 진옹과 가옹이 직접 다투고 관가까지 소송을 위해 가는 과정이 매우 상세하게 서술되어 있다는 것이다.

14단락 역시 두 자료 간의 차이가 선명하게 나타난다. 두 자료 모두 관가에 제소한 것은 동일하게 나타나지만, 사실 관계를 확인하는 절차는 다르게 서술되고 있다.

먼저 박순호 30장본을 보면 형방이 제소 이유를 아뢰는 부분이 있는데, 이는 김삼불본에는 없다. 그리고 진가 확인을 위한 기준이 1. 세간 살이, 2. 조상 내력 말하기로 제시된다. 세간 살이를 말하는 부분에서는 가옹이 먼저 매우 상세히 서술하는데, 단순히 세간 살이뿐만 아니라 자신의 자식 내력까지 이야기하고, 이에 대해 원님이 "네 형세 믹우 부즈로다."한다. 그런데 여기서 오히려 진옹은 자신의 할 말을 가옹이 먼저 했다며 호소한다. 여기서 확인하고 갈 것은, 뒤에

보겠지만 김삼불본과는 대답의 순서가 반대라는 것이다.

그리고 이어서 조상 내력 말하기가 나오는데, 이때에는 진옹이 먼저 대답을 하지만 오히려 제대로 대답을 하지 못한다.

> "에. 과연 형주 분분 지당ㅎ여이다. 미ㅇ 부명은 무숙이옵고 조부의 명언 거ㅈ와 무슨 ㅈ건마난 허 춤 모르것고, 증조의 명언 허 이저버렷고 늬 춤 갑갑ㅎ여 죽것고." 돌탄할제

이런 식으로 진옹은 자신의 가문이나 세간 살이에 대해 대답을 제대로 못하는 반면 가옹이 오히려 더 자세히 말하고, 덧붙여 진옹이 오히려 자신의 재물을 탐하여 거짓 옹가 행세를 했다고 말하자, 결국 원님은 가옹을 진짜 옹고집으로 결정 내린다. 인상적인 것은 그 이후의 과정이다. 즉 진옹이 오히려 가짜로 몰려 형벌을 받게 된 상황에서 가옹이 나서서 간구한다. 진옹이 형틀에 매여 통곡을 하고, 가옹은 원님에게 풀어줄 것을 그리고 회과천선의 기회를 가질 수 있기를 배려해 주도록 간곡히 부탁하는 것이다.

한편 김삼불본에서는 진가 확인을 위한 사항이 호적 한 가지이다. 이에 대해 진옹은 '민의 아비 이름은 옹송이옵고 조는 만송이로소이다.'로 간단하게밖에 말을 못하나 가옹은 오히려 '자아골 김등네 좌정시에 민의 아비가 좌수로 거행하올 때에 ....'라고 장황하게 진술하며 호적에 관한 것뿐만 아니라 세간까지 일일이 확인 가능하도록 말을 한다. 그래서 당장 진가를 가리는 과정이 결판나고 가옹은 술 한 잔 하자는 권유를 받고, 진옹은 오히려 매를 맞을까 두려워 자신이

가짜라고 허위 고백한다. 그리고 김삼불본에서는 박순호 30장본에
는 나타나지 않는 진옹의 개과천선 고백이 이어진다.

> 나는 죽어 마땅한 놈이거니와, 당상학발 우리 모친 다시 봉
> 양하고지고. 어여쁜 우리 아내 월하의 인연 맺어 일월로 본증
> 삼고 천지로 맹세하여 백년종사 하렸더니, 독숙공방 적막한
> 데 임 없이 홀로 누워 전전반측 잠 못 들어 수심으로 지내는
> 가? 슬하의 어린 새끼 금옥같이 사랑하여 어를 제, 섭마둥둥
> 내 사랑, 후두둑 후두둑, 엄마·아빠 눈에 암암 나 죽겠네. 아
> 마도 꿈인가 생신가? 꿈이거든 깨이거라.

이러한 진옹의 진술은 진가투쟁 이후 바로 이어진다는 점에서 박
순호 30장본과는 매우 다르다. 기존의 논의에서 진옹이 어떻게 개과
천선하는가에 주목하고, 그 의미를 찾는데 중점을 두었다는 점을 고
려하면 박순호 30장본과 김삼불본의 차이는 매우 큰 의미가 있다.

15단락에서 주목되는 차이는 박순호 30장본에 김삼불에는 없는
진옹의 정처 없음이 서술되고 있다는 것이다. 서술 상의 위치로 본
다면 김삼불본에는 여기에 진옹의 개과천선이 나타난다. 그리고 박
순호 30장본에는 원님이 직접 가옹이 대인군자임을 말하는 부분이
나타난다. 이 대목에서 박순호 30장본과 김삼불본의 현격한 차이는
박순호 30장본에서는 가옹이 진옹의 재산으로 활인 구제를 하는데
집중하여 서술하고, 김삼불본에서는 진옹의 부인과 동침하며 많은
자식을 낳은 것으로 서술하고 있다는 것이다.

그리고 16단락에서 박순호 30장본의 경우, 진웅의 방황이 서술되면서 그 심각함이 자살 결심까지 이어지는데 비해, 김삼불본에서는 방황하다 도승을 만나 가옹을 물리칠 부적을 얻는 것으로 제시되고 있다는 것이다. 그리고 박순호 30장본에서는 김삼불본에는 나타나지 않는 진웅의 방황 과정이 매우 상세하게 서술되고 있다.

17단락에서 결정적으로 나타나는 차이는 박순호 30장본에서 가옹이 진웅을 불러 훈계를 하고 개과천선의 길을 여는 것으로 서술이 이루어지고 있음에 비해, 김삼불본에서는 진웅이 도승에게서 얻은 부적으로 가옹을 처치하고, 허수아비 자식을 낳고 잘 살고 있는 부인을 책망하고 있다는 것이다.

그리고 18단락에서 박순호 30장본에서는 진웅이 개과천선하는데 주목하여 서술하고 있음에 비해, 김삼불본에서는 진웅이 불효에 대한 회개를 하고 모친에게 효성에 대한 칭찬을 받는 것으로 나타난다. 이는 박순호 30장본과 김삼불본의 근본적인 향유 문화의 차이로 볼 수 있는 근거로 볼 수 있다.

3. 향유 문화의 관점에서 본 〈옹고집전〉 이본 양상

앞에서 볼 수 있듯이, 기존의 논의에서 이루어진 〈옹고집전〉에 대한 연구 결과와 실제적인 박순호 30장본과 김삼불본 간의 비교 결과가 상당히 다른 부분이 있다. 이는 단순히 연구사적 문제로 돌릴 수는 없는 것으로, 이본에 따라 달리 나타나는 특질에 주목하지 못한 결과 생긴 문제라고도 할 수 있다. 이는 다시 말해, 최소한 〈옹고집전〉에 관하여서는 아직까지도 논의의 여지가 남아 있는 것이며, 특히 문학교육적 접근을 위해서는 체계화가 필요한 부분이 있다는 것을 뜻한다.

이러한 맥락에서 앞에서 살펴본 박순호 30장본과 김삼불본 간의 차이가 나타나는 양상을 다음과 같이 구조화하여 보고자 한다. 전체적인 서술로 볼 때에는 문체상의 차이, 그리고 이에 따른 향유 집단의 의식상의 차이, 결론적인 주제 의식의 차이가 그것이다.

(1) 서술 방식 : 직접적 서술 - 장면화

박순호 30장본과 김삼불본을 놓고 볼 때 가장 눈에 띄는 차이는 문체, 즉 서술 방식의 차이이다. 이는 전체적인 서술 단락의 구성이나 이야기 구성의 개략적인 측면에서는 논의하기 힘든 부분이기도 한데, 두 자료만을 대비하여 보면 나타나는 확연한 차이가 서술 방식이다. 다시 말해, 김삼불본의 경우, 기존의 판소리 사설에서 볼 수 있는 장면화 혹은 간접화 방식의 서술이 매우 강조되어 있음에 반해, 박순호 30장본의 경우 판소리체도 복합적으로 드러나 동시에 문어체 기반의 고전 소설의 서술 방식이 나타나는 것이다.

단적인 예로 13단락을 들 수 있다. 이 단락은 진옹과 가옹을 가리는 부분으로 〈옹고집전〉 전체로 볼 때, 가장 극적이고도 흥미로운 부분이다. 그런데 여기서 확연히 드러나는 두 자료간의 차이는 김삼불본에서는 옹고집 부인을 통한 간접화된 서술로 전체 서사 진행을 옹

고집 부인의 행동과 말로 하고 있다는 것이다. 반면 박순호 30장본
에서는 진짜 옹고집이 직접 나서서 진가를 가리는 과정의 서사를 진
행하는 특성을 보이고 있다. 이는 이미 기존의 이본 연구 과정에서 밝
혀진 김삼불본이 지니는 이본 전개 단계와 관련이 있어 보인다.[15] 즉,
김삼불본은 초기 단계의 이본이 후기로 넘어가는 과정상의 특징을
여실히 보여주고 있으며, 판소리 사설의 특성을 갖고 있는 것이다.

> (가) 춘단 어미 바삐 불러, 「네가 나가 진위를 알아 오라.」 춘
> 단어미 바삐 나와 문틈으로 열어보니 … 마노래님 하는
> 말이, 「너의 댁 좌수님은 새로 좌수하여 도포를 급히 다
> 루다가 불똥이 떨어져서 안자락이 타서 구무가 있으니,
> 글로 보아 알아 오라.」… 마노래님 이 말 듣고 변색하여
> 하는 말이, 이같이 자탄할 제, 며늘아기 여쭈오되 … 종
> 놈들 거동 보소. 남문 밖 사정에 바삐 가서, 「가사이다,
> 가사이다. 서방님 어서 가사이다. 일이 났소, 일이 났소.
> 좌수님이 둘이 되었소.」 서방님 거동 보소 … 허옹가 나
> 앉으며, 실옹가의 아들 불러 왈, 「네의 모께 무엇인지 좀
> 나오라 하여라. 이렇듯 가변중에 내외가 무엇이냐?
>
> (김삼불본)

> (나) 참옹 싱원이 얼척업셔 집옹싱원얼 찬찬이 보온이 싱긴

모양과 ᄒ난 거동이 쏙 당신과 갓탄지라. 속을 싱각ᄒ되
… 참옹싱원이 싱각ᄒ되, "이 일을 어이ᄒ고?" 억울ᄒ 마
음을 게우 참고, "제가 늬라 ᄒ이 참으로 싱일도 날과 갓
탄가 뭇자."ᄒ고 … ᄎ옹싱원 호령ᄒ되 "너이놈아. 결긱
으로 왓시면 조적이나 쥬난 듸로 먹고 갈 거시제 늬가
영남 부자란 말을 듯고 제라셔 늬 셰간을 탈취ᄒ 탠야?
그놈 장도ᄒ 도적놈이로고." 즁놈다려 일은 말이 … 참
옹싱원이 분을 게우 ᄎ고 쏘한 종을 분분ᄒ되

(박순호 30장본)

위에서 볼 수 있듯이, 김삼불본과 박순호 30장본에서 나타나는 차
이는 김삼불본에서는 옹고집의 부인을 중심으로 여러 사람이 등장
하고, 확인 절차를 밟는 데 비해, 박순호 30장본에서는 옹고집 자신
의 생각과 행동을 중심으로 하여 확인 절차가 진행된다는 것이다.
김삼불본에서는 이 부분이 장면화되어 마치 연극이 이루어지듯 등
장 인물들이 차례로 나타나고, 박순호 30장본에서는 옹고집의 생각
이 먼저 진술되고 말과 행동이 나타나는 방식으로 서술된다. 단적으
로, 김삼불본에서는 장면으로 간접화되어 있는 것이, 박순호 30장본
에서는 직접적으로 서술되고 있는 것이다. 김삼불본이 철저한 간접
화 방식의 서술을 취하고 있음을 알 수 있는 것은 옹고집 마누라를
중심으로 서사를 진행시키면서도 그것조차도 옹고집 마누라가 직
접 어떤 행동을 하는 것이 아니라 중간에 어떤 다른 인물을 또 등장
시켜 매개한다는 데에서이다.

가옹과 진옹의 진짜 가리기 싸움 역시 김삼불본에서는 철저히 다른 어떤 사람의 개입으로 이루어지지만, 박순호 30장본에서는 직접적인 다툼으로 이루어진다. 이러한 서술 방식의 차이는 가옹과 진옹이 관가까지 가는 과정이 어떻게 상세화되어 있는가를 따져보아도 분명히 드러난다.

> (가) 서로 다툴 적에 김별감 하는 말이, 「양옹이 옹옹하니, 이 옹 저 옹을 분별ᄒ지 못하겠네. 관가에 송사나 하여 보소.」 양옹이 이 말 듣고 서로 붙들고 관정에 들어가는데, 얼굴도 같도, 의복도 같고 머리·가슴·팔뚝·다리·불알까지 같았으니, 기간진위를 뉘가 알리요.   (김삼불본)

> (나) 참옹싱원 ᄒᄂᆞ 말리, "네 이놈아. 이말 저말 다 바리고 날을 아조 쥭겨도." 익고익고 설이 울다가 싱각ᄒ되, "네 여바라. 그럿찬 슈가 잇, 너도 옹가ᄒ고 나도 옹가라 ᄒᆞᆫ이 송ᄉ하여 보ᄌᆞ. 여기서 이러가난 빅연이라도 그 팔촉이라 두리 다 쥭기난 쉽거이와 결단ᄒ기난 어려운이 일체 구별 엇더ᄒ요?" 집옹싱원이 되답ᄒ되, "온야. 그 말 좃타. 네가 지ᄂᆞ 닉가 지ᄂᆞ 관송체단 올토다."···그제ᄂᆞ 두 옹싱원이 송사갈 제 읍닉을 드러가이 집옹원 거동보소, 쥬전업시 제가 압폐가며 읍의 촌가인 ᄒᆞ나나 만ᄂᆞ보면 깜짝반게 두 손을 잡고, "나난 가변을 송ᄉ하려 가난지라 ᄌᆞ닉와 나와 아무 연분에 서로 아라 주마 고우로

지닉슨이 날을 몰라볼소야?" 쏘한 다음 보면, "잔에 닉
게서 아무 연분에 돈 오십 양을 취ᄒ여 갓시이 이 참에
못 주건나야? 노ᄌ돈 봇틔쓰게 ᄒ라."…(박순호 30장본)

김삼불본에서는 관가에 송사하게 되는 계기가 김별감이라는 사
람의 제안이지만, 박순호 30장본에서는 진짜 옹고집의 제안이다. 김
삼불본에서는 지나가던 김별감이 들어와 가옹과 진옹의 싸움을 보
고서는 관가에 가라고 말을 하는 반면, 박순호 30장본에서는 가옹과
진옹이 죽을 힘을 다해 싸우다가 도저히 힘겨루기로 결판을 낼 수
없다는 판단을 하고, 이렇게 하다가는 죽을 것이니 차라리 송사를
하자고 제안하는 것이다.

특히 서술 차원에서 주목할 것은 박순호 30장본에는 옹고집이나
다른 인물의 심리 서술이 나타난다는 것이다. 예를 들어 가옹이 진
짜 옹고집으로 판명되었을 때, 그리고 진가쟁투 과정에서 등등 심리
서술이 부각되어 있다. 김삼불본에는 등장 인물의 심리 묘사가 주로
그 인물의 말에 나타남에 비해, 박순호 30장본에는 등장 인물의 생
각으로 나타나면서 거기에 서술자의 직접적 서술이 부가되는 방식
을 취하고 있다.

> (가) 학대사 거동 보소. 별로 괴이한 꾀를 내어 짚 한 뭇 내어
> 놓고 허인을 만들어 놓고 보니 분명한 옹고집이라. 부작
> 을 써 붙이니, 이 놈의 화상 보소. 말머리·주걱턱이 하릴
> 없는 옹갈레라.   (김삼불본)

    (나) 부드러온 찰베집으로 허수아비을 만드라 니목구비 옹가

         와로 일반이요 부른 빅 구분 등과 곰빅포리 갈쿠손의 마

         당발과 수퉁다리 싱긴 거동이 참옹가와 갓도다. 명왈 집

         옹가라.   (박순호 30장본)

위에 인용한 부분은 도승이 가옹을 짚으로 만드는 과정에 대한 서술이다. 길지 않은 내용이지만, 김삼불본과 박순호 30장본의 서술 방식의 차이가 명료하게 드러난다. (가)는 '거동 보소', '보소', '~라'와 같은 구어투로 서술되지만, (나)는 '갓도다', '명왈'과 같은 문어체적 특성을 보인다.

이러한 서술 방식의 차이는 근본적으로 김삼불본과 박순호 30장본이 기반으로 하고 있는 향유 문화의 차이로 볼 수 있다. 다시 말해 김삼불본은 그 원래 형태를 알 수는 없지만 판소리로 불렸다는 옹고집 타령에 가까운 것으로, 박순호 30장본은 그것에서 소설로 바뀐 것으로 볼 수 있는 것이다. 이는 김삼불본이 철저히 간접적 서술로 장면화 방식을 취하고 있는 것이나 박순호 30장본이 서술자에 의한 직접적 서술에서 추측할 수 있다. 이러한 특성은 읽히기 위한 자료로 만들어졌는가, 판소리로 불렸던 것을 문자로 정착시킨 자료인가라는 〈옹고집전〉의 향유 방식 차이에서 비롯된 것이라 할 수 있을 것이다.

(2) 향유 집단의 의식 : 비판과 놀이판

〈옹고집전〉의 판소리 성격에 주목하여 본다면, 기본적으로 〈옹고

집전〉 향유자는 개인적이기보다는 집단적 향유의 성격을 지닌다. 이렇게 향유 집단으로 〈옹고집전〉의 수용자를 상정해 볼 때, 〈옹고집전〉에는 주인공 옹고집에 대한 향유 집단의 의식이 나타난다고 볼 수 있다. 이러한 향유 집단의 고려는 이본 생성 과정에서 일어날 수 있는 향유 집단 의 의식 표현을 전제로 하는 것이다.

〈옹고집전〉은 이본에 관계없이 주인공 옹고집의 못된 성정을 문제 삼으며, 옹고집의 변화를 주된 이야기로 다루고 있다. 그리고 그 과정에는 옹고집에 대한 집단적 징치[16]가 나타난다.

그런데 이러한 공통점이 있기는 하지만, 박순호 30장본과 김삼불본에는 향유 집단의 의식이라는 측면에서 차이가 분명히 나타난다. 지금까지 살펴 본 박순호 30장본과 김삼불본의 내용상, 서술상의 차이에서 볼 수 있었지만, 그러한 차이의 이면에는 향유 집단의 의식이라고 할 수 있는 부분의 차이가 근본적으로 존재한다.

박순호 30장본과 김삼불본 모두 옹고집의 변화 과정을 다루고 있다는 점에서는 동일하지만, 그 과정은 다르다. 박순호 30장본의 경우 '비판 의식'이 상대적으로 강하게 나타나는 반면, 김삼불본의 경우 놀이판 향유의 의식이 강하게 보인다. 우선 옹고집이라는 인물 소개를 보면 두 이본 간에 차이가 있다.

......

16 여기서 집단적 징치라고 표현한 것은 가옹의 등장과 함께 혼란에 빠진 가족 등의 인물들을 고려한 것이다. 징치를 당한 것은 옹고집 한 개인이지만, 옹고집이 징치 당하는 과정에서는 가족과 주변 사람들 모두 함께 일종의 고통을 받는다는 점에서 집단적 징치라고 볼 수 있다.

(가) 옹정·옹연의 옹진골 옹당촌에 한 사람이 있으되, 성은
　　　옹이요 명은 고집이라.　　　　　　　　　　　　(김삼불본)

(나) 옹졍말셰의 조선국 영남자 장동 밍낭촌에 거ᄒᆞ난 한 양
　　　반이 잇스듸 셩은 옹시오 자난 담챵은, 고군이라 담자와
　　　강남풍월란 풍자 일씬이 부르거면 옹담풍이라 ᄒᆞ더이,
　　　그 양반이 듸체 셩졍이 고약ᄒᆞ되 남의 말은 제게 이히간
　　　에 듣난 일이 업난 고로 별후를 옹고집이라 ᄒᆞ더라.
　　　　　　　　　　　　　　　　　　　　　　　(박순호 30장본)

　인용 부분을 보면, 김삼불본에서는 옹고집의 거주지와 이름만 간
단히 제시되고 좌수라는 신분이나 양반인지 아닌지에 대한 언급이
없다. 반면 (나)에서 볼 수 있듯이, 옹고집의 이름에 대한 상세한 소
개와 함께 '양반'이라는 것이 분명히 제시되고 있다. 이런 점에서 일
단 김삼불본에 비해 박순호 30장본이 옹고집의 양반 의식을 강조하
고 있다고 할 수 있다. 그리고 김삼불본에서는 이렇게 짧은 인물 소
개에서 '옹'자의 반복으로 인물 소개가 말의 '재미'에 목적을 두고
있음을 보여준다. 이러한 '즐김'의 의식 혹은 '놀이판' 만들기 의식은
서사의 진행 과정에서 지속적으로 나타난다.
　이렇게 옹고집에 대해 '한 사람'으로 규정하는가, '양반'으로 규정
하는가의 차이는 향유 집단의 의식이 '비판'을 주된 기반으로 하는
가를 결정짓는 부분으로 보인다. 옹고집을 양반으로 규정하면서, 그
때부터는 옹고집이 하는 모든 못된 행동이 양반이라는 한 집단의 표

상으로 읽힐 수 있는 가능성이 생기는 것이다. 그래서 옹고집에 대한 질책이나 비판이 양반에 대한 것이 될 수 있다.

> (가) "네 이놈 듯거라 그런들 저 조간도 모르난 놈이, 네가 옹고집이라 흔단 말가?" 츰옹싱원이 알외되, "민이 과연 무식ᄒ여 수다ᄒ 져답 소졍도 다 기록지 못ᄒ고 또한 틱소간에 안다 ᄒ여도 민이 훌 말을 져놈이 몬져ᄒ여시이 무사가 답이로소이다. 원임으게 자상이 진위얼 알외리다."…"에. 과연 형주 분분 지당ᄒ여이다. 미ᄋ 부명은 무숙이옵고 조부의 명언 거ᄌ와 무슨 ᄌ건마난 허 츰 모르것고, 증조의 명언 허 이저버렷고 늬 츰 갑갑ᄒ여 죽것고." 돌탄할제 원임이 왈, "네 이놈 그 밧기 모르난다?" (박순호 30장본)

> (나) "나도 또한 그 일 결단 못 ᄒ 것다. 정월아 이월아. 밧상의가 젼갈ᄒ되 두리 셔로 싸워 죽그단 산난 놈이 늬 가즁이라." (박순호 30장본)

(가)에서는 옹고집에 대한 꾸짖음이 원님의 말을 통해서 이루어지고 있다. 그 꾸중의 내용으로 보면, 양반의 자격도 진짜 옹고집의 자격도 없는 허상 옹고집에 대한 비난이고 호통이다. (나)는 진가를 가리지 못하는 옹고집의 부인이 내린 결정이다. 그 결정의 내용이 상당히 충격적으로 느껴지는 것은 누가 진짜 옹고집인지를 가리는 판단 기준을 말하는 것이 아니라 가장으로 선택될 기준이 싸움에서 이

긴 것이라고 하고 있기 때문이다. 이는 양반 옹고집의 부인의 말이라는 점에서 이 부인 역시 비판의 대상이 될 만하다.

한편, 14단락 즉 관가 제소 부분에서 김삼불본의 가옹이 호적과 함께 세간 살이를 소개의 분량은 무려 1쪽이 넘는다. 이는 말놀이에 몰입한 모습을 보여주는 대목이라 할 수 있으며, 여기서 〈옹고집전〉의 향유자들이 사실은 진옹과 가옹을 가리는 문제나 옹고집을 혼내 주는 데 관심이 있는 것이 아니라, 장면 장면에서 재미를 추구하는 향유 집단의 놀이판 의식을 확인할 수 있는 부분이다. 비슷한 분량으로 서술되고 있지만, 내용상의 자세함과 진지함이 나타나는 박순호 30장본과는 상당한 차이가 있다.

(3) 주제 : 활인구제의 이념과 효

박순호 30장본과 김삼불본의 서두와 결말을 중심으로 살펴보면, 〈옹고집전〉의 주제가 기존의 논의와는 좀 다르다. 불교에 대한 비판이라든지, 옹고집의 징치라든지 등등 여러 가지로 주제를 도출할 수는 있으나, 실제적으로 이들 이본의 구조를 중심으로 주제를 보면 명료하게 나타나 있다.

(가)는 옹고집이 전전걸식하다 가짜 옹고집이 자신의 재산으로 활인 구제한다는 소식을 듣고 분개하는 장면이다. 심지어 죽을 결심을 할 정도로 유리걸식하고 방황하면서도 다른 사람에게 베풀며 사는 가짜 옹고집에 대해 남의 재물로 팔자 좋게 쓰는 것으로 화를 낸다.

어쩌면 이러한 심리가 인간의 실상이겠지만, 〈옹고집전〉이 옹고집의 변화를 주된 서사인 점을 고려한다면, 결말 직전까지도 자기 회개가 나타나지 않고 있다는 것은 눈여겨 보아야 할 일이다.

그러다가 (나)에서 보듯이, 가짜 옹고집은 도술로 진짜 옹고집이 근처에 온 것을 알고 불러 훈계를 한다. 재산이 있어 좋은 것이 활인 구제하여 만인적선하는 것인데 부모 박대하고 승려를 욕보인 점을 꾸짖고 개과천선할 것을 권유한다. 그리고 결론부분인 (다)에서는 옹고집이 개과천선하여 인심을 베풀고 살았음이 서술된다. 이러한 결말부의 구성과 전개는 박순호 30장본의 경우, 옹고집의 개과천선을 주요한 주제로 삼고 있음을 알 수 있는 부분이다. 그리고 옹고집이 개과천선해야 할 가장 큰 이유를 '활인 구제'에서 찾고 있다는 데에서 보다 이념적 성격을 지닌다.

> 전곡간을 훗터 사방에 구추흔 사람을 구제ㅎ단 말리 낭ㅈ흔이 팔도 유결픠와 각결 유결승이 구름 못둣ㅎ와 모와드이 빅양돈 젼양돈을 훗쳐주이 옹싱원은 인심 조탄 말리 낭ㅈㅎ더라. (박순호 30장본)

위의 인용문에서 박순호 30장본이 지니는 이념적 주제의 성격을 잘 볼 수 있는데, 이것은 향유 집단의 소망이 나타난 것으로 볼 수 있다. 여기서 백성을 위한, 잘 살 수 있는 사회를 위한 가진 자의 의무로서 '구제'의 중요성이 나타나고 있다. 그리하여 결말부에 가서도 활인 구제 정신의 필요성을 다시 한 번 강조하고, 옹고집을 개과천선 시킨다.

한편 김삼불본의 경우 박순호 30장본과는 구조상으로 다른 주제
가 도출된다.

> (가) "애고 애고, 이게 웬 말이냐? 너의 좌수님이 중을 보면
> 결박하고 악한 형벌 무수하고, 불도를 능멸하며 팔십 당
> 년 늙은 모친 박대한 죄 없을소냐? 지신이 발동하고 부
> 처님이 도술하여 하늘이 주신 죄를 인력으로 어이하리."
> (김삼불본)

> (나) 도승의 술법을 탄복하여 모친께 효성하고 불도를 공경
> 하여 개과천선하니, 그 어짊을 칭찬하더라.   (김삼불본)

> (다) 대저 이 책이 사람을 훈계한 책이니, 보는 사람이 무론
> 남녀하고 부모께 효성하고 남에게 적선할지니, 만일 적
> 선 효성을 아니하면 옹고집의 처음 마음과 같을지라. 천
> 작얼은 유가위어니와 자작얼은 불가환이라 하니, 보는
> 사람 명심명심하여 부디부디 효성으로 하라. (김삼불본)

김삼불본의 경우 진가를 가리는 과정이 마누라를 중심으로 하여
이루어지는데, (가)는 처음 가옹이 나타났다는 말에 옹고집 부인이
옹고집의 나쁜 성정으로 인한 벌 받은 것이라 말하는 부분이다. 이
러한 진술은 다분히 인과응보적인 주제 의식의 표출로 볼 수 있다.

그런데 인과응보의 이유가 김삼불본에서는 '불도 능멸'과 '노모 박대'이다. 앞에서 보았듯이 이는 박순호 30장본과는 다른 부분이다. 그리고 박순호 30장본에 비해서는 서술자의 개입이 나타나지 않는 반면, 김삼불본에서는 옹고집 부인의 말을 통해 서술자 혹은 작자의 주제 의식이 표현하고 있는 것이다.

(나)는 김삼불본의 맨 마지막 서술이다. 서사상의 위치는 가옹을 부적으로 처치하고 부인에게 허수아비 낳고 살았음을 질책하는 부분 바로 뒤이다. 간결한 결론이지만, 그 핵심을 모친 공경과 불도 공경으로 명료화하여 어짐을 칭찬했다고까지 서술하고 있다. 〈옹고집전〉에서 나타나는 이러한 일관적인 불교 공경과 효성 강조가 어떻게 하여 이루어졌는지를 (다)에서 추측할 수 있다. (다)는 필사자 후기이다. 여기서 필사자의 강조 역시 부모께 효성하고 남에게 적선하라는 데 있다. 필사자는 〈옹고집전〉이 훈계를 위한 책임을 밝히고, 그 훈계가 효와 적선임을 분명히 밝히고 있는 것이다.

이렇게 볼 때, 김삼불본의 경우 박순호 30장본에 비해 '효'를 주제화하는 경향이 강하다고 할 수 있을 것이다. 남에게 적선하는 것은 불교를 잘 섬기라는 것뿐만 아니라 다른 사람에 대한 베풂까지 포괄할 수 있다는 점에서 보다 일반적 의미로 확대하여 해석할 수도 있다. 그렇게 보면, 김삼불본은 박순호 30장본에 비해 주제 표현의 측면에서 '효'가 더욱 강조되고 있다고 할 수 있을 것이다. 이런 측면에서 박순호 30장본은 이념의 현실적 구체화에 의미를 두고 있는 반면, 김삼불본은 효라는 일반적 삶의 행복을 위한 이념의 강조에 의미를 두고 있다고 할 수 있다.

4. 〈옹고집전〉 향유의 문학교육적 의미

이제까지 살펴본 바와 같이 〈옹고집전〉의 이본을 향유 문화라는 관점에서 비교, 구조화해 보았을 때 드러나는 문학교육적 의미를 몇 가지로 생각해 볼 수 있다. 근본적으로 〈옹고집전〉이라는 고전소설 작품을 단지 텍스트로서 이해, 감상할 것이 아니라 그것이 향유된 문화와 당대 사회의 관점 속에서 학습자가 읽을 수 있도록 해야 할 것이다. 그런 점에서 본 연구에서 시도한 향유 문화적 접근은 의미 있는 시사점을 줄 수 있으리라 기대한다.

그것은 우선 〈옹고집전〉이라는 개별 작품, 그 중에서도 특정 이본을 중심으로 공동체적 향유 양식으로서의 문학 작품을 만날 수 있다는 것이다. 〈옹고집전〉의 형성과정에 근원적으로는 설화와의 관련성이 있고, 판소리로 향유되었던 작품임을 고려하면, 공동체적 향유 기반은 〈옹고집전〉의 이해에 매우 중요한 요인이다. 중요한 것은 이러한 〈옹고집전〉 향유의 문화에 대한 고려의 중요성이 문학교육의 장에서 여전히 유효하다는 것이다.

특히 김삼불본의 경우, 진가투쟁 장면에서 〈옹고집전〉이 단순히 옹고집의 징치적 성격만 지니는 것이 아니라 놀이판으로서 텍스트가 줄 수 있는 즐거움이 어떤 것인지를 알게 해 줄 수 있는 자료이다. 그리고 판소리라는 공동체적 향유가 가능한 양식이 어떻게 텍스트로 정착하였는지를 〈옹고집전〉을 통해 또 한 번 확인할 수 있는 것이다. 이를 확대하여 생각해 본다면, 고전 소설의 향유를 놀이 과정으로 삼을 수 있는 계기로 삼을 수도 있다. 김삼불본과 박순호 30장본의 대비에서 명확히 드러나는 바와 같이, 각각의 대목에서 장면화와 간접화된 방식의 서술, 그에 비한 직접적이지만 분명히 나타나고 있는 이념적이고 비판적인 목소리의 서술자를 대조적으로 볼 때, 여러 가지 의미 있는 문학 교육 활동을 설계해 볼 수 있다.

박순호 30장본의 경우, 고전 소설의 이본 생성에서 향유 집단의 이념과 소망이 어떻게 표현될 수 있는지를 다룰 수 있는 자료이다. 동시에 그런 맥락에서 사회 현상에 대한 비판[17]의 제재로 활용할 수 있을 것이다.

이제까지 살펴본 〈옹고집전〉의 전체적인 핵심 내용을 다음과 같이 구조화해 볼 수 있다.

옹고집의 변화	옹고집(징치 대상) - 허옹 - 개과천선한 옹고집(인정)
옹고집 주체 성격	불효와 탐욕 - 고통 - 가짜의 진짜화 / 진짜의 가짜화
수용자	고통 - 난장판 - 행복
도승(대사)	보복감 - 희롱 - 가짜 소멸 능력

위의 표는 주요 구별 기준을 옹고집이라는 주인공의 내적 변화 과정과 인간으로서 옹고집이 지니는 성격의 변화, 그리고 그러한 서사 전개 과정에서 수용자가 경험하게 될 심리 혹은 감상, 한편 작품 내

......

17 이러한 측면에서 한 가지 짚고 넘어갈 것은 〈옹고집전〉이 지니는 사회 비판 기능의 근원적 한계에 대한 것이다. 〈옹고집전〉이 지니는 작품성 혹은 풍자의 한계는 이미 논의된 바 있으나(김종철, 위의 논문), 향유 문화의 관점에서 볼 때, 이러한 한계는 한계로서가 아니라 특수성으로 이해할 필요가 있다.

적으로 옹고집의 변화를 주도하는 변인이 되는 도승이 보여주는 모
습의 변화를 정리한 것이다.

  이렇게 볼 때, 옹고집을 중심으로 한 서사 전개 상의 가장 중요한
변화는 옹고집이라는 주체가 가짜 옹고집에서 진짜 옹고집으로서
의 모습으로 변화하는 과정, 동시에 원래 진짜 옹고집의 모습은 가
짜의 것으로 버려지는 과정, 불효와 탐욕으로 가득 차 있던 인간 옹
고집이 고통에서 행복으로 나아가는 것이라 할 수 있다. 이는 옹고
집이라는 인간이 성장하는 과정이며 새롭고 좋은 모습으로의 변화
를 보여주는 것이다. 어떻게 보면 이러한 변화 과정은 매우 역설적
인 것으로 진정한 옹고집으로 거듭 나기 위해 어떤 과정을 거쳐야
하는지를 집단적으로 모색한 결과라 할 수 있다.

  앞서 살펴보았듯이, 〈옹고집전〉을 판소리라는 관점에서 볼 때, 〈옹
고집전〉에서 이야기하고 있는 주제는 집단 의식의 표상이라고도 할
수 있다. 옹고집이라는 인물 형상은 공동체 구성원 공동의 적이며,
옹고집을 변화시키는 것은 공동체의 행복 추구를 대변하는 것이다.
이러한 작품 내·외적 측면을 동시에 본다면, 〈옹고집전〉이 다루고 있
는 주제는 집단의 감성적 치유 과정이라고도 할 수 있다. 이렇게 보
면 옹고집이라는 주체가 바뀌는 과정 즉 변화에 대한 관점을 달리
볼 수 있다. 옹고집이라는 한 개인의 구원이나 자아 실현[18], 혹은 이

......

18 이러한 관점에서 본다면 장석규나 이강엽의 논의처럼 〈옹고집전〉을 자기 구원이
   나 자기 실현으로 보는 관점은 '옹고집전'의 사회적 성격, 즉 옹고집이 대표하고 있
   는 계층적 성격을 고려하지 않는 것이며, 작품 내적 구조나 의미에만 국한된다는
   문제가 있다.

러한 인간의 혼내기가 아닌 〈옹고집전〉을 읽는 모든 사람들의 행복 찾기 과정이 옹고집의 변화 과정인 것이다. 이것은 진실성의 문제가 진짜냐 가짜냐의 것이 아니라, 진정 가져야 할 모습을 갖추게 되는 가에 있는 것을 보여준다.

그리고 〈옹고집전〉의 경우이든 다른 고전소설 작품이든 이본이 다양하게 존재하는 작품의 경우, 이본에 따라 달리 나타나고 있는 주제나 서술 방식의 차이 등은 보다 깊이 있고 흥미로운 문학교육의 자료로 활용될 수 있다. 〈옹고집전〉으로만 좁혀서 본다 하더라도, 이 본의 차이는 근본적으로는 향유 집단과 문화, 주제 의식 등의 다양 성과 의미 있는 차이에서 비롯된 것이라 할 수 있기 때문이다. 문학 교육이 아닌 국어교육의 차원에서도 역시 마찬가지의 의미를 찾을 수 있다. 동일한 제재 혹은 이야기를 다루더라도 이본의 다양성을 기본으로 한 이해 혹은 감상 활동은 인식의 다양성과 다양한 측면에 서의 흥미를 유발할 수 있는 것이다.

아울러 다양한 이본의 존재는 문학교육의 설계에서 위계화 혹은 단계화를 위한 기반이 될 수 있는 가능성이기도 하다. 어떤 이본을 다루는가에 따라 다룰 수 있는 학습의 목표와 내용이 달라질 수 있 으며, 이에 따라 학습자가 성취해야 할 목표 수준이나 내용이 다양 화될 수 있는 것이다.

5. 결론

이 연구는 〈옹고집전〉에 대해 향유 문화적 관점에서 분석, 이본을 대비·구조화하여 봄으로써 문학교육적 의미와 〈옹고집전〉 활용의 방향을 살펴보고자 하였다. 여기서는 〈옹고집전〉의 전체 이본을 다루지 못한 한계가 있으나, 이러한 시도가 점차 단계적으로 이루어지고 체계화되는 과정에서 전반적인 논의의 성과가 쌓이리라 위안하면서 논의를 마무리하고자 한다.

이제까지의 문학교육 혹은 고전문학교육의 논의에서 그 중요성에도 불구하고 어떤 작품이 지닌 이본의 다양성을 어떻게 교육의 장에 끌어올 수 있을지에 대한 구체적인 연구가 그리 풍성하지는 않다는 점을 떠올리면서, 이 연구가 그나마 한 가닥 의미 있는 방향을 제시해 줄 수 있기를 바란다.

제3장

판소리와 문화적 문식성

- 이청준의 〈남도사람〉 연작을 중심으로 -

1. 서론

고전(classics)이 고전(canon)일 수 있는 것은 과거의 것임에도 불구하고 현대에도 지속적으로 향유될 수 있는 보편성을 지니고 있기 때문이라 할 수 있을 것이다. 이러한 점에서 국어교육에서 판소리가 중요하게 자리 잡고 있는 모습[1]은 그 가치와 의의에 대한 잠정적인

......

1 초·중등학교 국어 교과서 전체에서 판소리 5가는 여러 가지의 다양한 국어교육 목표 성취를 위한 교육 자료로 활용되고 있다.

인정의 의미를 찾을 수 있다. 그렇다면 구체적으로 판소리 교육의
효용으로서의 현대적 의미가 무엇인가? 여기서는 판소리 교육의 의
의를 국어교육 목표의 하나라고 할 수 있는 문화적 문식성에서 찾아
보고자 한다. 국어교육의 목표가 무엇인지를 한 마디로 정의하기는
어렵지만, 교육과정상의 목표로 본다면 '올바른 국어 사용자이자 국
어 문화의 주체를 기르는 것'이라고 할 수 있다.[2] 여기에는 근본적으
로는 '국어를, 국어를 통해, 국어에 대해 ~을 할 수 있는'이라는 문식
성 개념이 자리 잡고 있다.[3] 이 글에서는 문화적 문식성을 국어교육
을 통해 도달해야 할 하나의 목표로 상정하고, 판소리 교육이 어떻
게 문화적 문식성으로 작용할 수 있는지를 판소리를 수용하여 창작
한 이청준의 〈남도사람〉 연작[4]을 중심으로 하여 살펴보고자 한다.

......

2 교육과정에 제시된 국어교육의 목표는 '국어 활동과 국어와 문학의 본질을 총체
   적으로 이해하고, 국어 활동의 맥락을 고려하면서 국어를 정확하고 효과적으로
   사용하며, 국어 문화를 바르게 이해하고, 국어의 발전과 민족의 국어 문화 창조에
   이바지할 수 있는 능력과 태도를 기른다.'(국어과 교육과정, 교육인적자원부,
   2007.2)는 것이다.

3 '문화적 문식성'의 개념은 '문식성'에서 출발한다. 문식성(literacy)의 가장 기본적
   인 정의는 '읽고 쓸 수 있는 능력'이지만, 국어교육에서의 문식성은 기초적인 읽고
   쓰는 능력에서 나아가 모든 종류의 텍스트를 이해하고 표현할 수 있는 능력으로까
   지 확장되어 있다고 할 수 있다. 그래서 '디지털 리터러시', '인터넷 리터러시', '문
   화적 문식성', '정보 문해력', '매체 문식성', '고전 문식성' 등 다양한 종류의 문식성
   개념이 등장하였다. 한편 여기서 '문화적'이라는 수식어의 함의는 그간 7차 국어
   과 교육과정 이래 지속적으로 강조되어 온 문화론적 관점과 관련이 있다. 국어교
   육에서 문화론의 관점은 실로 다양하다고 할 수 있는데, 그것은 전통 문화, 지켜야
   할 가치 있는 사고 체계, 관습, 생활 문화, 대중 문화, 매체 문화 등으로 매우 광범위
   한 의미 폭을 지닌 것이라 할 수 있다. 국어교육과 문학교육에서 문화적 관점의 중
   요성이 부각되면서, 문학을 문학 그 자체로서가 아니라 문화라는 사회 역사적 맥
   락과 실천 속에서 다루고자 하는 노력은 계속되고 있다고 할 수 있다. 문학 문화와
   문화적 문식성의 개념에 대해서는 김창원과 최지현의 논문 참고.

현대 문학 작품에서 판소리를 수용하고 있는 경우는 여러 가지이
지만, 〈남도사람〉 연작은 '소리'를 주요 축으로 하여 서사를 표현하
였다는 점에서 선정하였다. 이제까지 이청준의 〈남도사람〉 연작에
대한 연구는 주로 〈남도사람〉 연작 작품의 테두리 안에서 주제나 의
미 탐색(우찬제, 1998 ; 한순미, 2003 ; 김주희, 2003 ; 마희정, 2000),
이들 서사에 나타난 시공간 구조(김동환, 1998 ; 김정아, 2001)를 중
심으로 이루어졌다는 점에서 판소리라는 고전의 관점에서 현대 문
학 작품의 수용과 교육을 다루는 이 시도가 새로운 의미를 지닐 수
있으리라 기대한다.

'문화적 문식성'은 크게 당대의 문화에 대한 문식성과 고전 문화
에 대한 문식성으로 나누어 볼 수 있다. 당대 문화를 중심으로 한 문
식성은 현대에 들어 다양화되고 있는 대중문화와 매체 문화에 대한
문식성으로, 여기서는 '비판적 사고력'과 '생산성'이 중요한 요소가
된다. 고전 문화에 대한 문식성은 고전에 대한 알고 있음(지식)과 고
전을 향유할 수 있는 능력을 중심으로 한다고 할 수 있다.[5] 이러한
'문화적 문식성'은 당대 사회의 이데올로기와 합의에 의해 재개념화
되고 확장될 수 있는 개념이기도 하다(최인자, 2001). 여기서는 문화

......

4 〈남도사람〉 연작이라는 이름은 각기 다른 다섯 편의 소설에 남도사람 1에서부터
   5라는 부제가 붙어 있는 데서 연유한 것이다. 〈서편제〉는 남도사람 1, 〈소리의 빛〉
   은 남도사람 2, 〈선학동 나그네〉는 남도사람 3, 〈새와 나무〉는 남도사람 4, 〈다시 태
   어나는 말〉은 남도사람 5번이다. 이들 작품은 순서대로 1976년, 1978년, 1979년,
   1980년, 1981년에 발표되었다.
5 한편 조희정의 논의와 같이 고전문학이 향유되던 시대에 중시되었던 문식성을 주
   요 내용으로 볼 수도 있다.

의 당대성과 통시성을 동시에 고려하는, 즉 고전과 현대의 문화를 통합적으로 바라볼 수 있는 능력으로서의 '문화적 문식성'을 다루고 자 한다. 단순히 고전 문식성이 아니라 문화적 문식성으로 목표를 삼은 것은 고전에 대해서 알아야 한다는 것에서 머물러서는 안 된다 고 보았기 때문이며, 고전 시대에 통용되었던 혹은 요구되었던 문식 성에 도달해야 한다고 보는 것도 아니기 때문이다. 문화적 문식성을 하나의 능력 개념으로 본다면 고전과 현대를 통합할 수 있는, 그래 서 특정한 시대에만 한정적으로 요구되는 문식성이 아니라 시대를 거슬러 혹은 시대의 변화에도 여전히 유효한 통찰력이 될 수 있다고 보았기 때문이다. 그래서 이 연구에서는 고전 문화에 대한 문식성이 현대의 문화 향유에도 필요한 문식성이 될 수 있는 능력으로 본다는 의미에서 '문화적 문식성'을 개념화하고, 국어교육에서 이러한 능력 신장을 목표로 하는 것을 전제로 한다.

이러한 관점에서 〈남도사람〉 연작에 나타난 판소리의 수용 방식 을 살펴보고, 판소리에 대한 문식성이 어떻게 현대 문학 작품의 감 상과 판소리의 재생산에 작용할 수 있을지를 '공감적 자기화'[6]의 원 리로 분석해 보고자 한다. '공감적 자기화'는 문학 작품에 대한 '공감 성'과 수용 결과를 새로운 표현으로 창출해 내는 '자기화'를 통합한 개념이다. 특히 '공감적 자기화'는 어떤 텍스트를 바탕으로 하여 재 생산된 텍스트가 만들어지는 방식을 설명하는 데 유효한 개념이다.

......

6 '공감적 자기화'는 〈심청전〉의 이본 생성 과정의 주요 방식으로 도출한 개념으로 문학의 수용과 생산을 아우르는 문학교육으로 제안한 것이다(졸고, 「공감적 자기 화를 통한 문학교육 연구」, 서울대학교 대학원 박사학위 논문, 2002).

본질적으로는 판소리를 수용한 현대 문학 작품 자체가 하나의 문화적 문식성을 발휘한 모델이고 판소리의 재생산 결과일 수 있는 점에서 판소리의 현대적 수용과 재생산 과정을 공감적 자기화의 과정으로 고찰하는 것은 문화적 문식성 교육의 내용과 방법을 마련하는 길이 될 수 있을 것이다.

이 연구에서는 이렇게 과거와 현대를 걸치고 있는 '판소리'가 어떠한 방식으로 존재하고 있는지, 과거의 것으로서의 '판소리'를 아는 것이 어떻게 현대의 문학과 문화를 이해하는 바탕이 될 수 있는지를 이청준의 〈남도사람〉 연작을 중심으로 하여 다루어 보고자 한다. 그리고 이러한 가능성을 문화적 문식성 교육의 성취라는 관점에서 타진해 보고자 한다.

2. 〈남도사람〉 연작에 나타난 판소리 수용의 양상

(1) 판소리의 서사 진행상 배치 : 작품별 인용 판소리의 분포

〈남도사람〉 연작 1~5는 각기 다른 서사이면서도 서로 중첩되는 이야기 구조 속에서 전개되는 특성을 지닌다.[7] 전체 각편의 중심인물들은 소리꾼 가족이며, 그 중에서도 중요 인물은 '사내' 혹은 윤지욱

......

7 이러한 점에서 〈서편제〉, 〈소리의 빛〉, 〈선학동 나그네〉, 〈새와 나무〉, 〈다시 태어나는 말〉는 각기 다른 소설 작품이면서도 관련성을 지니는 연작으로 간주한다.

으로 지칭되는 인물이다. 이 소리꾼 가족은 의붓아버지 때문에 어머니가 죽었다고 생각하는 사내와 소리꾼인 아버지, 의붓아버지와 사내의 어머니 사이에서 태어난 누이동생이다. 〈서편제〉, 〈소리의 빛〉, 〈선학동 나그네〉에서는 사내가 소리를 찾아, 그리고 누이동생을 찾아 떠나 다니는 이야기가 주된 서사이며, 〈새와 나무〉와 〈다시 태어나는 말〉에서는 누이동생 찾기에서 벗어나 세계 속에서의 소리를 찾는 이야기가 중심 서사라고 할 수 있다.

여기서 흥미로운 것은 〈남도사람〉 연작의 각편에 등장하는 소리의 배치이다. 이제까지의 연구에서는 주로 시공간 개념을 중심으로 한 여정과 길 찾기의 의미를 규명하는 것이었는데, 판소리를 중심으로 하여 보면 각편에서 등장하는 소리의 성격이나 배치가 중첩되거나 달라진다는 점이 주목된다. 각편의 서사적 공간과 등장하는 소리의 배치를 도표화해 보면 다음과 같다.

서편제	소리의 빛	선학동 나그네	새와 나무
보성	장흥	회진	강진, 해남
춘향가, 수궁가 → 흥보가 매품팔이 → 황성길 가는 대목	'호남가' '편시춘' '태평가' → 쑥대머리, 옥중비가, 홍보매품팔이, 수궁가와 적벽가의 이름난 더늠들, 황성 가는 길 → '수궁가'	'호남가' '쑥대머리' → '가지마오~' → '범피중류'	춘향가 중 '농부가'

위에서 볼 수 있듯이, '춘향가', '수궁가'와 같이 전체 판소리 작품

명이 거론되기도 하지만, 흥보가의 매품팔이, 황성길 가는 대목 등 구체적인 판소리의 대목으로 인용되기도 한다. 그리고 각편에서 인용되는 대목을 보면, 〈서편제〉와 〈소리의 빛〉에서는 '흥보 매품팔이'와 심청가의 '황성길 가는 대목'이 겹쳐져 있으며, 〈소리의 빛〉과 〈선학동 나그네〉에서는 '쑥대머리'가 공통적으로 인용되고 있다. 한편 판소리 개별 작품이라는 측면에서 본다면, 〈서편제〉에서는 춘향가, 수궁가, 흥보가, 심청가가, 〈소리의 빛〉에서는 3편의 단가와 함께 춘향가, 흥보가, 심청가, 수궁가에 덧붙여 적벽가가 나오고, 〈선학동 나그네〉에서는 단가 1편과 함께 춘향가와 심청가, 〈새와 나무〉에서는 춘향가만 인용되며, 〈다시 태어나는 말〉에서는 더 이상 판소리가 나오지 않는다. 판소리 5가를 기준으로 하여 보면, 〈소리의 빛〉에서만 '적벽가'가 나오는데, 구체적인 대목이나 사설은 나오지 않고, "수궁가'와 '적벽가'의 이름난 더늠들'이라 하여 작품명만 지나가듯 서술하였다.

이렇게 정리를 하여 보면, 남도사람 1이라는 부제가 붙어 있는 〈서편제〉에서는 총 4편의 판소리가 나오지만, 〈소리의 빛〉에서는 5편, 남도사람 3인 〈선학동 나그네〉에서는 2편만, 남도사람 4인 〈새와 나무〉에서는 춘향가 1편만 인용되고, 남도사람 5인 〈다시 태어나는 말〉에서는 아예 판소리나 여타의 소리가 인용되지 않는다는 것을 알 수 있다. 그리고 〈소리의 빛〉에서는 단가가 3편이나 거론되고, 〈선학동 나그네〉에서는 단가는 1편만 명칭이 나오는 차이가 있다. 남도사람1에서 5로 갈수록 등장하는 판소리 작품명은 줄어드는 형국인 것이다. 만약 이러한 판소리 명칭의 등장이나 인용이 작가의 의도적 배치라면 남도사람 1에서 5로 소설 각편이 연작되면서 외면적으로 표현되던 소리가 서사 내면으로 스며드는 과정[8]으로 표현한 것으로 볼 수도 있을 것이다.

(2) 서사 속 판소리의 위치

그렇다면 〈남도사람〉 연작에 나오는 판소리의 서사상의 위치가 어떠한지 구체적인 양상을 살펴보도록 하자.

〈서편제〉에서 '춘향가'와 '수궁가'는 특정 대목에 대한 지칭 없이 주막 여인이 부른 소리로 나온다. 주인공 사내가 누이를 찾아 보성의 어느 주막집에 찾아들어 누이에 대한 소식을 궁금해 하며 주막집 여인에게 소리를 재촉하여 듣는 부분이다. 구성상으로 본다면, 〈서편제〉의 외부 이야기(주막집 여인과의 만남)에서 내부 이야기(주막집에 얽힌 누이의 소식)로 진입하는 부분이다. 이렇게 시작된 주막집 여인의 이야기는 소리 무덤이 생기게 된 과정과 자신이 주막집에서 소리를 하며 살게 된 사연으로 넘어간다. 그 이야기 후에 여자가 시작한 소리가 '흥보가' 중에서 흥보가 매 품팔이를 떠나면서 늘어놓은 신세타령의 한 대목이다. 여자의 이 소리와 함께 사내는 '뜨거운 회상의 골짜기를 헤매어 들기 시작한 듯' 과거의 기억 속으로 들어간다. 여기서 사내는 '햇덩이'로 표현되는 역설적이면서도 양가적

......

8 소리의 이러한 배치는 마희정이 〈남도사람〉 연작에 대해 '소리 찾기'의 여정으로 해석하고, '시김새'(〈서편제〉, 〈소리의 빛〉, 〈선학동 나그네〉)에서 '그늘'(〈새와 나무〉)에 이르는 과정으로 분석한 흐름과 결과적으로는 유사하다고 볼 수 있다.

'소리'에 대한 기억에 사로잡히고, 이어 주막집 여인에게서 의붓아
버지가 누이동생의 눈을 멀게 하였다는 소식에 고개를 가로저으며
살기를 내뿜는다. 주막집 여인은 이 사내의 고갯짓이 의미하는 바가
무엇인지 알지 못하고, 사내는 딸의 눈을 멀게 한 소리꾼 아비의 동
기를 추측하는 장면에서 이윽고 심봉사 황성가는 대목이 나온다.

> 어이 가리 어이 가리, 황성 먼길 어이 가리
> 오늘은 가다 어디서 자고, 내일은 가다 어디서 잘거나…….
> 한동안 무거운 침묵의 시간이 흐른 다음이었다.
> 여인이 이윽고 사내를 유인하듯 천천히 다시 노래를 시작
> 했다. 공연히 거북해진 방안 분위기를 소리로나 눅여 보고 싶
> 은 심사인 듯했다. (《서편제》, 26쪽)

이 소리를 기점으로 하여 사내는 자신이 의붓아버지를 소리 구걸
을 하며 따라다니다 죽이고 싶은 원한을 갖게 되고, 아비의 소리에
마력을 느끼고 아비를 죽이려 했던 과거 일을 떠올리게 된다. 이렇
게 〈서편제〉에서 판소리는 사내가 주막집에 들러 여인의 이야기를
듣기 시작할 즈음에서부터 이야기 중간에 전개되는 누이의 소식과
사내 자신의 과거 속 깊은 곳까지 이르는 동안 고조되는 서사적 긴
장 속에서 인용되고 있다.

〈소리의 빛〉은 〈서편제〉에서는 만나지 못한 사내와 누이가 만나 서
로를 알아보면서도 표면적으로 드러내지 않으며, 소리로서 회한을
푸는 과정을 주요 서사로 하고 있다. 〈소리의 빛〉에서 사내는 누이와

만나서는 계속 소리를 청하는데, 누이는 판소리가 아닌 단가로 응한
다. 이 과정을 소설 속에서는 '호남가'와 '편시춘' 사설을 함께 엮어
서술하고 있다. 이 점은 〈서편제〉에서는 '심청가' 중에서 심봉사가
황성가는 길 대목만 사설을 제시하고 있는 것과 대비된다. 단가의
소리를 사설로 서술하고, 그 단가가 어떤 소리였는지를 서술함으로
써 단가를 서사 속에 편입시키고 있는 것이다.

　　아무래도 여자답지 않은 목청이었다.
　　남도소리 특유의 애조와 한스러움은 있었으나 그 또한 서
리 내린 가을 달밤의 기러기소리와도 같이 미려한 여인의 수
수로움이 아니라, 무럭무럭 처연스럽게 가슴을 북받쳐 오르
는 장부의 통한이 역연한 소리였다…(중략)…여인의 구성진
목소리가 '편시춘' 한 가락을 끝내고 나자 사내는 이번에도
역시 그녀에게 목축임을 한잔 건네고 나서 거푸거푸 다음소
리를 재촉했다.　　　　　　　　　　　　(《소리의 빛》, 39-40쪽)

이렇게 여인의 단가가 끝나고 판소리를 청한 후 여인과 사내는 소
리에 대한 내력을 이야기하게 되고, 사내는 〈서편제〉에서 일부 서술
된 자신의 '햇덩이'에 대한 기억 속으로 들어간다. 그리고 사내가 끊
임없이 소리를 찾아 헤매게 된 햇덩이를 갖게 된 내력을 이야기하고,
여인과 사내는 끝이 없을 것 같은 소리를 나눈다.

　　그로부터 여자와 술손은 다시 소리로 꼬박 밤을 지새듯 하

였다.

여인은 이제 숨이 짧은 단가에서 본격적인 판소리 가락으로 손님을 휘어잡아 나갔다. 쑥대머리 귀신형용 적막옥방 한자리에서부터 '춘향가'의 옥중비가 한 대목을 넘어가고, '흥보가' 중의 흥보 매품팔이며 신세한탄 늘어놓는 진양조 한가락을 엮어 내고, '수궁가'로 '적벽가'로 명인 명창들의 이름난 더늠들을 두루 불러 돌아간 후에 나중에는 '심청가'의 심봉사 황성길 찾아가는 처량한 정경까지 끈질기게 소리를 이어나가고 있었다…(중략)…그러나 손님이고 여자고 새삼스레 상대편의 솜씨를 놀라워하는 빛은 전혀 서로 내색을 하지 않았다. 여인과 손님은 끊임없이 소리를 하고 장단을 몰아나갈 뿐이었다.   (《소리의 빛》, 47-48쪽)

사내와 여자는 서로의 이야기 속에서 그리고 판소리의 소리와 장단으로 소리를 하면서 그렇게 찾던 남매임을 알았을 것임에도 불구하고 확인하지 않은 채 헤어진다. 소리와 장단이 마치 요부의 희롱과도 같이, 기막힌 요술처럼 기묘하게 틈이 없는 포옹과도 같은 것임을 느꼈음에도 더 이상 서로의 정체에 대한 확인은 하지 않는다. 사내가 떠난 후 여자는 그 사내가 자신의 오라비였음을 천씨에게 이야기하며, '아비 소리꾼이 통곡이라도 하듯 두 다리를 벌리고 앉아 '수궁가' 한 대목을 처연스럽게 뽑아 넘기고 나서 기운이 파해 드러누워 있을 때' 오라비가 영영 떠나버렸다고 말한다.

〈소리의 빛〉에서 판소리 사설의 인용은 심봉사 황성 가는 대목밖에 없는데, 이 부분은 남매의 만남에서 절정에 이르렀을 때라는 점이 주목된다. 〈소리의 빛〉 전체적인 서사 전개는 남매인 사내와 여자가 만나 서로의 존재를 확인하는 과정이라 할 수 있는데, 여기서 단가에서부터 판소리까지 소리가 주요 부분에서 인용되고 있음을 알 수 있다.

〈선학동 나그네〉에서 소리는 사내의 누이동생이 선학동에 돌아온 이야기 속에 위치한다. 누이동생이 아비의 유골을 들고 선학동으로 들어와 주막에서 부른 노래로 '호남가' 사설이 인용되고, 아비의 유골을 묻을 수 있는 때가 된 날 '쑥대머리' 사설이 나온다. 〈선학동 나그네〉에서는 선학동에 들른 사내에게 들려지는 이야기 속에 누이의 소리가 인용된다. 이 누이는 눈 먼 여자로 형상화되며, 어떻게 눈 먼 여자가 눈 뜬 사람이 볼 수 없는 선학동의 학을 볼 수 있었는지를 이야기하는 중에 '가지 마오~' 사설이 나온다.

　　　주인의 이야기는 한마디로 그 여자가 자신의 노랫가락 속에 한 마리 학이 되어간 이야기였다.

　　　가지 마오 가지 마오
　　　심낭자 가지 마오

　　　여자는 날마다 소리만 하고 지내고 있었다.
　　　한 며칠을 그렇게 지내다 보니, 여자는 그저 아무 때고 하고 싶은 소리를 하는 게 아니었다. 여자의 소리는 언제나 포

구 밖 바다에 밀물이 들어오는 때를 맞추고 있었다. 그것도
마치 성한 눈을 지닌 사람이 바닷물이 차오르는 포구를 내려
다보는 듯한 눈길로 반드시 마루께로 자리를 나앉아 잡고서
였다.   (《선학동 나그네》, 79-80쪽)

   그리고 여인의 소리 속에서 마침내 볼 수 있었던 선학동 학의 모
습을 이야기하는 중에 '범피중류'가 등장한다. 선학동에 물이 차
오른다고 여자가 생각하고 노래를 부르고 그 소리를 듣는 사람들
도 같이 보게 되는 장면에서 '범피중류' 대목이 나오는 것이다. 이
후 여자는 밀물 때마다 소리를 하다 문득 어느 날 밤 선학동을 떠
나간다.
   〈새와 나무〉는 떠돌던 사내가 강진에서 해남에 이르게 되고, 그곳
에서 시를 짓는 시쟁이 이야기를 듣는 과정을 주요 서사로 하고 있
다. 사내는 앞의 〈서편제〉, 〈소리의 빛〉, 〈선학동 나그네〉에서와는 달
리 시쟁이가 들었다는 소리를 듣는 것으로 설정되어 있다. 다시 말
해 앞의 작품들에서는 사내가 누이의 소리를 전해 듣거나 만나서 듣
지만, 〈새와 나무〉에서는 사내도 모르는 시쟁이가 들었다는 소리를
자신도 듣게 되는 것이다. 〈서편제〉, 〈소리의 빛〉, 〈선학동 나그네〉에
서 사내가 찾아다니는 소리의 주체는 '누이의 소리'로 아비의 소리
를 이어 받은, 그래서 햇덩이를 느끼는 고통이자 열망의 소리라 할
수 있다. 그러나 〈새와 나무〉에서 소리의 주체와 정체는 보다 간접화
된다. 다시 말해, 누이의 소리나 아비의 소리가 아닌 시쟁이에게 들
린다는 소리로 간접화, 매개된다. 시쟁이가 들었다는 그 소리를 사

내가 공유하는 방식[9]인 것이다.

　　시를 짓는 시쟁이로선 당연한 노릇이었는지 모르지만, 그
는 어릴 적에 일찍 향속을 떠나 자란 처지치고는 희한하게 남
녘 노랫가락을 즐기는 소리꾼의 귀가 있었다 했다.
　　─노랫가락 소리가 들린다더구만요. 거기 그리고 앉아 있
으믄 바로 앞 들녘에서 낭자하게 끓어오르는 상사뒤여 소리
가 말이외다.　　　　　　　　　　　　　　((새와 나무), 133쪽)

　　그가 한동안 그렇게 소리를 좇아 남도 들녘을 헤매고 났을
때였다.
　　그의 귀에 마침내 그 유장한 상사소리 가락이 조금씩 흘러
들어오기 시작했다. 그게 처음엔 뒷산 가득한 솔바람소리 사
이사이로 희미하게 귓전을 넘나들고 있었다. 그러다간 차츰
그 솔바람소리를 밀어내고 천천히 그의 귀청을 깊게 울려 오
기 시작했다.

　　초두벌 만도리에 기음을 매어 갈 제
　　유월 염천 더운 날에……

　9　기존의 〈남도사람〉 연작 관련 연구에서 〈서편제〉에서 〈새와 나무〉로 이어지는 동안
　　　'소리'를 통해 사내가 세계로 나아가는 여정으로 해석한 것도 이러한 소리의 매개
　　　방식으로 생각해 볼 수 있다.

소리가 점점 커짐에 따라 그것은 이제 그의 육신을 가득 채우고 솔바람소리를 따라 눈 아래 들판까지 멀리멀리로 번져나갔다. 그 소리에 감응을 하듯 들판이 서서히 기동을 시작했다. 빈 들판에 꿈속처럼 아슴아슴 사람의 모습이 움직이기 시작하고, 여기저기 낭자한 상사뒤여 가락이 번져 오르고 있었다.

어이어이 어어루 상사뒤여
이 농사를 다 짓거든 구구만구 오사만거……

노랫가락은 이제 솔바람소리에서만 들려 오는 게 아니었다. 소리는 이미 그의 몸 속에서도 그 눈 아래 들판에서도 빛살처럼 가득히 피어 오르고 있었다.　　　　(〈새와 나무〉, 140쪽)

위에서 보듯이 〈새와 나무〉에서 소리는 '춘향가'의 '농부가'만 나오는데, '농부가'의 사설은 처음에는 사내의 머릿속에서 들리는 것이지만, 차츰 그 소리는 남녘땅 전체로 커지고 마침내는 사내 자신의 몸 속에서도, 눈 아래 들판에도 가득하게 된다. 〈새와 나무〉에서 '농부가'라는 소리는 사내가 자신을 시쟁이와 동일시하게 되는 과정과 결과 속에 위치하고 있으며, 처음에는 관념적인 것이었지만 나중에는 몸으로 느끼고 눈으로 보게 되는 것이다. 사내의 심리 서술과 함께 부분적으로 나뉘어 인용되는 '농부가'의 가락은 그 자체로 서사 속에서 계속되는 노래이기도 하다. 이러한 '농부가'의 인용 방식은 처음부터 끝까지 지속적으로 들리는 소리가 아니라 사내의 관념

323

속 소리에서 바깥 세계로 점점 커지고 확대되는 소리이면서 '농부가' 소리 바깥의 서사와 관련되는 소리임을 표현한다.

3. 판소리로 서사 짜기의 방식 : 공감적 자기화

앞에서 보았듯이, 〈남도사람〉 연작에서 소리는 서사 진행과 밀접한 관련성을 지니며 거론되거나 인용되고 있다. 〈서편제〉에서는 사내의 과거와 관련된 서사적 긴장이 고조되는 부분에서, 〈소리의 빛〉에서는 사내와 누이가 만나는 절정 장면에서, 〈선학동 나그네〉에서는 모든 마을 사람들이 그리워하는 선학동 학을 다시 보게 되는 장면에서, 〈새와 나무〉에서는 사내가 자신의 정체와 본질을 확인하는 단계에서 소리가 인용되는 것이다. 이렇게 볼 때, 인용된 단가나 판소리 대목은 특정한 정서를 환기하는 데 활용되기도 하고, 언어적 의사소통을 대체하는 기능을 하기도 하며, 인물의 기억을 매개하거나 관념을 구체화하기도 한다. 인용된 판소리 대목들은 서사 내에서 면밀하게 짜여져 때로는 소설의 주제적 의미와 때로는 인물의 내면과 때로는 서사 진행과 관련을 지니고 있는 것이다.

이러한 서사적 기능을 하는 소리가 어떻게 서사 속에 들어가게 되었나를 추적하는 계기를 이청준의 쓰기 과정을 재구하는 것으로 삼아볼 수 있다. 만약 이청준의 소설 쓰기가 판소리 재창조 모델 혹은 현대 문학 창작의 모델이라면, 앞서 살펴본 판소리의 배치나 서사적 배치 양상은 판소리에 대한 문식성이 현대문학의 수용과 생산에 지니는 효용을 설명할 수 있는 자료가 된다. 문화적 문식성을 실천한 하나의 모델로서의 〈남도사람〉 연작은 이청준이 판소리에 대한 공감 적 자기화[10]를 실현한 결과일 수 있는 것이다. 공감적 자기화가 어떤 저본을 수용하여 새로운 작품 생산에 이르는 과정을 설명하는 개념 이라는 데 비추어 보면, 이청준의 〈남도사람〉 연작은 기존의 판소리 를 수용하여 새로운 소설 쓰기로 나아간 과정[11]이라 할 수 있기 때문 이다.

〈남도사람〉과 같이 판소리와 어우러진 소설쓰기를 위해서는 우선 기존의 판소리에 대한 공감 과정이 필요했을 것이다. 다른 많은 판 소리 대목 중에서 왜 하필 〈서편제〉의 그 부분에는 심봉사 황성가는 대목이 들어가고, 〈선학동 나그네〉에는 '범피중류'가 들어가게 되었 는가라는 물음에서, 작가 이청준의 판소리에 대한 공감 과정을 해답 으로 찾을 수 있다.

〈남도사람〉 연작을 판소리의 관점에서 본다면, 기존의 판소리로 새로운 판짜기를 시도한 결과라고 할 수 있다. 그리고 그 새로 짠 판

......

10 예컨대 어떤 고전소설 작품의 이본이 생성되는 과정을 공감적 자기화로 설명할 수 있다. 어떤 작품을 수용자가 수용하는 과정에서 공감한 내용을 바탕으로 수용자 는 새로운 이본쓰기를 할 수 있다. 이때 일차적으로 수용자가 작품에 공감한 내용 은 이본 생성 과정에서 기존 작품을 유지하는 틀로 작용한다. 그리고 수용자가 생 산자로 바뀌면서 재해석하고 변용한 내용이 이본 생성 과정에서 포함되게 되는데 이는 자기화의 결과라고 할 수 있다. '자기화'의 과정은 어떤 수용자가 작품에 대해 재해석한 결과 자체일 수도 있지만 이본생성 과정에서 그러한 결과는 새로운 서사 쓰기의 내용이 될 수 있는 것이다(졸고, 위의 글 참조).

11 단, 차이가 있다면 이때 적용하는 공감적 자기화의 개념은 이본 생성과 같이 어떤 작품 전체의 재생산이 아닌 새로운 작품, 서사 쓰기라는 것이다. 그래서 전면적인 어떤 저본의 재생산 개념이 아니라 부분적 수용에 따른 재생산임을 밝혀 둔다.

소리는 소설의 주요 틀로 짜여 들어간 것이다. 이는 〈남도사람〉 연작의 중첩적 액자 구조와 관련지어 생각해 볼 수 있다. 작품별로 이야기를 이끌어 가는 주된 서술자는 주막집 여인, 눈 먼 누이, 주막집 주인, 시쟁이를 만났던 주인 등으로 다르지만, 공통적으로는 '사내'라는 주인공이 자신의 과거 경험과 현재의 사건을 겪는 내용을 서술하는 액자 구성 형태를 보이고 있다. 그런데 여기에 판소리가 들어가게 되면서 판소리 대목 자체가 원래 지니고 있던 서사 구조까지 중첩되는 것이다. 액자 틀의 이야기 전개와 액자 속 이야기, 그리고 그러한 이야기의 경계를 오가며 삽입된 판소리의 서사는 소설 전체의 서사 전개와 함께 자기 고유의 서사가 중첩적으로 교차되거나 병렬적으로 전개되는 것이다.

이러한 판소리의 재구조화와 새로운 서사로 쓰기는 기존의 판소리 개별 작품에 대한, 특정 대목에 대한 공감을 바탕으로 이루어진 것이라 할 수 있으며 이는 결과적으로 작가 이청준의 문화적 문식력을 이루는 것이라 할 수 있다. 판소리에 대한 공감이 없었더라면 특정 판소리 대목이 지닌 고유의 소리적 특성과 서사의 내용을 그렇게 배치할 수는 없었을 것이다.

〈서편제〉에 인용된 판소리들에서 구체적인 대목이 인용된 것은 흥보 매품팔이와 심봉사 황성 가는 길이다. 이들은 원래의 판소리 내에서 서사적 위치는 다르지만, 슬픈 노래라는 공통성을 지닌다. 흥보 매품팔이 대목은 중모리와 중중모리로 흥보가 매품을 팔아온 돈을 두고 하는 소리와 진양조로 흥보 마누라가 흥보의 매품을 만류하는 소리, 중모리로 흥보가 매품을 팔러 가면서 자탄하는 소리 등으로 이루어진다. 그리고 심봉사가 황성길 가는 대목은 심봉사가 뺑덕어미의 가산 탕진 때문에 돈 한 푼 없이 황성을 가야하는 상황에서 심봉사가 진양조의 소리를 하는 것으로 구성되어 있다. 흥보 매품팔이는 서사 전개상 초반부라 할 수 있지만, 심봉사 황성 가는 대목은 중반 이후 결말에 성큼 다가서는 부분에 위치한다. 이들 소리는 내용상으로도 신나거나 즐거울 수 없는데, 서사 전개의 위치와 상관없이 슬픈 곡조를 표현할 수 있다는 공통성을 지닌다.

〈소리의 빛〉에 새롭게 나오는 판소리는 '쑥대머리'와 '옥중비가'인데, 이들 대목의 사설은 작품 속에 인용되지 않지만, 그 소리의 제목이나 내용에서 알 수 있듯이 춘향이 옥중에서 이도령을 기다리며 곡진한 슬픔을 표현하고 있다. 〈소리의 빛〉에서 인용된 소리는 판소리가 아닌 단가라는 점이 독특하다.

이러한 판소리 대목 자체가 지닌 소리와 내용을 작가는 소설의 서사 전개 속에 짜 넣으며 재해석하고 서술자의 목소리로 표현해 내고 있다. 동일하게 심봉사가 황성길을 찾아가는 대목이 들어가 있지만, 그 소리가 환기하는 서사적 내용이나 기능은 다르다.

> '심청가' 중에 심봉사가 황성길을 찾아가는 정경으로, 여인의 목소리는 어느 때보다도 유장하고 창연스런 진양조 가락을 뽑아 넘기고 있었다. 지그시 눈을 내리감은 사내의 장단 가락이 졸리운 듯 이따금씩 여인을 급하게 뒤쫓곤 했다.
>
> (《서편제》, 25-26쪽)

　　지칠 줄 모르는 소리였다. 여인의 목청은 남정네들의 그 컬컬하고 장중스런 우조뿐 아니라 여인네 특유의 맑고 고운 계면조풍도 함께 겸비하고 있어서 때로는 바위처럼 우람하고 도저한 기백이 솟아오르는가 하면 때로는 낙화처럼 한스럽고 가을 서릿발처럼 섬뜩섬뜩한 귀기가 넘쳐났다. 가파른 절벽을 넘고 나면 유장한 강물이 산야를 걸쳐 있고, 사나운 폭풍의 한밤이 지나고 나면 새소리 무르익는 꽃벌판의 한나절이 펼쳐졌다.　　　　　　　　　　　　(〈소리의 빛〉, 47쪽)

　　소설 쓰기 과정에서 작가는 특정 판소리 대목의 사설을 인용하면서, 덧붙여 그 소리에 대한 형상화를 시도하고 있는 것이다. 위에서 보듯이 〈서편제〉와 〈소리의 빛〉에서 동일한 심봉사 황성가는 길 대목의 사설을 인용하면서 그 소리가 어떤 소리인지, 이 소리로 인해 인물이 어떤 정서와 심리를 갖게 되는지를 서술하고 있다. 그 소리는 '유장하고 창연한 진양조'이기도 하며, 장중스런 우조뿐 아니라 계면조풍도 겸비한 것이다. 이러한 소리의 형상화는 독자가 읽으면서 이 소리가 비장하면서도 장중한 것임[12]을 떠올릴 수 있게

<hr/>

12 "이렇게 보면 진양조는 주로 비장미와 장중미의 구현에 적합한 장단임을 확인할 수 있다. 즉 진양과 계면의 결합으로 비장미를, 진양과 우평조와의 결합으로 장중미를 구현하는 것이다. 이것은 역으로 골계미를 구현하는 데는 부적합하다는 뜻이다. 그러므로 판소리가 19세기 중엽에 진양 장단을 개발한 것은 비장미와 장중미를 더 확대하기 위한 것으로 볼 수 있다. 비장미와 장중미는 기존의 중머리 장단과 계면조 및 우평조의 결합으로도 가능했는데, 진양조를 개발한 것은 이에 대한 요구가 더욱 증대되고 있었다고 볼 수 있다(김종철, 『판소리사 연구』, 역사비평사, 1996. 45쪽)."를 참조해 볼 때, 〈남도사람〉 연작에서 주로 소리의 형상화가 진양조

한다.

〈소리의 빛〉이라는 작품에서 판소리 사설의 직접 인용은 심봉사 황성가는 길 대목밖에 없는데, 이 부분은 남매의 만남에서 절정에 이르렀을 때이다. 소리에 대한 서술은 독자로 하여금 마치 그 소리를 듣는 듯이 구체적이면서도 섬세하게 묘사되어 있다. 그리고 서사 전개상 맺혔던 한이 풀어지는 주제의식과[13]도 긴밀히 관련되면서 인용된 심봉사 황성가는 길 대목의 소리는 작가에 의해 재해석되고 재창조된 소리로 변화한 것이다. 그 소리의 성격은 '유장하고' '한스럽기'도 한 것으로 나타나고 있어, 작가의 판소리에 대한 공감은 판소리가 지닌 '한' 풀이를 중심으로 하여 이루어졌음을 알 수 있다.

......

나 중머리 장단을 중심으로 이루어진 점은 인용된 소리의 성격을 비장하면서 장중한 미를 구현하기 위함임을 알 수 있다.

13 '한'의 현대적 수용이라고 할 만큼 〈남도사람〉 연작에서는 한 맺힘과 풀이의 서사로 이청준은 판소리를 수용하고 있다. 이는 판소리 수용의 한 가지 방식이라 할 수 있으며, 그래서 인용된 판소리 대목의 성격 역시 그러하다 할 수 있겠다. 〈서편제〉에서 "사람의 한이라는 것이 그렇게 심어 주려 해서 심어 줄 수 있는 것은 아닌 걸세. 사람의 한이라는 건 그런 식으로 누구한테 받아지닐 수 있는 것이 아니라, 인생살이 한평생을 살아가면서 긴긴 세월 동안 먼지처럼 쌓여 생기는 것이라네. 어떤 사람들한테 외려 사는 것이 바로 한을 쌓는 일이고 한을 쌓는 것이 바로 사는 것이 되듯이 말이네."(32쪽)라는 서술이나 이청준이 작가노트에서 "〈서편제〉의 이야기와 인물들을 우리 정서의 한 보편적 내용이라 할 한의 예술양식 판소리 가락 위에 실어 풀어 나가게 된 연유다....그래 나는 그 소리나 〈서편제〉에서의 한을 '쌓임'이나 '맺힘'의 사연보다, 본래의 삶의 자리와 자기 모습을 되찾아 가는 적극적인 자기회복의 도정, 그 아픈 떠남과 회한의 사연들까지도 우리 삶에 대한 사랑과 간절한 희원으로 뜨겁게 끌어안고 그것을 넘어서려는 '풀이'의 과정을 더 소중하게 풀어보려 한 것이다. 한의 맺힘 자체는 원한이 되기 쉽고 파괴적인 한풀이만을 낳기 쉬움에 반하여, 그 아픈 떠남의 사연과 회한 껴안기·넘어서기의 떠돎은 우리 삶에 대한 능동적이고 창조적인 풀이와 정화·상승의 길이 될 수 있기 때문이다."(58쪽)라고 한 맥락에서 확인할 수 있다.

나아가 판소리에 대한 공감적 자기화의 결과로 작가는 새로운 판소리 사설쓰기를 시도하여 서사의 흐름 속에서 자연스럽게 표현해 내고 있다. 〈남도사람〉 연작에서 인용되는 판소리 사설들은 기존의 판소리에 포함되어 있는 사설이지만, 다음 사설은 그렇지 않다.

주인의 이야기는 한마디로 그 여자가 자신의 노랫가락 속에 한 마리 학이 되어간 이야기였다.

가지 마오 가지 마오
심낭자 가지 마오

〈선학동 나그네〉의 후반부에 나오는 위의 사설은 실상 판소리의 특정 작품에 나오는 대목에 포함되어 있지 않다. 특이한 것은 '가지 마오 가지 마오 심낭자 가지 마오'라는 사설이 그렇게 낯설지 않다는 것이다. 이는 '가지 마오 가지 마오'라는 사설이 '심청가'의 어느 한 대목일 것 같기도 하지만, 흥보가 매품팔러 가는 대목에서 흥보 마누라의 사설이나 '춘향가'의 이도령과 춘향이의 이별 대목에서도 부분적으로 혹은 사설의 내용상 나올듯한 것이기도 하기 때문일 것이다. 또한 '가지 마오 가지 마오'와 같이 동일한 통사 구조를 반복하는 방식은 민요의 사설에서도 흔히 볼 수 있는 것이기 때문이기도 하다.

[중몰이] "못가지야, 못가지야, 날 버리고 못가지야.

〈한애순 창본 심청가〉

[진양조] 이별말이 웬말이요 못가리다 가지 마오 날을 죽여 뭇고 가지 살여 두고는 못가리다 죽기로만 드는구나

〈이선유 창본 춘향가〉

[진양조] 가지 마오 가지 마오
불쌍한 영감 가지를 마오. 〈박록주 창본 흥보가〉

심청아 나는 나는 너를 믿고 사는데
어쩔고 가느냐 심청아 못가지야 못가지야
나를 두고 못가지야 나를 두고 못가지야

〈강릉 이금옥본 심청굿〉

위에서 볼 수 있듯이, '심청가'나 '흥보가', '춘향가'에서 서사적으로나 부분적으로 이 사설을 유추할 수 있기는 하지만, 실제로 이 사설이 등장하는 경우는 없다. '심낭자 가지 마오'라는 표현에서 '심청가'의 '범피중류' 대목이나 '선인따라' 가는 대목에 나올 듯하다고 생각할 수는 있지만, 실제로 '심청가'나 '심청굿' 어디에서도 이와 동일한 사설은 없다. 이 사설이 실제로 존재하는 판소리 사설이 아니라면 이는 이청준의 독창적인 사설 개작 혹은 재창작이라고 볼 수 있다. 소설 쓰기 과정에서 소리의 기능이나 효과로

볼 때 이러한 소리가 가능하다고 본 작가의 새로운 사설 쓰기인 것이다.

한편 '가지 마오 가지 마오 심낭자 가지 마오' 사설 뒤에 '심청가'의 '범피중류'가 나온다는 점을 고려한다면, 원래 '심청가' 서사 속에서 연결되는 성격 때문에 들어간 사설이라 할 수도 있다. 그리고 〈선학동 나그네〉 서사 속에서 이 사설이 나오는 대목이 선학동에 물이 들고, 거기에 지는 산그림자로 인해 생기는 학의 형용을 표현하는 부분임을 고려한다면 물 위에 떠가는 심청의 모습과 유사성이 있기 때문이라 할 수도 있을 것이다. 〈선학동 나그네〉에서 인용된 '범피중류' 대목이 소설 속 서사의 전개와 긴밀한 관련성이 느껴지는 것도 바로 이 대목이 원래 지니고 있던 성격과 맥락 때문인 것이다.

이러한 〈남도사람〉 연작에 나타난 판소리 수용과 재생산의 방식은 작가 이청준의 공감적 자기화 과정과 결과라 할 수 있다. 그리고 이는 작가 자신의 공감적 자기화를 표현하는 방편이기도 하지만 다른 한편으로 새로이 만들어진 작품에서 판소리에 대한 공감을 확대하기 위한 방편이라고 할 수도 있다. 〈새와 나무〉에서 '춘향가'의 '농부가'가 삽입되는 방식에서 공감의 확대를 생각해 볼 수 있다. 작품 내에서 '농부가'는 시쟁이에게 들린 소리가 사내에게로 전이되고 확대되도록 하는 매개 역할을 한다. 그리고 이는 잠재적으로 존재하는 독자에게 들려줄 소리로서의 역할을 고려한 것이라고 할 수 있다. '농부가'의 소리를 통해 독자는 어떻게 시쟁이의 정서와 인생이 사내와 겹쳐질 수 있는지를 알 수 있으며, 동시에 '농부가'에 공감할 수 있게 되는 것이다.

4. 판소리를 통한 문화적 문식성 교육의 가능성과 의의

문화적 문식성의 획득이 국어교육의 목표라는 관점에서 보면, 〈남도사람〉 연작이 보여 주는 공감적 자기화의 방식은 판소리를 통해 학습자가 성취해야 할 목표와 내용 그리고 여기서 나아가 학습자가 도달할 상을 시사한다고 할 수 있다. 공감적 자기화를 통해 어떻게 작가가 판소리를 새로운 현대 소설로 재생산해내는가라는 과정에 대한 고찰은 국어교육 및 문학교육에서 어떻게 학습자가 고전 문화에 속하는 판소리를 학습하여 현대 문화 속에서 새로운 글쓰기로 나아갈 수 있을지에 대한 하나의 모델을 제공하는 것이다. 학습자에게 판소리는 공감하고 자기화할 수 있는 하나의 텍스트이면서 동시에 현대 문화 속에서 살아가면서 새로이 텍스트를 생산할 수 있는 능력, 즉 문화적 문식성이 될 수 있는 것이다. 이때 문화적 문식성 획득을 위한 교육 내용은 학습자가 판소리에 공감하는 과정, 그리고 공감한 내용을 바탕으로 자기화한 결과를 새로운 서사쓰기에 적용하는 것이 된다.

그렇다면 문화적 문식성을 위한 국어교육의 내용[14]은 우선 판소

.....

14 여기서 문학교육에 대한 세 가지 모델을 참조해 볼 수 있다. 이는 문화 모델, 언어 모델, 개인의 성장 모델로, 문화모델을 지향하는 관점은 문학을 한 문화 안에서 생각할 수 있고 느낄 수 있는 최고의 것을 농축한 것, 곧 지혜의 축적으로 본다. 문학은 인류의 가장 의미 있는 사고와 감성들을 표현한 것이고, 문학을 가르침으로써 학생들은 특정한 역사적 시기를 초월하는 일련의 표현, 보편적인 가치와 타당성을 접할 수 있다. 문화 모형으로 문학을 가르치는 것은, 학생들로 하여금 다른 시공간의 문화와 이념을 이해하고 감상하게 하며, 그러한 문화적 유산에 내포된 사상과 감정, 예술적 형식들의 전통을 알게 하는 데 초점을 둔다. 세계의 도처에서 인간성을 연구하고 가르칠 때 문학을 중심적인 위치에 두는 것은 특별한 '인간적' 의미 때문이다(류수열, 「판소리에 대한 국어교육적 접근 -〈흥보가〉를 중심으로-」, 『판소리연구』 9, 판소리학회, 1998. 100-101쪽).

리 자체에 대한 문식성을 갖추게 하는 것이 될 것이다. 그것은 판소리라는 연행 문학의 특성을 이해하고 판소리 작품을 아는 지식도 될 것이고, 판소리 사설에서 판소리의 내용을 이루는 서사에 대한 감상 능력도 될 것이다. 이러한 판소리에 대한 문식성은 〈남도사람〉 연작과 같은 소설을 이해하고 감상할 수 있는 기반이 되고, 현대에 들어서도 지속적으로 연행되고 있는 판소리를 향유하는 능력이 된다.

그리고 문화적 능력으로서의 판소리에 대한 문식성 교육은 판소리의 재창조와 전승자로서 학습자를 기르는 것이 될 것이다. 앞서 보았듯이 이청준이 〈남도사람〉 연작을 통해 공감적 자기화 결과로서 판소리를 재창조, 재구성할 수 있었던 하나의 모델이라면, 우리 학습자 역시 판소리를 배움으로써 이청준과 같은 판소리의 창조자로 성장할 수 있는 것이다.

이러한 판소리에 대한 문화적 문식성을 갖춘 학습자는 독자로서 이청준의 〈남도사람〉 연작을 감상하는 기반의 수준이 달라질 수 있는 것이다. 판소리를 매개로 하여 학습자는 〈남도사람〉 연작 작품을 감상할 때 인용되고 거론된 판소리 작품과 대목에 대해 왜 그러한 판소리가 인용되었을지 서사적 맥락 속에서 깊이 있는 이해를 할 수 있다. 또한 인용된 판소리 대목이 원래의 작품 안에서 어떠한 서사적 위치에 있는지, 그리고 그 안에서 환기하는 정서나 음악적 특징이 무엇인지를 안다면, 〈남도사람〉 연작 작품을 읽는 동안 원래의 판소리 대목이 갖고 있는 특질이 〈남도사람〉 감상 과정에 스며들게 된다. 나아가 '가지 마오 가지 마오 심낭자 가지 마오'와 같이 작가에 의해 새롭게 쓰여진 사설을 읽으면서 재창조된 판소리의 세계 속에 내재된 작가가 경험했을 공감에 동참할 수 있는 것이다. 이렇게 볼 때 현대의 학습자들이 판소리를 수용하는 과정을 공감적 자기화라고 할 수 있으며, 이러한 과정을 통해 현대 문학으로 재창조된 판소리를 감상할 수 있는 능력 그리고 새로운 판소리로 재생산할 수 있는 능력이 문화적 문식성이라 할 수 있다.

그렇다면 판소리를 통한 문화적 문식성 교육의 의의를 몇 가지로 정리해 볼 수 있다. 첫 번째로 국어교육 안에서 우리 판소리에 대해 향유 문화적으로 접근할 수 있다. 이는 판소리의 연행 방식을 이해할 뿐만 아니라 그 소리의 속성으로서의 매력과 이면을 이해하는 것이며, 우리 고유의 전통 문화를 경험할 수 있다는 가능성이다. 그리고 그러한 문화적 경험을 현대 문화 향유로 확장할 수 있는 의의가 있다.

두 번째로는 판소리를 매개로 한 고전과 현대의 교육적 통합을 들 수 있다. 판소리라는 고전문학으로서의 서사 전통을 이해하는 것이 현대 문학 수용에까지 의미를 지닐 수 있다는 것이다. 현재의 국어 교육은 교육과정의 영역 상으로는 그렇지 않음에도 불구하고 교과서의 체제나 교육활동 구성에서 고전문학과 현대문학을 분리하여 다루는 경향이 있다. 그런데 판소리를 매개로 한다면 고전과 현대를 통합할 수 있는 가능성이 있는 것이다. 또한 이러한 가능성은 무엇보다 판소리의 본질적 성격을 바탕으로 한 고전과 현대문학교육의 통합이라는 데에 의의가 있다. 이러한 관점에서 접근한다면 판소리를 통해 과거의 문화 교육이 가능하며 동시에 현대 문화 내에서의 수용과 생산 활동을 구상할 수 있다.

세 번째는 판소리를 통한 문화적 문식성 교육은 궁극적으로 문화 향유 주체로서의 학습자를 길러 낼 수 있는 의의를 지닌다. 판소리의 경험과 학습을 통해 학습자는 공감적 자기화의 주체로 성장할 수 있으며, 진정한 판소리 향유자로 살아갈 수 있는 것이다. 그리고 과거의 테두리 안에 갇혀 있는 판소리, 더 이상 생산되지 않는 판소리의 향유자가 아니라 현대의 문화와 사회의 변화 흐름 속에서 늘 새롭게 판소리를 재창조해 낼 수 있는 주체로 교육이 가능하다.

네 번째는 전통 문화 교육의 의의를 지닌다. 판소리는 그 자체로 다채로운 성격을 지니고 있어서 우리 고유의 서사적 전통과 함께 다양한 향유 주체와 방식을 지녔던 문화적 전통을 배울 수 있는 계기가 된다. 이청준과 같이 한국 고유의 전통 속에 흐르는 '한'에 대한 해석과 표현에 초점을 맞출 수도 있지만, 또 다른 전통 문화의 속성을 중심으로 수용하고 생산할 수 있는 능력을 지닌 학습자를 길러 낼 수 있는 것이다. 국어교육에서 고전문학교육은 1)고전문학 작품 자체를 대상으로 하는 교육, 2)고전문학 작품을 가르치는 활동을 통해 무엇인가 가치 있는 것에 도달하게 하는 교육, 3)고전문학 작품을 국어교육의 활동 자료로 삼아 다양한 국어 사용 능력을 신장하는 교육[15]으로 대별해 볼 수 있는 바, 판소리라는 언어 문화 자료, 그리고 이를 통해 문화적 문식성 교육을 지향하는 교육은 이 셋을 모두 충족시킬 수 있는 의의를 지닌다.

......

15 졸고, 「국어과교육과정에서의 고전문학교육 위상 정립을 위한 연구」, 2004.

제1부 판소리 문학의 존재 양상

제1장 〈심청전〉의 초기 이본 양상

김석배 외, 「심청가 더늠의 통시적 연구」, 『판소리연구』 9, 판소리학회, 1998.

김석배, 「허홍식 소장본 〈심청가〉의 특징」, 최동현·유영대 편, 『심청전 연구』, 태학사, 1999.

김영수, 『필사본 심청전 연구』, 민속원, 2001.

김종철, 「심청가와 심청전의 '장승상부인 대목'의 첨가 양상과 그 역할」, 『고소설연구』 35, 한국고소설학회, 2013.

김종철, 『판소리사 연구』, 역사비평사, 1996.

김진영 외, 『〈심청전〉 전집』, 박이정, 1998.

박일용, 「〈심청전〉의 가사적 향유 양상과 그 판소리사적 의미」, 『판소리연구』 5, 판소리학회, 1994.

박일용, 「가사체 심청전 이본과 초기 판소리 창본계 심청전의 관련 양상」, 『판소리연구』 7, 판소리학회, 1996.

서유경, 「〈심청전〉 변이의 소통적 의미 연구」, 『판소리연구』 18, 판소리학회, 2004.

서유경, 「공감적 자기화를 통한 문학교육 연구」, 서울대학교 대학원 박사학위 논문, 2002.

성현경, 「판소리 문학으로서의 심청전 – 소설과의 관계를 중심으로 –」, 『동아연구』 5, 서강대 동아연구소, 1985.

유영대, 「장승상부인 대목 첨가에 대하여」, 『판소리 연구』 5, 판소리학회, 1994.

유영대,『심청전 연구』, 문학아카데미, 1989.

인권환, 최동현·유영대 편, 「〈심청전〉 연구사와 그 문제점」,『심청전 연구』,
　　　　태학사, 1999.

정병헌, 「판소리의 발생」,『한국문학사의 쟁점』, 집문당, 1989.

정충권, 「판소리의 무가계 사설 연구」, 서울대학교 대학원 박사학위논문,
　　　　1999.

최운식,『심청전연구』, 집문당, 1982.

제2장 〈심청전〉 변이의 한 양상

조동필 12장본, 김진영 외,『심청전』9, 박이정, 2000.

김종철 18장본, 김진영 외,『심청전』9, 박이정, 2000.

박순호 39장본, 김진영 외,『심청전』6, 박이정, 1999.

김광순 30장본, 김진영 외,『심청전』4, 박이정 , 1998.

한남본, 김진영 외,『심청전』, 박이정 3, 1998.

허홍식 창본, 김진영 외,『심청전』3, 박이정, 1998.

사재동 50장본A, 김진영 외,『심청전』, 박이정 11, 2000.

단국대 나손 29장본A, 김진영 외,『심청전』9, 박이정, 2000.

조춘호 31장본, 김진영 외,『심청전』9, 박이정, 2000.

정문연 19장본, 김진영 외,『심청전』9, 박이정, 2000.

최재남 낙장 22장본, 김진영 외,『심청전』9, 박이정, 2000.

정문연 28장본, 김진영 외,『심청전』9, 박이정, 2000.

완판 71장본, 김진영 외,『심청전』, 박이정 3, 1998.

가람본 46장본, 김진영 외,『심청전』3, 박이정, 1998.

국립도서관 59장본, 김진영 외,『심청전』, 박이정 3, 1998.

심정순 창본, 김진영 외,『심청전』2, 박이정, 1997.

김소희 창본, 김진영 외,『심청전』2, 박이정, 1997.

신재효 창본, 김진영 외,『심청전』1, 박이정, 1997.

김석배, 서종문, 장석규, 「〈심청가〉 더늠의 통시적 연구」,『판소리연구』제9
　　　　집, 판소리학회, 1998.

김영수,『필사본 심청전 연구』, 민속원, 2001.

김종철, 「소설의 이본 파생과 창작 교육의 한 방향」, 『고소설 연구』 제7집, 고소설학회, 2000.

김종철, 「판소리 리얼리즘과 그 특질」, 『국어교육』114, 한국국어교육연구회, 2001.

박일용, 「가사체〈심청전〉이본과 초기 판소리 창본계〈심청전〉의 관련 양상」, 『판소리연구』 제7집, 판소리학회, 1996.

서유경, 「〈심청전〉 중 '곽씨부인 죽음 대목'의 변이 양상과 의미」, 『문학교육학』 제7호, 한국문학교육학회, 2001.

서유경, 「〈심청전〉 중 '심청 투신 대목' 변이의 수용적 의미 연구」, 『판소리연구』 제14집, 판소리학회, 2002.

서유경, 「공감적 자기화를 통한 문학교육 연구」, 서울대학교대학원 박사학위 논문, 2002.

유영대, 『심청전 연구』, 문학아카데미, 1989.

정병헌, 「申在孝 판소리 辭說의 形成과 背景과 作品 世界」, 서울대학교대학원 박사학위 논문, 1986.

정운채, 「〈심청가〉의 구조적 특성과 심청의 효성에 대한 문화론적 고찰」, 이상익 외, 『고전산문교육의 이론』, 집문당, 2000.

정출헌, 「판소리 향유층의 변동과 판소리 사설의 변화」, 『판소리연구』11집, 판소리학회, 2000.

정출헌, 「〈심청전〉의 전승 양상과 작품세계에 대한 고찰」, 『韓國民族文化』22, 釜山大學校韓國民族文化研究所, 2003.

최래옥, 「심청전의 총체적 분석」, 『韓國學論集』5, 漢陽大學校韓國學研究所, 1984.

최운식, 『심청전 연구』, 집문당, 1982.

제3장 〈수궁가〉의 대결 구조

김대행, 「수궁가의 구조적 특성, 한국어교육학회」, 『국어교육』27, 1976.

김동건, 「이본간 비교를 통해 본 가람본〈토별가〉」, 『판소리연구』12, 판소리학회, 2001

김동건, 「토끼전 연구」, 경희대학교 대학원 박사학위 논문, 2001.

서유경, 「문학을 활용한 말하기 교육 내용 연구 -〈토끼전〉의 어족회의 대목을 중심으로-」, 『국어교육』 114, 한국어교육학회, 2004.

서은아, 「〈수궁가〉에 나타난 토끼의 성격과 당대 수용자들의 심리적 특성」, 『국어교육』, 한국어교육학회, 1999.

서은아, 「〈수궁가〉의 문학적 효용」, 『論文集』 7, 서울여자대학교 대학원, 1999.

이원수, 「〈토끼전〉의 형성과 후대의 변모」, 『국어교육연구』 제14권, 국어교육학회, 1982.

이헌홍, 「수궁가의 구조 연구(I)」, 『한국문학논총』 제5집, 한국문학회, 1982.

이헌홍, 「수궁가의 구조연구(2)- 수수께끼적 구조의 연쇄적 반복과 그 전승론적 의미 -」, 『국어국문학지』 20, 문창어문학회, 1983.

이헌홍, 「수궁가의 수수께끼적 구조와 의미」, 『한국문학논총』 제29집, 한국문학회, 2001.

인권환, 「〈토끼전〉 이본고」, 『아세아연구』 통권 29호, 고려대학교 아세아문제연구소, 1968.

인권환, 「토끼傳群 결말부의 변화양상과 의미」, 『정신문화연구』 제14권 제3호(통권 44호), 한국학중앙연구원, 1991.

정병헌, 「수궁가의 구조와 언어적 성격」, 최동현·김기형 엮음, 『수궁가 연구』, 민속원, 2001.

정출헌, 「〈토끼전〉의 작품구조와 인물형상」, 『한국학보』 18 No.1, 일지사(한국학보), 1992.

정출헌, 「봉건국가의 해체와 「토끼전」의 결말 구조」, 『고전문학연구』 13, 한국고전문학회, 1998.

정충권, 「〈토끼전〉 언변 대결의 양상과 의미」, 『판소리연구』 20, 판소리학회, 2005.

정충권, 「〈토끼전〉 결말의 변이양상과 고소설의 존재 방식」, 『새국어교육』, 한국국어교육학회, 2005.

최광석, 『토끼전의 지평과 변이』, 보고사, 2010.

최진형, 「출판문화와 〈토끼전〉의 전승」, 『판소리연구』 25, 판소리학회, 2008.

최혜진, 박초월, 「바디 〈수궁가〉의 전승과 변모 양상」, 『판소리연구』, 판소리학회, 2006.

제2부 판소리 문학의 문화 적응 방식

제1장 〈몽금도전〉: 20세기 초 〈심청전〉 개작

권순긍, 「1910년대 活字本 古小說 硏究」, 성균관대학교 대학원 박사학위 논문, 1991.

김영수, 「필사본 심청전 연구」, 경희대학교 대학원 박사학위 논문, 2000.

김종철, 『판소리사 연구』, 역사비평사, 1996.

김진영 외, 『심청전 전집』 3, 박이정, 1998.

김진영 외, 『심청전 전집』 12, 박이정, 2004.

서유경, 「공감적 자기화를 통한 문학교육 연구-〈심청전〉 이본 생성을 중심으로」, 서울대학교 대학원 박사학위 논문, 2002.

서유경, 「〈심청전〉에 나타난 기도의 문학교육적 효용성 연구」, 『문학교육학』 15호, 한국문학교육학회, 2004.

유영대, 『심청전 연구』, 문학아카데미, 1989

이주영, 『구활자본 고전소설 연구』, 월인, 1998

인권환, 「〈심청전〉 연구사와 문제점」, 최동현·유영대 편, 『심청전 연구』, 태학사, 1999.

장효현, 『한국고전소설사연구』, 고려대학교출판부, 2002.

정충권, 「판소리의 巫歌系 辭說 硏究」, 서울대학교 대학원 박사학위 논문, 1999.

최동현·유영대 편, 『심청전 연구』, 태학사, 1999.

최운식, 『심청전 연구』, 집문당, 1982.

최운식, 『한국 고소설 연구』, 보고사, 2002.

최진형, 「〈심청전〉의 전승 양상」, 『판소리연구』 19, 판소리학회, 2005.

제2장 만문만화 〈모던 심청전〉

김규택, 〈모던 심청전〉, 『조광』 1권 1호, 2권 1호, 2호, 3호, 5호, 6호, 1935-1936.

김진영 외, 『심청전 전집』 3, 박이정, 1998.

고은지, 「1930년대 대중문화 속의 "춘향전"의 모던화 양상과 그 의미 : 〈만화 모던 춘향전〉을 중심으로」, 『민족문학사연구』 34, 민족문학사학회·민족문학사연구소, 2007.

맹현정, 「『별건곤』의 일러스트레이션 연구」, 서울대학교 석사학위 논문, 2012.

서유경, 「〈심청전〉 변이의 소통적 의미 연구」, 『판소리연구』 18, 판소리학회, 2004.

서은영, 「한국 근대 만화의 전개와 문화적 의미」, 고려대학교 박사학위 논문, 2013.

신명직, 「김규택의 만문만화와 웃음」, 사에구사 도시카스 외, 『한국근대문학과 일본』, 소명출판, 2003.

신명직, 「안석영 만문만화 연구」, 연세대학교 대학원 박사학위 논문, 2001.

윤기헌, 「동아시아 근대만화의 특성 비교 연구」, 경북대학교 박사학위 논문, 2012.

이유림, 「안석주(安碩柱) 신문소설 삽화 연구 : 1920년대를 중심으로」, 이화여자대학교 대학원 석사학위 논문, 2007.

이주라, 「식민지시기 유머소설의 등장과 그 특징」, 『현대소설연구』 51, 한국현대소설학회, 2012.

이지혜, 「일상에 대한 서사적 표현 연구」, 국민대학교 석사학위 논문, 2005.

전미경, 「1920~1930년대 "남편"을 통해 본 가족의 변화 – 『신여성』과 『별건곤』을 중심으로 –」, 『한민족문화연구』 29, 한민족문화학회, 2009.

최수일, 「잡지 『조광』을 통해 본 '광고'의 위상 변화 : 광고는 어떻게 '지(知)'가 되었나」, 『상허학보』 32, 상허학회, 2011.

최　열, 「1920년대 민족만화운동 : 김동성과 안석주를 중심으로」, 『역사비평』 2, 역사비평사, 1988.

최혜진, 「김규택 판소리 문학 작품의 근대적 특징과 의미」, 『판소리연구』 35, 판소리학회, 2013.

제3장 판소리 문학과 도시 문화

『조광』 1권 1호, 2권 1호, 2호, 3호, 5호, 6호(1935-1936).

김진영 외, 『심청전 전집』 3, 박이정, 1998.

김진영 외, 『심청전 전집』 12, 박이정, 2004.

『한국고전문학전집』 13, 〈심청전〉, 고려대 민족문화연구소, 1995.

김종철, 「19~20세기 전반기 공동체의 변화와 판소리」, 『구비문학연구』 21, 한국구비문학회, 2005.

김종철, 「게우사」, 『판소리연구』 5, 판소리학회, 1994.

김종철, 『판소리의 정서와 미학』, 역사비평사, 1996.

류광수, 「도시사회구조분석의 역사적 인식을 통한 새로운 도시사회연구의 흐름에 관한 이론적 고찰」, 『지역발전연구』 21 제2호, 연세대학교 빈곤문제국제개발연구원, 2012.

서유경, 「만문만화 〈모던 심청전〉 연구」, 『문학교육학』 46, 한국문학교육학회, 2015.

서유경, 「심청전의 근대적 변용 연구」, 『고전문학과 교육』 30, 한국고전문학교육학회, 2015.

신명직, 「김규택의 만문만화와 웃음」, 사에구사 도시카스 외, 『한국근대문학과 일본』, 소명출판, 2003.

유영대, 『심청전 연구』, 문학아카데미, 1989.

이지하, 「고전소설에 나타난 19세기 서울의 향락상과 그 의미」, 『서울학연구』 36, 서울시립대학교 서울학연구소, 2009.

이태화, 『일제강점기의 판소리 문화 연구』, 박이정, 2013.

정출헌, 「18, 19 세기 서울의 도시문화와 연행예술의 역사 지리학적 연구 : 판소리 담당층의 변화에 따른 19세기 판소리사와 중고제의 소멸」, 『민족문화연구』 31, 고려대학교 민족문화연구원, 1998.

최동현, 김만수, 『일제강점기 유성기 음반 속의 대중희극』, 태학사, 1997.

최혜진, 「김규택 판소리 문학 작품의 근대적 특징과 의미」, 『판소리연구』 35, 판소리학회, 2013.

제4장 〈심청전〉의 근대적 변용

『조광』 1권 1호, 2권 1호, 2호, 3호, 5호, 6호(1935-1936).

김진영 외, 『심청전 전집』 3, 박이정, 1998.

김진영 외, 『심청전 전집』 12, 박이정, 2004.

『채만식전집』 6, 창작과비평사, 1889.

『채만식전집』 9, 창작과비평사, 1889.

『한국고전문학전집』 13, 〈심청전〉, 고려대 민족문화연구소, 1995.

권순긍, 「1910년대 활자본 고소설 연구」, 성균관대학교 대학원 박사학위
　　　논문, 1991.

김미영, 「〈심청전〉의 현재적 변모 양상에 대한 연구」, 『한중인문학연구』
　　　14, 한중인문학회, 2005.

김석배·서종문·장석규, 「판소리 더늠의 역사적 이해」, 『국어교육연구』 28,
　　　국어교육학회, 1996.

김성철, 「활자본 고소설의 존재 양태와 창작 방식 연구」, 고려대학교 대학
　　　원 박사학위 논문, 2011.

김영수, 「필사본 심청전 연구」, 경희대학교 대학원 박사학위 논문, 2000.

김일영, 「〈심봉사〉에서의 제재변용양상 고찰」, 『국어교육연구』 28, 국어교
　　　육학회, 1991.

김종철, 『판소리사 연구』, 역사비평사, 1996.

김현철, 「판소리 〈심청가〉의 패로디 연구」, 『한국극예술연구』 11, 한국극예
　　　술학회, 2000.

민병욱, 「〈심청전〉의 장르패러디적 연구」, 『한국민족문화』 23, 부산대학교
　　　한국민족문화연구소, 2004.

서유경, 「〈몽금도전〉으로 본 20세기 초 〈심청전〉 개작의 한 양상」, 『판소리
　　　연구』 32, 판소리학회, 2011.

서유경, 「공감적 자기화를 통한 문학교육 연구」, 서울대학교 대학원 박사
　　　학위 논문, 2002.

서유경, 「만문만화 〈모던 심청전〉 연구」, 『문학교육학』 46, 한국문학교육학
　　　회, 2015.

성현경, 「〈심청가〉의 형성과 변모 과정」, 『고전문학연구』 9, 한국고전문학
　　　회, 1994.

신선희, 「〈심청전〉의 현대적 수용과 변용」, 『고소설 연구』 9, 한국고소설학
　　　회, 2000.

신재홍, 「고전 소설의 재미 찾기」, 『고전문학과 교육』 26, 한국고전문학교
　　　육학회, 2013.

엄태웅, 「이해조 산정 판소리의 《매일신보》 연재 양상과 의미」, 『국어문학』

45, 2008.

이민희, 「1920-1930년대 고소설 향유 양상과 비평 연구」, 『순천향 인문과 학논총』 28, 순천향대학교, 2011.

이신정, 「심청 모티브 희곡에 나타난 희극적 계승과 비극적 변용」, 『이화어 문논집』 21, 이화어문학회, 2003.

이주영, 『구활자본 고전소설 연구』, 월인, 1998.

정하영, 「〈잡극 심청왕후전〉고」, 『동방학지』 36-37, 연세대학교 국학연구 원, 1983.

최동현, 「〈심청전〉의 주제에 관하여」, 『국어문학』 31, 국어문학회, 1996.

최동현·김만수, 『일제강점기 유성기 음반 속의 대중희극』, 태학사, 1997.

최수일, 「잡지 『조광』을 통해 본 '광고'의 위상 변화」, 『상허학보』 32, 상허 학회, 2011.

최운식, 「심청전 이본고(Ⅲ) : 활자본 심청전의 서지 및 특색과 계열」, 『논문 집』 10, 국제대학 1982.

최진형, 「〈심청전〉의 전승 양상」, 『판소리연구』 19, 판소리학회, 2005.

최혜진, 「김규택 판소리 문학 작품의 근대적 특징과 의미」, 『판소리연구』 35, 판소리학회, 2013.

하동호, 「〈조광(朝光)〉 서지분석」, 『동양학』 16, 단국대학교 동양학연구소, 1986.

황태묵, 「채만식의 고전 읽기와 그 의미」, 『국어문학』 38, 국어문학회, 2003.

황혜진, 「전승사의 관점에서 본 채만식의 연구」, 『고전문학과 교육』 7, 한 국고전문학교육학회, 2004.

제3부 판소리 문학의 가치와 효용

제1장 〈심청전〉의 기도와 효용

김진영 외, 『심청전 전집』 1-11, 박이정. 1997-2000.

김민주, 『어린이의 상한 마음을 돌보기 위한 독서치료』, 한울아카데미, 2004.

김성원, 「포스트모던 변증학적 기도론」, 『지성과 창조』 3, 나사렛대학교출판사, 2000.

김영수, 『필사본 심청전 연구』, 민속원, 2001.

박기석, 「문학치료학 연구 서설」, 『문학치료연구』 제1집, 한국문학치료학
회, 2004.

서유경, 「〈심청전〉 중 '심청 투신 대목' 변이의 수용적 의미 연구」, 『판소리
연구』 제14집, 판소리학회, 2002.

서유경, 「공감적 자기화를 통한 문학교육 연구」, 서울대학교대학원 박사
학위 논문, 2002.

정운채, 「〈심청가〉의 구조적 특성과 심청의 효성에 대한 문화론적 고찰」,
『고전산문교육의 이론』, 집문당, 2000.

정운채, 「서사의 힘과 문학치료방법론의 밑그림」, 『고전문학과 교육』 제8
집, 한국고전문학교육학회, 2004.

조희정, 「치료 서사와 자기 이야기 쓰기」, 『국어교육』 114, 한국어교육학
회, 2004.

차정식, 「죽음을 통과하는 방식으로서의 기도」, 『설교자를 위한 성경 연구
』 6권 5호, 한국성경연구원, 2000.

최인자, 「자아 정체성 구성의 자전적 서사 쓰기 –신경숙의 『외딴방』을 중
심으로」, 『서사 문화와 문학교육론』, 한국문화사, 2001.

제2장 향유 문화와 〈옹고집전〉

곽정식, 「옹고집전연구」, 『한국문학논총』 8 · 9, 한국문학회, 1986.

김대행, 『국어교과학의 지평』, 서울대학교출판부, 1995.

김동환, 「문화교육으로서의 국어교육」, 『국어교육학연구』 15, 국어교육학
회, 2002.

김종철, 「옹고집전 연구」, 『한국학보』 20, 일지사, 1994.

김종철, 「문학교육의 문화론적 관점, 『국문학과 문화』, 한국고전문학회,
월인, 2001.

김창원, 「국어교육과 문화론」, 『한국초등국어교육』 20, 한국초등국어교육
학회, 2002.

김현룡, 「옹고집전의 근원설화 연구」, 『국어국문학』 62 · 63, 국어국문학
회, 1973.

김현주, 「언어문화로서의 국문학」, 『국문학과 문화』, 한국고전문학회, 월인, 2001.

박윤우, 「7차 교육과정에 나타난 "문학문화"론의 몇 가지 문제 7차 교육과정에 나타난 "문학문화"론의 몇 가지 문제」, 『현대문학의 연구』 19, 한국문학연구학회, 2002.

서유경, 『고전소설교육 탐구』, 박이정, 2002.

설중환, 「옹고집전의 구조적 의미와 불교」, 『문리대논집』 4, 고려대 문리대, 1986.

염은열, 「고전문학의 교육적 대상화에 대한 연구 : 문화론적 관점을 중심으로」, 『고전문학과 교육』 3, 청관고전문학회, 2001.

윤여탁, 문화교육과 한국어교육, 『한국어 교육』 14, 국제한국어교육학회, 2003.

이강엽, 「자기실현으로 읽는 옹고집전」, 『고소설연구』 17, 한국고소설학회, 2004.

이상익 외, 『고전문학 어떻게 가르칠 것인가』, 운정이상익박사 회갑기념 논문집 간행위원회, 1994.

이석래, 「옹고집전의 연구」, 『관악어문연구』 3, 서울대 국문과, 1978.

인권환, 「옹고집전의 불교적 고찰」, 『민족문화연구』 28, 고려대 민족문화연구소, 1995.

장석규, 「옹고집전의 구조와 구원의 문제」, 『문학과 언어』 11, 문학과 언어연구회, 1990.

정병욱 교주, 『裵裨將傳 ; 雍固執傳』, 신구문화사, 1974.

정상진, 「옹고집전의 서민의식과 판소리로서의 실전고」, 『국어국문학』 23, 문창어문학회, 1986.

정인한, 「옹고집전의 설화 연구」, 『문학과 언어』 1, 문학과 언어연구회, 1980.

정충권, 「옹고집전 이본의 변이 양상과 그 의미」, 『판소리연구』 4, 판소리학회, 1993.

조세형, 「문학문화 논의와 문학교육의 방향」, 『고전문학과 교육』 5, 청관고전문학회, 2003.

최래옥 표기, 「옹고집전」, 『한국학논집』 10, 한양대 한국학연구소, 1986.

최래옥, 「설화와 그 소설화 과정에 대한 구조적 분석」, 서울대 석사학위 논문, 1968.

최래옥, 「옹고집전의 이본고」, 『국어국문학』 84, 국어국문학회, 1980.
최래옥, 「옹고집전의 제문제 연구」, 『동양학』 19, 단국대학교 동양학연구소, 1989.
최인자, 『국어교육의 문화론적 지평』, 소명출판, 2001.
최인자, 「국제 비교를 통해 본 국어교육의 역사와 논리 : 한국의 언어문화와 국어교육」, 『국어교육』 117, 한국어교육학회, 2005.

제3장 판소리와 문화적 문식성

김진영 외, 『심청전 전집 2』, 박이정, 1998.
김진영 외, 『춘향전 전집 2』, 박이정, 1998.
박송희 편, 『박녹주 창본』, 집문당, 1988.
이청준, 『서편제』, 열림원, 1998.
김진영 외, 『서사무가 심청전집』, 민속원, 2001.
교육인적자원부, 「국어과 교육과정」, 2007.

강봉근, 「판소리 사설에 나타난 한의 구조」, 『한국언어문학』 22, 한국언어문학회, 1983.
김광원, 「〈춘향전〉의 갈등 구조와 한의 승화」, 『한국언어문학』 35, 한국언어문학회, 1995.
김동환, 「이청준 소설의 공간적 정체성 -〈남도사람〉 연작을 중심으로」, 『한성어문학』 17, 한성대학교 한성어문학회, 1998.
김정아, 「이청준의 〈남도 사람〉 연작의 크로노토프 분석」, 충남대학교 대학원 석사학위 논문, 2001.
김정자, 「'한'의 문체, 그 맥락의 오늘 - 황석영, 이청준, 문순태를 중심으로」, 『국어교육』 57, 한국어교육학회, 1986.
김종철, 『판소리사 연구』, 역사비평사, 1996.
김주희, 「이청준의 연작 소설 연구 -〈남도사람〉과 〈잃어버린 말을 찾아서〉를 중심으로」, 『한국문예비평연구』 13, 한국현대문예비평학회, 2003.
김창원, 「문학 문화의 개념과 문학교육」, 『문학교육학』 25, 한국문학교육학회, 2008.

류수열, 「판소리에 대한 국어교육적 접근 - 〈흥보가〉를 중심으로 -」, 『판소리연구』9, 판소리학회, 1998.

마희정, 「이청준 연작소설 〈남도사람〉에 대한 고찰 - '시김새'로부터 '그늘'에 이르는 여정 -」, 『인문학지』, 충북대학교 인문학 연구소, 2000.

박인기, 「문화적 문식성의 국어교육적 재개념화」, 『국어교육학연구』15, 국어교육학회, 2002.

서유경, 「공감적 자기화를 통한 문학교육 연구」, 서울대학교 대학원 박사학위 논문, 2002.

서유경, 「국어과 교육과정에서의 고전문학교육 위상 정립을 위한 연구」, 『고전문학과 교육』제9집, 한국고전문학교육학회, 2005.

우찬제, 「한의 역설 - 이청준 〈남도사람〉 연작읽기」, 『서편제』, 열림원, 1998.

조희정, 「고전 리터러시 교육을 위한 새로운 구도」, 『국어교육학연구』21, 국어교육학회, 2004.

최인자, 「문식성 교육의 사회, 문화적 접근」, 『국어교육연구』8, 서울대학교 국어교육연구소, 2001.

최지현, 「매체언어교육을 위한 교수, 학습 방법 탐구 - 문화, 매체 문식성 개념을 중심으로 -」, 『국어교육학연구』28, 국어교육학회, 2007.

한순미, 「부재(不在)를 향한 끝없는 갈망 - 이청준의 연작 〈남도사람〉 다시 읽기」, 『현대소설연구』20호, 한국현대소설학회, 2003.

판소리 문학의 문화 적응과 확산

(ㄱ)

가난 166, 227
가사적 향유 36
가옹 286
갈등 92
개작 의식 137, 149
개작기 139
개작본 123, 183, 211, 214, 220, 227
개작자 138, 140, 146, 211
걱정 67
결말 85
결핍 110, 264, 265
경판〈심청전〉 16
골계 71, 77, 85
공감 81, 267, 325
공감적 자기화 312, 324, 336
공양미 삼백석 20
곽씨부인 19, 22, 35, 235
광고 160, 235
교술성 150
구조적 특성 84
그물 97, 111, 112
극화 229

근대성 150
근대화 183
기도 48, 52, 54, 134, 139, 239, 241, 253
기자치성 19, 245
김규택 152, 153, 190, 191
김별감 295
꿈 146, 159

(ㄴ)

남군땅 20
내면화 76
놀이판 298
농부가 323

(ㄷ)

대결 90, 109
대결 구조 85, 86, 100, 106
대결 상황 92, 100, 105, 111, 112
대립 84
대중 156, 161, 173
대중성 156, 233
대중지향성 160, 165

도시 182, 183, 204
도화동 20
독수리 97, 98, 111, 112
돈벌이 166
동냥박대 26, 27, 28
동냥젖 25, 193
동일시 73, 74

(ㅁ)

만극 190, 201, 212, 215, 218
만문만화 152, 155, 156, 159, 160,
　173, 176, 179, 190, 201, 212, 215
만화 151
매신 72
매체 159, 160, 161, 179, 190
매체 변용 118, 177
〈모던 심청전〉 153
〈모던 춘향전〉 153
모족회의 93, 102
목욕 화소 32
목판본 16
몽금도 128
문식성 312
문장체계열 36
문화 44
문화적 문식성 312, 313, 333
민생고 169, 170

(ㅂ)

반복 101, 106, 109, 111, 111

반응 26, 45, 46, 49, 53, 63, 239
방각본 46
방아찧기 32
배경 19
범피중류 321, 325
변용 154, 161, 173, 179, 190, 201,
　208, 215, 226
변이 46
부인 이름 35
비탄 71
뺑덕어미 31, 35, 40

(ㅅ)

산후별증 161
상좌 93
샛봉사 31, 32, 40
생산자 46
서술 방식 296
선녀 158
세태 146
소통 259
소통적 관점 46, 80
속성 90
송동본 계열 16
수용 49
수용자 46, 85, 106, 109, 111, 239
시주 약속 45
신분상승 17
신재효본 88, 102
심경 21

심운 21
심현 21
심핑구 21

(ㅇ)

안맹 163
안맹시기 19, 21
안석주 153
안씨맹인 20, 32, 35
약자 107
양식성 157
양씨부인 22
어족회의 90
〈억지 춘향전〉 153
언변 107
연극소설 118, 136
연행 185, 186, 280
오락성 179
완판본 16, 29, 259
완판본 계열 16
욕망 110, 127
웃음 156, 157
위기 111
위로 55, 77
유리국 20
유머 156
유흥 문화 186
이념적 성격 103
이념적 지향성 77
이본 형성 46

인간적 갈등 76
인물 형상 72
인물 형상화 45
인신공양 45

(ㅈ)

雜劇 217, 229
장례 25, 123, 133, 193
장면 확대 33
장면화 228, 291
장산곶 128
장승상 부인 17, 18, 35, 40, 124, 142, 218
장자 28
장자댁 부인 28, 29
장자집 부인 28
장진사댁 부인 136, 142
재미 298
재생산 179, 182, 190, 202, 208
재생포 112
전승 44, 80
전통 336
접변 203
젖동냥 25, 26, 123, 134
조망 74
조세핀 베카 158, 159
좌절감 49, 52, 67, 74, 76
지략담 85
지향성 44, 73, 83, 156
지혜 107

진옹 286
집단 296

(ㅊ)

창극화 118
창본 46, 63, 88
채만식 213, 218, 231
초기〈심청전〉 15, 16, 17, 18, 19
초동 97
출처 40
출천효성 58
출판 문화 118
충신 90
취향 156
치유 273

(ㅌ)

통속화 156

(ㅍ)

파리떼 97
판소리 44
패러디본 214
편시춘 318

필사본 16, 46, 259

(ㅎ)

학습자 336
한남본 37
한남본 계열 16
해학 85
향유 43, 46, 67, 73, 80, 117, 137,
    177, 208, 273, 280, 290, 312
향유 집단 305
향유자 75
향유층 44
호남가 318
화상 20, 30, 31, 40
화소 18, 31, 120
활인구제 300
활자본 118, 137, 211
황봉사 32
황주 도화동 192
황첨지 32
효용 179
효용성 267
흐트러뜨림 154, 155

제1부 판소리 문학의 존재 양상

제1장 〈심청전〉의 초기 이본 양상

이 글은 「초기 〈심청전〉 연구」, 『판소리연구』 37, 판소리학회, 2014, 79-105쪽에
게재된 논문을 일부 수정 보완한 것이다.

제2장 〈심청전〉 변이의 한 양상

이 글은 「〈심청전〉 변이의 소통적 의미 연구」 『판소리연구』 18, 판소리학회, 2004,
103-134쪽에 게재된 논문을 일부 수정 보완한 것이다.

제3장 〈수궁가〉의 대결 구조

이 글은 「〈수궁가〉 구조의 의미 탐색」 『판소리연구』 34, 판소리학회, 2012,
179-206쪽에 게재된 논문을 일부 수정 보완한 것이다.

제2부 판소리 문학의 문화 적응 방식

제1장 〈몽금도전〉 : 20세기 초 〈심청전〉 개작

이 글은 「〈몽금도전〉으로 본 20세기 초 〈심청전〉 개작의 한 양상」, 『판소리연구』
32, 판소리학회, 2011, 139-169쪽에 게재된 논문을 일부 수정 보완한 것이다.

제2장 만문만화〈모던 심청전〉

이 글은 「만문만화〈모던 심청전〉 연구」, 『문학교육학』 46, 한국문학교육학회,
2015, 195-220쪽에 게재된 논문을 일부 수정 보완한 것이다.

제3장 판소리 문학과 도시 문화

이 글은 「판소리 문학 재생산에 나타난 도시 문화적 양상」, 『판소리연구』 41, 판소리
학회, 2016, 107-133쪽에 게재된 논문을 일부 수정 보완한 것이다.

제4장 〈심청전〉의 근대적 변용

이 글은 「〈심청전〉의 근대적 변용 연구」, 『고전문학과 교육』 30, 한국고전문학교육
학회, 2015, 45-72쪽에 게재된 논문을 일부 수정 보완한 것이다.

제3부 판소리 문학의 가치와 효용

제1장 〈심청전〉의 기도와 효용

이 글은 「〈심청전〉에 나타난 기도의 문학교육적 효용성 연구」, 『문학교육학』 15호,
한국문학교육학회, 2004, 265-298쪽에 게재된 논문을 일부 수정 보완한 것이다.

제2장 향유 문화와 〈옹고집전〉

이 글은 「향유 문화의 관점에서 본 〈옹고집전〉의 교육적 의미」, 『국어교육』 119, 한
국어교육학회, 2006, 545-571쪽에 게재된 논문을 일부 수정 보완한 것이다.

제3장 판소리와 문화적 문식성

이 글은 「판소리를 통한 문화적 문식성 교육 연구」, 『판소리연구』 28집, 판소리학회,
2009, 171-196쪽에 게재된 논문을 일부 수정 보완한 것이다.